U0140979

The God of Animals

动物之神

[美] 艾琳·凯尔 著

许思悦 译

人民文学出版社

著作权合同登记:图字 01－2009－6485 号

Aryn Kyle

# THE GOD OF ANIMALS

THE GOD OF ANIMALS © 2007 by Aryn Kyle
Simplified Chinese language edition arranged with the author c/o
Denise Shannon Literary Agency, through *jia-xi* books co. , ltd, Taiwan.
Simplified Chinese edition copyright ©
Shanghai 99 Culture Consulting Co. , Ltd.
All rights reserved.

**图书在版编目(CIP)数据**

动物之神/(美)凯尔(Kyle，A.)著;许思悦译.
北京:人民文学出版社,2010
ISBN 978－7 02－007825－7

Ⅰ.动… Ⅱ.①凯…②许… Ⅲ.长篇小说-美国-现代
Ⅳ. I712.45

中国版本图书馆 CIP 数据核字(2009)第 219484 号

责任编辑:姚翠丽
特约策划:邱小群
装帧设计:董红红

### 动 物 之 神

[美]艾琳·凯尔　著

许思悦　译

人民文学出版社出版
http://www.rw-cn.com
北京市朝内大街 166 号　　邮编:100705
宁波市大港印务有限公司印刷　　新华书店经销
字数 245 千字　开本 890×1240 毫米　1/32　印张 11.25　插页 2
2010 年 1 月北京第 1 版　2010 年 1 月第 1 次印刷
印数　1—10 000
ISBN　978－7－02－007825－7
定价　29.00 元

献给我的母亲

# 第一章

ↄↄ

　　波莉·凯恩在运河里淹死的六个月前，我姐姐诺娜跟一个牛仔私奔并且嫁给了他。我父亲说，曾经有一度他本可以阻止她，我不清楚他的意思是在我们的一生中曾经有一度她本可以听他的，还是在历史上曾经有一度沙漠峡谷的治安队本可以获得批准举着火炬追赶她，而后再拽着她的黄头发，把她拖回我们的屋子。我出生前，父亲就是治安队的成员。他说治安队就跟共济会差不多，除了没有处女献祭。他们缴纳会费，列队骑马，在我姐姐遇上她那位牛仔的牛仔竞技赛上疏导交通。千载难逢他们才会被要求承担一项真正具备重要性的任务，譬如清理狩猎小道上的一棵落木，或是从运河里拖出一具女孩的尸体。

　　波莉·凯恩在一个周三的下午失踪了。起初人们说是绑架。一个十一岁大的姑娘还不够私奔的年龄，因此他们推测她一定是被什么人抓走了。然而之后，他们在运河旁的土路上发现了她的背包，他们马上就通知了我的父亲。接下来的两天治安队在运河里打捞。他们脱下自己的白色晚礼服衬衫和黑色斯特森①毡帽，换上高至腋窝的长筒橡胶防水连靴裤，肩并肩蹚过棕色的河水。我放学回家从他们身旁经过。还只是四月，蜉蝣却已开始在水上孵化。我看着父亲将它们从脸上拍走。我在运河边向他招手呼喊，可他却紧咬牙关并不看我一眼。

"今天我们发现那姑娘了。"第二天下午他回家的时候说。我正在一个塑料罐子里调制"酷爱"②。他伸出手指沾了沾舔了一下："被缠在一个排水井里。"

"她死了吗？"我刚问出口，他就盯着我。

"艾莉丝，你回家的路上离那条运河远点。"他说。

"会举行葬礼吗？"我将自己想象成电影中的女人：身着黑色套裙，戴着厚厚的墨镜，站在墓碑旁，悲伤过度而流不出眼泪。

"跟你有什么关系？"

"我们在美工课上是搭档。我们正在做一个灯笼。"实情是波莉始终在做灯笼而我则在一旁观赏。在这件事上她很够朋友。她让我在我们的老师马克格鲁斯基先生走过时举着灯笼，这样他就会认为我多少也参与了制作。

"艾莉丝，我没时间带你去参加葬礼。"我父亲把手放在我头顶上说，"这儿有太多的事儿要做。我已经损失了两天时间。"

我点点头，用一把木勺子搅拌"酷爱"。总是有太多的事儿要做。我父亲有一个马场。治安队不碰头的时候，他教骑马课，或是繁殖养育马匹，而后卖给那些亲手喂它们苹果片、管它们叫"宝贝"的人。

---

① 斯特森 (Stetson)，商标名，通常指宽檐牛仔帽。
② 酷爱 (Kool-Aid)，一种饮料。

每天早上天还没亮，父亲和我就得喂马。然后我一边走去学校，一边摇去头发里和衣服上的稻草，擦拭衬衫前襟落下的东西。下午我们得清理马场，替马洗刷，再训练它们。正是产仔季节，我父亲一分钟都不愿意离开马棚，就怕万一有匹母马突然分娩。那就算了吧，反正我也没有黑色套裙。

"孩子，你一直是个贴心人。"他说，"等你姐姐回来，一切都会重归平静的。"

他总是这样，谈论我姐姐如何会回家来，然后一切就会恢复如前。有一阵，我疑惑他也许是对的。一切发生得太快。诺娜和杰瑞在星期天相遇，星期四她就收拾好四个盒子和一个背包，坐着他的小货车走了。杰瑞在牛仔竞技巡回赛上骑着北美野马。他在勘萨斯的一个法庭里娶了我姐姐。我父亲说骑北美野马会让杰瑞摔断脊椎，诺娜的余生就得推着坐在轮椅里的他四处奔波，还得举着杯子替他接口水。我父亲说婚姻不适合她。她不会满足于一辈子在竞技场外替别人欢呼。

但是月复一月，诺娜的信上仍旧满是笑脸和惊叹号。和巡回马秀相比，竞技比赛就如同一场梦。她和杰瑞晚饭吃着牛排，住在汽车旅馆里。这比起马秀期间我们嚼着燕麦条喝着苏打汽水、为了防止有人在夜里偷马而跟它们一起在马厩里过夜，的确是前进了一大步。

她总是把信寄给我。信的开头是"艾莉丝宝贝，"结尾是"代我向妈妈爸爸问好。"我会把信留在台子上让父亲读，虽然他几乎从来不看。过几天我再去母亲的房间把信大声地念给她听。

我从小到大母亲几乎都在她的卧室里呆着。诺娜说我们来这儿之前，我们的母亲是马秀之星，四处载誉，照片还上过报纸。诺娜说我还在襁褓中的一天，我们的母亲把我交给她，说她累了，然后就上楼去休息了。她再也没下来过。我父亲为了不打搅她，搬到了客卧。当我们经过她的卧室时都会小心地脱下鞋。她不常发牢骚。她不会要求额外增加毛毯或是刨冰或是安静。她只是躺在床上，拉下窗帘，看着调成静音的电视。很轻易就能遗忘她的存在。

我会坐在她床上，就着电视机屏幕的蓝光把诺娜的信读给她听。她会拍拍我的腿说："很好，听上去很好。不是吗，艾莉丝？"

我得从嘴里呼气，过滤她发黄的皮肤和油腻的头发散发出的又酸又潮的气息。我母亲让我说出每封信来自哪个镇，以及它们在我脑海中的模样。在我想来，举办牛仔竞技赛的镇子是一些干燥飞尘的地方，有肮脏的汽车旅馆和成排的快餐店。可我努力发挥创造力：内布拉斯加的麦库克，每条街上排列着栗子树；伊利诺斯的马里恩，紫色的日落；密苏里的赛克斯顿，人们可以在公园中央的池塘喂鸭子。如果我思路枯竭，我就说我得去洗澡或是得去马棚帮父亲的忙，而后我便蹑手蹑脚地走出她的卧室，带上身后的门。

照我父亲的话来说，诺娜走后，我们很幸运地有了希拉·阿尔特曼。她住在沙漠峡谷的另一边，在一所有电脑和空调的新学校读书。希拉·阿尔特曼有一双蓝色的眼睛，嗓音轻柔。她会说"我是否可以"或是"您是否介意"，并且从不会忘了加上"请"和"谢谢"。我真想把她如婴儿般纤细的头发扯乱。她母亲开车送她来我家，她会冲进马场亲吻马匹，用家里带来的胡萝卜喂它们。阿尔特曼太太则拿着相机和支票本走下车来，看着她女儿奔向马棚。"不错啊，维斯顿先生，"她说，"今天你的活儿有人干了。"

阿尔特曼太太曾对我父亲说，过去的几年她花费了上千美金送希拉去骑术营地。在那儿的一个星期里她得把一匹马当成是自己的来照顾：喂它吃的，替它洗刷，还得清扫马厩。我父亲开玩笑地说只用出一半价钱他就让希拉替他清扫马厩。当阿尔特曼太太屏住呼吸问道"真的？"他没有犹豫。

"这女孩？"他说，"当然。"从那以后，每天放学阿尔特曼太太都会开车送希拉穿过峡谷，付钱给我父亲让她洗刷我们的马匹，清扫我们的马厩。希拉在的时候，我父亲显得轻松愉快。他称赞她是个多么努力的工人，说不知道我们没有她是怎么应付的。等她一走，他就抚着我的背说："那女孩想要什么你就给她什么，艾莉丝。对她要好言好语。希拉·阿尔特曼是我们的饭票。而且她也没有你姐姐那样的态度。"

我父亲总是说诺娜有一条邪恶的舌头和一颗忘恩的心，可他这么说的时候脸上往往挂着微笑。她动不动就大发雷霆。她渴了就叫，热了就哭。如果她生我父亲的气，她的脸就会绷得又紧又硬，看上去仿佛会从她的双眼间裂开。

我父亲说起我不具备表演所需的气质时总是显得挺和蔼，因为他的意思是我没有天赋。我无法在保持微笑的同时牢记让脚跟下垂，脚趾缩进，肘部收紧，后背挺直。当我将注意力集中到微笑上，缰绳就会垂下；当我想起要坐直坐挺，脚就会滑出马镫。父亲说他在马场外更需要我，可我知道是怎么回事。我们得保持名声还得维持生计。总而言之，干这行我不够好。

可对于我们两个而言，诺娜无疑是够好的。她时而微笑时而大笑时而朝评委眨眼。在表演场外，她会让观众席上的小女孩们坐在她的马上。当她向她们展示如何握住缰绳、该把脚放在哪儿的时候，她会冲着她们的父母扬起嗓子："你是个天才！"而后她会对着孩子的母亲绽放微笑说道："我爸爸上骑术课。你们应该抽个时间过来瞧瞧。"

"黄帽子"是我父亲给她买的最后一匹马。它是一匹巴洛米诺马[①]——马场上最迅捷最高大最漂亮的动物。我第一次见它，我想它一定会要了我姐姐的命，但诺娜轻而易举地征服了它。她晃动着缰绳说道："我的好小伙儿。""黄帽子"拱起脖子，缩拢身体。诺娜骑着它绕场一周，如同沐浴在聚光灯下。我父亲和一些潜在的客户在场外看着，他说："那匹马会在水上行走，只要她开口。"

波莉从运河里被拖出来之后的一天，我们取消了美工课。整个六年级被带到体育场，如果我们愿意就进行祈祷，而后就让我们回家，跟父母谈谈我们的感受。

我到家的时候，阿尔特曼太太正和我父亲一起围在身着我姐姐表演服的希拉旁。

"我不知道。"阿尔特曼太太说，"颜色我不太确定。"

"和我想的一样。"我父亲告诉她，"我也正在想关于颜色的问题。"

"她穿红色的更好。"阿尔特曼太太用手指比划出一个转圈的动作。希拉转过身把后背给母亲看的时候，冲我羞涩地微笑了一下。

"我们有一件红衬衫。"我父亲说，"艾莉丝，去诺娜的房间拿那件红衬衫。"希拉垂眼盯着地面。我放下背包走进屋子。

---

① 巴洛米诺马（palomino），一种产于美国西南部的马匹。

我得在成堆的缎带和奖品中挤出一条路走近衣橱。当我打开衣橱，衣服散发出诺娜的气味。我把脸埋进各种织物中，试图找寻她的一丝踪迹——她的干燥剂甜甜的、带点粉末感觉的气息，她的化妆水的水果香味，但是什么都没有。

　　我拿着挂在衣架上的红衬衫经过母亲房间，她的房门透着一条缝。

　　"艾莉丝，是你吗？"

　　房门嘎吱一声被我推开，发霉的空气如潮水般袭来。我母亲垫着三个枕头，电视的亮光闪过她的脸庞。我在门口调整脚的位置，尽力不让它们穿过分割走廊地毯和卧室地毯的那条界线。

　　"好孩子去关上窗。"她苍白的手在手腕上无力地晃动了一下。她叹着气说："那些白色的小虫子飞进来。我担心睡着的时候它们会咬我。"

　　"妈妈，蜉蝣不咬人。"我说，可我还是穿过屋子关上了窗。

　　"我讨厌它们。"她说，"脏东西。从那恶心的水里来。"

　　在电视的亮光中，蜉蝣发灰而令人厌恶，我努力把它们赶出窗户。我能感觉母亲的目光停留在我背上。"你愿意留下来跟我说说今天在学校里都学了些什么吗？"她轻轻拍了拍身旁的床。

　　我举起红衬衫说："我得把这个拿给爸爸。"

　　她眨着眼看了我几秒钟，将目光转回电视机说道："那你最好快点。"

　　希拉穿上红色的确好看多了，我父亲用两倍于购买时的价钱把诺娜的衬衫卖给了阿尔特曼太太。


　　在美工课上我不知道该拿完成了一半的灯笼怎么办。我害怕焊接，而且我也不觉得能把零件扎起来。男孩们却对焊接充满热情，有几个出价竞争替我做完灯笼。最后我接受了三美元和一罐百事可乐的价格，看着他们替我组装灯笼。

马克格鲁斯基先生对我说如果把灯笼送给波莉的母亲，将是一种令人感动的友好表示。放学后，我排练着按响波莉家门铃的时候该说什么。我几乎不认识，也从没见过波莉的妈妈。如此真诚细腻的表示没准会让她哭泣。也许她会让我进屋参观，替我准备茶，给我吃姜饼，手指穿过我的头发。她会说："随时回来，如果愿意，留下过夜。"

可当我排练表示友好的正确方法时，发现灯笼上的画已经被我弄脏了——我用手碰了灯笼试探它是不是干了。波莉的母亲可能有整整一屋子波莉几年来做的完美无瑕的作品：家政课上缝制齐整的沙袋；美术课上对称的黏土笔筒，诸如此类轮到我做就弯弯曲曲疙疙瘩瘩的东西。给她一个破灯笼只会令她疑惑。我没把灯笼送去波莉家，而是用笔记本的纸把它包好放进了我的背包里。我沿着运河走回家，抿着我的百事可乐，心想要是灯笼上的画也让那些男孩代劳就好了。

我到家的时候，父亲坐在马棚前刷着诺娜表演时用的马鞍。他的脸红红的，嘴唇周围的皮肤看上去又紧又涩。"你母亲哭了一天。"他看见我的时候说，"你上哪儿去了？"

"在学校，跟往常一样。"

"别用那种腔调跟我说话。"

我盯着脚。

"现在上楼去好好哄你妈妈。告诉她你有多爱她。让她感觉与众不同。然后再回来帮我。有成堆的事要做。我烦透了在这儿干这些活。"

我看着他。诺娜没有回来。根本没有。"也许希拉·阿尔特曼来的时候可以做。"

我父亲站起来，看上去比任何人类都显得高大。有一秒的时间我以为他要打我，我试图测量到房子的距离。没准我能跑过他。可他却把双手搁在脸上，垂下肩膀。"求你了，艾莉丝。"他透过指缝说道，"求你了。"

楼上，我母亲的脸花了，几缕头发湿漉漉地贴在脸上。

"你为什么哭，妈妈？"我在门口问。我努力使自己的声音听上去亲切，结果却显得疲倦。"你病了吗？"

她看见我的时候哭了出来。"到我这儿来。"我身体的每个部分僵硬着，可我想起了父亲埋在手里的脸，我屏住呼吸穿过屋子走向她。她把我拉上床，把我的头按在她的肩膀上。

"他让你上来的，是吗？今天我讨人厌了。"

"爸爸担心你。"我告诉她。

她的头发垂到我脸上，我试图抬起头呼吸。"从前我能让他微笑。"她低声说，"从前他看着我就如同我是个电影明星。你相信吗？"她叹了口气挺直身子。而后她咬着嘴唇看着双手。"她很聪明。"她喃喃地说，"她离开的时候很聪明。"

我不知道该说什么。

"在这儿她会被耗尽的。她会迅速衰老，被耗尽。现在她能去新的地方旅行，遇见新的人。"她的头不再靠着我。

她的睡袍起皱了，在电视机的光亮下她的皮肤显得又粗又厚。"我给你做了样东西。"我说，"在学校里做的。"

"是吗？"她张开嘴，把手放在胸前，"是真的？"

我在背包里摸索。"是个灯笼。"我说，"看！在这儿点上蜡烛，举着它就能照亮屋子。"

我把灯笼交给母亲的时候，她深吸了一口气。她用手指触摸焊接的边缘，和上了色却已被弄脏的中央部分。"这是你做的？为我？"

"嗯，嗯。"

"噢，宝贝儿。"她说着拥抱了我，"你和我会互相照顾的，不是吗？"

我站起来回到门口。"我得去马棚帮忙了。爸爸说的。"

屋外，阿尔特曼太太正在给我父亲开发票。我走到我父亲身边，他有些惊讶，我点了点头。"她没事。"我说。他叹了口气。

"谁？"阿尔特曼太太明快地微笑着问道，"维斯顿太太？"我父亲和我互相对视了一下。"我很想见见她。"

"我妻子喜欢一个人独处，"我父亲窘迫地说，目光落在支票上。

"她病了。"我接着说，他们俩都朝我看来。

"什么病？"阿尔特曼太太瞥了我父亲一眼。

"她对阳光过敏，"我说，"还有新鲜空气。"我父亲微微张开了嘴。

"太糟了！"阿尔特曼太太说，"会有什么状况？"

"她的头会变大。"我说。他们同时瞪大了眼。"会出疹子，会发烧。有时候还会晕倒。"我父亲用胳膊肘碰了碰我。

阿尔特曼太太双手紧握。"太可怕了。"她说，"真可怜。"

她递过支票，跟着她女儿进了马棚。我父亲向我投来审视的目光。"你是个缺德的小撒谎鬼，艾莉丝·维斯顿。"他说。他的脸上却现出微笑。

希拉·阿尔特曼帮我们把参加马秀表演的马清理出马棚，以腾出空间给传种的母马。母马在生育的时候必须呆在室内。当我们把怀孕母马从牧场带回马棚的时候，希拉尖叫一声攥紧双手。

"真等不及看那些小宝贝。"她对我说。

我们的传种母马都起了些简单的名字，譬如"雾"、"露西"，或是"萨利"。它们动作迟缓而又安静，长着长脑袋，黯淡的马鬃以及畸形的胃。希拉把手放在母马圆筒似的胃部，说她可以觉察马驹在里面动。

"它踢了一下。"她告诉我，"我发誓我感觉到它踢了一下。"

她走后，我把"黄帽子"从马栏里牵出来，试图刷顺它的鬃毛和尾巴里的结。我父亲在一旁看着。刷子上的马毛被我揪出来，落在地上。此时他清了清喉咙。

"阿尔特曼太太想为希拉买下'黄帽子'。"他说。

我的指尖冰凉，我假装从刷子上清理下更多的马毛。"这匹马她配不上。"

我父亲从他衬衫上捻起一根极细的绒线。"今年你想比赛？"

我盯着他。

"别把你的想法告诉别人。"


波莉·凯恩的葬礼周四下午五点在水滑梯对面的墓地进行。我放学回家后对着镜子练习悲伤和自责的表情。没准父亲会改变主意带我去，波莉的母亲会把我从人堆里挑出来，因为我曾跟波莉关系密切。我会缓步走向她，让她把我拉到她身边。我盯着镜子里的自己，想象我将与波莉母亲一同在她家的餐桌旁度过的下午。我们的面前四处摆放着相册。她会指着波莉身着万圣节服装或是在钢琴独奏会上的照片。"看。"她说,"看看你长得多像她。"我会把头斜靠在她肩上,她的头发散发出草莓或是柠檬的香气。我会告诉她我如何想念波莉,她走后一切如何无法重复原样。她会亲吻我的眼睑和手指,在我的手心哭泣。"她是我在这个世界上最好的朋友。"我会说。也许这未必是个真正的谎言。没有人能证明她不是我最好的朋友。毕竟,她死了。

可是还没等我说服父亲带我去,我们的母马露西生下了这一年的第一匹幼驹。我知道我不能去葬礼献上我最后的问候了。我帮着父亲用 A 牌绷带①把露西的尾巴裹起来,防止幼驹被缠住。我们跪着围着母马移动,清理她腿上的锯末,以免堵塞幼驹的鼻孔。幼驹出来了,小小的,湿湿的,用它羸弱的白色马蹄撕破了胎囊。

"是匹雄马。"父亲咧嘴笑着说,"看看它。"父亲剪断脐带的时候我挤压着幼驹的身体让它保持静止。而后我们就一起看着它努力用又细又尖的腿站立起来。

我父亲把我的后脑勺托在手里。"干得好,艾莉丝。"他说,"你是个行家。"我们在马棚隔间的门口一直等到幼驹颤抖着腿控制住了平衡。有一秒钟感觉是我们让什么事发生。

我们听见阿尔特曼家的小货车停在车道上。我父亲闭上眼睛说:"天哪,今天我没精力再应付这些了。"

阿尔特曼太太走下车来检查水箱护罩。"到处都是白色的小虫子。"她对我们说,"我的车上全都是它们的小尸体。"

---

① A 牌绷带（Ace bandage）,一种弹性布绷带。

父亲冲我摇摇头，走过去瞧了瞧。"蜉蝣。"他宣布说，"在运河里孵化。我们把那姑娘从水里拉上来的时候，在她头发里发现了成百的这玩意儿。"

阿尔特曼太太从后座拿出一条毛巾开始使劲擦拭车子。"下坡时能看到虫子太多，看上去就像在下雪。"她看见我便停了下来，"天哪，艾莉丝，出什么事了？"

"今天下午我们得到了今年的第一匹幼驹。"我父亲说着，朝马棚做了个手势。

"真不敢相信我们居然错过了。"希拉带着哭腔喊道，"你应该给我们打电话！"

我父亲朝着我转了转眼睛说："还会有更多的。"

希拉和她母亲挤在露西的马厩周围，开始对着幼驹时而咂嘴时而细语。露西露出牙齿展平耳朵。我父亲轻轻推开希拉。"让我们给它们点时间调整。"他说，"一开始母亲都有点护卫心理。"

"真不敢相信今天我忘了带相机。"阿尔特曼太太说，"忘记的可真是时候。"

"今天晚上可能有另一匹。"我说，"有时候他们会一个接一个地出来。"

"妈妈，我能留下吗？求你了。"希拉紧握双手放在胸口，踮起了脚尖。"我是说。如果你不介意的话。"她补充道，瞥了我父亲一眼。

我满心期待父亲说不，可他看都不看我。"今晚她可以留下。"他对阿尔特曼太太说，"反正艾莉丝和我今天会通宵察看母马的情况。"

"噢，求你了，妈妈？"希拉乞求着，"就好像'睡衣派对'①。"

阿尔特曼太太整了整衣领的褶皱。"明天还要上课，不过为了这样的事——这是一堂有关生命的课，我想应该更为重要。你将会目睹分娩的神奇。这是世界上最美的一幕，不是吗，艾莉丝？"

我想告诉她鲜血、气味，以及母马生出马驹皮肉撕裂的声响。我想告诉她几年前我们有一匹红棕色母马分娩时子宫掉了出来，垂在她身后就像一袋果冻。我想告诉她那匹母马如同人类一般尖叫，但却站着、颤抖着喂马驹吃奶。我想让她知道兽医来为那匹母马结束生命的时候，诺娜遮住了我的眼睛，但我可以听见它撞击地面时骨头发出的脆裂声。之后那匹马驹哀号了整整三天，发出的嘶鸣仿佛浸着水。可最后我微笑着说："是的，很美。"

阿尔特曼太太留下钱让我们叫匹萨饼，她说早上来接希拉。她上车的时候问我是否可以借给希拉衣服，这样她的漂亮行头就不会被血玷污。我想着波莉的葬礼正在镇子的另一端开始。她的母亲一定已经坐了下来。人们停好了车，穿过草坪的时候互相严肃地点头。我从未参加过葬礼，我想象每个人都会穿着考究的黑色套裙或是笔挺的西装，安静地、庄严地、恭敬地走来。他们坐得笔直，不向悲伤低头，但在葬礼的进行过程中却开始屈服。当她入土的时候，他们的身体逐渐变软，互相依靠，手臂挽着彼此的腰或是肩膀，手指交结。

我们用纸巾托着匹萨吃，在马具房里玩金兰姆②。我们轮流巡视马棚检查母马的情况。凌晨两点希拉跑着回来。"'姜黄'躺下了。"

---

① 睡衣派对 (slumber party)，在美国女孩中流行的一种通宵派对。
② 金兰姆 (gin rummy)，一种双人纸牌游戏。

她尖叫着，"它出汗出得很厉害。"

"我们走。"我父亲说，我们跟着他走进马棚。他扔给我一块 A 牌绷带，指指"姜黄"的尾巴。我跪在它身后，发现它的尾巴已经被血块和黏液染湿。它浑身的肌肉抽搐着，后腿插进锯末中。

"你会被踢到的。"希拉透过指缝轻声说。

"它躺着的时候没法踢，笨蛋。"我对她说。我父亲拍了一下我的手臂。"我是说，没事。"我把"姜黄"一缕缕潮湿的尾巴裹进绷带里，用一枚安全别针固定。

希拉退后一步轻声说："快点儿，艾莉丝。"

父亲在"姜黄"头边跪下，双手放在它的颈部。他抚摸着它的马鬃，压低声音说："是我的好姑娘，加油，甜心。"大部分时间我父亲管这些传种母马叫"泼妇"或是"臭马"。但是当它们传宗接代时，他会弹着舌头轻声细语，就仿佛对待一群孩子。"就这样，亲爱的。"他像猫一般低声嘟囔着，"就好了。"

希拉弓着身子在我父亲身旁走动，她的呼吸变得短促而又粗重，就如同电视上正在分娩的妇女。

"你跟它说话。"他对希拉说。她俯下身触摸"姜黄"的口套。我父亲拍拍她的肩膀说："小心别让它甩头把你的牙齿撞飞了。"

我可以听见其他马匹在外面的场地上踱步、刨地。围栏瑟瑟作响。父亲让我去检查一下。"姜黄"开始呻吟，希拉用手捂着嘴退到了马棚隔栏外。"我跟你一起去。"她轻声说。

表演用的母马聚集在草场的护栏四周，蜉蝣如阴云般在它们身旁飞舞。母马躺在地上，眼珠后翻，身上泛出汗珠。它们一边呻吟着喷出鼻息，一边举起头，又重重地放回地上。它们的肌肉抽搐着，尾巴抽打着不断聚集的虫子。

"它们怎么了？"希拉问。

"它们正在努力生育。"我告诉她。有一秒我觉得这几乎是事实。

她的嘴唇哆嗦着："可它们并没有怀孕啊。"

"它们闻到了气味。"我说，"它们闻到了新生马驹的气味，于是它们也努力生育。"我瞥了一眼，想看看她是否相信我。还有一个月不到的时间，这些表演用的母马就会回到马棚，干净整洁，为表演做好准备。到那时希拉会对马匹心生厌倦，会转向钢琴或是体操或是滑冰。我们可以让希拉·阿尔特曼穿上我姐姐的衣服，卖给她我姐姐的马。但是这一切是如何发生进行的，她能理解多少。希拉·阿尔特曼——她对"需要"能理解多少？

希拉的脸僵硬了，她用手捂上耳朵。我感觉我体内升起一股美妙的恶念。"这不美吗？"

希拉战栗着别过头。"我不能看它们。"她说。

沿着车道阉马踏着重步，用胸部撞击马栏的门。它们的头狂野地昂着，眼白映着月光，蜉蝣在它们身旁飘浮。"黄帽子"嘶叫着。希拉看着我跑向它的围栏。"没事的，'帽子'。"我说。

"它疯了。"希拉紧张地说，"它们全都疯了。"

"它没事。"我对她说，伸出手抚摸它。可它跳着躲开了。"过来，好孩子。"我冲它叫着，松开门闩走近它身边。

正当我推开门，"帽子"用后腿直立起来，它的前腿踢中了我的脸，将我击倒在地。我听见金属门撞在马栏上，以及"帽子"跑向大路时马蹄踏在沙砾上的声响。

"拦住它！"我朝希拉叫道。可她纹丝不动地盯着它的背影。我站起身的时候，觉得屁股和腿如橡胶般虚弱而又麻木。我在护栏上稳住身子，我的手抖个不停。"我得去带它回来。"我对她说。

"艾莉丝，你的脸在流血。"她说。我用手触摸嘴唇，可以尝到牙缝间的鲜血和尘土。我不知道什么地方在流血。我整张脸都麻了。

"它会被车撞的。"我说。

"它朝运河跑了。我们应该去叫你爸爸。"

我推开她，她抓住我的手："我们可以告诉他是我放跑了'帽子'。他不会冲我发火的。我觉得不会。或者我们可以去找你妈妈。"我看着她。"天已经晚了，也许她可以出来。走吧，艾莉丝，你出血出得很厉害。让我陪你一起去。"

跟失去"黄帽子"相比，唯一会带给我更多麻烦的就是失去希拉·阿尔特曼。她皱着嘴，仿佛就快哭出来。我甩开她的手："我马上就回来，希拉，别像个孩子。"

我一路奔跑，直到我觉得我的肺快升到嗓子眼了。我在路边绊了两跤。我不得不放慢脚步，弹着我的舌头叫喊着"帽子"。

我伴着自己粗重的呼吸前进，鼻子淌着血。我用手背抹了一下鼻子，揉揉胳膊肘处灼疼的擦伤——绊跤的时候蹭破的。蜉蝣在我面前飞舞，我挥舞双臂驱赶它们。在前方，我只能判别运河应该所处的位置，但有一缕隐约飘浮的雾笼罩在它上方：成千上万的虫子从运河水中升起，它们雪花般的身体与纸片般的翅膀如暴风雪笼罩河面。我开始沿着土路前进，可没走几步便不得不停下，保护双眼免受昆虫风暴的侵袭。

我能感觉心脏在喉咙口、在耳朵里跳动。我无法分辨河水，但我可以感受它遍及四周的寒冷，我让自己尽可能地挪向路边。我挥手，虫子却如蒸汽般涌动。我紧闭嘴唇，让它们无法进入我的口中，并且拼命摇头。我凭着感觉沿着土路向前，弯下腰用指端拽住野草。

"这儿，'帽子'！过来，孩子！"我的声音尖利刺耳，迷失在稠厚的昆虫群里。我的双臂疾速地甩动着，可蜉蝣在我的鼻孔中耳朵里附着，我不得不停下，抓挠自己的脸。当我透过翅膀的迷雾发现"帽子"身体的轮廓，我以为是幻觉，但我伸出手臂向它蹒跚而去。

我把双手放在它背上，顺着它的身体一直抚摸到它的头部。"黄帽子"一动不动地站着，它的膝盖仿佛上了锁，肌肉不断抽搐。它的双眼圆睁，鼻孔张开，冲着虫子喷出鼻息。"听话。"我说。它甩开头，我被撞得往后退。我没想到带根缰绳或是绳子，因此我拽着鬃毛和耳朵让它跟着我。可"帽子"的眼神因恐惧而凝固，双腿僵硬在地上。我无法辨别我们在哪段路上，我可以感觉到我们被曾经杀死波莉·凯恩的水包围着。也许她只是绊了一跤摔落进水中。也许她掉了什么东西。我想到有一次我不小心在游泳池里吞了口水——水将痛楚直戳进我的眼底，我的整个身体仿佛都在呕吐颤抖不已。边上没有一栋房子。没有人能听见她的呼喊。

我踢了踢"帽子"的腿，它的毛竖了起来。"快点！"我嚷嚷道，"快点！你这匹蠢马！快走！"我竭力拉着。我用手指缠绕着它的耳朵，手臂环绕着它的脖子，试图拉动它。可我的身体在白色虫群中无力地从它身上垂落。我永远没法让它回去。它会挣脱束缚逃入水中，它的马蹄会陷入排水井，它的腿会断裂，它的肺会充水。我无法阻止，我甚至无法眼见这一切的发生——只能借助听觉。"求你了！"我尖叫，"你这匹蠢马，笨马，求你了！"我试图举起它的前腿朝前挪动一步，可我不知道哪个方向才是安全的。

当我透过虫子翅膀振动的嗡嗡声听见父亲的声音，我以为是我的想象。但马上我又听见了："艾莉丝！"

"爸爸，我在这儿！我找到它了。我们在这儿！"

"该死的我什么都看不见！"

"这儿！"我再次叫道，强忍住突然涌上的抽噎冲动。

他的手触到我的肩膀。"老天爷！你究竟在干吗？"

"'帽子'逃了出来。我害怕它被车撞或是失踪、落水。"我的手指缠在它的鬃毛里，我把它们绕了出来。

我父亲用力地推了我一下，在我倒下前抓住了我的手臂。"我会杀了你。"他说，"我会杀了你，因为你太愚蠢。"我努力逃开，可我在白色的雾霭中跟跄，只得抓住我父亲的裤子口袋稳住自己。

他脱下衬衫包裹住"帽子"的脖子。他不得不使劲拉，"帽子"跟上了，我们带它回到路上，一边努力掸掉它眼睛周围的虫子。我父亲走在前头，抓着我的手臂替我指路，我弹着舌头让"帽子"跟上。蜉蝣在我们周围盘旋，仿佛温暖干燥的暴风雪。我抬头，看见它们升入黑色的天空。

虫群稀薄后，我们发现自己在人行道上。我们停下脚步，气喘吁吁。我的手臂被父亲抓得生疼。他见我皱眉咧嘴，松开了手。我揉着手臂。"希拉不该打小报告，"我说，"我没事。"

"才怪。"我父亲说，可他嗓音平静，他松开"帽子"让它咬啮水草。他回头望向阴云笼罩的水，摇摇头。

虫子从运河中涌出，我伸出手掌，触摸它们脆弱的身体，和薄薄的白色翅膀。如花瓣般的翅膀轻拂过我的手心，而后消散在黑暗中。月光下，我父亲裸露的胸膛显得苍白而又光滑，映衬着他粗糙黝黑的手臂。

"母马们怎么样了？"我问，"你丢下了它们？"

"艾莉丝，马一直都在繁育。如果非得有个人在边上帮助它们，早八百年它们就灭绝了。"

我们沿着大路往回走，"黄帽子"在我们中间，头低得仿佛一条狗。

"好吧，希拉·阿尔特曼今晚上花的钱算是值了。"我父亲终于说。

"我讨厌她。"我说。我什么都不在乎了。

"我知道。"他微笑着拽了拽"帽子"。

"我讨厌你把诺娜的马给她。"

我父亲沉默了一秒。"这匹马值很多很多钱，艾莉丝。多得甚至你无法理解。"他叹了口气，"如果我卖了它，就能雇个人帮我摆脱目前的局面。"

我停了下来。"你有希拉。"我对他说，他笑了起来。我摸摸"帽子"的脖子："你有我。"

我父亲继续前进，走得更快，我得跑步才能跟上。一辆车开过我们身旁，当它开到我们前方，我可以看见车后蜉蝣留下的踪迹，它们的尸体洒落在人行道上。

我们到了车道，父亲抬头凝望我们的房子。"你母亲的房间亮着灯。"他指给我看。光线微弱、昏黄。是一盏蜡烛。云层般的蜉蝣围绕着光线盘旋，撞击窗户玻璃。

"是我给她做的灯笼。"

"你给她做了个灯笼？"

"差不多。"波莉·凯恩灵活的手指安静地躺在干燥、满是尘土的几尺地下。我只是给灯笼上了色。

"为什么这么做？"

我抬头看着窗户。"她想要点什么东西，这是我仅有的。"

他的拇指划过我的嘴唇，而后用手掌根替我抹去了脸上血迹。"你现在干吗不上床睡觉呢？"我的脸顺着他的抚摸，下巴抵着他的掌心。他散发出汗、干草和皮革的气味。"如果你累垮了就帮不上我了。去睡一会吧。"他走向马栏，手里拽着裹过"帽子"脖子的衬衫。

"我不累，"我对他说，"真的，一点都不累。我不睡。"

他离开马栏前，抚了抚"帽子"双耳之间的斑点，拍了拍它的脖子。马栏门叮当作响地关上了。父亲走过我身旁，摇摇头说："其他姑娘都会上床去睡觉。"他用手捏了捏我的手臂，"你一定要比她们都坚强。"

我的手臂在运河那儿被他抓过之后仍然很脆弱，可我屏住呼吸，暗自用劲想使它强壮。我等着他继续说些什么，可希拉·阿尔特曼跳着跑着从马棚那儿出现，手臂在头顶上挥舞。"它成功了，"她哭喊着，"噢，我的天。太棒了，快来看！快来看！"

跟其他的马驹一样，这匹也是小小的、湿湿的。我们挤在一块儿透过马厩的门张望。它躺在微弱昏黄的马棚灯光下，细长纤弱的腿弯着。母马站在一旁，双眼半闭，低下头嗅着马驹的气味。外面的天色泛出金属质感的灰色，空气透出更深的寒意。干草屑和灰尘浑浊了我们周围的空气，我们安静地站在马棚里，呼吸着血、土壤和夜晚混杂的气息，看着它们的头逐渐靠近，第一次互相触碰。

# 第二章

ॐ

　　我七岁那年，我父亲给姐姐买了"帽子"。两个脖子粗得像树干的家伙将它从肯塔基州一路运来。当他们把它从拖车里拉出的时候，"帽子"一甩头，几乎将他们撞倒在地。诺娜那时刚满十二岁，她径直朝它走去，伸出了她的手。"帽子"胸部的肌肉抽动，一只马蹄重重一踏，将沙砾踢撒在我姐姐腿上。"小心点。""树干"说道。可诺娜原地不动。

　　过了一会儿，"帽子"低下头。我们几个看着诺娜用手摩挲着"帽子"的鼻子，弹着舌头，将它的门鬃卷出花样点缀在双眼间。"行了。"她说，"你并非那么强硬。"

　　"黄帽子"归希拉所有的那一刻远没有如此值得纪念。阿尔特曼太太给了我父亲一张支票，我父亲给了她注册文件。那匹马不曾离开马栏。之后，我父亲带我去吃奶酪汉堡，告诉我这一年一定够呛——他可以感觉到。他微笑着，在桌下晃着腿。"点甜品，"他满嘴塞着汉堡说，"你想吃什么就点什么。"

父亲说马上我们的马棚会被潮水般的客户淹没。希拉的朋友会来看她骑马。她们看见她在新拥有的漂亮马匹上自豪而又高雅，就会想同样上课，同样拥有自己的漂亮马匹。而且，我父亲补充道，她们会是跟希拉一样的女孩。富裕的女孩。这才是体现区别的关键。

"诺娜对这逐渐厌烦，无精打采。"我父亲吸着已经喝光了的苏打水，发出啧啧的声响，"可希拉还那么新鲜。她很兴奋——狂热。"

希拉·阿尔特曼的确新鲜，她也确实兴奋——她跳上跳下，频率之高超过了我认识的所有人。但是狂热应该属于诺娜那样的姑娘，一生都在表演，有坚毅的下巴犀利的双眼和如绳结般的手臂。她们在赛场外歪歪垮垮地骑着马，休息间隙躲在主持人的隔间后偷偷抽烟。这些姑娘被甩过，被踏过，被拖过，曾经有马匹在她们身下倒下，或是在她们身上翻转。她们还没到十三岁就都有了故事：幼马后蹄跳跃时锁骨折断，母马受惊退向护栏柱一侧时膝盖撞伤，马匹摔倒打转将骑手压得不能动弹时骨盆粉碎。希拉·阿尔特曼皮肤光滑、双颊粉嫩。没有人会对此留下印象。

"怎么了？"我父亲扬起眉毛问，更像是警告而非提问。

"没怎么。"我对他说，"我只是不想吃甜品罢了。"

学校里的管理员将波莉·凯恩的桌子整理干净，撕去了她储物柜上的标签。校长通过扩音器感谢六年级在葬礼上能够有如此高的出席率，他还告诉我们，等天暖和点儿，整个六年级将在院子里植一棵树以纪念波莉。终于，他说，我们应该像从前那样继续读书、欢笑、准时交家庭作业——那将是波莉期待看到的景象。

由于死亡，波莉·凯恩获得了比活着的时候多得多的欢迎。女孩上学时身着黑色，或是她们能找到的最接近的颜色——深蓝。所有曾在走廊里与她擦肩而过的人都有故事要说：她在拼写测验时借给人铅笔，或是借硬币给别人去贩售机买汽水。在课堂上，她发言前总是举手。有一次，有人发现她拾起不属于她的垃圾。哪怕波莉曾经说脏话，曾经将人绊倒，曾经叫人不雅的绰号，没有人会记得。现在她死了离开了。唯一的解释是她曾那么慷慨、善良、洞察并且体谅周遭的一切——对这个世界而言好得有些过头。

跟波莉曾是朋友的姑娘们一夜成名。葬礼后的几天里，人们在走廊里簇拥着她们，询问她们的近况，主动要求帮她们补上因为悲痛而拉下的作业。波莉的朋友们平凡而又安静，如此的关注令她们不适。我看着她们在走廊里弓着肩低着头走路。如果世界略微改变，我本有可能是她们中的一员。

我零零星星地获知了葬礼的细节。在女厕所洗手的时候，我得知波莉躺在粉红色的棺材里下葬。在体操课前换衣服的时候，我听见两个女孩讨论葬礼开始时朗诵的一首诗，我边听边假装系鞋带。但直到吃午饭排队时，我才发现了最丰富的资源。

在通常情况下，詹尼丝·里顿是那种旁人都避之不及的角色，面色苍白，脸如满月，面团般耷拉的肩，额头粉刺点缀。詹尼丝在并无特殊事件的日子里一如既往地盛装上学，乐此不疲地与一切无生命的物体聊天。今天詹尼丝戴着塑料冠状头饰，在向我描述波莉葬礼细节的间隙，她停下向托盘上的每样东西打招呼："你好，小叉子。今天你不太亮。"可她参加了葬礼而我没有。因此我微笑着点头，在她对银器说话的时候假装毫不在意。

詹尼丝告诉我是波莉的叔叔在葬礼开始时朗诵了诗——一首关于花的诗。波莉的母亲身着绿裙，戴着一朵白玫瑰。日落时投影仪播放波莉成长过程中的照片，六年级合唱队吟唱《风中之烛》。

"震撼人心。"詹尼丝说。我们举着托盘站在一起，她冲着一张空桌子点点头："愿意跟我一起坐吗？"

詹尼丝头饰上的一些塑料宝石已经掉了，我可以发现她用红色的记号笔在裸露的凹孔内涂上了颜色。我小心翼翼地观察四周是否有人在注意我们，可詹尼丝只盯着我的脸。"我还没把一切都告诉你呢。"她说，"我只是刚刚揭开了表面。"

我点点头，跟着她走向桌子。

波莉没有兄弟姐妹，她父亲在她四岁那年过世了。詹尼丝抚平铺在膝盖上的纸巾，不断重复她在葬礼上听到的故事，描述她看见的照片——波莉在圣诞节的早上头顶别着个红色的蝴蝶结，波莉在滑冰，波莉在用一根弯曲的吸管喝巧克力牛奶。

"她妈妈哭了吗？"我问道，詹尼丝停下了正往口中送的热狗。

"当然。"她说，"是她孩子的葬礼。"

"她长什么样？"我问，詹尼丝耸耸肩。

"我不知道。"她说，"就像个女人，像其他所有的妈妈。"

我点点头，想起我自己的母亲有时毫无缘由地哭泣。

"大家都哭了。"詹尼丝继续说，"葬礼结束后，我看见戴尔玛先生在他车里，应该是在哭。"

戴尔玛先生教七年级英语，我试图描绘他的长相，想象一个成年男子独自坐在静止的车内，手捧着脸无声地哭泣。"波莉·凯恩都没上过戴尔玛先生的课。"我说。

"她是网球队的。"詹尼丝告诉我，"戴尔玛先生是教练。"

"有网球队？"我们学校有个球场，可地面的缝隙中长满野草，而且没有网。

"更像是俱乐部。"詹尼丝说，"我觉得他们不常碰头。"

"戴尔玛先生那么难受？"

詹尼丝张嘴说话，我看见她舌头上未被完全咀嚼的热狗团。"他被击垮了。"

我低头盯着托盘却不碰它。即便是不相干的老师，也因想象没有波莉的世界而变得支离破碎。这么些年，我曾与波莉在回家的路上相伴同行，而我甚至不知道她打网球。

我的眼睛在餐厅里兜了一圈，直到发现波莉曾经吃午饭的那张桌子，她曾经坐过如今却空荡荡的椅子。詹尼丝仍在继续葬礼的描述，谁穿了什么，谁坐在哪儿。而我却瞥视着波莉的朋友，期望她们能在嚼三明治或是抿牛奶的间歇会抬头注意到我。我想让她们知道她们并不孤单。尽管我未必能充分体会她们所蒙受的沉重损失，我愿意一同承担。她们的圈子现在缺了一个人。我可以倾听她们的故事，让她们在交谈中抒发痛苦。如果是女性朋友的话，"三"可不是个好数字——这道理人人都懂。我可以重新构成平衡。

"我得走了。"我嘟囔着。詹尼丝话到一半嘴唇突然僵硬。

我在餐厅里绕了远路。当我挨近她们的桌子时，可以感觉人群在我左右分开。波莉的幽灵之手将我指引向她的朋友们。我们会深深地望向彼此的眼睛，我们每个人都能感觉那种联系，感觉我们相遇的意义。她们会请我一起坐。她们会让我留下。从那一刻起，我将会一直与她们在一起，保护她们免受同学们刺探打听的侵扰，填补因为波莉的离去而留下的空白。

可当我在她们桌前停下，波莉的三个朋友一起用死气沉沉、呆滞空洞的目光盯着我，不说一句话。

"我是艾莉丝。"我告诉她们。

"我们知道你是谁。"莎伦·希尔说着把一个土豆饼叉进一团番茄酱里，"你想干什么？"

我把托盘从一只手换到另一只，努力让我的表情显得坦率而又诚恳，让她们发觉我感情的真挚。"我只是想说我曾经多难过——我现在多难过。我是说，我想告诉你们我为波莉，为她的死而难过。"

珂林·墨菲把下巴搁在手上，艾比盖尔·威尔森咬着手指甲。我努力搜寻关于波莉的谈资：组装我们的灯笼时她在我耳边低语的一个秘密；她说过的一个笑话；她拥有的一项特殊才能，虽然未被发掘，但如果她能活着继续加以发展，没准可以形成她生活的轨迹。可我们曾经肩并肩在工具和金属废料堆里度过的那些午后，波莉除了大声阅读指示或是指出哪块应该放在哪儿之外，什么都没说。我从她们的桌子旁退后几步，独自离了餐厅。

詹尼丝·里顿在外面跟上我。她捏了捏我的胳膊。"我看见你努力想跟她们交谈。"她说。

"怎么了？"

"你可别指望她们会对你友善，那些姑娘。"她说，加快步伐跟紧我，"她们被弄烦了"

"我没指望什么。"我告诉她,"我只是打个招呼。"

"反正她们什么都不知道。"

我停了下来。詹尼丝微笑着,冲我勾勾一个肥嘟嘟的手指,引我走近听她道出秘密。"人们目睹了事情。"她低声说,"在运河上。水面笼罩着白色的阴影。"

"谁?"我问,"谁目睹了?"

詹尼丝把嘴唇抿成一条细缝,举起手指盖在上面,用一把无形的钥匙锁上了嘴巴,而后抛到了肩后。詹尼丝做这种事毫不为奇。四年级,她告诉每个人,她在切除扁桃体的时候,卡伦·卡朋特①来找她,并且带她游览天堂。之后的几个星期,詹尼丝在课间休息时恳求大家跟她坐成一个圈,保证说如果他们拉着手一起唱《靠近你》②,卡伦就会回来让大家看到她曾向詹尼丝展示的一切。

"这很傻。"我说完,詹尼丝的脸挂了下来。

我们身后传来沙沙的脚步声,我扭头看。艾比盖尔,珂林和莎伦正走出餐厅。我朝后退了一步,以显示詹尼丝和我并非是一起的。

波莉的朋友们经过我们身旁,眼皮都没抬一下。她们离开后,詹尼丝把双手交叉搁在胸前。"这不能怪你。"她最后说,"我是说,你怎么能够明白?你连葬礼都没参加。"

我沿着运河从学校走回家,侧着头,似乎看见一个姑娘丝绸般的脸庞轮廓在水面上浮现,一群白色的阴影嗡嗡作响。但水面平静,并无异样。沿着河水,坠落的蜉蝣黏稠的尸体漂过排水井粘在水草上。

---

① 卡伦·卡朋特(Karen Carpenter,一九五〇——一九八三),流行于上世纪七十年代的美国兄妹乡村乐组合"卡朋特乐队"(The Carpenters)的主唱。

② 《靠近你》(Close to You),"卡朋特乐队"的一首名曲。

这就是事物终结的方式——细碎而又丑陋。人们可以哭泣、溺水，或是整天一个人吃午饭，这个世界毫不在意。它只是自顾自地向前，如同人类心脏般跳跃前行。没有规则，没有暗示，没有回答。只有悲伤。只不过，这些全都不属于我。

文件被签署后，阿尔特曼家多付了些钱，让"帽子"的名字缝在或是印在他们为它添置的所有东西上。新笼头上它的名字闪着金光横跨鼻翼，与之相配的毯子上标着名字的首字母 YC①。希拉用不退色的记号笔在她所有的理毛刷和马梳上都写下了"黄帽子"。有时候，它的名字下画着线，或是跟着一系列的惊叹号。有时，她会在周围画上星星。

"艾莉丝，你说实话，"我们放学后清扫马棚的时候希拉说，"'帽子'难道不是你见过的最英俊的马吗？"

"我猜是。"我说。

"也是最聪明的。"希拉告诉我，"无论何时我走向它的马栏，它都会径直向我走来，就好像它知道它是我的。"

"它知道你用它原本吃不到的东西喂它。"我说。从马具房传来了我父亲的咳嗽声。"而且它知道它是你的。"我补充道。

即便希拉用她吃午饭时留下的苹果芯、奥利奥饼干和三明治的面包皮喂它，"帽子"在骑马场上仍然显得顽固强硬。"你得让它看看谁才是老大！"我父亲在她的骑术课上喊道。

"我想'帽子'今天脾气不好。"她会抓着马鞍的鞍头说，或者说："也许它不舒服。"

---

① 黄帽子，Yellow Cap 姓名的首字母为 YC。

在课堂上老师教导我们不要为失败找借口。可他们只会在坏事发生时才这么说——某人的父亲被送进了监狱，或是一个女孩在回家路上死了。而希拉的学校见报的都是考试得了高分，或是某个学生成功闯入全国拼字比赛决赛之类的事。似乎从没有人向希拉·阿尔特曼提起过失败。

之后的几周，我父亲油漆了马棚和所有的牧场围栏，我们全部的家当闪耀着红白相间的光芒。干完这些，为了让一切能匹配，他把卡车和马拖车也重新油漆成樱桃红，两侧都用白色印着"维斯顿马场"。"瞧瞧这些。"我放学回家后他对我说。三副崭新的表演用马鞍在马具房里被安装完毕，每副都配着雕花银马镫。

"很醒目。"我说完他咧嘴笑，"给谁用的？"

"新客户！"他告诉我，"等着瞧吧，艾莉丝。这儿的每样东西都会发生变化。"

但是除了那层新油漆，马厩里并没有什么与之前不同的地方。我们把传种母马和新出生的马驹移到了前面的牧场。当我们把新添置的表演马送进马棚，"帽子"走进了第一间也是最大的马厩，那儿始终是它呆的地方。它仍旧吃我们的干草喝我们的水。它仍旧是马棚里最出色的马。唯一真正意义上的变化是它不再属于我们。

在我们家里，客厅的墙壁上排列着镶着诺娜在马秀上照片的镜框，她握着支票、绶带、奖杯。她五岁、六岁、七岁，骑着我毫无印象的马，穿着她长大后我曾在客户身上见过的衣服。在年代更近的照片里，诺娜脊椎笔直地坐在"黄帽子"身上，挺着胸膛，紧绷下巴。所有蓝色的绶带和奖杯只不过是点缀。诺娜脸上的表情足以让任何人知道她已经胜利，知道她比其他人都更优秀。

客户来来去去。他们或是搬走，或是失去兴趣，或是找到了他们更喜欢的东西。也许希拉·阿尔特曼有所不同。也许她如一场梦般学会了骑马驰骋，从四面八方带来客户。但是现在，她骑马的时候就像一袋子门把手。如果真正需要的只是时间和训练，如果我父亲知道某种秘诀可以让一个平凡的女孩变成冠军，一个他可以传授给任何人的秘诀，他多半早就教给我了。

在学校，人们逐渐耗完了谈论波莉生活的那些伎俩，于是他们开始将她的死亡肢解为片断。真的有人会跌落入运河吗？没人记得波莉动作笨拙。没人记得她喜欢游泳。于是人们开始回忆：波莉是否显得悲伤、沉默、不合群？她是否曾谈论过孤独？她是否减轻了体重？人们不再小心翼翼地对波莉的朋友们说话。女孩们在走廊里踏着步子迈向她们，将她们逼向角落寻求答案。她们是否有什么知道的事情没告诉我们？为什么她们不在波莉身边？为什么她们没有发现征兆？

正当一切几乎变为一场屠杀的时候，珂林·墨菲在地理测验中途溜进女厕所，试图将手指甲掐入手腕和喉咙了结自己，但却不太顺利。小小的半月形的抓痕在她的脖子和手臂上肿了起来——她几乎没有出血。但却足以让整件事逐渐偃旗息鼓。

我们的校长作了第二次讲话。这次，他既未对我们的同情心表示感谢，也未因我们的悲伤而感动。他告诉我们别再穿黑色的衣服，或是在走廊里哭泣。如果他再听见关于波莉·凯恩的一个字，他就会取消学年末的水上乐园之行，而六年级将用放假前的一整天清洗桌子。

是时候向前进了。他说，够了就是够了。

"今天有个女孩在学校里试图自杀。"我告诉父亲，"她像这样把手指甲抠进喉咙和手腕里。"我斜伸出半条舌头，用手指抓着脖子表演哑剧。"他们打了911①，她的父母来了，用救护车把她送走了。"

我父亲为了希拉的课在给"帽子"备鞍。他系紧马肚带的时候斜眼瞥着我说："听上去她像个白痴。"

我在父亲身边蹲下，假装看他从"帽子"的马蹄缝里挑出尘土。"你参加过葬礼吗？"我问他。他还没来得及回答，石子车道上传来一声轰鸣。我父亲站起身，冲阿尔特曼太太和希拉挥手。

"留神看着希拉一会儿。"他对我说，"我要跟她母亲谈谈。"

希拉从车里爬出来，挥舞着一袋她给新生马驹带来的小胡萝卜。我跟着她去了前面的牧场，石子路磨着我的脚。马驹会对希拉打算给予它们的一切毫不感兴趣，不过让她试试也没什么害处。这比跟她谈话要简单得多。

"这儿，宝贝们。"她爬上围栏叫道。牧场上的传种母马抬起头，注视了我们一小会儿，然后注意力又回到草地上。马驹不停地围绕着它们的母亲闲逛，对我们的出现不加理会。希拉从她的袋子里取出一根胡萝卜，扔进牧场，胡萝卜落在我们前方几英尺远的草地上。"宝贝们！"她又试了一次，但是它们全都一动不动。希拉的脸挂了下来。"它们需要名字。"她说，"我敢肯定，如果我们叫它们的名字，它们就会过来了。"

"得等我们替它们注册了，它们才会有名字。"我告诉她，扭头

---

① 911，美国的综合报警电话。

看着我父亲。他微笑着弯腰探进阿尔特曼太太打开的车窗，边说边用手比划着。

"至少，我们可以开始想名字。"她说，"等咱们注册它们的时候，就会简单得多。"我冲她扬起眉毛。什么时候我和希拉·阿尔特曼变成了"咱们"？

她指着一匹马驹。"那匹可以叫'巧克力蛋糕'"她说，"那匹叫'淘气鬼'正好。它可真贪玩。"

"你可别净瞎编名字。"我告诉她，"有一部分名字沿袭自公种马。"希拉冲我眨眨眼睛。"父亲。"我解释道，"它名字的一部分会体现在幼驹的名字里，这样人们可以分辨血统。"

希拉考虑了一会儿，"它们的公种马是谁？"

"是同一匹。"我说，"我们的种马'准男爵'。去年它腹绞痛，只好让它安乐死。"

"它们是孤儿。"希拉吸了口气，重又将脸转向幼驹，"可怜的宝贝们。"

在几年的时间里"准男爵"犹如一个固定装置。它住在马场旁的圆形马栏里。我父亲禁止我和我姐姐靠近它。种马天性狂野，难以捉摸，会毫无征兆地踢咬。"准男爵"差不多就是一件设备。它总是处于绝对的孤独状态，除非我父亲要替母马交配。"这没什么大不了的。"我告诉她，"反正它们本来也见不到它。"

阿尔特曼太太走后，我独自一人清扫着马厩，我父亲和希拉一起在马场里。演出季已近在眼前，每周一次的骑术课，现在成了每天生活的一部分。我等待着我的父亲因为我独自完成一切的能力说不出话来，惊讶地摇着他的头，问我秘诀是什么。日复一日，我把新鲜的稻草叉进每个马厩，我清扫完马棚后，用塑料软管冲刷每个角落。日复一日，我父亲什么都没说。

夜里一切工作结束后，我会坐在诺娜壁橱的底板上，把她的粉红色电话放在腿上。她上次打电话回家是两个月前，每天晚上我都盘算着她打电话来的时候，我对她说些什么。我会告诉她新出生的幼驹，还有买下诺娜的马却不会骑的希拉·阿尔特曼。我会告诉她死去的波莉·凯恩，还有想死的珂林·墨菲。我会告诉她我现在一个人干的活。"我累得都快趴下了。"我会说，"我会迅速衰老，被耗尽。"

学期马上就要结束。也许诺娜会让我去看看她，替我买张车票，去她现在呆的任何地方。然后我就会解释为何无法成行，我的父亲缺了我如何连一天都无法生活。"现在我是他的全部。"我会告诉她，似乎大声地说出这些字眼就足以让它们成真。


"我们最棒的姑娘说了些什么？"我母亲问。她闭着双眼，我以为她睡着了，直到她开口说话。

"没什么。"我说，"她没打电话来。"

她的额头上起了皱纹，"我们没有收到信？"

"好一阵子没有了。"

我母亲睁开眼冲我眨着，仿佛她不确定我打哪儿出现。"好一阵子？"

我回想了一下："几个星期，我猜。"

"我想知道这意味着什么。"

我站在她门口，把重心从一只脚转移到另一只。"爸爸让我来看看你是不是需要些什么。"我说。

我母亲拍拍她身边没有人睡的床。"陪陪我？"

窗帘拉着，电视机闪烁出屋子里唯一的光源，地板上阴影缓慢爬行。我坐在母亲床边，尽量不震动床铺。"你饿吗？"我问她，"要我为你煎个鸡蛋吗？"

我母亲用一根发白的手指绕着一缕头发，垂下眼睛盯着床罩："你想听听我做的梦吗？"

一丝冷汗顺着我的后腰蜿蜒向下："好吧。"

"我在一辆出租车上。"母亲告诉我，"穿着考究的衣服——长筒袜、高跟鞋和漂亮的裙子。我有两只小猫仔——才一点点儿大——在我的包里。但是出租车不停地急转弯，我的包不停地从我腿上滑落。每次我打开包，小猫仔都是死的，我必须像这样摇晃它们。"她把手握成拳头，举到自己面前开始摇晃，"它们那么小，就像奶油条。"

"你摇晃它们之后发生了什么？"我问。

"它们重新活了过来。"她说，"但是之后我把它们放回包里，它们又死了。我必须不停地摇晃它们，每次时间都要增加一些。每次我把它们拿出来，它们的死亡程度都会加重。"她把拳头放回腿上，低头看着自己空空的手心，"你觉得这意味着什么？"

这在我听来，是一个稀松平常毫无新意的梦。我并不清楚为什么它非得意味着些什么。"也许你想去什么地方。"我提示说。

我母亲把嘴唇拧向一边。"不。"她说，"不是这样。"

"也许你想要只猫。"

她叹口气，手滑向我，她的指尖掠过我的指尖。"最近我没怎么看见你爸爸。"她说，"我想也许他已经把我忘了。"

"他太忙了。"我告诉她。

她点点头："马驹出生。"

"你看过它们了吗？"我问她，她眯起了眼睛。

"我不想看它们。"她说，"我连它们的名字都不想知道。"她的胸口快速地上下起伏，呼吸短促，下唇颤抖。

"没关系。"我对她说，努力使自己的声音柔和，"你不是非得看它们。"我把手伸向她的肩膀，她闪开身子，就好像我的手上燃着火。我逃离了那张床。墙壁在退缩，空气正稀薄。我说什么都是错。

"你爸爸说有一匹简直就是我们'准男爵'的翻版。"她说，"是真的吗？"

我们对"准男爵"施行安乐死后，我父亲告诉我母亲他把"准男爵"卖给了中西部来的有钱人，"准男爵"正在内布拉斯加的农场健壮而又快乐地度过它的黄金岁月。"有一匹看上去有点像它，我觉得。"我说。

"你爸爸想让我去看它们。"她说，"他想带我下楼，让我透过窗户看着它们。为什么？"她冷冷地看了我一眼，我又朝后退了一步。"那样我就会神魂颠倒，他就可以把它们卖给那些陌生人。"她咬着嘴唇，眼眶含着泪水。

"这只是生意，妈妈。"我轻声说，"他这么做并非出于卑劣的目的。"

"我知道。"她不耐烦地回了一句，"你以为我不知道？"

我母亲用睡衣袖口轻拭眼角，我穿过房间走向窗子，将窗帘折起一些，只让一条狭长的光线洒在地毯上。窗外，希拉站在马场中央，我父亲骑着"帽子"围着她转圈做示范。

我把窗帘拉得更开，波莉·凯恩的灯笼被搁在窗台上。我用手指触摸它的边缘，用手背擦拭我母亲插在底座上的粗短蜡烛。葬礼后的几天，马克格鲁斯基先生问我，把灯笼送去波莉母亲那儿的时候怎么样。马克格鲁斯基先生是个笨拙的大个儿，耳朵多毛，脸像猩猩。跟男孩在一起的时候，他松弛而又友善，拍着他们的背，听完他们的笑话哈哈大笑，怂恿他们叫他绰号"鼻屎"。但是跟女孩在一起，他仿佛赤身裸体般紧张窘迫，跟我们说话时身子会慢慢后退。即便当他问起波莉的母亲，她如何拿起她死去的女儿在他课上制作的灯笼，她有什么感受时，他的手指在身体两侧抽搐着，扭头张望，仿佛随时有人会叫他。"她很喜欢。"我告诉他，"她哭了又哭。"他再也没有对我说过什么。

在某处，波莉的母亲正独自一人坐在屋里。没有丈夫，没有其他孩子。她独自做饭吃饭。她清洗烘干自己的碗碟。她睡觉醒来洗澡哭泣，而灯笼始终在我母亲的窗台上。它不属于这儿，它不属于任何地方。

"你应该回去工作了。"我母亲说，我的四肢猛然从松懈的状态中醒了过来。

我正关门，母亲仿佛呼吸般吐出了我的名字，我停下脚步。"他是怎么说的？"她喃喃地问。我轻轻地打开身后的门。

"谁？"

"你爸爸。"她说，"诺娜小时候因为他卖马几乎连心脏都能哭出来。我记不得他对她是怎么说的。"

从门口望去，我母亲在她的大床上又小又不起眼，古怪而孤独。这是我们一直在做的事——我父亲，姐姐，我——我们努力让一切更好，努力让世界听上去像是个比它实际更美妙的地方。可我脑子里满是离开这个房间的渴望，在我能够编造出一个更好的答案之前，真实的回答充斥着我的脑海："没有一匹马是无法被取代的。"

我母亲冲着天花板仰头大笑。"阿门。"她说。

有两种马我父亲是永远不会卖的：传种母马有其功能，它们有价值，有年复一年必须完成的使命。除此之外，它们老了，皮毛落满灰尘，马腿抖抖索索。没有人愿意买它们。还有是我父亲养在后面牧场的阉马。这些马是他在几年时间里通过从不曾向客户提起的那种拍卖会挑选买来的。

"濒死马大拍卖"在镇子郊外尘土飞扬的停车场里进行，吸引而来的买家用铆钉、绳子和布基胶带连接着临时拼凑的马拖车。马儿们长着蓬乱的尾巴和鬃毛，马腿和马肚上结着一层干涸的泥土，皮毛因为营养不良而斑斑驳驳。我父亲会穿行在生锈的圈栏间，寻找胁腹漆有橙色"X"的马匹——这个标志告诉买家它们遭受了无法恢复的损伤，等待宰杀，除了化为植物肥料或是教室里的胶水外毫无用处。

马匹按照磅数重量被拍卖，我父亲几乎一个子不花就能得到它们，然后将它们带回他劳动的地方，也是我们的家，像对待散架的汽车一般修复它们。跟表演用的马匹在一起时，父亲通常敏锐尖刻，动辄惩罚。可跟那些"濒死马"在一起，他温柔而耐心，充满着尊敬。他管它们叫"老人家"，给它们起名叫"高手"或者"海军上将"，"头儿"或者"查理"①。晚上所有客户回家后，他跟它们在一起。尽管我姐姐和我经常看着，我们却始终无法理解他跟它们在一起时究竟发生了什么，他们之间究竟传递着怎样的理解。

这过程得花上几个月，有时是几年。但当我父亲结束工作，濒死的马匹重又变得结实稳重。之后他把它们放到后面的牧场，它们在那儿养得肥肥的，摇摇晃晃的弯腿支撑着圆筒般的肚子。

"我们干吗要留着它们？"诺娜曾经问，"它们什么都做不了。"

"什么都做不了？"我父亲说，"它们什么都做不了？看看老'高手'。在整个马棚里没有比'高手'更加坚强沉稳的马。你可以在它头顶开炮，它连眼睛都不会眨一下。"

"那是因为它已经半死不活了，爸爸。它足有一百万岁。"

可我的父亲不会与它们分离。他向每个愿意停下脚步聆听的人讲述它们的故事："头儿"被一辆行驶中的卡车拖着，直至它的马蹄磨得只剩下根，只得缠上绷带，像濒危植物一样重新生长。"查理"饿得濒临发疯的边缘，而后被扔在沙漠中独自等死。老"高手"被榔头锤打，它的头盖骨变形，它的臀部及后腿弯曲。我父亲说令"老人家"如此坚强如此可靠的并非它们的年纪。它们曾入地狱之门，然后回来。从此之后任何事都无法令它们惊慌。

因此，他把孩子，从没接触过马的老人，到我们这儿来只上一次课以换取徽章的女童子军放在它们背上。除此之外，我父亲从不骚扰"老人家们"。他把它们养在从大路上看不见的牧场里。如果有人问起，他就说它们退休了。

————————
① 查理（Charlie），英语男名，通常代表有男子气概的。

40

"王牌"是希拉·阿尔特曼第一次上课骑的马,他让她和她母亲都相信她天赋出众,才能过人,随时准备以暴风雨之势占领马的世界。她所需要的仅仅是完美的表演马令她摇身一变成为完美的表演女孩。

马场外,我靠在护栏上看着希拉上完今天的课。她骑着"帽子"一路小跑进了马场的中央。我父亲让她停下,希拉将缰绳朝自己的肩膀猛拉,"帽子"的下巴几乎嵌入胸膛,嘴巴被扭了开来。希拉的腿朝后摇摆时它的身体忽地一颤,她侧身时座垫被翘起移出了马鞍。"吁。"她说,可"帽子"早就停了下来。

我父亲帮着希拉下马,她踩着脚蹬颤悠了一会儿,而后拍拍"帽子"的脖子。"我们看上去怎么样?"她问。我冲她竖起大拇指。

希拉骑着"王牌"上课时,一切都顺利简单。就像其他"老人家","王牌"的注意力在我父亲身上,听他的声音,看他的动作。我父亲让他的学生停下,"王牌"就停下。它老得几乎吱嘎作响,根本无法用真正的速度前进。骑它所需要的技术就跟骑一匹木马差不多。

"我原本以为你会请一些朋友来看你。"我父亲和希拉一起走出马场时对她说。

"到这儿来?"她问。

"没错。"我父亲说,"炫耀一下你的新马?让大伙看看你现在有多能耐?"

希拉的耳朵涨得绯红。"我想我还得再等等。"她说,"我不希望别人看见我骑马,除非我真的能骑得很好。"

我父亲的脸随着他的一只眼睛抽搐了一下,可他依旧保持微笑。在马具房,崭新的表演用的马鞍还在支架上,自打被他买进门后就没人碰过。"好吧。"他说,"那我们就继续努力。"

那天希拉的母亲把她接走后,我帮着父亲把成桶的谷物搬出去喂传种母马。他走在我前面,两条胳膊各摆动着一个大桶。我的肩膀酸疼,金属把掐在我的手掌心里,但我快步赶上。"她会受到伤害的。"我对他说。

"每个人都会受到伤害。"他说。

母马在牧场门口簇拥着我们,它们吃食时父亲在它们中间走动,试图让幼驹在它们的母亲忙于其他事情时,适应人类的接触。"看看这家伙的脑袋。"他边对我说,边伸手拍拍"姜黄"生下的雄马驹的屁股,"它能值不少钱。"幼驹嘶鸣着轻快地跑向一侧,躲避我父亲的触摸。

"等表演季开始后,如果希拉没有赢,阿尔特曼太太会怎么说?"我问。

"这需要时间。"我父亲说着,并在马驹逃离前试着用手捋过它带刺的短小鬃毛,"谁能首次尝试便能获胜?"

"诺娜。"我说。

"这不一样。"他告诉我。

"我知道。"

父亲用靴子尖踢了踢护栏柱。"马上就是夏天了。"他说,"我会花更多的时间在她身上。"

我的肩膀一沉——夏天。希拉·阿尔特曼永远也不回家了。

我父亲冲着地上点点头,似乎被自己的想法所说服。"只不过是时间。"他又说了一遍,挠了挠一匹母马的耳后。它斜侧着咬他,将牙齿展露在布满斑点的嘴唇间。"事情不会在一夜之间改变，对吧？"

父亲拍拍我的头，我一动不动地站着。我是整个牧场里唯一不因他的触摸而退缩的动物。"几乎没有。"我说。

最终，并非时间或是努力令事情改，而是钱。我父亲在客厅里有个抽屉装满了白色的信封，每个信封外都有他猫挠似的潦草笔迹——暖气，水，保险，食物。到了夜里，父亲会坐在客厅的桌前将信封在他面前铺开，我在客厅的地上写作业，他在小纸片上加数字而后压低了嗓子咒骂。

"过来一下。"他对我说，弓起脚把一把空椅子勾到他身旁，"我需要你的脑子。"

我坐下，父亲递给我一张纸片，"我最终加出来的数字总是不对。"他朝后靠在椅子里闭上眼睛，用他的拇指按压太阳穴。我重新拿了张纸写下数字，尽可能仔细地加减。汗水刺痛了我的发根，我祈祷我的头脑能够正常运转，因为它目前承担着一项重要任务。

"够了吗？"我放下笔的时候父亲问道。

"不。"

"该死的都上哪儿去了？"

透过窗户，我可以看见马棚在新油漆的包裹下华丽而又漂亮，卡车和拖车在泛光灯下隐约闪烁。"我不知道。"

我父亲总说他经营的马场不是那种付了钱就管吃喝的。我们是严肃的马棚，他说。我们的马是冠军。我们永远不会把它们赶进马栏给有钱人的宠物腾地方。我们车道尽头的招牌有我们马棚的名称，下面悬着的链条上挂着三个小招牌列出我们提供的服务：

驯马

骑术

配种

"准男爵"死后，父亲说是该把最后一个招牌去了的时候——我们可不想因为虚假广告而受指控。于是他做了新的招牌：寄宿。"折中。"他对我说，"这就是生意。有时候你得屈服。"

第一个把马送来寄宿的是帕蒂·乔，她丈夫给她买了匹纯种马作为结婚周年礼物。帕蒂·乔头发闪光睫毛乌黑。她身材很小，只比我高几英寸，她穿着绿色仿麂皮夹克和尖头鞋。帕蒂·乔牵着她的马走进它的马厩，她看看地面鼻子一皱："稻草？"

"这有问题吗？"我父亲问道，曲着膝盖让自己的脑袋凑近她。

帕蒂·乔冲他扬起自己的小下巴。"我在电话里没提过吗？"她眯着眼努力回忆，"我肯定我提过。'小情夫'就是不能忍受稻草地面。它坚持要锯末。"

我父亲用舌头舔舔下嘴唇。"它现在也是吗？"我从他喉咙肌肉的动作中可以感觉到，他正在竭力克制某种情绪，克制胸口升腾起的轻蔑。但他微笑着说："应该没什么问题。"

"谢天谢地。"帕蒂·乔说，"我带着它走遍了整个镇子。人们的反应就仿佛要改变一些简单的事情是多么的令人厌烦。"

"如果它没有锯末会怎么样？"我问。

帕蒂·乔沉下嗓子："他就不大便。"

"我明天就能搞到锯末。"我父亲做了保证，帕蒂·乔冲他亮出一口洁白无瑕的牙齿。"就是得稍微多花点钱。"

"是吗，那根本不是问题。"她说。

她走后，父亲和我站在"小情夫"马厩的门口，看着它闪烁着光泽的鬃毛和干净整洁的毛皮。它的头探出马厩门，我父亲用指尖戳戳它的鼻子："这么说你不在便宜货上拉屎，是吗？"

父亲提醒我帕蒂·乔在场的时候要记住礼节。"'请'和'谢谢'，"他说，"你知道的，那些玩意。不许吐唾沫骂脏话。我们看上去要显得高雅。"

我不吐唾沫骂脏话，但我点头表示我听懂了："她以后都会到这儿来？"我问。

"只要她喜欢就会来。"父亲告诉我，"如果我们够幸运，她会带些朋友来。"

果然是够幸运，因为帕蒂·乔有一大帮子朋友，几个星期内我们不得不把我们的马全都挪出马棚，给她们的马腾地方。父亲整天在马场边为我们的表演马焊接小的方形马栏，每天下午我从学校回家，他的脸就跟甜菜一样红，头发被汗水湿透。

"这要持续多长时间？"我问道，父亲掀起T恤的一角抹去额头上的汗水。

"等希拉开始赢了，我们就会有一些表演客户。"他保证道，"那时我们就可以让这些女人们打包走人。"

所以一切都取决于希拉·阿尔特曼。在她证明自己是个明星之前，父亲和我得做我们必须做的。我们得付账单。我们得装作高雅。这是妥协。这，我猜，是生意。


"那个小姑娘是谁？"我母亲问。终于来了一封我姐姐的信，我把信带上楼去给我母亲，发现她坐在卧室窗边，膝盖在睡袍下缩在胸前。

"她叫希拉。"我说，把诺娜的信放在床头柜上，"放学后她妈妈送她来，晚上再接她走。"

窗外马场内，希拉正努力让"帽子"在一列橙色锥形警示柱之间穿行，我父亲在一旁奔跑，冲她喊着指令。我母亲张开嘴，吐出一圈雾气落在窗户上。"她赢了吗？"她问。

这一年第一场地方表演规模并不大。马匹还披着冬天乱蓬蓬的皮毛，女孩们萎靡不振，她们不愿早起，而且很长时间没有练习了。希拉那组只有四个女孩参加比赛。尽管其他三个女孩在马场外等候时显得无聊而又烦乱，希拉却兴致盎然，不停地用手给脸扇风，而阿尔特曼太太围着她团团转，催促她从水壶里抿几口水，或是向她保证她绝对出色。马场内，希拉穿着她的新衣服脸颊通红行动笨拙，僵直在她的新马鞍上。她名列第四。

"还没。"我说，母亲在窗户圆形的哈气上按下手指的纹路。

"不过，她会的。"她说。

自打表演季开始后，父亲对希拉的聚焦程度更为提升。她不骑马的时候，他们一块儿站在马棚里谈论技巧和练习。如果她没赢，也不是因为缺少其他希望她赢的人。

"诺娜写来的。"我说，"她在爱达荷州。"我母亲点点头却不离开窗子。"她说他们在一家餐厅吃饭，面包是用花盆装着烤的。"

母亲没有回应，我准备离开。"把那关了。"她说着，手指向电视。我转动旋钮，咔嗒一声，房间陷入沉默。母亲用食指无声地弹着窗户。

"她把缰绳拉得太紧了。"她说话的嗓音如此轻柔，以至于我无法确定是否是对我说的。"诺娜会让它自由发挥。"

希拉下课时太阳正下山，她走出马场时我经过她身旁，橙色的天空点亮了她松散的马尾辫，像极了一个光环。"我想它每天这个时候看东西都有些困难。"她告诉我，"傍晚太昏暗了。你觉得'帽子'是不是有在昏暗中就会失明的毛病？"

我抬头看看我母亲的窗户，什么都没有。"我听说过这种事。"我说。

希拉弹着舌头把"帽子"引入马棚，它猛一抬头，差点把她扯倒。"没事了，好孩子。"她说着拍拍它的脖子，"我会是你的眼睛。"

我父亲还在马场里。"很好。"我走向护栏的时候他说，"帮我一下。"橙色锥形警示柱弯凹了，被踢到一旁，散落在马场的环形赛道中央。

"这儿出什么事了？"我问。

"只是尝试了一下花步。"他说。父亲弯腰拾起一个警示柱，我可以看见汗水顺着他的后背浸湿了 T 恤。他把胳膊伸进警示柱，撑起了一个凹陷处，"我们有办法应付花步。"

"你还有办法继续应付一切。"我对他说。

"我们得继续努力。"我父亲说，"她会进步的。"

我把一个警示柱一脚踢正，"如果她不呢？"

我父亲斜着看我一眼，然后在警示柱东倒西歪的战场上展开手臂，"她必须进步。"

阿尔特曼太太来接希拉时，我父亲正靠在后门廊上，把一听苏打水贴在脖子后面。她冲他挥手，而后穿着她的高跟鞋踉踉跄跄地穿过石子车道，向马棚走去。父亲把额头的汗水撸到肩上，跟在她身后。在车道中央，他在阿尔特曼太太的小货车后停下脚步，仔细瞅着它的车尾。后车窗上贴着一条新的保险杠小标语"我为巴洛米诺马刹车。"

"不错，是个好消息。"我说，父亲看着我，"如果'帽子'脱缰逃出马场，在街上拖着希拉，至少阿尔特曼太太不会开车碾过他们。"

父亲深吸一口气，我畏缩着以为他会因我的自作聪明而冲我怒吼，斥责我毫无用处的消极态度。然而，他闭上眼睛，下巴垂到胸前。"有时候，"他说，"我真想把我该死的脑袋瓜子拧开来。"


放假前的最后一天，他们在水上乐园分发学校年刊。我把游泳衣落在了家里，我们到水上乐园后，我的社会学科老师自愿借我两角五分钱打电话，让我打电话给我母亲让她送游泳衣来。我感谢了老师的好意并且解释了我母亲如何忙于工作应付各种重要会议，根本无暇抽身。"啊，好吧。"她说，拍拍我的肩，"总有下一年。"

我的同学在游泳，我靠着链条连起的护栏把我的年刊摊开放在腿上。我姐姐高中的年刊厚厚的，彩色照片闪着光芒，封面上有她银色的名字。初中的年刊相比之下令人失望，用复印机打印，中间用两个订书钉装订。照片又小颗粒又粗，下面的文字小得我得眯缝着眼才能看见。

我以为年刊上一定会提及波莉·凯恩。一年前，诺娜学校的一个男孩死于一次打猎意外，高中年刊的最后一页专门用来纪念他，正版都是照片，还有死去男孩的女朋友写的一首诗。可初中年刊的最后一页画着一头身着足球运动衫的美洲狮——我们学校的吉祥物——外加一张购买热午餐免费获赠夹心冰激凌的优惠券。

我的同学们在游泳池里泼水尖叫，互相挑衅从高处如炮弹般落入水中。在泳池中央，六年级的拉拉队轮流站在对方的肩膀上练习站稳。才刚进六月，她们就显出日光晒后的色泽，湿头发猛甩到肩上，一个队员被举起练习她在整套动作中承担的部分，其他人就一齐拍手。

嗨，我的名字叫凯利，我在这儿打赌

我会开着我的雪弗兰把你撞翻

我用拇指快速地从后往前翻阅年刊，仔细辨认微小的印刷字体。但是没有诗歌，没有承诺，没有宣布波莉·凯恩将永远活在天堂国度的《圣经》韵文。他们甚至没有把她的照片和我们年级一起印出来。

"艾莉丝·维斯顿。"我啪的一声合上书，抬头看见詹尼丝·里顿在我面前湿漉漉地滴着水。她一手拿着毛巾一手拿着年刊，水珠顺着她的发梢滴滴答答地落在封面上。"想在我的上面签字吗？"

我还来不及回答，詹尼丝就从我的手里抽走年刊，把她的放在我腿上。她把毛巾铺在草地上，在我身旁坐下，两条乳白色的香肠般的腿在面前伸展。她俯在我的年刊上，肚子在她紫色的游泳衣下勒出三个救生圈。我别开头，她如此没有自知之明如此不知羞愧令我窘迫。

我草草翻阅詹尼丝的年刊，终于在其他人的照片列中找到了我的。照片又小又模糊，我凑近试图辨认我脸部的细节。我不戴眼镜不扎辫子笑起来既不咧嘴也不露齿。我班上一半的女孩留着棕色直发，我可能是她们中的任何一个。但那照片下面印着我的名字，于是我在旁边签名，然后把年刊递还给詹尼丝。

"你不能光签名。"她对我说，"你得写点特别的东西。这是礼貌。"

泳池中央拉拉队尖叫着把一个女孩扔进水里再举起另一个。一些男孩坐在泳池边上，边看边透过牙缝吹着口哨。

嗨，我的名字叫雷切尔

你知道我会驾驶着我的庞蒂克撞翻你

过个有趣的夏天，我在自己的签名上方写道。詹尼丝递回我的年刊，而后猛地一下仿佛坐在自己的肚子上，把下巴搁在手臂背上凝视着游泳池。

"我表妹在得克萨斯州是拉拉队队长。"她对我说，"她站在别人的肩上，在空中翻滚，能后空翻两周。"

"不错。"我说。

"我们的拉拉队不怎么样。"詹尼丝继续说，"她们甚至都不做侧手翻。像咱们这样的女孩轻而易举就能参加。"

我努力表现出对谈话的厌烦，自顾自想着心事。除了那天中午在餐厅里，我从没跟詹尼丝·里顿说过话，从没给她零星半点理由让她认为我是跟她一起的。我们不是"咱们"。

詹尼丝把身子转到一侧，用一只手为她的脸遮住阳光，抬头看着我。"我打赌你一定没听说珂林的事。"

"人人都听说了她的事。"

"不。"她对我说，"不是在厕所里的事。我是说，之后。"

珂林在女厕所自残之后就没回过学校。我想她的父母觉得她的压力太大，让她在沙发上看着电视，吃着袋装薯片恢复。"怎么了？"我问。

我们身旁没有其他人坐着，可詹尼丝直起身，手握成空心拳头放在嘴边，冲着我的耳朵低语："她父母把她送走了。"她说，"去了一个中心。"她将重心调整到脚后跟，观察着我对这条消息流露的面部表情。

"什么中心？"

"亚利桑那州的什么地方。"她说，"去那的女孩都试图……你懂么。"詹尼丝的拇指在喉咙上缓慢扯动。

太阳明亮而温暖，但一阵颤栗爬遍我全身的肌肤。我的脑海中出现一栋白色墙壁没有窗户的建筑，一个我从来不知道存在着的地方，一个他们把想死的女孩们送去的地方。"她并没有那么想死。"我说。

"是有点牵强。"詹尼丝附和道，"如果她真的铁了心就会用刀或是剪子。可他们还是把她送走了。"

"你是怎么知道的？"

詹尼丝耸耸肩："莎伦和艾比盖尔告诉我的。"

"她们跟你说话？"我问。

詹尼丝眯起眼睛。"经常。"她站起来朝前弯下身，把湿头发挽成一股，水流到草地上。

"我不相信你。"我说。

"那就别相信。"

老师们在游泳池周围集合，挥手示意大家出来，在巴士回来接我们回学校之前有足够的时间换衣服。我的同学们在水里起哄哭闹，恳求再多给十分钟，五分钟，两分钟。

詹尼丝用她裸露的白色脚趾碰碰我的膝盖，我抬头看她。"告诉你吧。"她说，"莎伦和艾比盖尔现在差不多是我最好的朋友。她们哭泣的时候需要一个肩膀，而我就在她们身边。她们什么都对我说。"

我打开我的年刊假装沉陷其内，这样她就会发现我不感兴趣而后离开。可詹尼丝把手搁在她圆圆的屁股上站着不动。

"有时候她们谈起她。"她轻声说着，我抬起头。太阳在詹尼丝脑后闪光，我只得眯起眼。但我无法垂下眼睛，无法在我内心中找到一个地方让我能够假装不想听她们说的话。

"如果能让你好受的话。"她对我说，"波莉没什么特别的。她挺乏味。"

泳池边，我的同学们从水里爬了出来，在走向更衣室的路上冲彼此甩着湿头发。詹尼丝周围的空间逐渐变得模糊，我感觉身下的大地开始不平，疏松而又潮软。"你都不认识她。"我说。

"我对人的直觉准确。"詹尼丝耸耸肩，"我有特异功能——我就是知道。"

我起身朝我的班级走去。"那你应该知道我不感兴趣。"我对她说，"你应该知道我对这些一点都不关心。"

"我知道是你的爸爸。"她说着。我停下脚步，"我知道是他把她从水里捞了出来。"

我的肺在我的胸膛内颤抖，可我竭力微笑，竭力转动我的眼珠："你知道这些是因为你有特异功能？"

"不。"詹尼丝面无表情目不转睛地截住我的目光，"我知道是因为我继父是治安队的，他告诉我的。"

回到学校，我的同学们三五成群在彼此的年刊上签字、交换电话号码、发誓保持联系，虽然大家从幼儿园起就一起上学，而且并没有谁的父母打算搬离。

放学后我应该马上回家打扫马厩，问候我母亲。可我站着看别人挤上巴士或是坐上父母的车。时间一分一秒地过去，停车场空了。一学年结束了。

我走在学校空无一人的走廊里，拖着步子踏过活页纸的碎片，凝视着身边经过的一排排已经撤空的储物柜。到了秋天，六年级将会由一群新的面孔填满，可他们几乎没有什么差别。他们会用一样的书本参加一样的考试。我们离开几年后，学校看上去多半还是现在的模样：油漆依旧从墙壁上剥落，草坪依旧因为干渴而斑驳。人们来来往往。他们或是被送走或是死去或是完全出于自愿而离开。他们是谁，他们曾经说过或做过什么，无关紧要。最终，没有人会记得什么。

也许应该庆幸不曾有人为波莉栽树。生长在沙漠里的树弯曲而又干瘦，弱不经爬，秃不遮阳。自然科学课上，他们告诉我们有些地方树皮上的圆圈记录着时间，刷过油漆般的树叶在土壤潮湿的小丘上摩挲。在有些地方树能够永远生长。但是这儿却不行。

我站在七年级的侧楼里闭上眼睛，试图想象三个月后的自己，年长三个月，在我的旧学校里开始新学年。可当我闭上眼睛，我看见我父亲在及腰的运河水里，把波莉已无生命的尸体运向河边，河水顺着他的手臂流淌。她的皮肤一定又冷又滑，她的嘴唇发紫，她那浸泡在棕色河水里的黑发渗透我父亲 T 恤的纤维。也许他会想起每天我走着相同的道路，身旁是相同的河水。也许他会想象，就像我曾无数次想象，在运河边发现的是我的背包，排水井里缠着的是我的尸体。也许他会想象失去我之后他的生活。他们发现她的那天，我父亲触碰她，举起她，托着她死后浸满水而变沉的身体，淌水走向岸边。然后他回家看见我。他一个字都没有提起。

接着我想到那个老师，詹尼丝·里顿看见在车里哭泣的男人。波莉·凯恩并没有什么特别的，只是个女孩。但他为了她哭泣。我穿过走廊走向一扇标着"英语"的门。教室里看上去跟其他的别无二致。黑板蒙着灰尘，布满擦拭后的痕迹。桌子年复一年被学生刻得伤痕累累。在后面的一角，一个老师坐在桌子前写着什么。"戴尔玛先生？"我问。

他抬起眼睛："我就是。"

他瘦而结实，一头金色乱发，喉结凸出。关于他从来没有什么特别或是有趣的逸事。然而他看我的时候我感觉脊椎一颤。我要让他知道我的名字。

我还没开口，戴尔玛扭头扫了一眼他身后的钟。"四点半了。"他说，"我以为人都已经走光了。"

"我是艾莉丝·维斯顿，"我终于说，微弱颤抖的声音憋在喉咙，"是六年级的。"

他微笑着低头看着桌子。"好的，六年级的艾莉丝·维斯顿。我能为你做些什么？"

我不知道怎么回答。我想问他是否看过年刊，是否翻阅每一页后发现没有波莉的照片。我想知道他是否听说了珂林·墨菲在厕所掐自己，或是治安队蹚过运河。

"明年你会是我的高级英语课老师？"我开口说，"我想也许你有书单？我可以提前开始？"

戴尔玛先生朝后靠在椅子里。"你开玩笑吧。"他说，"真的？"

我咬着嘴唇："嗯，是的？"

"是么，那可太好了。"他在桌上轻轻敲着手指，"坐吧，我写点东西给你。"

他开始写，我在一旁的桌子边上忐忑不安地等着。"你到现在有没有读过什么让你喜欢的东西？"他问。

一股惊慌之火在我耳内升腾，我努力想起一本书，任何一本。"好吧。"我说，"我们在课上读过一本书，说一个女孩瞎了。她需要一条狗，她非常困难地适应失明和养一条狗。"

他微微一笑："我一定没注意到这本书。"

"没关系。"我说，"还有一本，说的是一个男孩从家里逃跑后住在一棵树上。我觉得有点傻。"

他写字的时候我环顾他的桌子。成堆的活页纸、书和即时贴，还有一张金色头发的女人在瀑布前微笑的照片。"你教网球，是吗？"我问。

"没错。"他说，"明年你想加入球队吗？"

"你认识波莉。"这串词被一口气吐了出来，它们滑过我的嘴唇，我的大脑无法阻止。

戴尔玛停下笔看着我："你是她的朋友吗？"

他的脸庞发生了一些变化。他看上去衰老了，沉默了，伤心了。突然，我无法描绘他在片刻之前的模样。我们每个人都因她而痛苦——这是真正的事实。其他的都无关紧要。"她是我最好的朋友。"

我说。

"我很遗憾。"他喃喃地说。戴尔玛先生低头看着他的手，我可以瞧见笔在他指间颤动。教室在我周围缩小，我在他的桌子边稳住自己，一种无法释放的重压让我有点头晕目眩。

"这一年对你一定很难。"他终于说。

"是的。"

"孤独。"

"是的。"

戴尔玛把笔举到唇边，咬着笔梢，不看我："你来这儿不是为了书单。"

"不。"我对他说，"不是。"

他抬起眼睛，他的凝视将我刺穿："她提过我。"

"有时候。"我说。

"她从没提起过她的朋友。"他对我说。他的嗓音嘶哑，面色泛红。他眨了几下眼睛，专注的目光落向我一侧。"她给我打电话，"他说，"聊几个小时。但她从来没有真正说过什么。"戴尔玛双手抱着头摇了摇。我可以感觉肺部加剧的悲伤充塞了我的喉咙。

"她给你打电话。"我说。

"是的。"

过去的一切重又复原，她活生生地、真切地正坐在我面前的桌边。她给他打电话，跟他聊几个小时。"她暗恋你。"我轻声说。

"我知道。"

我低头看着他凌乱的桌面。我还想说些什么，告诉他珂林的父母送她离开，告诉他詹尼丝·里顿向人们宣称波莉的鬼魂在水面游荡。我想说这对其他人而言已经变成一出闹剧以致他们心生厌烦，而他和我是这世上唯独两个理解发生的一切及其产生的真实痛苦的人。可我感觉我周围的空气变得紧张而又脆弱。再有任何东西就太多了。

"我还是会拿走书单的。"我对他说，"既然你写了。"

他笑了："你可真够朋友。"

我把纸头塞进我身后的背包转身离开。"艾莉丝·维斯顿。"他说，我停下脚步，"你长得挺像她。"

在那一刻，我感觉我们之间的空气变厚了，我周围的时间开始融化，直至没有过去，没有未来，没有真实。"我知道。"我对他说，"大家都这么说。"

我沿着运河跑回家，心脏剧烈跳动。我的每一个细小的部分都突然获得生命兴奋难耐，我的膝盖骨，手指甲，我的脚掌。空气在我耳中哼鸣，我的呼吸击打胸膛，我感觉我的胸腔会在压力下裂开。波莉·凯恩有一个秘密。现在我也有了一个。

# 第三章

ﾍ

每天随时随刻都有人把马送来寄宿，其结果就是我们根本无暇喘息。每匹马都跟"小情夫"一样挑剔坏境，我父亲的口袋里塞满了对每一匹马的指示清单。杰西·莎莉丹说她的阿拉伯母马"山脉"只喝纯净水；贝西·罗旺在马棚里绑上标志，要求不得有人使用带香味的化妆水、香波，或是——最关键的——香水，因为她的乘骑希瑟克里夫鼻窦敏感。

"这些女人是谁？"希拉和我一起帮着我父亲把一堆锯末从他轻型货车的车尾铲出来的时候问。这已经是三天里第三次她的课程被缩短，让帕蒂·乔和她的朋友们可以使用马场。

"寄宿者。"我父亲说，仿佛这样解释就够了。

"好吧。"希拉把刘海从额头上吹开，"她们真讨厌。"

"至少你的马还能呆在马棚里。"我对她说。我们自己的表演马在它们的新小马栏里绕着小圈踱步，在午后的热气中踢起阵阵尘雾。

"寄宿者没什么不好的。"我父亲说，"也许有点儿挑剔。可我们能应付挑剔。"希拉点点头，表示她愿意忍受挑剔，只要他要求她这么做。

一天中最热的时候，希拉和我拿着水管去马场边我父亲焊起来的马棚。我们在桶里装满水，喷洒马背帮它们在日光下降温。马在水的笼罩下一动不动，闭着眼睛，背上的肌肉抽搐。"不会永远这样。"我向它们保证。

"到什么时候？"希拉问。在我父亲身旁，她乐观而又积极，没有怨言。但我敢断言她正逐渐对铲锯末，提一罐罐的纯净水心生厌烦，对缩短她的课程心生厌烦。

"我不确定。"对她施加压力毫无用处，告诉她寄宿者会一直呆到她获得胜利带来表演客户毫无用处，"可不会永远这样。"

希拉叹口气："如果不让它们参加表演为什么养这么贵的马？有什么意义？"

我自己也有过同样的疑问。寄宿者每天都来。可她们不上骑术课，也不显露对竞赛的半点兴趣。她们花上几小时刷洗牵引她们的马匹，只是为了让它们回到马棚。

"她们的丈夫在哪儿？"希拉问，"她们从不提起他们。"

"我父亲说她们是那种在男人那儿没指望就转而投奔马的女人。"

希拉思考了一会儿。"是什么意思？"她问，我耸耸肩。

我猜希拉是否想起了她自己的父亲。阿尔特曼先生偶尔会在周六来看希拉骑马，但呆的时间都不长——他说扬尘引发他的咳嗽。他同意"黄帽子"是个帅小伙，可我发现他离那匹马从没保持在一口唾沫的距离。如果有一匹马离他太近，他会朝后跳着大叫："吁！"

希拉朝前侧身从管子里抿了一口水，眼睛注视着我等待答案。"我不知道。"最后我说，"可我们从没见过她们任何一个人的丈夫，我父亲说我们永远见不着。"

"好吧，我希望她们马上离开。"希拉说，挺直身子用手背擦擦嘴，"我已经烦透了那个贝西女人不停地冲我抽鼻子。"

下午寄宿者三三两两的到来，拿着装满冰葡萄的冷藏器，保温瓶里灌着她们可以倒进纸杯的香槟或是橙汁。杰西给马棚带来了立体音响，还雇了个电工接通喇叭，让她和她的朋友们可以边听音乐边洗刷她们的马。希拉和我父亲在马场练习时，我打扫着马厩，听着从马棚渗出的谈话。时间分秒流逝，保温瓶渐空，她们的声音越来越响，笑声飞扬，丝毫不克制。

在很多这样的下午之后，我知道了意大利面和土豆会让人长胖，用吹风机吹干头发会让发质变得毛躁脆弱，多生孩子会让女人的腹部像瘪掉的轮胎般下垂。

"你总在干活。"我在打扫希瑟克里夫的马厩时，贝西说。"休息会儿。过来跟我们聊聊。"

我父亲不喜欢休息。他说休息只会让重新开始变得更加困难。可他也说过我应该表现出礼貌，无论寄宿者让我做什么都应该遵命。于是我坐在冷藏器上啃着冰葡萄，她们则冲着纸杯格格笑着向我提问。

"你父亲多大岁数？"杰西问。

"三十九。"

贝西透过齿缝吹响口哨"他的手臂很强壮。"她说。

"你母亲过世了，亲爱的？"杰西问道，我的脊椎变得如木头般僵硬。

"她在屋里。"我说。

"你应该让她什么时候出来一下。"帕蒂·乔对我说。

"她可以跟我们一起喝几杯。"贝西补充道,"我们都很想看看她。"

"她大部分时间都呆在床上。"我告诉她们。她们转移目光,匆匆交换了一个我无法理解的眼神。

"她病了?"帕蒂·乔问。

我不知道怎么回答。她们的丈夫大多是医生。如果我撒谎她们可能会识破。我什么都还没说,帕蒂·乔清了清嗓子,手在她的马裤上擦了擦。"好了。"她对其他人说,"随便说说。"

"我该回去工作了。"我说着站起身,"谢谢你们的葡萄。"

那天所有人都走了之后,父亲拿着水管穿过马棚,重新装满马饮用的水。"那些女人快把我逼疯了。"他说。

"她们经常喝醉。"我对他说。

"这样有些事就能解释了。"他说。他站在赛拉的马厩前,一旁堆着成罐的纯净水。我父亲用水管里的水注满了它的水槽。"怎么?"他用水管喷着那匹母马问它,"这配不上你?"

赛拉甩着头,试图躲开喷溅,可我父亲用射出的弓形水柱跟着它,将它逼入马槽一角。赛拉嘶叫着重重地迈出一步,而后低下头,在水下蜷缩。"不。"我父亲说,"我不这么认为。"


第二场马秀的参加情况比第一场要好些。还没到早上六点半,二十辆拖车已经在地方治安队广场上驻扎。希拉站在我身旁，在她的运动衫下发抖。我父亲把"帽子"牵出拖车，牵着它走向马场。我们跟在后面，冲着自己的手指哈气让它们保持温暖。

马身上还盖着毯子，马蹄被包裹着，这样可以让它们保持清洁直至评判开始的那一刻。我父亲在马场里发现了一个无人的角落，他用牵马皮带勾住"帽子"的笼头，穿上绳子，用短鞭轻击他的靴子，直到"帽子"开始围着他绕圈小跑。

我们从护栏望去，希拉仿佛膝盖上了锁般的站着，咬着她小辫儿的发梢。"我应该自己做这些。"她说。其他的马都由它们自己的骑手进行热身。

"它没准拽着你穿过马场。"我对她说。

"我知道。"她说。

我感到对她的同情之心正在萌动，我用指尖碰碰她运动衫的袖子。"其他这些孩子一直在干这些。"我对她说。她点点头，并不看我。

阿尔特曼太太走到我们身后，腋下夹着钱包。"你冷吗？"她问希拉，"要我给你去小吃摊上买杯热可可吗？"

希拉的目光不曾离开马场。"我会吐的。"她说。

阿尔特曼太太站了一会儿没说话，然后把肩膀那儿的毛衣拉紧。"艾莉丝？"她指着马场说，"有必要这样吗？"

"可以帮助马平静。"我告诉她，"让它适应马场。"

"这很重要？"阿尔特曼太太问道，希拉翻翻白眼。

"马就跟人一样。"我说，"它们也会紧张。"

"好吧。"阿尔特曼太太挺直身子说，"我不能肯定地说我喜欢鞭子。"

希拉深吸一口气，我退后一步唯恐她真的呕吐。"那是短鞭，妈妈。"她说，"乔伊用它是为了发出声音。"

我转头看着她，试图解释从何时起我的父亲从维斯顿先生变成了乔伊。可希拉的脸木然而又僵硬，盯着马场，似乎它会将她整个吞噬。

清晨悄悄溜走，停车场挤满了马拖车和房车。大养马场都没有在首场马秀派出骑手，但这在意料之内。首场马秀通常是非正式的，练习性质的。任何的胜利都不被计算在赛季末的总获胜次数内。因此冠军们不会为此费神。但是他们会在第二场马秀出场。我们安扎在巴德·波普旁，他经营"波普骑术中心"，带来了八个学生和两辆拖车。巴德穿着件纽扣领的衬衫，戴着顶黑色斯特森毡帽。"拖车看上去干净利落，乔迪。"他说，我父亲面无微笑地挥挥手。

"你的那个孩子有音讯吗？"波普问。

我父亲挺直身子："她很好，谢谢。"

第一组开始在马场附近聚集。母亲们围着她们的女儿团团转，在最后一分钟把发卡别进头发，用胭脂在脸颊上涂抹一气，擦去马靴上的污迹。阿尔特曼太太在希拉四周飞舞，试图帮忙。可她围着马找不到方向，无法自个儿举起马鞍，也不知道如何系紧希拉头盔上的下颌带。"马场的另一边有一些露天看台座位。"我对她说，"如果你愿意我们可以坐那儿。"

"噢。"阿尔特曼太太说着看了看希拉，后者并不迎合她的目光，"我想应该没问题。"

阿尔特曼太太给我买了杯热可可，我们爬上看台。此时一些更为年幼的孩子正骑马围着裁判绕圈。

"看他们多小。"阿尔特曼太太吸了口气望着，"艾莉丝，让这么小的孩子坐在马背上安全吗？"坐在我们附近的一对年轻夫妇瞥了我们一眼，我报以微笑，希望他们不是父母。这可不是赢得新客户的方式。

"它们只是慢走或小跑。"我告诉她，"它们不会真的跑起来。"

我没有告诉阿尔特曼太太第一场马秀之前我父亲花了几个星期努力想让希拉能够参加十岁以下（含十岁）那组。"要是她刚满十一岁。"他不停地嘟囔。

"她十二了。"我对他说，"而且在同龄人中还不算矮。"

在一天时间内将有三十多个不同的小组——不同风格，不同年龄，不同标准。大多数骑手必须在不同组别转换间隙一刻不停地换服装或马鞍，或是喝上口水。（"今天我参加了十六个组。"维拉瑞尔·海斯抱怨道。她是巴德·波普的学生，也是那些曾经和我姐姐一起偷偷吸烟的姑娘中的一个。"我还不如他妈的宰了我自己。"）我父亲只让希拉参加了两个组：英式骑术和西部骑术。一组在上午，另一组在下午。我父亲觉得希拉在两组之间有充分的时间进行调整。他曾经想过让希拉只参加西部这组。她的西部骑术要稍好一些——马鞍的鞍头让她更有安全感①。可当他向希拉的母亲提议时，她被搞糊涂了。阿尔特曼太太说看上去英式和西部真正的区别，仅仅在于马鞍和服装。希拉两套马鞍两套服装都有。如果她不参加两个组别似乎是种浪费。

希拉和十岁以下（含十岁）那组在马场外排队，阿尔特曼太太捏紧了我的手臂。"她在那儿。"她低声说。我父亲站在"黄帽子"旁对

———————
① 西部鞍一般比英式鞍要更为宽大一些。

希拉吩咐着什么，她点头把缰绳缠绕在手里。

"你猜你爸爸在跟她说什么？"阿尔特曼太太问，我眯起眼睛试图解读他的唇语。

"他大概在跟她说别摔下来。"我说。阿尔特曼太太的嘴由于恐惧僵成了一个圈。"或者他在跟她说要微笑。"

我父亲退后，希拉吸了口气轻轻推着"帽子"进了马场。她身后是波普双胞胎，扎克和安迪，他们总是没精打采地坐在马上直到评判开始的那一刻。"看看有多少。"阿尔特曼太太边说边数着希拉一组的骑手，"他们都是哪儿来的？"

我姐姐和我永远不能当着我们客户的面谈论其他马场。我没法向阿尔特曼太太提起巴德·波普和他那一军队的学生；或是教授跳跃和轻便马车驾驶，并且总在马靴里备一副短鞭的戴安娜·彭斯。他们的学生跟随希拉鱼贯而入。我低头看着自己的脚说："我不确定。"

扎克和安迪·波普经过看台时冲我举起手，安迪还作了个斗鸡眼然后笑了起来。

"你的朋友？"阿尔特曼太太问。波普双胞胎松松垮垮，瘦长但不灵活，头发乱蓬蓬，嘴唇开裂让他们看上去仿佛喝了果汁宾治酒。

"不。"我说着朝他们挥手回应。

大门关上的那一刻，显而易见希拉没有做祈祷。首场马秀上杂乱的皮毛和困倦的眼睛一扫而光，每只马靴都擦得锃亮，每个后背都挺得笔直。"她怎么样？"阿尔特曼太太不停地问。

马场内，"帽子"在努力，希拉在使劲。她的双肘在身体两侧摆动，她的双脚踩着马蹬前后晃动。"不错。"我说。

在马场远处的一端，"帽子"突然停了下来，希拉踢它让它继续。"噢，不！"阿尔特曼太太倒抽一口气，"出了什么事？"

"'帽子'的步伐乱了。"我告诉她，"裁判发现了。"

"很糟吗？"她问。

"不太妙。"

骑手们让他们的马在马场中央排队，裁判沿着队列选出前六名。希拉脸颊通红，嘴角朝下抽搐着，可她等到名次宣布结束后离开马场才哭了出来。

阿尔特曼太太站了起来："我得到她身边去。"

我父亲已经在"帽子"的肩膀旁，抬头看着希拉跟她说话。他一手握着缰绳，一手放在希拉的膝盖上慢慢地打着圈摩挲。

"她很少哭。"阿尔特曼太太双眼不离希拉地说，"我肯定她需要我。"

可当我父亲说完话，希拉抬起下巴，挺直身子。她说了些什么，我没看清，我父亲仰头把重心踩在脚后跟上，整个身子都开始大笑。然后他拍拍她的腿，举起手帮她下马。他们一起走回拖车，没看我们一眼。

中午休息时，我走过我们卡车的转角，撞上了维拉瑞尔·海斯。"老天。"她说，"我正找你呢。"

维拉瑞尔跟诺娜同龄，红头发外加皮肤上的雀斑，让她从远处看是粉色的。尽管她经常在周围，我却不记得她之前曾注意过我。我扭头看看是否有人站在我身后。

"我得换衣服了，跟我走。"维拉瑞尔用胳膊肘勾着我，走向巴德·波普的拖车。"我早就想找你了。"她说,"可我今天一分钟他妈的都没有。一分钟都没有。"

我跟着维拉瑞尔走进马拖车的后面,她把下午用的表演服摊在一把折叠椅背上。"我们可以边换边聊。"她说着关上了我们身后的门。里面又黑又凉,薄如纸片的光线透进来。"你看见我在外面了吗?"维拉瑞尔从脚上拽下马靴问,"我一直在外面,就好像,整天整夜。"

"你表现得不赖。"她从马裤里扭扭摆摆地出来时,我盯着地面对她说,"两蓝一红?<sup></sup>①"

"是的。"她说,"芭比不在了,对吗?"她扭动屁股,透过一束光线,我看见她南瓜色长着雀斑的皮肤衬着她内衣的紫色花边。

"说正经的。"维拉瑞尔说,"诺娜怎么样?你有她的消息吗?"

我感觉这是个重要的问题,想给予一个重要的回答。我在脑海中快速朝前翻阅着诺娜的来信,寻找足以打动维拉瑞尔·海斯的任何信息。"她在爱达荷。"最后我说,"我是说,她曾经在。我不确定她现在在哪儿。她和杰瑞。她丈夫。"

"天呐。"维拉瑞尔说,"我无法相信她居然办到了。"

"我明白。"我说。

"这他妈的是一桩彻头彻尾的丑闻。"

"是吗?"我问。

"你真应该瞧瞧。"维拉瑞尔说。她一下子脱了衬衫,去拿另一件时一条光线映着她胃部的粉色微微闪烁,"每个人都像在问,她结婚了?"

---

① 指马秀中获奖者得到的缎带,在美国通常一等奖得到红色缎带,二等奖得到蓝色缎带。

"谁是每个人？"我问道，维拉瑞尔冲我抬起头。

"学校里的每个人。"

诺娜对于学校所提甚少。现在想想，似乎有些奇怪，她跟我一样有老师，有储物柜合用者，跟我从没遇见过却每天看见她的人聊天。我看着维拉瑞尔·海斯在黑暗中摸索着扣上衬衫纽扣，猜想关于我的姐姐她还知道些什么，她们单独相处时是怎样的一类人。

维拉瑞尔用手心顺了顺头发，打开拖车的后门，光线溢满地板。"你有什么新鲜事吗？"她问。

"我学校的一个女孩死了。"我说，"淹死在运河里。"

"哇。"维拉瑞尔说，"这可不好玩。"她踏出拖车伸出双臂，我在阳光下可以看清她的服装。她的牛仔裤包裹着她的细腰，她的衬衫沿着挺拔的胸部松松地扣着。"祝我好运吧。"她说。

我想说诺娜正在消失。我无法完全想起她的体形，她肤色的深浅。我想告诉维拉瑞尔，我姐姐没有给我们打电话，也很少写信。夜里，我在几小时的黑暗沉寂中想象着她生活中发生的刺激而又重要的事，她也许忘了我们的一切，留下我们探索没有她的世界。

"祝你好运。"我说。可没等我的话说完，维拉瑞尔已经转身走到了马拖车的另一边。

这一天的后半段跟前半段并无多大差别。我跟阿尔特曼太太坐在看台上，在她用一张演出说明给自己扇风的时候努力解说。希拉在她的第二组表演中没犯什么重大错误，不过也不足以替她赢回一条缎带。扎克和安迪·波普分获第一、二名，希拉参加的第一组比赛结果也是这样。胜利者列队离开马场。阿尔特曼太太和我走向大门，站在我父亲身旁等着希拉跟在他们后面出来。

"有进步。"我父亲说完，希拉笑了。

我用眼角的余光瞥到巴德·波普正靠在围栏上望着我们。他走近后，用斯特森毡帽轻轻碰了碰希拉。"好马。"他说。

希拉笑容满面。"它叫'黄帽子'。"她说，"它是世界上最棒的马。"

"一匹公主的马。"巴德冲希拉眨眨眼，我父亲的嘴唇抿成一条直线。"希望你尽可能地发挥它所拥有的一切。"

"我们很好，谢谢。"我父亲说。

"如果有问题就告诉我。"巴德对希拉说，"我没准知道些小伎俩能帮上你的忙。"

巴德走开后阿尔特曼太太回头看着他。"真是太热心了。"她说。

希拉换下表演服的时候我们站在一旁，阿尔特曼太太跟我爸爸讨论着下几周课的学费。希拉靠在马拖车上吹着前额的刘海。"哦，我的天，我快死了。"她说，"等天真的热了会怎么样？"

"你会出更多的汗。"我告诉她。

我父亲语速很快地对阿尔特曼太太说着话，边说边比划着手。一小股汗水缓缓爬过我的耳后，我伸手抹到肩上。我父亲的减价促销逐渐微弱成了背景噪音——再多点时间，再多点钱，希拉将拥有由奖杯和蓝色缎带组成的伟大未来。阿尔特曼太太打开支票本开始写字。

停车场的另一端，扎克和安迪·波普正从小吃摊往回走，手上捧满了热狗和玉米片。我靠在拖车上，看见巴德走到他们身后，用手臂环绕住他们两人的肩膀，俯身冲他们耳语一番。他说完后，双胞胎瞥了希拉和我一眼，做了个闻到什么东西腐烂变质的鬼脸。巴德又说了些什么，然后推着他们朝我们走来。他们一直等到几乎挨上我们才露出微笑。

"嘿，公主。"安迪对希拉说。"你刚才看上去很棒。"

希拉立刻红了脸。"谢谢。"她说。

"你骑马有多久了？"扎克舔去手腕上玉米片落下的芝士渣问。

"不太久。"希拉说，"这才是我的第二场马秀。"

"你开玩笑？"安迪说，"我根本猜不到。"

"忙你们的去吧。"我对双胞胎说，但他们仿佛脚下生根仍旧看着希拉。

"如果想聚聚一起骑马就给我们打电话。"安迪说，"我们有镇上最好的马场。"

他们离开时希拉朝他们挥手，然后掐着我的手臂说："那些男孩真可爱。"

"他们是笨蛋。"我对她说。我最不希望的就是希拉被波普家的双胞胎迷得神魂颠倒。我们转过身，我父亲正翘着脑袋活动着下巴盯着我们。"你们在跟谁说话？"他问。我离开希拉一步以显示我与此无关。

"那些获胜的男孩。"希拉说，"他们真友善。"

"听着。"我父亲用低沉而又慎重的嗓音说，"你要做个选择，而我希望你现在在这儿就做。"

阿尔特曼太太瞪大忧虑的眼睛看着我，我冲她摇摇头。我无能为力。

"你想要朋友？"我父亲问"还是想要赢？"

希拉涨红了脸，张开嘴抬头看我的父亲。她用微弱得近乎耳语的声音回答说："赢？"

"什么？"我父亲问。

"维斯顿先生。"阿尔特曼太太打断道，"我不能肯定我喜欢——"可我父亲冲她抬起一只手，她不说话了。

"你在这儿有一项任务。"我父亲对希拉说，"如果你不严肃对待，我不会在你身上浪费我的时间。"

总有一天我父亲会对每个客户发表这番讲话。这是他的方法，让他们保持专注，保护他们免受巴德·波普之流试图将他们从我们身边勾走的诱惑。可当我望着我父亲凝视希拉的眼神时，我感到一丝不安。

"我想赢，乔伊。"希拉重复道，这回她的声音低沉，甚至带着一丝威胁的意味。

"那你就会。"他对她说，"我保证。"

阿尔特曼太太十指交叉用手垫着下巴。"这似乎有点儿极端。"她轻轻地说，"毕竟他们只是孩子。那些男孩的父亲看上去和蔼而又热心。"

我想着维拉瑞尔·海斯，猜测她对我姐姐了解究竟有多深，猜测诺娜向我父亲隐瞒了多少友谊。可当我看着希拉·阿尔特曼，看着她宽宽的、饱含希望的脸庞和她诚实的双眼，我意识到这无关紧要。只要我姐姐曾经在沙漠峡谷呆过，她永远不会跟我们的竞争对手私奔，永远不会把她的生意带去别处。阿尔特曼太太环顾四周，一眼便决定了谁是好人谁是坏人。她无法理解事情如何发展，无法理解我们如何需要她的女儿，如何需要她的钱。

"有一次，我看见巴德·波普打一匹马。"我说完他们三个一起看着我，"用短马鞭。"

"噢，天呐。"阿尔特曼太太说。

"打在脸上。"我说，"很用力。发出很大的声响。"

我父亲冲我侧过头。他瞧不起巴德·波普，说他是个骗子，那种让自己的孩子在与某位客户竞赛时故意输掉比赛的人。可我从没见过巴德·波普打一匹马，我父亲知道。

"好吧。"阿尔特曼太太说，"那我们就离他远点儿。"

回家路上，我背靠车窗坐着，双腿伸展搁在卡车座上。我可以感觉到我头皮上的砂砾，被太阳晒了一天，脸和手臂滚烫滚烫的，紧绷、僵硬。快到家的时候，我父亲把一只手从方向盘移到了我的脚背上。"晚饭想让我带你去吃牛排吗？"他问。

我的胃里胀满了一整天阿尔特曼太太给我买的汉堡包、热巧克力和汽水。我一丁点儿也不饿。就算我饿，我们也吃不起牛排晚餐。"好啊。"我说。


两天后，希拉落马了。这没什么可大惊小怪的。她正上课，试图轻轻推着"帽子"慢跑。它突然拒绝前进，跷起后腿，跳了起来。希拉如同心脏中枪一般从一侧跌落下来。

我父亲快速穿过马场。我还没赶到那儿，他已经扶着她站了起来。

她手上的皮蹭破了，下巴像长出胡子般挂着土。"没事的没事的没事的没事的。"我父亲不停说着，一只手将她拉起，另一只手抚摸着她的四肢。

希拉脸色惨白嘴唇发颤。"'帽子'没事吧？"她问。

马场的另一端，"帽子"喷着鼻息甩着头，踏着焦虑不安的碎步时前时后。"它没事。"我父亲对她说，"它只是担心你。"

我父亲把希拉的手臂绕在我肩上，指点我用手环着她的腰。"艾莉丝带你去里面。"他说，我屈下膝盖支撑她的体重。

"里面？"我问，"屋子里面？"马棚里有厕所，马具房里有冰箱。希拉·阿尔特曼从来没有进过我们的屋子。

我父亲向"帽子"走近几步，那马在泥地里拖着缰绳朝相反的方向跑开。"让她坐下。"我父亲说着眼睛却不离开"帽子"，"别让太阳照着她。"

我迈着缓慢细小的步子离开马场，穿过马棚，指望希拉突然挺直身子，宣布她没事了。可她亦步亦趋地紧贴在我身上，指尖抵着嘴唇，双腿踉跄。"我觉得真的很奇怪。"她说，"我的嘴唇不停地发抖。"

屋子里又暗又静。白天我们不曾拉开窗帘，空气中弥漫着我们前天夜里吃的快餐的油腻气味。我在黑暗中摸索前进，把希拉放在沙发上。"我的腿感觉很奇怪。"她说。

"疼吗？"我问，穿着一双我父亲的靴子磕磕绊绊地穿过房间开灯。

"不。"她说，"就是感觉奇怪。"

沙发两端互不匹配的灯被按亮了，希拉眨了几下眼，然后低头看着自己的手。"你大概觉得我是个爱哭鬼。"她说。

"你没哭。"我对她说。

希拉朝后靠着沙发，眼睛扫视了一圈房间。楼梯脚下成堆的刚洗净的衣服，沾着污迹的地毯，台子上摆满早饭后留下的麦片粥碗。这一切都令我尴尬。"哇。"希拉说，"那是你姐姐吗？"

她正盯着客厅墙上一排排的照片。"对。"我说，"是诺娜。"

"哦，我的天。"希拉低声叹道，"她，就像是，电影明星。"

"谢谢。"我说。

希拉站起身，扭动屁股一瘸一拐地走向墙壁。"看呐。"她指着照片，"这儿有一张是跟'帽子'在一起的！"希拉用她的手指追随着照片底部的注释。"骑着'黄帽子'的诺娜·维斯顿，"她大声读着，"六分全国积分。什么意思？"

"你为了积分而比赛。"我告诉她，期望她坐回去，以免被什么东西绊倒，撞到脑袋。可她扬着眉毛，看着我，等着解释。"你赢得越多，就会获得越多的积分。参加当地马秀，就能获得当地的积分。参加全国马秀，就能获得全国积分。参加世界马秀，你就能获得世界积分。明白了？"

"谁赢得积分？"希拉问，"马还是人？"

"不一定。"我告诉她，"不同的情况有不同的组别。不过你得为了二者而竞争。"

希拉重新抬头看着照片。"'帽子'有全国积分？"

"它有世界积分。"我说，"我姐姐也有。他们一起赢的。"

希拉退后几步，小心翼翼地坐回沙发，目光在照片上滑动。然后她俯身用手抱着头开始哭泣。

"你没事吧？"我问。

希拉摇摇头，我朝厨房挪了几步，猜想她也许需要在脸上泼些水。

"艾莉丝，说实话。"她低声说，我停下脚步。希拉从指缝间抬起眼睛，我看见泪水顺着她的脸滑落到她的掌心。"我配得上它吗？"

阿尔特曼太太来接希拉之前，我们已经基本替她清理干净。瘀青的阴影开始在她下巴周围显现，她的手心有点儿红肿。可她又能像个正常人那样走路和交谈。

阿尔特曼太太将希拉紧紧拥在胸前，然后退后一步审视着她。"我们得去看急诊。"她说。

"不需要。"我父亲对她说，"我保证，不需要。"

"只是确定一下。"阿尔特曼太太说完朝马棚眯起眼睛，"那匹马！"

"不是'帽子'的错。"希拉跟着阿尔特曼太太走向车子时说，"它也许被蜜蜂蜇了——艾莉丝说的。"

我试图捕捉我父亲的眼神，可他赶在阿尔特曼母女之前替希拉打开了车门。她上车后，他把手搁在阿尔特曼太太肩上。"她没事。"他说，"她比她看上去要坚强得多。"

阿尔特曼太太闭上眼睛。"我知道。"她轻声说，"只是确定一下。"

她们走后，我父亲重新给"帽子"备上马鞍，牵着它走进马场，骑着它全速飞驰。我进屋拉开窗帘。透过窗户，我看着"帽子"的皮毛因汗水而变深。它的头开始下垂，这是过分疲惫的表现，可我父亲踢着让它继续。在等待它结束的时候，我叠起了衣服，洗净了早饭的碗碟，然后点亮一支据说有苹果馅饼香味的蜡烛。我举着蜡烛走遍客厅，试图驱赶油腻的汉堡包和马汗的气味，可苹果馅饼的味道令我头晕，我只得吹灭了蜡烛。

我走回窗户时太阳正下沉，我期待看见我父亲在马棚前挥手让我出去帮忙喂马。可他还在马场里，"帽子"的脖子和腿泛出汗水的泡沫，一缕缕浓稠的唾液从它嘴角滑落。我紧紧闭上双眼弓着我的身体，试图让我的父亲感知我的思想。停下，停下，停下，我祈求着，直到我的双手因为攥得太紧而发抖，我的牙齿在口腔里生疼。我睁开眼，阳光的最后一缕粉色已经流进了黑暗。他们还在奔跑。

楼上诺娜的房间里，我打开灯关上门。她走后我们把一些东西堆了进去——几箱圣诞树上的装饰品，我母亲的一些她说既不能放在她自己房间也不能扔了的衣服——但是除去这些，一切都跟诺娜住在这儿时一模一样。一叠脏衣服摞在梳妆台一旁，一本平装小说面朝下打开在床头桌上，标明她看到的页码。

外面，我可以远远地感觉到"帽子"的步伐，它的身体与地面的碰撞。我穿过房间，地板似乎在我脚下哆嗦，大地因为"帽子"所受惩罚的力量而变形。我捡起诺娜粉色的电话机，把电话线拉进了她的衣橱。

我坐在地板上我姐姐的羊毛卧室拖鞋和一双我从没见她穿过的银色凉鞋之间。她衬衫的褶边拂过我的头顶，透过地板，我感到重击正侵入我的胸膛，沿着我的手臂搏动，直至我的手心。我父亲不打算停下。土地会裂开。房子会沉陷。我会被埋在碎石下支离破碎。有一小部分的我相信这就要发生。有一小部分的我希望如此。

我把电话在我手里翻转。过去几个星期，我几百次偷偷看过电话簿，几千次在我的脑海中查找这个号码。我的体内空无一物只有噪音——它压平了我的肺在我的四肢内奔流。我的手指在电话按键上移动，就仿佛它们在水下而我的整个身体在我嘈杂的心跳声中被淹没。电话响了五次后他接了。

　　"戴尔玛先生？"我问。

　　电话线另一端停顿了一下，如同天空般深邃而不可捉摸的沉默。我体内的一切彻底静止。"艾莉丝·维斯顿。"他说。

# 第四章

电视上天气预报员说，今年沙漠峡谷会经历十五年来最热的夏天。从初春到现在，一场雨都没有下，屋外阳光如同露出肉的伤口般刺目，晒白了木护栏，晒蔫了树木。镇上通过了一项关于灌溉的禁令。未到七月初，大地已经呈现出骨头的颜色。所有的人只能谈论：什么时候下雨？会下雨吗？雨在哪儿？

沙漠峡谷的历史书写在天气中。在我有生之年曾反复听到这些故事：七十年代初反常的大范围潮湿天气滋生出了熊蜂般大小的蚊子。之前五年，风季将树木剥得精光，让大地如一尘不染的晚餐碟般干净光亮。在镇子的另一边，房屋和商店如异国花园般一夜涌现，闪烁着崭新的光芒，吸引喜欢温暖天气和煦冬季的人们。寄宿者在手提袋里带着一管管乳液，喷在手指上然后在手臂上涂匀。就连一见她们就讨厌的希拉·阿尔特曼也会排队领上几滴。"我妈妈说我是她的小花朵。"她用解释的语气对我说，"如果我不经常保持滋润，我就会枯萎。"

镇子里住在我们这边的人们出生于此，他们的祖祖辈辈也是同样。没有新开的餐馆，没有干净的白房子。没有人抱怨干燥的皮肤。山谷在我们周围改变形态，当地人依赖天气的历史来分辨哪些是可以信赖的，哪些不是。比我父亲年长的男人们聚集在我们购买饲料的合作社，将现在的气候与他们儿时进行比较。四十年代初，曾有一波热浪席卷了一年中的大部分时间。"没有秋天。"他们互相提醒说，"没有冬天。整整九个月只有炸了似的阳光。"

一九六六年还有过一次毁灭性的热浪。牲畜死于干渴和饥饿，人们破产。雪上加霜的是一连串火灾伴随干旱而来，吞噬了整片农场，令很多家庭一无所有。"你还记得，不是吗，乔迪？"他们问道，我父亲朝他们转过身，点点头。

"似乎我们从那以后就没有恢复。"他说完，他们伸手捏着他的手臂把他拽进他们的小圈子里。

从更宽泛的意义上来说，我们家始终与周围格格不入。我的祖父母造了我们住的房子，养育全家，看着我父亲的姐姐们一个个离开。我父亲娶了我母亲后，祖父母买了辆房车，把房子和马棚全部留给了我的父母，跟随他们行踪不定的女儿们在全国广袤开阔的土地上游荡。

我姐姐和我在成长过程中，由于缺少那些我们并不认识的姑姑和抛弃一切随她们而去的祖父母而受到损害。我的祖父曾是个英雄似的人物——慷慨大方，受邻居喜爱。他收拾一切，抛家离开的举动暗示了在我们的家庭中有某种病，因此有理由不信任我们。当地人怀疑那些初来乍到，搬入峡谷的人的动机，同样他们更加怀疑那些离开的人。

杰瑞来找诺娜的一星期后，父亲带我参加了治安队的野餐。我站在他身旁，夏天的连衫裙又潮又黏地贴在身上。一盘盘的肉在阳光下渗出脂肪。一周时间已经足够让大部分人都听说我们的马场里出了点儿事，并且发现诺娜的缺席。遭到逼问时，我父亲会给出一个单薄苍白的解释："她在青春期。"

其他人点点头。"荷尔蒙。"他们附和道，"自私。"青春期不服管教难以捉摸，他们说。固执。虽然他们表示同情，说这是普遍的问题，但当他们偷偷瞥视自己的孩子时，他们的表情出卖了他们真正的想法：我父亲在抚养我姐姐的过程中做了错事，犯下了可怕的错误，因而导致不幸降临在他头上。

我们周围的小圈子散去，我听见他们偷偷朝我们这儿张望着，互相咬着耳朵。"想想那当妈的。"他们轻声说。我低下头假装没有听见。这不寻常，存在于我们家，而且只存在于我们家。我闭上眼在脑海中搜寻答案。我是诺娜的妹妹，跟她在完全相同的空间里被抚养长大。一阵刺激的颤栗传遍我的四肢。我们与旁人不同，她和我。如果我姐姐受到了某种损伤，有某种问题。我也必定如此。

终于我父亲想起了火灾和之前的干旱。他幸免于蚊子的灾难。最终，他打造出了我姐姐，她曾经一度似乎不会犯我们这个社会所定义的任何错误。她赢得奖杯、头衔和金钱，即便最古板的老前辈在她进屋时，也会举手触帽以示敬意。可现在她走了。她跟一个牛仔私奔了，天气在土地上标记了它最近的不公。即便她回来，她也无法谈论这场新的危机。她不再是我们中的一分子了。

"真奇怪。"希拉对我说，"我在认识你们家之前从来不会费那么多劲想天气之类的事。我是说，在普通人看来，有多热，或是多冷，并没有多大差别。但是如果你靠土地为生——"

"我们不是靠土地为生。"我打断希拉板起了脸。

"我是指你们的马。"她说，"别动不动就生气。"

下午，炎热干燥的风吹着阵阵尘土穿过我们的牧场，将马赶进角落。草料快不够了——毫无办法。人们已经开始去丹佛①那么远的地方储存冬天的饲料。白天，我看见我父亲在马棚后数着干草垛，低声咒骂。

希拉说的对，毫无疑问。我们的马依赖天气，依赖雨水与阳光之间的微妙平衡。我们的生计依赖我们的马。担忧开始在我父亲脸上形成褶皱，压弯了他的肩膀，扭曲了他的表情。我知道恐慌本应具有传染性。但我看着土地化为尘埃什么感觉都没有。

夜里我的梦里充满了水。它从天而降或是从地里长出，在屋里四处喷洒冲刷家具。在一次梦里，它从浴缸的排水管里冒了出来。在另一次梦里，一小口水在我嘴里膨胀，直到我无法快速下咽。夜复一夜，它如同几千根冰冷的手指把我朝下拽，抓着我的手腕勒紧我的脖子。

"你也在担心什么时候会下雨吗？"我问戴尔玛。这段日子我已经第五次打电话给他，期间他不曾问我缘由，也不曾让我停下。

"我烦透了这种炎热。"他说。透过电话我可以听见冰块撞击他牙齿的丁零声，他慢慢地喝了一口什么，然后咽了下去，"但我不会说我担心。"

---

① 丹佛（Denver），美国科罗拉多州的首府。

"运河的水位很低。"我对他说,"昨天报纸上有张图片,一些小孩子蹚过其中的一条。"

"我看见了。"他说完又抿了一口,"你担心干旱吗?"

"根本不。"

我第一次打电话给他已经过去了三个星期。我们聊了波莉,聊我有多想她,现在她离开后我如何手足无措。他理解这些,或者至少他说他理解。保持谈话很容易。我向他描述从未举办过的生日聚会,或是她从未跟我提起过的故事。在我们每晚的谈话中,波莉·凯恩作为我从未有过的最亲密的朋友获得重生。她学旱冰时握着我的手,睡衣派对上替我编辫子,拼写测试不及格时在我的手心哭泣。渐渐地,这也成了我的历史。

这不对——我知道。但一想到拨通他的号码,等待他的声音从电话线另一端传来,就会令我充满了犯罪的激动和晕眩的羞愧感。每次我挂上电话,都会向我自己保证这是最后一次,我不会再打电话。但是当太阳开始下沉,我发现自己蹲在我姐姐的衣橱里,她的电话搁在我膝盖上就如同定时炸弹。我一直等着有一个晚上他不接电话,有一个晚上电话响啊响啊,我知道一切都结束了。但是每次我打电话,几乎没怎么响铃他就会接起来。然后他会对着话筒说出我的名字,确信电话线的另一端一定是我。

我打电话的第一个晚上,他问起书单有何进展。我不得不坦白,我还没开始。不可能借口说我们缺钱,或是我父亲不会开车送我去书店,让我在英语课上能领先。那天,他把书单给我之后,我甚至都没瞄过一眼。

"我以为你可能是打电话告诉我《霍比特人》①改变了你的生活。"他说。

"《霍比特人》会改变我的生活吗？"

"我不能肯定。"

有时候，我们会谈些无关紧要的话题——老电影新音乐，沙漠在日落时的样子，或是风在夜里发出的声响。有时候，我们对波莉·凯恩只字不提。

但是她在那儿。一直。就像电话中的一缕气息，她聆听着等待着。她在我们中间，尽职尽责。她将我引向他，我想表示感激，我想表达抱歉。可在我内心开始萌发的所有全新情感中，懊悔并不在其内。波莉·凯恩究竟是谁？少了一个长着棕色直发没有任何成就的女孩。少了一个可能成为重要人物的女孩。我听戴尔玛先生说话，问他问题给他讲故事，一些疑问始终如磨损的录音般在我脑海中播放：这是她跟你说话的方式吗？这是你对她说的话吗？

"我想出去一阵。"他对我说，"直到热浪减弱。"

"我也是。"我说。

"你想去哪儿？"他问。我试图想起一些具有异国风情的地方，一些能够向他展示我的想象力是何等丰富、我的渴望是何等深切的地方。

"我不知道。"我最终说，"你想去哪儿？"

"无所谓。"他说，"只要靠着海洋。"

---

① 《霍比特人》(The Hobbit)，英国作家约翰·罗纳德·瑞尔·托尔金（John Ronald Reuel Tolkien，一八九二——一九七三）所著的长篇小说，通常被看作是史诗巨著《魔戒》(The Lord of the Rings) 的前传。

我七岁的时候，见过一次海洋。诺娜在内华达州有场马秀，之后我父亲突发奇想开了六小时车带我们去圣迭戈①。我们在海滩上站了两小时，直到太阳下山，海水消逝在黑暗的嘈杂声中。诺娜和我坐在沙滩上没有上前。可我父亲脱下鞋，将裤管一直卷到膝盖以上，让海水在他白色的脚面上翻滚。"这是太平洋。"他不停地说，"太平洋。"

最终，诺娜踮着脚加入。后来她告诉我，海水将她向一个方向推，而陆地则向另一个方向拉，那感觉就如同正在被生吞。他们一起喊我，说如果我不加入，以后就会后悔。我一直懊恼，靠得那么近，却不曾伸手触摸它。

当然我在电影里见过海洋，在我脑海中，对它们的概念就如同我对熊猫和自由女神像一样。但是当如此靠近时，我浑身发瘫。那么多水汇聚在一起，看上去根本就不像水。汹涌着，仿佛想吞噬一切，它长着肺和牙齿，高深莫测，仿佛藏着一千个秘密。我选择呆在干燥的地面上。

现在，我想象着一种全然不同的海洋：戴尔玛先生和我一起旅行前往的海洋。他来接我，帮我把包塞进他的后车厢，我们开车穿越美国，在奇怪的小餐馆停下，吃我从没听说过的食物。我们最终抵达的海洋如玻璃般平，沙子如雪般白，我们并肩坐在色彩艳丽的沙滩巾上，抿着椰子里的异国饮料。他大声读书，而我给我的母亲和姐姐写信，告诉她们我看见的每个地方和她们错过的一切美丽事物。

"我们可以马上动身。"我指尖缠绕着诺娜浴袍的腰带说道。

---

① 圣迭戈（San Diego），美国加利福尼亚州南端的一个港口城市。

他笑了。"像这样再热几天，"他说，"我也许会接受。"

马场里，感觉上一切仿佛正趋于稳定。希拉在一些马秀中名列第六。我父亲似乎对这种进步挺满意，而阿尔特曼太太每次看见她女儿拿着缎带走出马场，几乎都会心脏病发作。巴德·波普不断地冲希拉微斜帽子，指使他的儿子们来跟她调情。可自从我父亲发出了最后通牒，希拉尽她所能远离他们。他们对她说话时，她总是礼貌地微笑，在谈话开始前，她会低下头避免眼神接触，然后编造借口溜走。

希拉仍然没有邀请一个朋友来看她骑马，而寄宿者的支票源源而来。每周一次，我父亲开车去木场，在他的小货车后厢为"小情夫"装满锯末，然后向帕蒂·乔收取三倍的价钱。"她不像是那种对锯末的价格有任何概念的女人。"他解释说。夜深时，我们用水管里的水重新填满为赛拉在商店里购买的罐装水的空壶，杰西和赛拉似乎都未发现。我父亲用多出的钱在外面为我们的表演马搭建的马栏上装了个遮阳棚。

忽然，我的身体进入了飞速发育期，几个星期的时间，我的衣服就穿不下了。我正打算告诉我父亲，我的鞋子让我跟跄，我的牛仔裤快要切断我腰部的血液循环，可我们的空调开始发出噪声，仿佛被放上炉灶的猫发出的声音，然后就罢工了。

我父亲一整天在屋顶上边敲边打，边用我在马棚里都能听见的声音大声咒骂。最终他爬了下来，用靴子尖踢了一脚梯子。"我猜它被砸坏了。"他说着一屁股坐在地上。我在他身边坐下，吸着肚子，不让我的牛仔裤拧着。"你有没有想过，什么时候一切才能变得容易些？"

他问。

"是的。"

我们一言不发地坐了一会儿。他站起身，拂去牛仔裤上的草。"好吧，不会是今天。"他说着走进了屋子。

我们在打折店里买了些风扇，把它们安在了屋子的窗上。可当我们打开风扇，它们只是将热空气向四处搅动，站在它们前面就仿佛站在吹风机前面。我母亲的房间在楼上，下午热得能让人呕吐。父亲和我轮流用洗碗布包着一袋袋的冰给她送上楼去。

"我觉得我的脸正在融化。"她对我说。

"你可以下楼去。"我说，她的一只手软绵绵地替自己扇着风。

"下面好很多吗？"她问。

"其实也不。"

我母亲有气无力地朝我笑了笑，然后把头靠在后面的枕头上，闭起眼睛。"那个新宠儿怎么样了？"

"希拉？"我问，我母亲仍旧闭着眼睛，点了点头。"她挺好。上星期她在西部组里得了第六。"

"挺棒的。"母亲把冰袋放在额头上，睁开一只眼，"你的衣服太小了，宝贝儿。"

"新空调第一位。"我对她说，"新衣服第二位。"

楼下我父亲穿着平角短裤坐在桌旁，面前摊着报纸。"妈妈看上去不太妙。"我说完，他招手让我走近。

"看这儿。"他用食指敲着报纸。

"有人卖空调吗？"

父亲朝我咧嘴笑道："这个星期有个拍卖。"

"我们现在不能再买马了。"我对他说，他皱起了额头。

"我们可以看看。"他说。他的腿在桌下晃动，我知道，不论我说什么都没用了。在他的脑海中，他已经在拍卖现场，穿过一排排护栏寻找最好的马，就好像我们能买得起。

"我们还需要一匹种马。"他说着点头对自己表示赞同，"我们可以带上希拉。这对她是次不错的经历。"

"我不认为她会关心。"他一边说一边挥动手时我说。

"是次大拍卖。"他说，"卖家来自各地。我们得去，这对马场有利。"我没有回答，他在桌上叩着手指。"而且是在三叶草城。开车才一小时。车上还有空调。"

从一开始就不难发现我父亲打算的远不止露脸那么简单。拍卖那天早上，我们等着阿尔特曼太太送希拉来的时候，他把空马拖车拴在卡车后。他发现我正看着，他拉伸了一下肩膀问："怎么了？"

我瞥了一眼屋顶，已经损坏的空调像只死了的墙虱般凹陷。"没什么。"我说。

开车去三叶草城的路上，希拉坐在中间，和我父亲谈论着她和"帽子"的下一步。我把头靠在窗上，盯着窗外不断掠过的鼠尾草和沙子组成的沙漠。既然希拉已经开始在骑术组获得名次，我父亲告诉她是开始一些专长训练的时候了：控制路线，掌握缰绳，展示技巧。"你觉得我们为这些做好准备了吗？"她问，我斜眼瞧见我父亲拍了拍她的膝盖。

"我们可以开始了。"他说，"你学得很快。"

在拍卖现场，希拉和我在我父亲身后磨蹭，他在马栏间仔细琢磨，弹着舌头让马警觉，用手抚遍它们的脖颈和肌肉，然后身体后退，整体感觉它们的体型。

一大群人簇拥在这一排的末端，希拉和我跟紧我父亲，他用胳膊肘挤开人群朝前走。这匹母马是花马①，纯白色，脸上和背部覆盖着棕色的斑点。它在马栏里来回踱步，甩动它绕结着的雪白鬃毛，喷出鼻息在地上踏着重步。它始终高昂着头。

它转身面向我们，我身旁的人群不约而同地吸了口气。母马右眼的色泽如同融化的巧克力，柔软深邃完美。它的左眼是透明的蓝色——冬天冰的颜色。"真古怪。"希拉小声说。

巴德·波普被这匹马的爱慕者簇拥着，手臂环抱着马栏的护围。他看见我们后冲我父亲生硬地点了点头，然后朝希拉眨眨一只眼："早上好，公主。"她径直朝前看着，就好像没有听见。等他走开，她侧过头笑了起来。

扎克和安迪如同书挡般一边一个站在他们父亲身旁，疲惫烦闷，浑身汗涔涔。"艾莉丝宝宝艾莉丝。"安迪冲我打着招呼，扎克勾起手指伸进嘴角扯平嘴巴，舌头如蜥蜴般探出皲裂的嘴唇。我双眼盯着母马，假装没有注意。

"有什么特别的？"我父亲问母马的驯马师。

"它还小。"他说，"有点儿疯狂。"

"就像你喜欢的女人，对吧，乔迪？"巴德·波普说完，他周围的人大声笑了起来。一抹红色爬上了我父亲的脖子。

---

① 花马（paint horse），马匹种类，皮毛通常为白色与其他颜色混合。

"驯服了？"我父亲问。

"没有。"驯马师说，"背上都没挨过马鞍。"

我父亲点点头，驯马师冲母马扬扬脑袋。"可它的血统很好。它的妈妈是匹好马——参加过一次肯塔基州传统马赛。它爸爸么，瞧瞧它吧，见过比这更棒的颜色吗？"

的确它的斑纹有点儿特别——白色如同从未被触摸过的雪一样纯净无暇，仿佛一张油画布，而柔和的棕色色斑显得如此精准而恰到好处，就像刻意作了布置。完美组成的杰作。可我父亲耸耸肩，表示并没有被深深打动。"可没驯服……"他说着回头瞧了瞧，让其他人看清他最大限度的漠然。

"意味着你不必去弥补其他傻瓜犯下的错误。"驯马师说。

希拉用胳膊肘推推我："驯服？"

我把手握成筒状盖着嘴。"意思是说它能被骑吗。"我小声回答。

"这匹马不能？"希拉蹙起了额头，金色的眉毛拧到了一起。

希拉不知道驯马不足为奇。从她开始在马棚骑马，我父亲就没有再对付过一匹小马。他所有的时间都奉献给了她。

"也就是说我们得驯服它。"我对希拉说，然后瞥瞥我的父亲，"我是说，如果我们买了它。"

我们走回拖车，让我父亲在竞价开始前可以仔细考虑。希拉靠着卡车用手替脖子扇风。我父亲坐在前排座位上打开了钱包。他用拇指捻着一叠钞票数着，嘴巴无声地嚅动。

"哇。"希拉看着说，"你们真有钱。"

"哪儿来的钱？"我问。

我父亲冲我眨眨一只眼，卷起钞票放回钱包说："锯末和昂贵的水。"

我的牛仔裤掐着我的两侧，把我的肚子从腰部挤了出来，让我感觉自己如同一管牙膏。"是寄宿者的钱？"我问，"那账单、衣服还有冬天的饲料怎么办？"

父亲瞥了一眼希拉，然后看看我。我们不应该当着客户的面谈论钱，除非是从他们那儿收钱。"还有空调呢？"我补充道。

我父亲清了清喉咙，走下卡车，用膝盖推上车门。"希拉，"他说，"你能不能跑到后面去，看看我是不是在拖车里放了一副笼头？"希拉咧嘴一笑，拍着手，跑到了卡车后面。

"我们要买一匹马——我们要买一匹马。"她自言自语地唱着。

"想想吧。"希拉远得无法听见我们的声音后，我父亲对我说，"今天我们花一点儿钱买下那匹母马，好好训练它，然后再用三倍的价钱把它卖了。"他用指关节轻轻弹着我的额头。"这就是所谓的投资。"

"就像那些新马鞍一样的投资？"

我父亲脸上掠过一丝被雷击中般的神色，可希拉从拖车后面转身出现，宣布那儿的确有一副笼头，我父亲本要说出的话凝结在口中。他把拇指关节抵在我下巴下，支起我的头，让我的眼睛可以直视他的。"管好你自己。"他轻声说，然后转身对着希拉微笑。

母马名叫"亲爱的桃子和奶油。"一开始就不是什么好兆头。没什么能像一个矫揉造作的名字那样确保一匹马成为杀手。在马秀上，经常是"娃娃宝贝"或者"小甜甜"最后在马场中把一些孩子踏得丢了半条命。除非其他人发现这一规律，不然在竞价开始时，似乎并不会有什么差别。

四个人帮忙把它装进我们的马拖车，它刚一进去，拖车就摇晃着格格作响，我以为它会彻底散架。"我向你致敬，乔迪。"巴德·波普路过时，用手指碰碰牛仔帽的帽檐说，"如果不看其他方面，你是个喜欢挑战的男人。"然后他朝希拉眨眨一只眼睛，朝他的大卡车走去，双胞胎拖着步子跟在他身后。

　　"再见，短吻鳄。"安迪对我说，"别跟陌生人私奔了。"

　　开车回家的路上，母马又踢又踏，卡车摇晃着拖车像鱼尾般摆动。我们在车道靠边停下，帕蒂·乔和杰西走出马棚，看我父亲卸下母马。他打开拖车门，"亲爱的"扇动鼻翼，耳朵平展在头两侧站在车里。它已经踢穿了拖车门的护栏，一条后腿正以一种别扭的角度屈在它身下。

　　希拉踮脚看着。"哦，我的天。"她说，"它的腿在流血。"

　　我父亲爬进拖车看得更仔细一些，他下巴上的肌肉扭着。"亲爱的"露出牙齿，他冲它举起一只手。"咬我。"他语气平静地警告说，"我会揍得你两眼发黑。"

　　我父亲用手顺着它的后腿朝下抚摸，双眼始终紧盯它的头。它试图跳开，可他把它侧推着按在拖车里，让它没法乱踢。

　　"很糟吗？"希拉问。

　　"它不会死的。"他说。

　　我站在拖车后面，看着我父亲用一只手悄悄地将牵绳松了松，然后弹着舌头让母马退出去。马蹄一阵轻跃，它猛地甩头，力气大得让它的头撞上了拖车顶，骨头敲击金属，整个拖车晃动着发出噪声。"亲爱的"逃向一侧，摇着脑袋，我父亲把绳子绕在手上。

　　"我觉得它不想倒退着出来。"希拉冲他叫道。我碰碰她的手臂，让她安静。"乔伊会受伤的。"她轻声说。

"大家都会受伤。"我对她说。

母马试图扭身，可我父亲用笼头紧紧箍住它的头，让它保持脸朝后。他用绳圈轻轻打在它的胸上，它迅速而又无所顾忌地出来了。它把我父亲猛拽到车道上，马蹄激起一片片沙石。

帕蒂·乔和杰西站在安全距离外看着。"真是个美人。"杰西说道，我父亲用肩膀擦去了上嘴唇的汗水。

"我得包扎那条腿。"他说着，冲马棚点点头，"艾莉丝，去拿绷带和马勒。"

我在马具房里翻遍了三个大箱子才找到马勒。我双手夹着它站了一会儿。马勒是用两片一端像坚果钳一样铰接起来的金属做成的。但是两片金属不是用来压碎坚果，它唯一的用途是放在马鼻子最柔软最细嫩的皮肤上，然后夹紧。这是让马保持静止最可靠的方法，也是最卑鄙的。我已经记不起，上一次我们非得用它是什么时候。我穿过马棚的时候一股冰凉的恐惧潜入我的掌心——我父亲包扎那条腿的时候得有人握着这马勒。

我走回去的时候，帕蒂·乔和杰西用手捂着嘴格格笑着，而希拉正以一种彻底的敬畏之情，抬头盯着我的父亲。我父亲把马勒夹在"亲爱的"的鼻子上，它展平耳朵，朝后扯动试图摆脱挤压。可我父亲捏得更紧，它低下了头。他用空着的那只手向我示意："你觉得能应付吗？"

我觉得能应付，或是不能应付并无差别。我是在场的唯一一个被这匹母马压成碎片，却不会控告我父亲的人。我的手指在颤动，可我伸出双手握住了马勒的两端。

"现在完全夹紧。"我父亲说着拍拍我的肩,"你能行。"

他走到"亲爱的"的后腿旁,我的额头能感觉它呼出的潮热气息。我父亲蹲下身,我抬起头,努力逼迫我的肺呼气。他触摸它的腿,"亲爱的"开始甩头,马勒把我打得摔倒在地。"稳住它!"我父亲咆哮着,我用尽全力握紧把手。

它的耳朵朝后向着我父亲轻弹,它的鼻孔大张,将一股咸咸的水汽喷在我脸上。"呃。"希拉说,可我闭上眼睛夹得更紧。

我让自己专注于其他事,而不是一心计算母马脱缰把我活活拖死在沙石车道上的可能性。我努力想着诺娜在爱达荷用花盆装面包吃,或是戴尔玛先生和我在无瑕的白色海滩上,撑着小伞,喝着饮料,看着日落。马能够嗅出恐惧,我直视着"亲爱的"玻璃般蓝色透明的眼睛,绷紧我的脸,表示它不比我厉害多少。"我不怕你。"我低声说。

我捏着金属把手的手心很疼。我努力保持直立,后背紧绷,腿上的肌肉仿佛在燃烧。母马转动眼珠,我紧握不放。我没有察觉我父亲走近我身后,他把我的手从马勒上松了下来,我靠着他向后倒去,两条腿软绵绵地如同橡皮筋。

他从"亲爱的"的鼻子上解下马勒,用他的手掌抚摸她鼻肉上勒出的红肿皱痕。当他拿开手,一抹血渍染红了他的掌心。他低头盯着手上的血,转头看我时表情迷惑。"你夹得可真够狠的,孩子。"他最后说。

帕蒂·乔和杰西张着嘴看着,她们的眉毛拧成了完美的上扬弧度。"维斯顿先生,"杰西说,"那可怕的古怪机械是什么?"

"我们从来不用它。"我父亲立刻对她说，把马勒朝裤子的口袋里胡乱一塞，让它躲开目光，"这母马对艾莉丝来说太厉害了。不然她没办法稳住它。"我望向帕蒂·乔和杰西的时候，她们僵硬地笑了笑，然后斜眼交换了一下眼神。

"我伤着它了？"我轻声问。我的手掌仿佛在阵阵火焰中一抽一跳地疼，我可以感觉我自己的血在指间流淌的潮湿感。

"离它心脏还远着呢。"我父亲说。我在蓝色牛仔裤上擦擦手，低下头，使自己不用非得面对帕蒂·乔、杰西和希拉的恐怖表情。

我父亲牵着"亲爱的"穿过马棚走进马场，我们几个跟着。我放慢步伐，双手绞在背后。没有人回头看我。没有人说话。我感觉自己仿佛缩成了一个影子，独自走过长长的马棚。我手掌的灼烧蔓延到我手臂内侧，穿过我的肩膀和脖子，在我的双耳间闷燃。如果我姐姐在，她有能力用她的嗓音，用她轻松的触摸，用从她体内深处某个地方散发出的不可名状的力量，让这匹马平静。而没有马勒，我根本无法稳住这匹母马。它比我遭受了更多的痛苦——这是我能拥有任何力量的唯一原因。

"今晚我们把它留在外面。"我父亲说着在马场里松开了"亲爱的"。它扬起尾巴在马场中慢跑，甩着脑袋缓解马勒留下的疼痛，而我在一旁站着。

"它真是个美人。"帕蒂·乔轻轻说着走到我父亲身旁，把胳膊肘搁在护栏上。

"它妈妈是匹赛马。"我父亲说，"你只要瞧瞧它移动的方式。"

马场里，母马弓起脖子突然加快速度，鬃毛和尾巴如缕缕白色丝带闪烁，身后扬起一阵尘雾。它跑到马场的远端，转身面向我们，一条修长的腿在地上踏着。有一刻，只有一刻，它的眼神落在了我的眼睛上，我感受着它那无力的凝视中那几乎无法识别的洞察力。我很抱歉，我嗫嚅道。但是当然，它无法理解。当然，这毫无分别。

"你究竟会对这样的动物做些什么？"杰西问道，可我父亲没有回答。他的眼睛在马身上，在它可能带来的未来身上。我以前见过他脸上的这种表情——这是他看每一匹新马，他看我姐姐的方式。他的双眼充满机会、名誉和金钱。那一刻，世界上其他一切都不存在。

"看看它扬着头的姿势。"他说。希拉爬上他身旁的护栏。他大声笑了出来，我的眼神顺着他的手指勾画着"亲爱的"脖子的弧线。"万里挑一。"他轻声说，"上帝完美的创造。"

火焰在我的手臂里奔流，顺着我脖子后面向下涌动，进入了我的喉咙和胸膛。大家都盯着那匹母马。没人看见我转身回屋。没人看见我开始哭泣。


"你相信上帝吗"我问。我整个晚上都锁在诺娜的衣橱里，用她浴袍的柔软羊毛捂着脸哭泣，直到我身体里觉得毛糙空洞，我的喉咙干涩。

"等一下。"戴尔玛先生说，"我得再喝一杯才能开始这样的谈话。"

我靠在墙上，用我的手指触摸我黏糊糊的掌心，听他把冰块在盒子里掰开，然后像玻璃球泡一样扔进他的饮料里。"行了。"过了一会儿他说，"是什么问题？"电话线的另一端一声弹击的杂音，然后是纸张燃烧的缓缓嘶嘶声——一根烟。

"上帝。"我说,"你相信那东西吗?"

"那东西?"

"那人。"我说,"他或是她。圣父,圣子,圣灵。随便什么。你相信吗?"

"我相信上帝吗?"一阵沉默,他抿了一口饮料,冰块撞击他的牙齿发出丁零声,"不。"

我用耳朵和肩膀夹住电话听筒,活动手指感觉着手掌掌膜的撕裂和灼烧:"我也不。"

他长长地吸了一口烟,然后吐出。我想象他坐在屋外,缭绕的烟雾消散在沙漠天空空无一物的黑暗中。"我相信神圣。"他对我说,"我相信高贵。"

"就像,不会被什么绊倒?"

"就像,人与人之间存在的善良。"他说。通过他舌尖蹦出词汇的柔软轮廓,我可以感觉他在微笑,"人性中的上帝。"

"那么你不相信有地狱?"

"相信的意义何在?"他问,"我们想象地狱里的一切,所有的痛苦和残忍,所有的折磨和孤独,都已经存在,始终围绕着我们。"

"那天堂呢?"我问,"也在这儿,真实而且围绕着我们?"

"你怎么想?"

我咬着嘴唇无法回答。"那动物呢?"我最后问。

"它们怎么了?"

我等泪水停了,我的整个身体空了,干了,如拳头般强硬,才打电话给他，可现在我感到悲伤重又在我的胸口升腾。"似乎应该有什么人，有什么东西关心它们，关心它们的存在，它们是否痛苦。"我的声音刮锉着我的舌头，让我说的话变稠，让我的鼻窦发紧，"应该有什么东西照看它们。"

一阵沉默，我把手指紧攥进手掌，指甲抠着我红肿裸露的掌心，直至我痛苦地喘息。火焰瞬间燃遍我的手腕和手臂内侧，在我的肩膀内跳动。可我捏得更紧了。这是痛苦，我暗自思忖。这是真实。

"艾莉丝。"戴尔玛先生柔声唤道。我的名字在他口中感觉新鲜而有生气，饱含潜质，这一刻才刚刚开始存在，"我想让你听点儿东西。"

电话线的另一端，我能听见纸张摩擦，抽屉开关，和他的脚步踏在地毯上的碰击声。"闭上眼睛。"他对我说。我仰起头，向后靠着我姐姐衣服的面料闭上了眼睛。"现在听着。"

我听见电话线另一端门开了，然后又关上，他坐下时椅子吱嘎作响，他开始阅读，搅动了身旁的夜色。"噢，这动物从不曾……①"

诺娜衣橱里的世界，房子，周围的一切消失了，我被引向一个全新的地方，一个他从未带波莉·凯恩去过、一个只属于我的地方。"……从不曾是。但是对于他们，它以完全的纯粹出现……"

这一天，以及之前所有漫长孤独的日子，它们是不真实的。我关于水、关于抗争和恐惧的噩梦，它们只是想象，凭空创造。

"……他们抚育它，不用谷物，却用存在的单纯可能性。最终这

---

① 原文为奥地利诗人里尔克（Rainer Maria Rilke，一八七五——一九二六）的"致俄耳甫斯十四行诗Ⅱ，4"(The Sonnets to Orpheus，Ⅱ，4)。

给了它如此大的力量，从它的额头上长出了一只角。"

他的声音，是真实的。将汗水缓缓滴入我耳蜗的塑料电话听筒，是真实的。世界藏在我眼皮下的这一刻，是真实的。我在这儿，他在说话。一切都是真实的。

"……一只角……"

在黑暗中，我能看见他，能用我嘴唇的薄膜品位他的话语。

"……它向一位少女靠近，洁白，闪烁微光——在镜子里也在她心里。"

最后那个词在空气中悬浮了一会儿，未被触及，不为所动。又一阵柔软细微的声响，纸张燃烧，白色烟灰如雪般坠落地面，他的嘴唇抿成圆形，把烟吸入肺中，让它在那儿停留，再让它离开。

我重新下楼的时候，我父亲赤脚穿着平角裤站在客厅里。"我在找你。"他说完，一阵恐慌在我的脊椎内猛地一抽。

"我在这儿。"

"上楼去穿游泳衣。"他说。

"为什么？"

"因为我让你去。"他伸出手，在我耳边打着响指，"然后从马棚后面出去。"

我在抽屉的最里面找到了游泳衣，带子勒进我的肩膀，我弓下身想让自己矮一些。外面天已经黑了，却觉察不到炎热有丝毫减退。沙石车道灼烧我赤裸的脚心，我匆忙穿过马棚，猜想是什么糟糕混乱的任务需要游泳衣，而不是平常服装。

我从马棚后面走了出去，停住脚步，眯着眼睛望着黑暗。有水喷溅，我父亲冲我吹着口哨。"在这儿。"他喊道。

我顺着他的声音走去，然后停了下来。马场边有我们拥有的最大尺寸的圆形水桶。我父亲朝边缘探探头，他的头发湿漉漉地贴着头皮梳到脑后。"试试吧"他说着把手搁在金属边上，"我们自己的私人游泳池。"

"那是'濒死马'喝水的地方。"我说着，不确定究竟发生了什么事。

"我彻底清洗过了。"我父亲对我说，"进来。"

我听说过人会因极端炎热而发病，我在黑暗中努力想看清我父亲的脸，分辨它是否凹陷或者歪斜，确定他没有遭受什么脑部损伤。"不是有关于水的禁令吗？"我问。

"是关于灌溉的禁令。"他说，"我没在灌溉。"

我跨过边缘在金属底面上跪下，直到水没过肩膀。"舒服，不是吗？"我父亲问。

"感觉不错。"我说完，他翻身仰面躺着浮在水面上。

天空黑得就像墨水，成千的星星闪烁。"从东边来的人可能会表现得仿佛他们的生活方式要比我们的好多少。"我父亲说，"可我告诉你，他们从没见过这样的天空。"

我在水里坐在他身边，努力想着我们认识什么从东边来的人。

"这是你母亲喜欢沙漠仅有的原因之一。"他说，双手在水下移动，推动柔软的波纹拍打着金属边。

我屏住呼吸。父亲从来不说起母亲。从来不。"是什么？"我轻声问。

"天空。"他说，"她在中西部地区长大，你知道吧？"在黑暗中我点点头，把下巴浸在水里。诺娜跟我说过母亲最初是怎么来到马棚的，那时房子还属于我的祖父母，我祖父周末上骑术课。这是我所知关于我父母历史的全部，我母亲上祖父的课，然后嫁给了他儿子。我父母结婚后，祖父母退休离开了沙漠、房子、马棚和所有的马，让我的父母继续营造他们全新的生活。

我的膝盖在水下几乎要碰到我父亲的胳膊肘，可他的双眼盯着天空。我姿势僵硬，担心即便是我肺部的空气的流动都会提醒他我们在哪儿，会打破似乎施在他身上的魔法，让他彻底安静。我突然觉得皮肤下一阵轻松，仿佛失重般，我闭上眼睛，试图分辨自己身在何处。也许我还在楼上我姐姐的衣橱里，还在聆听戴尔玛先生呼吸的波动。这全都是梦。我的身体，我的呼吸，我全部的生活，全都是想象。

远远地，我能听见马棚灯的嗡嗡声，远处牧场上蟋蟀窸窸窣窣的合唱。"她到这儿来的时候真是个怪人。"我父亲说，他的声音听上去像昏昏欲睡，眼睛却依旧盯着头顶的天空。"这朵奇怪的小花。她总是抱怨沙漠如何让她的皮肤干燥，空气如何让她的头发脆弱。"他大声笑了起来，我缓缓地、小心翼翼地咽下一口空气，在胸口屏住。

"有一次，"他说，"我告诉她把蛋黄酱抹在头发上，说我们这样让马的尾巴保持光泽。她真的做了！用它涂遍了脑袋。她洗了又洗，可却弄不掉。好几天她的头发看上去又湿又油——油腻腻的一团糟。她闻上去就像是阳光下变质的色拉。我抽着鼻子闻着她周围的空气说：'什么味儿？'她一边打我一边尖叫：'我恨你，乔迪·维斯顿！'"

我父亲的身体随着笑声颤动，水在水桶里被推开，翻滚着溅上我的脖子。"天呐。"他对着星星说，"多有趣的孩子。"

我等着他继续，多说她一些，说他们曾经彼此属于的时候是什么样。可从水的涟漪中只传来他在水下移动双手发出的声响。

我把肩膀没入水中，垂下手臂直到它们沉入水波的黑暗表面。水拍打我的手掌，绞得我手指发疼。这是真实。

黑暗的天空中，我顺着星星组成的并不完美的图案，努力用我的双眼捕捉它们无穷无尽的踪迹。在我们身后的马场里，我能听见"亲爱的"突然迈步小跑，或是移动时马蹄发出的重击声，看不见的声音穿透黑暗而来。我想问我父亲我们拿它怎么办，他如何才能找到时间训练它，我们用马场的时候把它移到哪儿。可我想起了他看它时脸上掠过的神情。它仍旧充满了希望，仍旧不可思议地完美。这一天，他看着它，就仿佛它会是他所有祈祷的回复，是每丝担忧的终结。他曾经这样看着希拉·阿尔特曼，在她之前是我的姐姐。一定曾有那么一次，在我懂事理、会说话、有记忆之前，他也曾这样看着我。

明天，太阳会升起，无动于衷地让土地迈向死亡。我父亲会想起干草短缺，躺在小抽屉里的白色信封，还有空调。明天，新来的母马会或踢或咬或折断一根骨头，证明它跟之前新来乍到的漂亮马匹并无二致。明天，在阳光诚实的照射下，我们的私人游泳池会恢复原样：一个供牲口饮水的生锈的金属水桶。

在楼上我姐姐的衣橱里，我曾闭上双眼，看见一个我从不知晓其存在的地方。没有愤怒，没有孤独，没有如尖锐冰块般的恐惧啮咬我体内的神经网络。在那一刻，我头脑中的嘈杂归于平静沉寂。如果地狱真实、现实，在我们周围，那么天堂也一样。于是我什么也没说。我让我父亲的时刻延续。我让它继续，直至终结。

# 第五章

꒰ঌ꒱

　　午后的气温攀升到了华氏 103 度以上，我父亲终于投降，宣布只有傻瓜才会在这样炎热的天气里工作。我父亲痛恨偷懒，但是他更痛恨愚蠢。于是我们下午不再骑马。早上我们得起得更早，夜里工作到更晚，利用一天中预示着下一轮更强热浪来袭的时候干活。

　　我父亲说在一天中最热的时候有很多事可做，不包括脱水或是死亡。我们在马棚里装上风扇，摆上折叠椅，利用下午擦拭表演马鞍。干完这些后，我们整理梳理马毛的器具，急救用品，和马具房的冰箱。之后，除了坐着等待漫长而毫无价值的炎热时光度过，就无事可做了。

　　下午还不到一点，马棚和里面的一切感觉又黏又不真实。我们没精打采地坐在折叠椅上，用我父亲留在马具房，布满灰尘的一副牌玩起兰姆纸牌游戏，喝着冰箱里拿出来的汽水。我们可以在工作日坐着熬完午后最热的时间，可周末却无法逃避。

　　不论气温是多少，马秀都要持续整整一天。阿尔特曼太太和我坐在看台上，肩膀暴晒在阳光下。我们喝着小吃摊上买来的冰镇软饮料，用手半遮着眼睛。阿尔特曼太太戴着一顶宽檐太阳帽和一副厚厚的墨镜。在她的皮包里放着一管管防晒油，每隔几小时就坚持要朝我的胳膊和脸上抹。"将来你会感激的。"每次我反抗的时候，她都保证说，"等你到了我这样的年纪，你的皮肤还跟现在一样光滑动人，你会感激你的幸运星，是希拉的傻妈妈替你抹了防晒油。"

我们等着希拉那组进马场。阿尔特曼太太瞥了眼手表，转头眯起眼睛望着停车场。"米切尔今天可能会来。"她解释说。

"希拉的爸爸？"我问，她点点头。阿尔特曼先生从未参加过一场马秀，不过我也没多想过什么。阿尔特曼太太每周拍那么多照片，她的丈夫似乎并没有错过太多。

希拉那组上场了。扎克·波普经过时给了我一个夸张的飞吻，然后垂下下巴，低下头无声地笑了起来。"那些男孩喜欢你。"阿尔特曼太太微笑着说。

"他们只是喜欢拿我开玩笑。"我对她说。

"所以我才这么说，"她说。

"希拉才是他们喜欢的。"我礼貌地对她说，"他们总是逗她。"

"那只是因为他们的爸爸让他们这么做。"阿尔特曼太太说，"他竭力想把她抢过去上他的课。"

我扭头看着她，她冲我扬起一条眉毛，嘴巴斜出一丝揶揄的微笑："我知道。"

骑手在马场中央排队，阿尔特曼太太斜靠过来，透过指缝低语道："我想希拉会得第四，你觉得呢？"

"至少第五。"我对她说。这组人不多，而且有些骑手比希拉差得多。

当宣布希拉获得第五时，阿尔特曼太太和我站在看台上，边欢呼边把双手举过头顶拍着。希拉咧嘴笑着冲我们挥手。马场外，我父亲给了她一个大大的拥抱，然后和她一起走回拖车。

他们刚一离开我们的视线范围，我们就坐了回去。阿尔特曼太太在座位上转身，怒气冲冲地盯着停车场。她发现我正看着，收敛了表情说："我猜他被工作缠住了。"

"他是干什么的？"我问。

她朝前俯在膝盖上，晃了晃纸杯里融化的冰，眯起一只眼睛朝杯子里端详。"他是大学里的教授。"她说，"他教天文学。"

我从来没听希拉提起过她爸爸是个大学教授。"哇。"我说，"他一定很聪明。"

她冲着纸杯微笑着说："是的。"

阿尔特曼太太似乎陷入沉思中。那一刻，我想跟她提戴尔玛先生，他是我见过的最聪明的人，他读过每本书，看过每部电影，能回答我提出的每个问题。可我想起了她说的波普双胞胎拿我开玩笑的话，想起她说的那才是你分辨别人是否真正喜欢你的方法。

我努力回想所有的电话交谈，尽管我记得戴尔玛先生会被我说的某些事逗笑，但他从不开玩笑。我想问她，阿尔特曼先生刚遇见她时，是否拿她开过玩笑，她是否就是通过这个，知道他将是她要嫁的男人。我刚想开口，她的脸突然一亮，然后转向我。

"知道我们现在需要什么？"我摇摇头。"冰激凌三明治！听上去像不像一小块天堂？"

我的裤子卡进我的腰里，挤着我的屁股掐着我的大腿。不管我吃上一口什么，我都确信我会立刻从裤子里爆出来。可她看上去如此兴奋，仿佛冰激凌三明治这个主意驱散了她头脑中所有阴沉的想法。"听上去不错。"我说完，她拍拍手。

她走后，我独自坐在阳光下，看着十四至十八岁那组骑马绕着马场慢跑。如果我姐姐还在这儿，应该参加这个组别的比赛，即便把她的手绑在身后，她都能获胜。自从那封说她在爱荷达的信之后，我们再也没有收到过她的只字片语。尽管我父亲说没什么可担心的，她只是太忙或者没这心思，可我感觉日益加重的不安情绪正四处蔓延。诺娜走的时候没跟我提起过杰瑞的任何事。现在她离开了，我没法问她，他是否聪明，他是否开她玩笑，他是否答应了她就会准时赴约。我努力描绘他们一起在爱荷达的餐厅吃牛排晚餐的场景。第一次，我突然开始怀疑一切是否真的如她所言那么美好。


"你恋爱过吗？"我问。

戴尔玛先生没有回答，我用手指缠着电话线，猜想我是否问了我不该问的事，我是否走得太远了。

"是的。"他过了会儿说。

"你怎么知道？"我问，"我是说，你第一次恋爱的时候，怎么知道是什么样呢？"

透过听筒，我可以听见汽车发动机逆火的声音，还有在他身旁轻柔打旋的微风——他在屋外。

"我就是知道。"他终于说。

"但是，是什么感觉呢？"我问，"你怎么知道呢？"

"好吧，好吧。"他说，"让我想一想。"

楼上我姐姐衣橱里的热气几乎让我无法忍受，空气厚重得让我感觉仿佛在水下呼吸。我手心的汗让话筒变得滑滑的很难捏稳，我只好不停地换手，在诺娜衬衫的褶边上擦干手心。

"我轻了很多。"戴尔玛先生说，"我站在镜子前隔着衬衫能数出我的肋骨。"

"所以你知道自己恋爱了？"我问。

"很难解释。"他说，"第一次恋爱的时候，它充满了你整个身心。其他的你什么都不再需要——食物、睡眠、金钱或是朋友甚至家庭。我感觉头晕目眩，就像生病，几乎是愚蠢。"

"愚蠢？"

"我差点因为不及格而从大学退学。我去上课，却没法让自己集中思想。哪怕整个世界在我身旁终结我都不会注意。"

我试着描画大学里的戴尔玛先生，参加考试写作业，因爱而消瘦。

"你不相信这些。"他说，"我知道。"

"我相信你。"我对他说，"只是……"我想问她是谁，那个让他挨饿，让他几乎从大学退学的姑娘，那个差点让他无法毕业成为英语老师的姑娘，那个可能让我永远无法遇见的姑娘。"就是感觉像生病了还有头晕？体重减轻？没准你生了绦虫。"

他大笑起来，我的脸羞得发烫。"怎么了？"我问。

"你，"他说，"你是个有趣的孩子。"我的心在胸口炸开，我无法找到回应的话。光线在我周围逐渐暗去，空气在我肺里膨胀。"对于聪明人来说，你可有点傻。"

我父亲让那匹新来的母马独自过了一个多星期——让它的腿有时间恢复。我们把它从马场移到了"准男爵"曾经呆过的圆形马栏。我父亲说等它被训练好了，我们就能像养其他表演马那样养它——让它呆在小小的方形马棚里，迈步绕着小圈等着什么重要人士把她买走。

我父亲早上跟它在一起，直到太阳将它的怒火充满天空，把一切生物赶进阴影里。他连着几小时地刺激它，站在圆形马栏的中央，用马鞭击打马靴，让它绕着他奔跑。耗尽体力是让小马屈服的关键，让它们累得汗水淋漓骨头酸疼，这样它们就不会察觉背上增加的马鞍的额外重量，骑上的人的额外重量。

可不管多大剂量的运动似乎都无法麻痹它的感觉。每次我父亲在它背上放上一副马鞍，"亲爱的"都会后腿直立猛地跃起，在半空中扭动它的身体，撞向护栏或是冲向地面，不停翻滚，直到马鞍被它的重量压碎被扔进垃圾桶。

于是，我父亲开始实行第二套计划：在一天中最热的时候，他把它引到空旷的马场，紧紧地牵着它，把马鞍绑在它身上。然后，他把一根缰绳系在马鞍一边，它的头被扭向一侧身体弯成一个 C 字。这个角度令它无法猛跳、翻滚或是向前迈一步。它僵在马场中央，静止不动，软弱无力。把它的头拴紧后，我父亲走出马场关上门，留它站在阳光下流汗。"像这样训几天。"他说，"它就会从我的手心吃东西了。"

帕蒂·乔在马棚为"小情夫"梳洗,她停下,望着马场里"亲爱的"扭着身子低头站着。它的腿僵硬着,阳光凝结在它左眼死寂的蓝色中,如火焰的中心微微发光。即便离开一些距离,仍然显而易见它并不屈服于炎热,它只是在忍受。

帕蒂·乔在我身旁打着哆嗦,我等着听她说我父亲的方法是多么极端,多么残忍。可当他穿过马棚,帕蒂走到一边,惊讶地摇着头。"我从没想过训练一匹小马有多困难。"她说。

"并非总这么困难。"我父亲告诉她,"有一些很快就能入门。可另一些……"他举起手冲马场耸耸肩。"是啊,它们完全不同。"

"我觉得你所做的令人惊叹。"帕蒂说。我父亲和我一起看着她。她是寄宿者中唯一一个独自来这儿的,没有女伴也没有装满香槟的保温瓶。她更安静,更容易相处,也更像普通人。"像我这样的人只会骑马。"她说,"是你让这变得可能。"

一抹绯红爬上了我父亲的脖子,他垂下眼睛,看着马棚的地板,用靴子尖一下一下弹着墙。"必须这样做。"过了一会儿他说,"如果马有半点概念它们是多大多强壮,就不可能被控制。它们会成为杀手。"

我父亲带我姐姐和我去"濒死马大拍卖"的时候,总喜欢解释各种经历,某些人残暴地把马逼疯,让它们成为某种人们确信无法康复的怪物。可一次又一次,他证明他们错了。他从不用疲惫或是强迫屈服的方法训练"濒死"的马匹。最终是他的嗓音和他不断的抚摸让它们重归平静,被塑造成任何人都能应付的马。我看着"亲爱的"在太阳下流汗,寻思什么是我父亲理解而我却不理解的,他在它的体内看到什么，告诉他仅凭声音和抚摸对它而言永远不够。

"好吧，我觉得这令人叹服。"帕蒂·乔说，她的声音逐渐减弱成为一阵低沉的耳语，"真的，你很有才能。"

帕蒂微笑着，我父亲咬着嘴唇，他的脸因为她的恭维而发亮，这是那种任何时刻，在任何人之间都有可能发生的交流。可它没有。它在那时那地发生，当时我站在他们中间，看着。

"你猜帕蒂·乔多少岁？"我问希拉。我父亲去木场找更多的锯末。我们在马棚玩牌，把冰汽水的罐子贴在我们的脖子和脸上。

希拉气呼呼地看着她手里的牌："比她希望的要老。"

我笑了起来。希拉抬头不再看牌，很高兴自己说了有趣的话。"很卑鄙吗？"她问，然后冲着自己的肩膀大笑。"只是，那些女人——她们通常笑的方式？她们彼此交谈的方式？她们以为自己跟我们一样大。"

寄宿者像孩子般低声说话格格发笑，互相称呼"姑娘们"——"姑娘们，我们需要更多的饮料哟。"还有，"我有了个绝妙的主意，姑娘们！"她们的皮肤上有深色的日晒斑点。眼睛和嘴唇周围现出细纹。可她们的个子小小的，瘦瘦的，衣着年轻，声音轻快活泼。我不想关注她们，完全不想承认我在注意她们，她们总好像比其他人拥有更多的乐趣。我没法停下观察。

"她们是有点儿奇怪。"我承认道。

希拉吹着额头上的刘海说："我妈妈讨厌她们。"

"真的？"我无法想象阿尔特曼太太会讨厌什么人。

希拉打了张废牌，抬头透过她苍白的睫毛看着我："她说在那样的女人身边你得小心。"

"小心什么？"我问。

"她说那样的女人似乎出于关心问你问题，但事实上，她们只想吞没你。她们想占有你拥有的一切。"希拉放低声音扬起眉毛，"她叫她们'鲶鱼'。"

寄宿者经常在我打扫马厩的时候问我问题，我在回答前从不多加考虑。她们问我妈妈多大岁数（三十六），我们家从哪儿来（这儿），我父亲干这行多久了（一直就是）。她们偶尔会问我父亲洗刷器械或是马具的问题。我的脑海中从来没有掠过这样的念头：她们提问题是因为关心我们。我只是觉得她们想聊天，想表现礼貌。现在我开始怀疑在她们的好奇心背后是否隐藏着更多，她们是否想把我们一口吞了，拿走属于我们的一切。她们都很富裕，而且漂亮，有大房子和动人的露出白齿的微笑。我们拥有的什么是她们中的任何人可能想要得到的呢？

我父亲说我得穿裙子参加地方治安队的舞会，这让我们闹了一整天别扭。舞会是治安队每年夏天举办的聚会的并不精准的别称。参加的人自带食物凑成百味餐，他们走下敞篷小货车，拿着一碟碟蒙着保鲜膜的油腻腻的食物，穿着靴子让自己可以在马场尽情跳舞，而不用担心马粪。

"我甚至都不知道我为什么必须去。"早上我们喂马的时候我对父亲说。过去，诺娜和我会自顾自地啃着热狗，咬着耳朵高声笑着，用不同的方法形容醉醺醺的治安队成员的舞蹈风格。"发了疯的牛仔。"

诺娜会说，"我都看不出谢尔顿先生是在摇摆，还是中风了。"没有我姐姐的陪伴，我得一个人度过整个晚上。

"你必须去，因为我必须去。"我父亲说。

"我觉得不太舒服。"我对他说，"我想，我大概得了肠胃炎。"

"那你最好带个桶去呕吐。"

就是这样——话题被封闭。这天接下去的时间里，我无声地对父亲表示抗议，他则不加理会。太阳终于下山，我换上去年曾穿过的裙子，然后站在镜子前。现在裙子太短了，我裸露在花边下的膝盖显得很大，我的肩膀弓着以缓解胸部面料的紧绷。

当然，我父亲会发现我像个巨人穿着童装，而且他也会明白。他会对我心存抱歉，即便我不开口，他也知道我没办法活过今天晚上。可当我下楼的时候，他正忙着翻箱倒柜，寻找可以带到舞会上的东西。选择余地有限，他最终锁定在一袋开了口的薯片，和已经少了一半的半打啤酒。"我们走吧。"他对我说。

帕蒂正在外面把她的马鞍装进她车子的后厢里。她在车道另一边冲我们吹吹口哨："行啊，你们俩可真像一道风景。"我父亲的耳朵在他刚洗过的头发后变得通红。我无精打采地靠着卡车，不说话。"你们晚上一定有特殊的安排。"

"没。"我父亲说着，不自然地用手指摸了摸他的翻领衬衫，"治安队的事儿。聚会，我想是。没什么重要的。"

帕蒂握紧双手，在她的车子前扭动屁股。"聚会！"她叹了口气，"没什么比聚会更让我喜欢了。"

我父亲还没开口，我就已经觉察即将从他嘴里吐出的字眼。我扭头愤怒地盯着他，用我意愿的力量让他安静，可他并没有看我。"你想一起去吗？"

帕蒂咧嘴笑着把手伸向两侧，在我们面前缓缓转圈："我的衣服不合适。"

她穿着紧身牛仔裤包裹出她小屁股的弧度，黑色 T 恤衫的 V 字领低得暴露出一道长着斑点的乳沟。"你看上去很棒。"我父亲说，"而且那也不是什么高雅的地方。"

开车去治安队广场的路上安静而又别扭。帕蒂问"亲爱的"有何进展，我父亲回答一切顺利。她说自己如何享受在我们的马棚骑马，我父亲告诉她，他很高兴。我在敞篷货车上坐在他们中间，扯着我的裙边，让它盖住我的膝盖，身体僵直，让自己在转弯时不会靠向帕蒂。

我们到了舞会，我父亲跟帕蒂·乔一起走向放食物的桌子，我在后面磨蹭。马场中央搭了一个小小的舞台。乐队还在调整，人们已经开始三五成群地喝着瓶子里的啤酒，互相触触帽子打招呼。小孩子们绕着场边互相追逐，尖叫着把冷藏器里的冰块扔到对方身上，而他们的父母则并不太尽心地大声威胁着让他们安静。

我父亲只带了三瓶啤酒，但是看样子并不会有任何短缺。音乐尚未开始，我父亲和帕蒂三瓶全都下肚。我徘徊在放食物的桌子周围，咬着餐巾纸上的玉米片，看着帕蒂·乔每次在我父亲说完话后仰头大笑。

我站得太远，听不清他们在向对方说些什么。可我仍旧朝他们的方向竖着耳朵，眯起眼睛，读着他们的唇语。那样的女人，我暗自思忖，似乎出于关心问你问题。我想象阿尔特曼太太警告她女儿在帕蒂·乔和其他寄宿者身边要多加小心。鲶鱼。我在脑海中默念这个名词，让我自己体会这个词的高低急缓。那样的女人想把你们一口吞了。

"艾莉丝·维斯顿。"

我转过身，看见詹尼丝·里顿噘着嘴舔着根冰棍站在我跟前。她穿着一条大花的裙子，她走近的时候，背上一对脏脏的粉色仙女翅膀碰撞我们周围的人群。融化的冰棍汁顺着她的手往下流，她斜伸出手臂，一边舔着手腕内侧的污渍，一边抬头上下打量我："这裙子你穿太小了。"

詹尼丝自己的裙子顺着正面系扣的部位裂开椭圆形的豁口，显出里面一小块苍白的肉色。

"我知道你会来。"她说。

"哇。"我努力让自己听上去漫不经心地对她说，"你一定有特异功能。"

詹尼丝撇撇嘴，匆匆扫了一眼远处，确定我的恶毒是否被人注意。"我猜你一定认识这儿的每个人。"她最后说。

马场中央，乐队正击打着乐器在舞台上四处跳跃。"让我听见你们的尖叫！"主唱冲麦克风吼道。人群将啤酒举向空中，一起叫喊着干杯。

"我猜是。"我说。

"我继父带我来的。"她告诉我，然后伸手指向马场里一个戴着牛仔帽正跟一个同样胖乎乎的女人跟跟跄跄跳着两步的胖乎乎的男人，"我的生父住在爱荷华州。我下星期去看他。他要给我买台新音响。"

"不错。"我说。

詹尼丝的下巴被棒冰的糖水弄湿了，她的嘴唇染上了橙色。"珂林回来了。"她说。虽然我并不情愿，但我还是靠近她，听得更清楚一些，"她上星期回家了。"

我又想起了没有窗户的白房子，住着珂林和其他试图自杀的女孩们。我想象她们坐在围成一圈的折叠椅上，握着手讲述各自的故事。"你见过她了？"我问。

"没。"她说，"不过莎伦见过了。她说珂林现在瘦极了，而且经常提到耶稣。"

这就是他们治疗她们的方法。我调整了脑海中的景象。她们不只是握着手说话。她们挨饿。她们祈祷。她们谈论耶稣多么爱她们。耶稣为了她们的罪孽而死。耶稣希望她们活着。

"那是你妈妈？"

我顺着詹尼丝的目光望向马场，帕蒂·乔正坐在我父亲身旁的折叠椅里张嘴大笑。"不是。"

"我也不这么想。"詹尼丝说，"她长得跟你一点都不像。"

马场里，我父亲膝盖夹着两瓶新拿的啤酒，打开后递给帕蒂一瓶。她优雅地从瓶里抿了一小口，侧身冲他耳语些什么，手指搁在他的臂弯里。"我妈妈在家。"我说，"她有癌症。"

詹尼丝的脸僵住了，她的嘴巴因为惊讶张成了一个黏糊糊的圆圈："噢，艾莉丝。"

"在爱荷华玩得开心。"我说完，把餐巾纸揉成一团放在装玉米片的碟子旁边，然后离开。

一小时过去了，两小时，三小时，我父亲还跟帕蒂·乔一起坐在折叠椅上。乐队汗流浃背，牛仔们在他们周围踢扬起尘土，搂着自己的妻子摇摇晃晃地转着圈子，唯一的暂停是从似乎无穷无尽的一个个瓶子里咂着嘴吞下啤酒。我独自坐在护栏上，等我父亲起身掏出裤子口袋里的钥匙，这手势表示时间到了，我们的任务已经完成，可以回家了。但是跟以往的治安队聚会不同，我父亲似乎根本就没有意识到时间。

我父亲从不真正那么在乎他的治安队员身份。他参加会议，在竞技比赛上疏导交通。他们叫他时，他就出现，把一具女孩的尸体搬出运河，而其他人都不愿这么做。这些都出于一种义务感，而不是对于这项工作的真正热爱。在我祖父和祖母买了房车，追随我的姑妈们全国转之前，我祖父曾是治安队成员。在他之前，我的曾祖父也是成员。属于这样一支队伍并没有什么真正的好处，只是当你生活在峡谷中，并且是个男人的时候做的事。

过去我父亲曾把我姐姐和我拖去参加野餐或是舞会，然后跟那些从他孩提时就认识他的男人们聊两小时马饲料或者兽医账单来完成义务。他总是彬彬有礼，在合适的时候点头，对于他们关于驯马和马棚维护的不同理论，耸肩表示同意。但是回到家，他撇着嘴告诉我们，谁把锯末掺进了他的饲料让它能保存得更久，谁在马腿瘸了的时候给马用麻醉剂让它们继续比赛。我父亲明确表示，诺娜和我在治安队聚会时要礼貌而又友善，注意礼仪，不能让自己的行为看上去有损我们的马场。可他同样明确表示其他的治安队员们跟我们不同。他们是滑头，是骗子。他们不是我们的朋友。

可现在我父亲坐在马场里聊天大笑，一根手指按着耳朵身体俯向帕蒂·乔以便能更清楚地听她说话。我头顶的天空已经变暗，我想起了戴尔玛先生，独自呆在一栋我从没见过的屋子里等待电话铃声响起。在某个遥远的地方，我姐姐正跟一个我不认识的男人一起爬上床。我想象她穿着睡觉时常穿的 T 恤衫和平角短裤，蜷着身子躺在杰瑞身边，她不知道今夜是治安队的舞会之夜，不知道我一个人坐着独自度过时间。

马场里治安队队员喝酒、跳舞，乐队冲他们叫喊时，一起高声回应。帕蒂·乔在折叠椅里垂下肩膀，扭动着，上下摇摆身体，直到我父亲把啤酒搁在一旁的泥地上，向她伸出一只手。她咧嘴笑着，让手指滑进他的手里。冰冷的护栏硌得我的大腿生疼，我看着他们起身，加入充满欢笑和汗水的人群，和他们一起贴着舞台气喘吁吁地运动。我从来不知道我父亲会跳舞。

他的脸红红的，闪烁着汗水的光芒，手牵着她向一边转动，然后是另一边。帕蒂大声笑着，一次次地停下，用她的手臂抱住腰，原地喘气。可她总能恢复，总能把手伸回他的手里。他们的手指互相缠绕，脚步一起移动，滑过尘土和马粪。周围的人群开始移动，他们走开了。

"艾莉丝宝宝艾莉丝。"

波普双胞胎在我的两侧分别出现，他们的手臂靠在护栏最高的扶手上，胳膊肘挨着我的屁股。"嘿。"我说，转换身体重心，蜷缩起来，躲避他们的接触。

"我们看见你，"安迪在我右边说，"跟那个胖妞儿说话。"

"是的。"扎克在我左边补充道,"长着翅膀的那个。"

"学校里的女同学罢了。"我告诉他们,"我们不是朋友,什么都不是。"

双胞胎爬上护栏,像三明治一样把我夹在当中。我可以闻到他们汗液的洋葱气味,可以感觉他皮肤上湿乎乎的沙砾蹭着我的皮肤,我伸手拽着我的裙边,让它盖住膝盖。他们每人手里拿着瓶已经少了一半的啤酒,扎克的瓶口轻轻敲着我的大腿。

"你们从哪儿拿的?"我问。

"想办法搞到的。"安迪咧嘴笑道:"妒嫉吗?"

我仰起下巴拒绝回答。

"想来一口?"扎克问完,把他的瓶子举到我眼前左右摇晃。

"打赌她不会。"安迪哼了一声,"艾莉丝是个好女孩。"

马场里我父亲正牵着帕蒂·乔转圈。他的面庞泛着红光,头发被汗水浸得滑溜溜的。詹尼丝·里顿一家一个多小时前就走了。她现在可能已经到家,正在她的小卧室里为爱荷华之行打包。珂林·墨菲在她父母的房子里温暖安全,正在祈祷耶稣赐予自己度过另一天的力量。诺娜在爱达荷、堪萨斯,或是其他我没去过的地方,身体顺着她的牛仔丈夫的轮廓弯曲着正在熟睡。穿过峡谷,戴尔玛先生正在抽烟,从装着冰的玻璃杯里抿着饮料,猜想我为什么还不打电话。

我伸出手,一把夺过扎克手里的瓶子,仰头把瓶里的东西一饮而尽。我吞下最后一滴时,喉咙被冰冷的泡沫充满,额头顿时轻飘飘起来。我把空瓶子还给扎克,他盯着看了半晌才开口说话。"行啊,不赖。"他说。安迪把下巴朝后一靠,像一条野狗一样对着天空长嗥。

"拿着。"他说着把他自己那瓶递给我,"我们每个人都喝了两瓶,你得快点喝才能赶上我们。"我的胃感觉就像泄气的气球,向下沉着,晃晃悠悠地溅出液体,可我又一次朝着漆黑的天空仰起下巴,打开我的喉咙,一口气喝完了安迪的啤酒。

"老天。"我喝完后,安迪轻声说,"你到底是诺娜的妹妹。"他用肩膀轻轻把我推向扎克,扎克在护栏扶手上摇摇欲坠,伸手用他的手指抓着我的大腿,不让自己掉下去。我的皮肤被他捏得紧紧的。应该会疼。但我低头盯着我腿上他的手,他红红的关节,脏脏的指甲,什么感觉都没有。

马场里,乐队成员一起晃动脑袋,他们的嗓音因为好几个小时的演唱和对人群的叫喊而嘶哑。在他们周围,治安队队员在飞扬的尘土中已难辨身影,他们旋转、倾斜,把啤酒瓶举向空中。我父亲和帕蒂·乔被淹没在人群中的某个地方。

安迪打了个嗝,响亮而又潮湿,之后他宣布我们还需要更多的啤酒,并且自告奋勇再去偷三瓶来。他跳了下去,护栏在我们身下摇晃。扎克用手指更紧地捏住了我的腿,保持平衡。"在维斯顿家的姑娘陷入爱河之前回来。"安迪说。

扎克和我在沉默中坐了会儿。慢慢地,他的手指松开了我的腿,可他并没有把手拿开。"偷啤酒不难吗?"我终于问道。

扎克在我身旁耸耸肩。"好像并没有人注意。"他说。

马场里巴德·波普正跟维拉瑞尔·海斯共舞,牵着她绕圈,她的红发如同火焰般飞扬。她的手臂勾着他的脖子,他的双手顺着她的腰向下滑动,直到捂住她蓝色牛仔裤后面的裤袋。"你喜欢你爸爸吗?"

我问。

我裙子的布料在扎克的手下感觉又潮又暖，我不知道是因为我的汗还是他的。"我不确定你是否注意到了，"他说，"可我爸爸是个笨蛋。"

我扭头看他，他的脸离我如此之近，我甚至能感觉他的呼吸喷在我皮肤上的热气，能闻到偷来的啤酒在他的舌头上发酸变味。然后他把头又凑近一些。世界静止。

电影里的接吻总是柔软润滑，嘴唇接触，双眼闭上，脑袋微倾，露出女人脖子纤弱洁白的弧线。可当扎克的脸埋进我的脸，我们的鼻子互相挤压，我能感觉他砂纸般开裂的嘴唇在我的唇上张开，又闭上。他的舌尖找到了我的，两团干燥柔软的肌肉在牙齿组成的上了蜡般的笼子里扭打。没有小号，没有战栗的叹息，我的胸口没有慌乱的心跳颤动。他把头伸回去后，眨了几下眼睛，把手从我的腿上拿起来，用手指摸摸自己的嘴唇，仿佛他不确定它们属于谁。

"我错过了什么？"安迪说着递给我们两瓶新啤酒。扎克直起身，用刚才放在我腿上的那只手接过他那瓶。他目光呆滞，径直盯着跳舞的人群，吞下一大口啤酒。"没什么。"他说。

乐队正把他们的乐器装回货车后厢，我父亲和帕蒂·乔终于摇摇晃晃地走向卡车。他们勾着胳膊肘，笑声在黑色的天空中飞扬。我跟着他们，心脏在喉咙里怦怦直跳。我刚喝完第四瓶啤酒，我肯定他们会闻出我呼吸里的酒味，看见我努力爬进卡车时颤抖的双腿。可在车里，我父亲只顾胡乱摸索他的钥匙，掉了两次才把它们插进点火装置。他根本没看我一眼。

我们开车沿着乡间道路回家，车窗大开音响刺耳。我父亲朝后靠在椅子上驾驶着卡车，手臂僵硬地举在身子前面，一只眼眯缝着。他和帕蒂合着音响歌唱，他们不成调的声音在我两侧轰鸣。

卡车忽前忽后地抽动，我感觉身体要散架了，仿佛被液体包围。"这是我一生中最美妙的夜晚。"帕蒂盖过音乐声叫道，然后把手臂伸出车窗，让风穿过她的指缝。卡车在路上摇摆，我朝她斜靠过去。我想坐正，但我的头很重，尽管我努力想让我的眼皮睁着，但它们还是慢慢合上。

帕蒂在我身旁动了动，用一条胳膊搂住我的肩膀，把我紧紧拥到她身边，一边和我父亲一起跟尼尔·戴蒙德①唱：

伤痛从我肩头落下

拥抱着你我如何会受伤……②

她的身体靠着我，湿润而又温暖，散发出啤酒、汗水和刺鼻香水的味道。在我的头脑中，我的思想晃动到了一起，真切、多愁善感，难以名状。但是在那团黏稠混合物中的某个地方，我感觉到帕蒂·乔的身体，真实完整而又鲜活。她是谁已经不重要了，今天晚上早些时候她曾是谁，明天她会是谁。这个夜晚是一团迷糊的想象，一个在虚构中被搅浑的世界。于是我让她抱着我。我闭着双眼，假装她是什么人，任何人，爱我的人。

---

① 尼尔·戴蒙德（Neil Diamond，生于一九四一年），美国二十世纪六十至八十年代最为成功的流行歌手和创作人之一。

② 原文出自尼尔·戴蒙德的《甜蜜卡罗琳》(Sweet Caroline) 一歌的歌词。

# 第六章

"他把它扔在外面已经几天了？"

电视没开，我母亲坐在窗边，一条腿蜷在胸前。她的睡袍绕在膝盖周围。我低头凝视她裸露的足胫的轮廓和她纤细苍白光滑的脚踝。马场里，"亲爱的"独自站着，头被肩膀紧紧扯着，皮毛被汗水浸得发灰泛油。

"这是第六天了。"我说着拿出一袋新鲜冰块。

我母亲看看冰，没有伸手拿，而是把头扭向窗子。"你觉得会有用吗？"

我牛仔裤的裤腰掐着我的皮肤，冰袋灼烫了我的手，一种隐隐的痛楚一下一下传遍了我的手腕和前臂。"我不知道。"我告诉她，"它有点疯狂。"

我母亲挺直肩膀，伸长脖子扬起下巴，我能看见她的声带在皮肤下移动。"他付了多少钱？"她问。

三千七百五十——这是它最终的价值。七个人参加竞拍，包括巴德·波普。可我父亲的下巴如钢铁般坚硬，双眼毫不放松时刻关注。最终其他的竞拍者丧失了兴趣。结束后，我父亲付了一千三百四十七美元现金，剩下的用两张信用卡分摊。"我不知道。"我说。

"你不知道？"我母亲问。

"我不记得了。"

她眯起眼睛，我们互相凝视了一会儿。她的目光冷漠而又空洞，直接把我刺穿。"你是个多好的女孩啊。"她轻声说。

我的双颊涨得通红，我不知道是因为她卧室里的热气，还是一系列郁积在心、令人厌烦的秘密似乎正在我体内蔓延。我父亲没再跟我说过治安队舞会，甚至连我们曾经参加这个事实都不再提起。帕蒂·乔第二天回来洗刷"小情夫"的时候，只字不提舞蹈、啤酒、开车回家的路上的事情。于是，那天晚上变成了任何人都不再触及的另一样事物，变成了也许从未存在过的另一样事物。

我母亲整个身子开始颤抖，她甩着脑袋似乎想从梦中醒来。"对不起。"她说着接过我手中的冰。"炎热。"她把冰按在脖子后面，"把我的神经都搅在一块儿了。"

"大家都有点不正常。"我说。

"我注意到了。"她冲窗外的马场点点头。我不知道她是指那匹母马，还是我父亲。

"爸爸会把她训练好的。"我保证说。

"我很期待。"她说。


我父亲第一次骑上"亲爱的"的那天，希拉和我爬上马场的护栏看着。"鲶鱼"们在我们身旁排成队，互相递着一袋冰葡萄，从纸杯里抿着饮料。"你觉得它准备好了吗？"希拉低声问，我耸耸肩。我父亲抬起靴子，踩进马镫，拽紧手里的缰绳。它是否准备好了无关紧要。

母马展平双耳弯下脖子，一动不动地站在马场中央，鼻孔喷气，后背弓起。"这正常吗？"贝西问。"亲爱的"的肋骨随着呼吸起伏，它的尾巴藏在了身子下面。我父亲等着，可它仍旧不动。他慢慢地调整了坐在它身上的位置，然后用他的脚跟夹着它两边。他们刚一接触便一发而不可收拾。

母马似乎从各个角度弹起，直接从地面跃起，落下的时候摆动身体，马蹄划过空气。它后腿直立，然后弓背，四蹄跳起，在空中扭动身体，重重地落在地上，颠摇我父亲的脑袋。他双腿保持紧张，上半身放松，让自己像根橡皮筋一样在它背上晃动。"鲶鱼"们倒抽一口冷气。"它会杀了他的。"帕蒂·乔轻声说。

透过尘雾，我可以看见我父亲的头朝前倾斜，他的手捏着缰绳把"亲爱的"朝一个方向拉，而它却朝另一个方向拧。它侧身冲向护栏，马腿在木扶手上摩擦。可他仍旧在它背上。

它已经无计可施，便开始奔跑。它以一种别扭的角度穿过马场，跑到边缘后疾停，扭头转向相反的方向。渐渐地，它跑的距离越来越长，直到它绕着完整对称的椭圆形在马场内飞奔。汗水在它胸口和腹部的皱纹里泛出泡沫，顺着它的腿向下浸润，它嘴上马嚼子的周围涌出唾液的白沫。"快看啊。"我父亲毫无疑问地不会被杀死，我父亲毫无疑问地确确实实地骑着那母马，帕蒂·乔轻声说，"老天爷。"

他把它带到马场中央，把缰绳朝后拉，让母马放慢脚步直到停下。它站在我们面前，皮毛被汗水浸透，身体随着呼吸起伏。我父亲坐了会儿，然后侧身一跃，稳稳地一步下马。

观众开始疯狂。

"鲶鱼"们排着队，表演一种由踢腿和手部动作组成的拉拉队似的舞蹈，一边高声喊叫，或吹着口哨。希拉在她们身旁上蹿下跳。"耶！乔伊！"她叫道，"太棒了！"

"真令人惊叹。"帕蒂说道，我父亲咧嘴笑了。

他把母马牵出马场。希拉爬到门上为他开门。"鲶鱼"们簇拥在周围，上气不接下气地描述她们觉得一切已经结束的那一刻，她们觉得他已经完蛋的那一刻。我父亲站着，脸庞放光。"习以为常。"他说。

"习以为常！"贝西喘着气说，"你是一个不折不扣的神！""鲶鱼"们用保温瓶重新倒满杯子，又给我父亲准备了一杯。

"一个不折不扣的神！"她们干杯。我父亲仰头把他杯子里的东西一饮而尽。

他们一次又一次地重新倒满，为了勇敢干杯，然后是为速度干杯，然后是为一个人爬上一匹从没被骑过的马背上的十足鲁莽干杯。我等着我父亲收敛表情，喝斥住如此可笑的表演，让大家回去各干各的。可他站在她们中间，大笑，干杯，喝光。希拉绕着他蹦蹦跳跳，他勾住她的腋窝，把她提起来旋转，直到她发出尖叫。

"艾莉丝。"贝西见我仍旧坐在护栏上便问，"你难道不为你的老爸惊叹吗？"

我父亲看看我,他的脸上终于掠过一丝熟悉的阴影,他回过神来了,回到现实中了。"啊。"他说,"这种事她已经见过上千次了。她只是在想这没什么特别。"他转身回到"鲶鱼"的圈子里,她们抬头冲他咧嘴笑着,重新满上他的纸杯再次干杯。

母马站在他身旁,肋骨一起一伏。它的嘴角泛出淡红色——血和唾液,与我曾用马勒挤出的,曾让所有人何等恐惧,何等惊慌的同样的血。

我父亲错了。我并非在想这没什么特别。我在想,如果她们中的任何人住在马棚,而不只是在兴头上来看看,她们就会知道,马被骑了一次并不能说明它已经屈服。仅仅因为现在母马站在他身边,被撕扯得精疲力竭甚至流血,并不能说明它跟几小时前有任何不同。什么都没有发生。什么都没有改变。仅仅因为我父亲成功地呆在了它背上,并不能说明这世上其他任何人也能够做相同的事。

"该死。"其他人走后,我父亲说。他跌坐在沙发上,大脚趾从袜子上的一个洞里戳出来。他的脸仍然通红,头发一直湿到发根。他闭上眼,手指弹着胸口仿佛正聆听音乐。"它很稳。"他告诉我,"我的意思是,真的,难以置信。它转身的时候就像在轨道上。就算它四处跳跃扭动,都感觉像骑着水。仿佛坐在奶泡的顶上。它是冠军,艾莉丝。我不骗你。"

我靠着客厅桌子的一角,看着他抬头冲被水渍玷污的天花板咧嘴笑着。我想到"亲爱的",独自呆在外面我们曾经养过"准男爵"的马栏里。它的后背有马鞍上的汗水留下的印记,它嘴唇里柔软的内膜又红又肿。

"坐在它身上，"他说，"就像一阵涌动，像火焰迸发，像风暴。我感觉，哦，妈的，我不知道。"

"一个不折不扣的神？"我问，他的眼睛猛地睁开。

"嘿。"他对我说，"说话留神。"

我咬着嘴唇打算道歉，可我父亲仍在微笑，他的手指因为兴奋而抽动，他被护栏擦出血的膝盖在他撕裂了的牛仔裤里来回晃动。

电话铃响起，我父亲坐直身子，然后弹了起来，穿过客厅去接。"没准是本地媒体。"他开玩笑说。

"干吗？"我问，"我们欠他们钱吗？"

"晚上好。"我父亲语气轻快地冲着话筒嚷嚷，"维斯顿马场。我是乔迪·维斯顿，驯马师中的佼佼者。"

我滑坐在沙发上，下巴搁在手上，克制住翻白眼的冲动。我父亲听了一会儿，然后转身背对我，把手指塞进耳朵里。"什么？"他低声说。在客厅令人窒息的炎热中，一丝寒意爬上我的皮肤。

我父亲对着电话无声地点点头，他放慢呼吸，肩膀弓成一个弧度。通话结束，我父亲站着盯着电话听筒。

"怎么了？"我问。

他脸上的色彩隐退了，他摇摇头没有回答。我的胃在翻滚，旋转着连带搅动我的喉咙。"出什么事了？"我轻声问，"是诺娜？"我父亲把听筒搁回原处，穿过房间走到沙发边，让自己陷了进去。

"爸比。"我轻声用诺娜称呼他的方式叫他，用她的字眼，"爸比，告诉我。"

他抬起脸看我，他的皮肤白得如同粉笔，他的表情木然。"是祖父母。"他终于说，"他们要来。"

杰克和露比是我父亲的父母。虽然房子和马棚曾经属他们，他们却几乎从没回来看过。退休前，杰克曾在我们现在用作仓库的一栋房子前的小办公室作手疗法医师。我记不清最后一次见他们是什么时候。

"什么时候？"我问。

"马上。"我父亲瞥了眼手表，站起身穿过房间走到桌旁。"就今晚。我们得抓紧。"他用手臂把一堆乱七八糟的报纸赶成一摞，然后弯腰俯在桌子上，用他的大拇指指甲刮擦一块已经与牛奶一起干涸凝结的麦片圈。

"让他们住在哪儿？"我问。我父亲睡在客卧。我突然担心，祖父母会被安排在诺娜的房间里，将我与衣橱和电话阻隔。

我父亲瞄了我一眼说："少说话，快抓紧。"

我吸尘，我父亲重新摆放灯和垫子盖住地毯上的污渍。干完这些后，我撑开垃圾袋，我父亲把旧报纸一股脑塞了进去。这一切也许是无谓的神经过敏。毕竟，杰克和露比住在房车上。杂乱对于他们而言应该不会太过于陌生。

我父亲转身扫视了一圈屋子，用手臂擦擦额头。"很好，很好。"他说，"现在我们只剩下厨房，还有……"他的眼神穿过门厅飘向楼梯，然后朝上。"该死。"他轻声说。

"怎么了？"

我父亲的眼神停留在楼梯顶端，肩膀向下一沉："我得告诉你妈妈。"

我父亲上楼跟我母亲说话的时候，我得清扫厨房，好像显得有点不公平。告诉她又有什么意义呢？她似乎并不会冲下楼拾起扫帚。他只会解释祖父母是怎么来的，而她则坐在楼上，脑子里充满了古怪的念头，直到他们抵达。"干吗不来个惊喜呢？"我说。

　　我父亲上楼去跟我母亲说话，我扫了厨房的地板，还用一种闻着像柠檬的喷剂和清洗用酒精擦了每个柜子。然后我重新调整橱里的摆放，碟子归碟子，杯子归杯子。我把我们从快餐店收集的塑料大杯子收起来，藏在了我们从来不吃的蔬菜罐头和一台我不记得曾经用过的冰激凌机后的储藏柜里。

　　他终于下楼，双脚重重地踏在楼梯上，头向前倾着。他在楼梯最后一级坐下，双手抱头，用拇指按摩着颅骨的底端。

　　"那么，"我说，"你想过让他们住在哪儿了吗？"


　　露比·维斯顿是我这辈子见过的最胖的人。我透过房车的长方形小门抬头望着她，寻思她怎么才能把自己弄出来。她朝下迈了一步，她皲裂的粉色脚掌在木质凉鞋的鞋跟上提起，她用手重新分配着她的腰挤出门外。"老天爷。"她气喘吁吁地拥抱我说，"你长得可真大。"

　　露比搂着我前后摇晃，把我按在她果酱软糖般的一大团腰上。然后她把我甩到一旁，向我父亲伸出手。"噢，乔迪。"她喘着粗气说，"噢，乔迪，哦，上帝！"

　　我父亲的背紧绷着，我看着他融进了露比一团团的脂肪里。他退后时，她把她的手搁在他脸的两侧，挤着他的脸颊，他的嘴唇被她手掌的松肉夹得嘟囔起来。"嗨，妈。"他口齿不清地说。

杰克又高又瘦，头发银灰，手臂在熨烫平整的衬衫袖子的白色光芒下映出光滑的古铜色。他拍拍我的肩，把我搂到身旁。"你好，孩子。"

他们带来的第三个成员是条像只小猪般的小狗，长着尖脸，皮毛如肮脏的粉扑。露比举起哼哼唧唧的狗向我们介绍。"胖胖是宝贝儿。"她说，"别以为它不知道。"她夹着它的腋窝伸向我们，它的后腿岔开，趾甲抓挠空气。

我父亲和我并肩站着，因为大扫除又热又脏。在我们所有的准备工作中，我们谁都没想到要洗个澡或是换下我们的工作服。我父亲的头发被汗水腌得硬邦邦的，T恤衫的领口和腋下发黄。我可以在我的衣服上闻到马棚的气味，锯末和干草的甜味。我的头发缠做一团，指甲上结着泥块。露比冲我们俩来回看看，脸上的笑容微微隐退。"我们还少了个人。"她说。

我扭头看我父亲。他应该已经跟他们提了诺娜的事。"玛丽安在里面。"他说。

露比把"胖胖"用手臂一卷，一把推开后门，一阵新爆发的激动之情让她整个人如波浪般起伏。"玛丽安姑娘，像是一辈子没见了。"我斜靠着打量露比的腰，在楼梯脚，穿着衣服挺直站着的，是我母亲。

她在栏杆旁显得很弱小，衣服从肩膀上耷拉下来，鞋子在脚上又大又松。我祖母伸手拥抱她，我吓了一跳，担心我母亲会在露比强壮的臂弯中化为尘土。

我父亲朝前一步，用一只胳膊箍住我母亲的腰，让她挺直，她用手指抓着他 T 恤衫的后背，被他带着穿过客厅，然后在沙发上坐下。"玛丽安刚刚从一场小病中恢复过来。"我父亲解释说，"她还有点虚弱。"

杰克和露比交换了一个眼神，我走到他们中间。"你们打算呆多久？"我问。

露比仍旧盯着我母亲。"不太久。"她说，"你了解你的爷爷杰克。他时常得在西部过上一阵子，让自己脑袋不会炸开。"杰克靠在门框上，双手交叉抱胸注视着外面的马棚。看上去他的脑袋似乎离炸开还差得很远。

我父亲俯身轻轻碰了碰我母亲的肩膀。"你还好吗？"他问。

她抬起眼睛，在她苍白的颧骨衬托下，她的眼睛显得又黑又深。"我累了。"她说。

露比把"胖胖"换到另一只胳膊上，用红扑扑的手替自己扇着风。"老天爷，乔迪。这儿活像烤箱。"她的手在脸前扇着，整个身体剧烈摇晃，发红的双颊在手掌掠动间抖动，一缕汗水从她的发际缓缓滑落。

"空调坏了。"我父亲说。

杰克抬眼看看天花板。"噢，是吗？"他问，"怎么搞的？"

"坏了。"我父亲重复道。

"明天我爬上去看看。"杰克说，我父亲的嘴唇抿成了一条线。

祖母在厨房做晚饭，父亲和祖父客套地聊着天，谈论驾驶，天气，热浪。我摆放碗碟，母亲坐在沙发上，盯着电视机黑暗的屏幕，仿佛上面正演着什么。我用眼角的余光看着我母亲，猜想我父亲在楼上对她说了什么，做了怎样的安排。我努力回想杰克和露比上次来看我们，回想我母亲是否穿戴整齐下楼，她是否曾经扮演过这种角色——一个刚从一场小病中恢复过来的正常、快乐的女人。可我唯一能回想起来的只有露比始终坚持我姐姐是她在相同年龄时的翻版，还有就是诺娜对于饭后呕吐短暂的热衷。

露比从厨房端出食物，我父亲用胳膊箍着我母亲的腰帮她起身，然后带着她走到桌边。露比越过一盆土豆泥眯眼看着她。"我们上次来你就不舒服，玛丽安。"她说，我母亲冲她眨眨眼。

"是吗？"她问，"真奇怪，我通常健康得像一匹马。"

吃饭的时候，"胖胖"一直绕着桌子轻快地跑动，惨叫着用后腿直立乞讨食物。我父亲看着，一侧嘴角因为厌恶而扭曲。"最好别让那条狗绕着马转悠。"他说，"不然我们得清除地上它的脑浆。"

"别那么想。"杰克对他说，"狗没有脑子。"

露比的嘴皱得如同一块梅子干，她从自己的盘子里取了一块面包，在肉汁里蘸蘸，让"胖胖"顺着她的手指舔食。桌子的另一边，我母亲把头扭向一边，冲着肩膀无声地干呕。"那么艾莉丝，"露比问，"你现在几岁了？"

"十二。"我回答她。

"有男朋友了吗？"

我垂下眼睛，摇摇头表示否定。

"你的表姐凯西也是十二岁，"露比说，"她有三个男朋友。"

我父亲轻轻踢桌子下面的"胖胖"一脚，那条狗哼哼了一声。"听上去不知检点。"他说。

桌子的另一边，我母亲正盯着我，她的手叠放在大腿上，面前的那碟食物一动未动。"你多大了？"她问。

"十二。"我重复道。

"不可能。"她的脸逐渐扭曲，嘴唇开始颤抖。她坐在椅子里显得那么小，她的肩膀如同衣架挂着她身上穿的衣服，她的手臂细得就像两根煮熟的面条。她环视整个房间，搜寻角落、天花板，以及我们身后的墙壁。仿佛她突然从一场梦中醒来，发现自己身处一个从未到过的地方。

杰克和露比一言不发地盯着她，我父亲的眼神在他们之间来回穿梭。"玛丽安，"他终于说。他的声音几乎不及耳语。但她的眼睛转向他，他们之间有什么东西流过，一种无声的交流，一种理解。我母亲眼内的疑惑如同云朵般散开。她把脸扭向我的祖父母，嘴角倾斜，露出一抹淡淡的微笑。

"时间过得可真快。"她轻声说，"我有点迷失了。"

"你不用跟我说这些。"露比用她的叉子指着我的父亲说，"就好像昨天这家伙还裹着尿布。全能的主啊，乔迪是最漂亮的宝宝。他有柔软的黄色卷发和长长的睫毛。人们经常拦住我说，'哦，多漂亮的小姑娘。'"露比一手拍着桌子张大嘴笑着。我父亲用手指弹着大腿，扭头看钟。

"我在外面没看见老'准男爵'。"过了一会儿，杰克一边把他盘子里的肉切成平整均匀的长条一边说，"你把它挪到马棚里了？"

"'准男爵'死了。"我母亲说。桌子的另一边，在这惊恐的一刻我父亲正遇上我的眼神。我们告诉她"准男爵"在内布拉斯加的一所农场里被养得肥肥的享受快乐时光，"它病了，只好让它解脱。"

杰克在他的椅子里向后一靠，用一些时间接受这条消息。"该死。"

他说，"什么时候的事？"

"去年。"我母亲告诉他。

杰克冲天花板叹了口气，然后点点头，重新把注意力回到他的食物上，"你们有没有找替代的？"

我父亲慢慢嚼着食物，让食物在嘴里翻滚，一边斜眼瞧着我母亲说："我一直在留意。"

"必须得有一匹种马，孩子。"杰克对他说，"没有种马的马棚好不了。"

我母亲起身的时候，其他的人都还在吃。她抬眼看着楼梯说："我想我该去睡觉了。"

"的确应该。"我父亲站起来对她说，"这一天对你可够长的。"他的一只手始终扶住她的肘部，牵着她走到楼梯，然后歪下身，在她头的一侧给了一个奇怪的吻。她走上楼去，所有的人都有一会儿没说话。我母亲的那盘食物原封未动地放在桌上，她的餐具一尘不染，餐巾还叠放在下面。我父亲开始清理碗碟，我跳起来帮忙。

"这小病还真够厉害的。"杰克说。


吃完饭，我坐在杰克膝盖中间的门廊台阶上，让他用拇指替我放松背部肌肉。"胖胖"在我们的院子里闻来闻去，抬腿给每块小石头和每束草丛作上标记。杰克用牙齿叼着一根点燃的雪茄，校正我的姿势，或是让我的头在他两手之间来回摆动，烟雾在我们身旁缭绕。

当房子还属于我祖父母的时候，杰克通过校正农场工人的背部赚钱。骑马对人的脊椎是一种折磨，他是这么说的。人们掏出现金让他敲打他们的骨头，或是把他的拇指抠进他们脖子和肩膀的肌肉里。即便过了这么多年，上了年纪的人在马秀上或是合作社里凑近我父亲，左右摇晃着脑袋，抚摸着后腰。"要是能再来点杰克·维斯顿的治疗该有多好。"他们会说，我父亲会抱歉地点点头。其中的秘诀是什么，只有他自己知道。

"感觉到了吗？"杰克问我，"你的后背仿佛排列整齐。"我点点头。"这是你坐姿正确时候的感觉。"

露比点燃一根烟，把自己挤进门廊秋千上我父亲身旁，链条被她的重量压得发出呻吟。"晚饭后我在马棚里走了走。"杰克告诉我父亲，"你在那儿养了一群陌生面孔。"

"寄宿者。"我父亲说。

"真的？"杰克语气温和地问，"你现在干那些了？"

秋千上，我父亲从露比的那包烟里摸出一根，举到嘴边却不点上，"才开始。"

杰克的手指在我脖子的肌肉里按得更深了，他那根雪茄的烟充满了我的鼻孔，刺疼了我的眼睛，熏得我的脑袋昏昏沉沉的，一阵阵晕眩。

"好吧。"露比沉默了半晌说，"我不想当着玛丽安的面问——她显然不在状态——可现在就只有我们。说说诺娜是怎么回事。"

"没什么可说的。"我父亲咕哝道，未点燃的香烟在他嘴唇间忽上忽下地颤动，"她飞了。结婚了。"

"你认识那男孩吗？"

"不。"

露比在门廊秋千的扶手上掐灭香烟，然后又点燃一根。"一定没这么简单，乔迪。告诉我细节。"

"干吗不让我帮你们收拾东西呢。"我父亲说，"我们给你们布置好了客房。"

"等一会儿。"露比说。我在杰克的膝盖间扭身看着我父亲，等他说话。

这就是细节：杰瑞的敞篷货车是青绿色的，两边各有一道白色条纹。诺娜出门迎接他的时候头发还是湿的，她赤着脚，用双腿缠绕他的腰，把自己的嘴唇按在他的嘴上，她脚趾甲上斑驳的糖果粉色趾甲油在阳光下闪烁。杰瑞十九岁，步态悠闲，结实而又多肉的双手如同铁砧般挂在手臂上。他帮我姐姐把盒子装上货车的后厢，他的细腿弓着，膝盖从牛仔裤的洞里戳了出来。"老天爷。"我父亲轻声说，"如果他是匹马，我们就得把他阉割了。"

我父亲曾试图跟诺娜讲道理。她踮脚吻他向他道别，他把一只手放在她脖子后面，抓住她稠密的湿头发。"别发傻。"他对她说，"用用你的脑子。"

可诺娜的面庞柔和而又严肃，她那矢车菊般的双眼一眨不眨地盯着他。"吻我，向我道别吧，爸比。"我父亲一动不动，她把手伸向脑后，松开了她头发上他的手指。她把他的手握了一会儿，然后举到嘴边，用嘴唇碰了碰他手腕的背面，然后松开。

露比正吞云吐雾，呼出响亮而又尖利的气息：她在等待。我父亲朝着我的方向清了清喉咙，杰克领会了暗示。"干吗不带我看看新出生的马驹呢？"他问，轻轻推着我站了起来。

他们不让我留下，于是我跟着杰克雪茄发出的樱桃红光芒走进黑暗。我放慢脚步，竖起耳朵，努力捕捉我父亲在门廊里的声音。我们绕过屋子的一角，就当他们即将消失在我视野外的时候，露比伸手点亮了我父亲的烟。"好了。"她对他说，"开始说吧。"

月光下，马驹映着牧场斑驳的黑影显得又精神又干净。杰克靠在围栏上，吸着雪茄屁股，望着它们一排排的身影轮廓。"你看着它们出生？"他问。

"除了一匹。"我对他说，因为突然席卷而来的回忆皱起了眉——我的愚蠢和懦弱，毫无价值的努力，我的眼泪。希拉·阿尔特曼独自见证了"姜黄"的幼驹的出生。现在，在黑暗中，马驹们是无名无姓的一条条狭长影子，可以互相替换。但是明天，在日光下，杰克会发现，我父亲和我从运河把"帽子"带回来的那天晚上所见到的："姜黄"的雄幼驹浑身是秋天的红色，鼻子上闪过一道白色，并且独在左后腿上有一截如短袜般的白色——看上去就像"准男爵"。

杰克扔了雪茄，用鞋尖把它碾灭在泥土里。"就我们俩说说。"他说，"这儿的一切维持得怎么样？"

我努力思考正确的回答。"我们油漆了马棚。"我说，"还有拖车。"

"我看见了。"他说，"每样东西都很漂亮，闪着光，不错。"

"所以，一切维持得很好。"

杰克摇摇头，冲着黑暗微微一笑。"你了解你父亲。"他说。

我父亲。仅仅几小时前，他站在"鲶鱼"们的包围圈里，彼此冲着耳朵咧嘴大笑，碰杯喝干纸杯。现在他坐着，有些发窘，在他母亲身旁，一五一十地描述那天我姐姐如何上了一个陌生人的车就再也没回来。他所说的不可能有我不知道的，他所见的不可能有我未曾目睹的。他在对露比开口前把我支开，毫无理由。

可我想到了波莉·凯恩，我父亲如何找到她，看见她，托着她毫无生气、仅剩体重的尸体蹚水。他什么都没说。我们在一起的所有时间，永无止境的炎热难熬的日子，漫长安静的夜晚，他仍然有事不曾告诉我，我所不知道的事。今天晚上，祖父母会睡在客房，我父亲会爬上楼去我母亲的房间，会在她的床上躺在她的身边，分享相同的空气，相同的空间，相同的睡眠时的低沉韵律，就好像他们每晚都是如此，就好像他们是随便什么人的父母。

"是的。"我对杰克说，"我了解我父亲。"在这个充斥着如此多谎言的世界里，再多一条又怎么样呢？

第二天早上，我父亲和我到外面喂马的时候，杰克已经在屋顶上了。他跨坐在房子的屋檐上，摆动双腿，肩膀放松。空调在他身旁大张着口，他自顾自吹着口哨，把一块金属在手里来回翻转。他看见我们，咧嘴笑着挥挥手。"怎么样？"他指着牧场里"姜黄"的幼驹喊着。"老家伙留下了一笔遗产！"空调中午前开始运转。

之后，杰克转向了在我们的侧牧场里生锈的水泵，再之后是没法关严实的门。我母亲没有下楼吃早饭和午饭。露比一早上在厨房烘饼干和焙盘，清除我们厨房蔬菜抽屉里褐色的污水。中午，她拿出一大罐冰水果宾治和一托盘火腿三明治，放在马棚打牌的桌上。帕蒂·乔和贝西正在刷洗她们的马。她挥手让她们过来。"我做的足够每个人吃。"她说。

我们站在桌子周围，用纸巾托着食物吃。希拉坐在地上。

"看看他。"露比在马棚门边说，"我们回来才不到一天，他就以为自己是约翰·韦恩[①]。"

"是啊，"帕蒂·乔咬了一小口三明治面包说，"我知道乔迪从哪儿继承了他的长相。"

我父亲的脸红得几乎蔓延到脚跟。露比礼貌地微笑着，透过她眼睑的褶皱冲帕蒂微微眯了眯眼。"鲶鱼"回到她们各自的马身旁，露比朝我父亲扬起头低声说："提防着点儿，乔迪。"

傍晚，杰克从牧场回来帮我们喂马。希拉和我得合力拖一捆干草，而我父亲和杰克各自扛着一捆，把干草抛过一匹马的头顶，落在另一匹马的身旁，将成桶的谷物吊进马栏里，就仿佛这些东西毫无重量。

"哇！"杰克停下点燃一根雪茄的时候，希拉轻声说，"他就像是万宝路牛仔。"

"我发现你还在继续。"杰克冲我们饲养"濒死马"的后牧场点点头，对我父亲说。

"老'王牌'今年就三十了。"我父亲说。杰克斜了斜眼睛，盯着我父亲看了会儿。

"'王牌'是我在这儿骑的第一匹马。"希拉大声说。她爬上栅栏，给"王牌"送了个飞吻，而"王牌"埋头吃草，对她毫不理会。

"你和'帽子'现在在练些什么？"杰克问。

---

① 约翰·韦恩 (John Wayne，一九〇七——一九七九)，美国最著名的西部电影明星之一。

"我们在学习'驾驭'。"希拉对他说，"我们马上就要开始展示技巧这部分。"她脸红了，然后侧着头微笑起来，"我是说，是我在学习。'帽子'早就知道怎么做这些了。"

"它是匹厉害的马。"杰克严肃地说，"你得努力，从现在开始。"

"我在努力。"希拉对他说，"每天都在努力。"一丝信心不足的阴影掠过她的脸庞，但我知道，她感激杰克的坦诚，感激他对于"帽子"出众能力的认定。

晚饭露比作了卤汁宽面。我母亲下楼站着，表情空洞，目光迷离，冲我们眨着眼。"空调。"她说着，举起手伸向排气孔，"我睡了又睡。就好像我有一百年没睡过觉了。"

"杰克修好了空调。"我告诉她，"一整天都在运转。"

杰克冲我母亲眨眨一只眼，她穿过屋子站在他面前，用她的手掌触摸他脸庞的两侧。她的手映着他的皮肤，仿佛两张餐巾纸般苍白干瘪。"噢，杰克。"她低声说着，把头靠向他的胸膛，"我想我可能会爱上你。"

晚饭后，露比洗碗我擦干，我母亲坐在厨房的桌子旁盯着窗户。露比哼着曲子，晃动宽厚的肩膀微微起舞，偶尔停下，用盘子里剩下的食物残渣喂"胖胖"。我斜眼看着我母亲，她两腿交叉，双眼半闭。空调继续运转，仿佛有风穿过她的头发。她只吃了几小口晚饭，这会儿正在抿露比倒给她的一杯牛奶。"年轻女人需要钙。"露比说，"避免她们的骨头化为粉末。"我母亲的手松松地垂在身体一侧，她望着窗外，却不知在看什么，手指静静地弹着她裙子的面料，无声地应和着露比所哼曲调的节拍。

"我觉得我们应该让他们留下。"我对我父亲说。他正在门廊盯着外面的前牧场抽烟。

"什么？"他问。

"祖父母，"我说，"我们应该让他们留一阵。我们有地方。"

可我父亲没有答话。他站起身背对我，我穿过门廊，试图发现他在看什么。太阳已经下山，天空中只留下最微弱的一抹紫色。在前牧场里，杰克独自站着，抽着一根雪茄。传种母马们在他身旁凝视着他，马驹竖起耳朵，腿绷紧成弓状看着他。杰克手臂放松，随意地放在身体两侧，他的雪茄在唇齿间闪烁光芒。在黑暗中，马驹互相挨近，它们的轮廓糅合在了一起，忽而它们又向后跑开。日光的最后一丝绯红逐渐从天空中隐去，一匹马驹朝前迈了一步，扬起脖子用嘴唇摸索。杰克伸出手臂，片刻迟疑后他们便接触了，鼻子和手指，然后天空陷入黑暗。

"你从不睡觉？"我问。

凌晨两点，世界寂静，沙漠正在熟睡，但是他仍然在铃响后接起了电话。"我打盹。"戴尔玛先生告诉我，"别人醒着的时候，我睡得更香。"

隔着墙壁，我的父母正接连二天共用同一张床。我父亲道过晚安之后，我把耳朵贴在墙上，努力平复我胸口的呼吸，等待着，想象他可能会一直坐着，直到整栋房子陷入沉寂，然后蹑手蹑脚地下楼，睡在沙发上。可时间一分一秒地过去，透过墙壁，我可以听见我父亲低沉、含着口水的呼噜声。就算他们临睡前对彼此说过些什么，我一个字也没听到。

"我做梦了。"我告诉戴尔玛先生。

"关于什么的？"他问。

我想告诉他，我睡着时充满我卧室的水，从窗子里溢出，从门缝中溅起。可这太近了，我知道，离她太近，太像大声说出她的名字。"我不记得了。"

"你不应该害怕梦。"他说，"梦里没有什么能真正伤害你。"

"我知道。"我对他说，为这预料中的反应而沮丧。这听上去太像是个成人在安慰孩子。我六岁被暴风雨吓坏了的时候，我父亲告诉我说，打雷不过是两团空气互相撞击，他还用自己的手进行演示，完全没有抓住要点。

"我并不想嘲笑你。"戴尔玛先生说，"我的意思是，梦是某种机会。你可以经历危险，却不会真正受到伤害。"

"噢。"我说。机会是好事，是机遇，是希望——每天晚上淹没在水中，却永远不会死去。

"真实的生活比梦要可怕许多。"他补充道，"人比你在睡着时头脑所能想象的任何东西都要危险。"

"就像抢银行的劫匪和连环杀手？"我问。

"没错。"他告诉我，"他们坏透了。"

我想起了"鲶鱼"们，露比和阿尔特曼太太在她们那儿感受到了相同的，无形的危险，警告她们各自的孩子要小心。"就像你无法信任的人？"

"是的。"他回答说，声音轻了一些，"他们最危险。"

"你怎么能分辨出他们呢？"我问。

"很简单。"他说，缓缓地吸了一口烟，"他们是那些最难保持距离的人。"

周六，露比把装满三明治和汽水的冷藏器带去马秀。杰克呆在拖车旁，帮我父亲刷洗"帽子"，安上马鞍。阿尔特曼太太和我跟着露比走上看台。露比给"胖胖"穿上了粉色斗篷和与之配套的粉色面罩，把它夹在手臂下，爬上看台，每走几步就得停下，重新接上气。"噢！"她喘着粗气说，"我真怀念马秀时光！"我们经过时，人们抬头看我们，在座位上朝侧面闪，以免挡住露比的道。

我跟在后面，耸着肩屈着膝。我的裤子太短了，我的衬衣跑到我的腰上了。我得曲起鞋子里的脚趾，弓着身子前进，不然就会露出一截发白的肚子。"站直了。"杰克在家的时候，不断告诫我，"你不想年纪大的时候变成个哭哭啼啼的老驼背吧？"

露比带着我们走到最顶端的看台，然后停了下来。"我就坐在这儿。"她说着，指出了她的老位子。阿尔特曼太太露出微笑，但她的目光在人群中来回掠动，为露比引发的关注感到不安。"如果乔迪没有得第一，我就大叫，'冲裁判啐唾沫，乔迪！冲裁判啐唾沫！'这能让他们再仔细想想。"

"老天爷。"阿尔特曼太太说。

马场边，巴德·波普朝我祖父走去，杰克在空中挥舞手臂，大声笑着，用力握住巴德的手上下晃动。整个早上，治安队成员不停地走向杰克，因为他的出现兴奋地欢呼，大笑把嘴咧得几乎占据半张脸，并轻轻拍打他的肩膀。我父亲站在一旁，目光注视表演场，尽管希拉并没有参加此时正在场内的这个组别。

"你的丈夫跟这儿还是挺熟的。"阿尔特曼太太看着对露比说。

"他一点也不想离开。"露比告诉她。

"那为什么离开？"阿尔特曼太太问。

"我们太老了，不再适合这种生活。"她说，"乔迪结婚了，应该开始他自己的家庭。我的姑娘们都走了。做母亲的应该跟自己的女儿们近一点。"

"我理解。"阿尔特曼太太说。

马场边，希拉站在我父亲身旁，把头搁在他的手臂上，看着场内的表演。她整个早上都粘着他。我父亲第一次让她参加"驾驭"的组别。在看台上，我都能看见她的嘴唇结结巴巴地一遍遍吐出同一个问题。你真的确定我已经准备好了？

"我说，"阿尔特曼太太说，"你儿子做得真的很好。"

露比低头冲我父亲微笑，脸庞顿时变得柔和："我很高兴听见这话。"

"他对希拉好极了。"阿尔特曼太太继续说，"她崇拜他。"

"乔迪是个好小伙。"露比附和道，"温柔，你懂吗？当然了，他这辈子都在跟女孩打交道。三个姐姐，两个女儿。跟这么多女人在一起，很少有人能像他做得这么好。"

"他对马也很好。"阿尔特曼太太说。

露比笑了："一个样。"

似乎没有什么比看我父亲驯一匹马更能给客户留下印象。希拉·阿尔特曼作为一名骑手的进步缓慢，连她的母亲都难以察觉。然而"亲爱的"却是另一回事。每天，我父亲给它安上马鞍，带它进入马场。开场总是相同的牛仔竞技比赛，"亲爱的"朝四面八方猛甩，我父亲则死命坚持住。可"鲶鱼"们和阿尔特曼母女却无比崇拜。不到一个月前，他甚至无法把马鞍稳在它背上。现在这才是他，一个真正的人，坐在它背上，牢牢地，引导它转圈或是停下或是变化重心。就连露比都会晃晃悠悠地走到马场看我父亲对付"亲爱的"。她靠近"鲶鱼"们站着，偷听她们的闲言碎语，冲我父亲嚷嚷警告或是鼓励，而我父亲在大部分时间里无视她的存在。"小心它的头，乔迪！"露比喊道，"对了，对了，把它朝左拽。"

只有杰克似乎对这种兴奋毫不感冒。他退后站在我身旁，靠着马棚吸着雪茄，而那些女人们则在马场周围欢呼雀跃。"就你和我知道。"他说着冲马场点点头，"你老爸彻头彻尾的错了。"

我看着我父亲强迫"亲爱的"完成一系列剧烈的跳跃。"并不只是呆在上面就够了。"杰克接着说，"而是要彻底瓦解它们的斗志。"

"这是爸爸通常的做法。"我告诉杰克，"它们最终都会平静下来。"

"你爸爸是个厉害的骑手。"杰克对我说，"那匹马不笨。它凭直觉知道自己没法甩开他。但是它在那儿什么都没学。它只是在等待时机。"

我觉得似乎我应该反驳，以此捍卫我父亲采用的方法。可我看着在护栏旁神魂颠倒的那圈女人，我父亲的耳朵因为所受的关注涨得通红。在我内心深处，我知道杰克是对的。这不是背叛，这是事实。

"它的线条很不错。"杰克看着移动中的"亲爱的"说,"他花了多少钱?"

"就你和我知道?"我问。杰克点点头。"三千。"

"它可不止这个价。"他说,"要多得多。"

"爸爸也是这么说的。"

杰克沉默半晌。"他一眼就能分辨真伪好坏。"他说,"这点我承认。"

杰克并非唯一一个这么说的人。那天早上,我父亲把"亲爱的"载上马拖车,安排在"黄帽子"身旁。他说,在马秀上过一天,跟其他的马、跟人群、跟扬声器在一起,这对它有好处。它一个早上被拴在拖车上,迈着重步喷着鼻息,对每个走过身边凑得太近的孩子展平双耳。到中午的时候,看见杰克后挤到他身旁的人们开始聚集到我们的马拖车周围,目的是看一眼"亲爱的"。他们从齿缝间吹响口哨,冲着地面摇头。"真是个美人。"他们异口同声地说道,"燃烧着地狱之火。"

"你应该让它交配。"人群散开后杰克说。我父亲正在为希拉参加"驾驭"这组的比赛给"黄帽子"安上马鞍。他扭头看看"亲爱的",思考着。

"它在进步。"他说,"再说,它也太年轻了。像它这样的年龄生不出好马驹。"

杰克摇摇头,对我父亲的担心不屑一顾。"我们的兴趣不在马驹身上。"他说,"况且它进步的速度连应该有的一半都不到。再过一年也不会有什么起色。让我们把它送到波普那儿,它会得到照顾。"

我父亲怒气冲冲地盯着"黄帽子"的肚带,杰克冲他打了个响指。"考虑一下，乔迪。"他说，"你现在让它交配，明年，它会在夏天最热的时候怀孕。相信我，等那之后你可以把一个孩子粘在它背上。"

下午晚些时候，露比，阿尔特曼太太和我重新回到看台我们的位子上，观看希拉在"驾驭"这组的表演。"她怕得要死。"阿尔特曼太太告诉我们，"我估计她昨天一晚上都没睡。"

"没什么可担心的。"露比说着，拍拍阿尔特曼太太的膝盖，"如果乔迪不能确定她已经做好准备，是不会让她参加的。"

我坐在她们身旁。"驾驭"组是这一天的最后一组。跟其他的不同，这一组参加者单独出场。每次只有一个骑手进入马场。在其他的组别里，骑手让马匹在马场里保持缓慢速度，关注于精确、平稳以及其柔缓的步伐。但是在这一组别，速度是关键因素。马匹展现步态的速度越快，效果越戏剧化，回旋绕圈打转，最后滑行疾停。希拉坐在马场外等待上场，吓呆了。

我父亲事先已经告诉她，她可以按照自己的意愿放缓速度。"别想着打动任何人。"他说，"只要尽力完成程序别出错。"那天早些时候，他们把对指定动作的要求贴在主持间外面。我站在希拉身旁，帮她记忆。现在，大门打开，希拉带着"黄帽子"进入场内，她的脸色煞白，双眼目不转睛。裁判和他的助手坐在马场一侧的折叠椅上，他们冲她微微斜帽，表示她可以开始。希拉只是盯着开阔空旷的马场，一动不动。笔直向前到马场的最远端，我心里默念。向右两圈半旋转。

关于速度，无论我父亲对她说或是没说过并没有什么分别。"黄帽子"记得"驾驭"，知道它应该怎么做。希拉终于用脚跟触碰它身体两侧，"帽子"跃起穿过表演场，踢起一阵烟尘，希拉在她的马鞍上斜着身子颠簸。旋转应该急速而且向着中心，马要支起一条后腿，如同陀螺般绕着它旋转。可希拉猛拉缰绳，把身体重心转向一侧，在速度中失去了平衡。"帽子"跌跌撞撞地绕了一圈，陷入迷惑。希拉本该开始绕马场奔驰，此时她却惊慌失措。在观众席上，我能看见她头脑中正在冻结的恐惧让她变得愚笨。希拉在马鞍上向一侧倾斜，她的牛仔帽向下挂着盖住了她的眼睛，阻挡了她的视线。

"帽子"绕着马场毫无顾忌地横冲直撞，阿尔特曼太太用手遮住了脸。"帽子"的圈子越绕越大逐渐向场边靠近，裁判和助手突然意识到它没有停下的打算，他们从折叠椅上纵身跃起，把写字夹板抛过肩头，以冲刺的速度穿过马场逃离希拉的路线。希拉和"帽子"在离规定结束地点还有半圈的地方跟跟跄跄地停下。他们刚一结束，希拉用一只手捂住胸口调整呼吸，然后抬起牛仔帽的帽檐。仔细瞅着马场一端翻倒在地空空如也的折叠椅。裁判和助手在另一端的尽头喘着粗气。

"亲爱的，不妨这样想想，"露比说着，拍了拍阿尔特曼太太的大腿，"她已经无处可退，因此只有进步。"

# 第七章

⚘

　　我的表姐们是热衷于选美的姑娘。露比有成册的剪贴簿，专门记载每个姑娘用皇冠和横幅构成的历史。她把它们拿进屋子，摊在厨房的桌上，向我母亲和我展示。"她们是你们的家人。"她对我们说，"可你们在路上经过她们身旁都不会认出她们。这让我心碎。"

　　通常，我是不会被允许白天坐在屋里的。可希拉·阿尔特曼由于她在"驾驭"组的尴尬表现短暂休假不上课。温度保持在上百华氏度，寄宿者在马棚的露面越来越少。杰克和我父亲继续工作，似乎没人发现我偷偷溜进了屋子。

　　露比快速翻阅，这就是她们：我几乎一无所知的表姐们，穿着缀满亮片和羽毛的衣服，化着浓妆，摆出完美的姿态微笑。露比说得对，如果我在街上从这些女孩身边经过，我根本不会想到跟她们是一家人。事实上，如果我在街上经过这些女孩，我可能会穿过马路走到另一边去。

　　"你让她们在越小的时候开始就越好。"露比翻页的时候对我们说。她吃着袋子里的薯片，然后停下把手指上的油渍抹在裤子上，指向某张照片。"看呐。"她说，"这张里的凯西才一个半月大。她得了第一名。"

照片里的婴儿正在熟睡，小小的，皱皱的，如同一个矮小的老人被包裹在衣服花边里。在她的头顶，一顶微小的皇冠架在鸟巢般纯正金黄的卷发上。"对一个婴儿而言，她的头发可真够多的。"我说。

"是假的。"露比对我说，"婴儿假发。你只要把它粘在他们光秃秃的小脑袋顶上，说变就变——马上有头发。"

"这不是欺骗吗？"我问道，露比摇摇头。

"每个人都这么做。"

窗外，杰克和我父亲正用护栏隔开后牧场的一块空地。马驹该断奶了，杰克说。我们得给它们找个地方。

"看看那儿。"露比眯着眼睛，望着他们低声说，"他们难道不是上帝创造的这片土地上最帅的两个男人？"

时间已经不早，太阳却依旧暴晒着干裂的土地。杰克在热气里看上去轻松而又舒适，用他的一条大腿支撑着一根护栏。我父亲看上去就像我父亲。"我猜是。"我说完，露比笑了起来。

"你还小。"她对我说，"你会明白的，不是吗，玛丽安？"

我母亲没有回答。她盘着两条腿坐在椅子上，注视着窗外。露比现在对我母亲尤为关注，留意她吃多少，一有机会就给她添菜。"我在这儿就要让你胖起来。"她不断地说。尽管我母亲仍旧晚起早睡，她似乎并不排斥露比的费心。"把牛奶喝了。"露比说，我母亲会暂时从呆滞的状态中抽离出来，像个听话的孩子拿起杯子慢慢喝。

露比在翻阅过程中，总是很快能指出每张照片最虚假的部分——假发，睫毛，为了掩盖乳牙脱落留下缺口的假牙。"你能看出费了多少工夫。"她对我说，"这也是我们很少有机会到这儿来看你们的原因之一。你的姑妈们在选美比赛时需要我。"

从照片上很难判断我表姐们的年龄。有时我瞥到一眼蕾丝花边下伸出的皮包骨头的腿，或是一个长着酒窝的孩子手握麦克风。但她们的脸都属于女人，严肃而风情，她们的眼睛里充满着我无法想象的秘密。

我母亲从袋子里悄无声息地拿出一块薯片，小心地把它夹在拇指和食指指尖中，考虑着把它放入口中的可能性。"胖胖"在她脚边雀跃，她俯身把薯片给了它，它的舌头舔过她的指尖，她痒得笑出了声。

露比用手指箍着她硕大的肚子看着。"你对狗不错，玛丽安。"她说。

"我喜欢狗。"我母亲说。

"你应该养一条。"露比对她说。

"我曾经养过一条。"我母亲说，"它叫科迪。"

"在你还是个小姑娘的时候？"露比问。

我母亲摇摇头，又给"胖胖"喂食了一块薯片。"当我还是个小姑娘时，我一心只想要一条狗。"她回答说，"可我们住的地方很小——甚至连院子都没有——所以我从来都没被允许养过狗。"

这是我第一次听见我母亲说起她在这栋房子里开始生活前的事。我在椅子里挺直身子，瞥了一眼桌子对过的露比，试图发现她是否察觉了我母亲这番话的罕见。可露比只是微笑着点点头，低头看着她的剪贴簿，在我母亲说话的时候，用手指掠过她其他更加熟悉的孙女们的照片。

"我跟乔迪结婚后，"我母亲继续说，"有人把科迪扔在沙漠里，它自己找到路来了这儿——我们这儿。它那么疲惫。它脑袋朝一侧耷拉，它就像个小老头一样一瘸一拐。但是，哦，它是最贴心的狗。我怀着诺娜的时候，它会把头搁在我的腿上，它的耳朵正好凑着我的肚子。我会说：'你能听见宝宝吗，科迪？'它的尾巴会扑扑扑地敲打我的腿。"我母亲回过头，看着我，眼睛因为回忆而变得潮湿起来。"你还记得吗？艾莉丝。"

我母亲冲我眨眨眼，无力地露出一丝淡淡的笑容。我想不起来她上次看着我，问我问题时的情形。因此我没有告诉她，我不认识那条狗，我没法记得我姐姐出生之前发生的事。直到那一刻，我甚至从不曾知晓科迪的存在。

"听上去它很珍贵。"露比终于说。

"的确。"我母亲说完，表情凝固，笑容退去，"它很珍贵。一匹马踢中了它的头，它死了。"

我母亲扭身转向窗户，让回忆、故事、快乐的时刻散落进阴影中。"我累了。"她说着站起身，"我想我现在应该躺下。"

露比和我看着她弱小僵硬的身形上楼。她消失在楼梯顶端，露比隔着桌子拿过我母亲的杯子，一口气喝完了牛奶。露比举着空杯子看着我，然后伸手到口袋里摸烟。"你妈妈和别人不一样，艾莉丝。"

"我知道。"我说。露比点上她的烟，我始终垂着眼睛，有人开口说我母亲时，我经常那样，害怕任何关于我自身的提醒，关于我是谁的提醒。

"玛丽安刚到这儿来的时候还是个小姑娘。"露比告诉我，"一丁点儿大。乔迪自己也跟个孩子差不多。杰克给她上课，乔迪为她神魂颠倒。当然了，每个人都能看出原因。玛丽安开心的时候，阳光在她的皮肤上闪耀。你没法把视线移向别处。"

"可你不喜欢她？"我问。

露比耸耸肩。"玛丽安有她自己的方式，那时候也是一样。"她冲我扬起眉毛，我点点头表示理解她没有说出口的话。"她不应该过这样的生活。这点再明显不过，我跟乔迪说了不下一百万次。"

"可他恋爱了。"我说。

"可他恋爱了。"露比叹口气说，"没什么能比恋爱更让人自私而又固执。"

"你因为这恨他？"我问。

露比笑了起来，她的烟在手指间跳跃，白色烟灰洒落在桌面上。"水到渠成。"她用手掌擦了擦桌子上的烟灰说，"他做了他要做的，现在你在这儿，如果没有你，这世界会变成什么样呢？"

我没有回答。世界多半还是一样。

爱。这个字改变了一切。人们的渴望，他们对自身生活的想象，在他们恋爱时全都裂成碎片。我父亲就是这样，还有我姐姐，还有波莉·凯恩。

我脑海中关于波莉的故事已经改变，她出了什么事，她如何终结。我曾经愿意相信她只是笨手笨脚，气数已尽，她只是另一个今天在这儿而明天离开的人。但是现在，我没法在想起波莉生命最后时刻的同时不想起戴尔玛先生。爱足以让一个人不再专注，让一个人失去平衡，让一个人粗心大意。它在体内留下的缺失、黑暗、空洞的空间，以及整夜整夜抽噎着击打着肋骨架的渴望，足以让一个人忘记把一只脚放在另一只前面。足以让人踏进陆地变为水的那块地方。

我们说得越来越多，我等待送走日光后能够溜进诺娜的衣橱拨通他的号码，我生命的其他部分开始昏暗。认识他之前的那个我正漂入往日的生活中，感觉更像是梦境而非现实。我发现自己正在一分一秒地计算，寻找方法度过时间，直到我们能够再次交谈。炎热，沙漠，挤满我几乎不认识的人的马棚，它们都只是虚构，是某个人在我半梦半醒间告诉我的一个故事。夜晚，世界余下的部分逝入黑暗，我自己的秘密开始苏醒。

不论我多晚打电话他都会接。"今天我读了点东西。"上一次我打电话的时候他告诉我，"我想起了你。"

"'……我们徘徊在海边的小屋里，海女们缠绕红色和褐色的海草，直到人类的声响把我们惊醒，我们沉入水底。'"①

现在他这样做的频率越来越高。读小说，杂志，诗集。我从没问过标题或是作者，他也从没主动提起，我只是闭上眼睛，让词句流过我的脑海翻起雾气迷蒙的波浪——只属于我一个人的海洋。我用他的嗓音，他的呼吸，他周围空气中夜晚沙沙作响的轻柔搅动我，拴住我。这样，我们共同度过时光。余下的世界消失在一片彻底的漆黑后面，而我们，就我们俩，继续沉溺。当然，这是爱。否则还能是什么呢？


我父亲和祖父在我出去叫他们吃饭的时候，已经在护栏那儿忙了

---

① 选自 T.S.Eliot（T.S. 艾略特，一八八八——一九六五）的 "The Love Song of J. Alfred Prufrock"（《阿尔弗雷德·普鲁夫洛克恋歌》）。

一整天。杰克站在前牧场里，马驹围绕在他身旁。我翻过护栏，朝他们走去，马驹四散跃开。

杰克举起一只手招呼我，我放慢脚步，担心我可能会打断他为了让马驹保持接近正在进行的某种特殊训练。但他用一只手招我走近，另一只手伸向马驹。他向它们低语，召唤它们回来。它们斜眼看着我，朝杰克移动，用它们的小鼻子捅捅他。马驹挤回他身旁后，他掏了掏口袋，然后伸出手，它们把鼻子凑向他的手指。如果我站得再远些，哪怕只有几英尺，就无法看见他伸向"姜黄"的小雄马驹的手心里捧着的一块白色方糖。

那些午后，我父亲从门廊看着我祖父，低声骂骂咧咧地寻思他的秘诀是什么，现在我全明白了。他在贿赂它们。"你真坏。"我说，杰克咧嘴冲我闪过一抹狡黠的笑容。"你知道这会让它们养成多坏的习惯。"我补充道，"它们动不动就会上钩。爸爸知道会发火的。"

杰克把手放在身体两侧朝我走来，他无奈地耸耸肩。"我是爷爷。"他说，"我应该宠它们。"他从口袋里摸出另一块方糖，夹在拇指和食指中间，然后用另一只手抵着我的下巴，让我的头微微向后倾斜，把那块糖放在了我的舌头上。"你会替我保密的，不是吗？"他问。

方糖在我舌头上融化，让我的口腔包裹上一层温暖甜蜜的糖浆。我咽了下去，然后朝他转动眼珠，最终投降。

"很好。"他对我说，然后用手臂搂着我的肩膀，"现在挺直身子站好。"

后牧场的护栏装好后，杰克开始建造第二个圆形马栏。"我们不需要另一个圆形马栏。"杰克载着满满一货车木料回家的时候，我父亲说。

"没坏处。"杰克说，然后看着我，"艾莉丝，跟他说说。"

"我们可以用它来练冲刺。"我对我父亲说，"我们可以用它来做骑术训练。"木料已经买来，选址也已经在杰克的脑海中标绘——就在现在的圆形马栏的另一边。我父亲妥协了。争论有什么用？于是新计划诞生。我父亲和祖父整天又锯又敲，测量空间，在地上戳下杆柱。

希拉·阿尔特曼终于回来了，我们清扫马厩时敲敲打打的声音在整个马棚里回荡。"我在考虑放弃。"她说，我停了下来，耙子的把儿在我手心里汗涔涔的。我们周围的空气随着建造的噪音震动，有那么一会儿，我想假装因为四周的嘈杂没有听清她的话。可希拉的眼神透过她发白的睫毛径直投向我。我听见了每个字，她知道。

"为什么？"我轻声问。

希拉继续翻铲，用她的耙子筛滤"小情夫"马栏里的锯末，把排泄物铲进推车里。"你知道为什么。"她说，"每个人都知道。"

我等待了多久希望希拉·阿尔特曼有朝一日能够醒悟，能够接受现实并且妥协？但是现在我想象着她离开，没有她来上课的空荡荡的下午。现在杰克和露比在这儿，造房子，做吃的，让我母亲喝牛奶。但他们不会留下。希拉·阿尔特曼是我们唯一的客户。她不能够放弃。"就因为上次马秀？"我问她，"就因为一次比赛？"

希拉抬起眼睛，她的目光和我对视。"我差点撞死了裁判。"

"不。"我对她说，继续手上的活儿，仿佛这次谈话跟其他的并无二致，就如同讨论"帽子"出众的长相，"鲶鱼"恼人的大笑，午后令人难以忍受的连绵热浪。"他起跑很快。在你撞翻他的折叠椅之前，他几乎都能横跨这个州了。"

希拉盯着我不受蒙蔽。"我糟透了。"她说，"你知道。你爸爸知道。裁判和他的助手，整个世界，他们全都知道。我在浪费大家的时间。"

"你疯了。"我说，希拉仍旧盯着我，她瞪大眼睛，目光尖锐，这样的眼神属于一个对恭维，对虚伪毫不感冒的人。

"说出一个人的名字。"她对我说，"任何一个不是天生而是靠后天努力精通这行的人。"

我的头脑被摧毁了，变得空空如也。她只是要一个名字。我完全可以编一个。"别撒谎。"她说，嗓音平静得透出死气。她了解我。她在马棚度过的那些分秒，在我身旁耙草清扫翻铲。但是直到那一刻，我才发现她如此了解我。

那时我看见了——未来。杰克是对的，"亲爱的"进步的速度并没有我父亲料想的那么快。现在"鲶鱼"们占有了马棚，她们富有的无所顾忌的笑声格格地穿过走廊。希拉·阿尔特曼是我们通向自由的途径，我们的出路。也许我没料到她能这么做。也许我恨她，是因为我不相信她有丁点可能够得上这种标准。但是在那一刻，这一切都不再重要。她是我们的希望，是我不愿放手任其溜走的东西。"我妈妈。"我说。

希拉朝我眨眨眼，并不太确定。"你妈妈什么？"

"她不是天生的。"我对她说。

希拉撑在她耙子的把儿上等我说下去。

"她来这儿上课，年纪比你大——我想是十五岁。她什么都不懂。

但她学了。然后她赢了。"希拉透过齿缝吸入一口气，她的眼睛在听我说话时，蒙上一层雾气。"她努力了。"我说，心里填塞着任何人都不曾费心向我提起的细节，"她努力了，直到耗尽自己的全部，直到她累得想摔倒在地。但是她没有，她继续向前，继续努力。最终，她赢了。她赢了又赢，赢了又赢。她是个明星。有一次，她的照片还上过报纸。"

一滴眼泪滑落希拉满是灰尘的脸颊，混合成一股混浊的水流，显露出被覆盖的她那嫩黄色的皮肤。"而且他爱上了她。"她轻声说。

"而且他娶了她。"

巴德·波普的地方大极了。我们在马棚的过道间转悠，经过了室内马场，装着空调的马厩，以及自动供水系统。杰克牵着"亲爱的"走在前面和巴德聊着天，我父亲和我跟着。

开车去"波普骑术中心"的路上，我们几乎在彻底的沉默中度过。杰克开车，我坐在他和我父亲之间。每当我们颠簸，或是转弯的时候，我的身体就歪向他们。"这好像是在浪费钱。"我父亲一屁股坐在椅子里的时候，嘟囔着扭头看窗外。

"不会比花三千块买一匹除了你谁都骑不了的马更浪费。"杰克不紧不慢地说。我父亲的身子在我身旁变得僵硬。

"我不明白，除了我这还跟谁有关系。"他说。

"治安队的孩子们告诉我的。"杰克说着斜眼朝我眨眨，表示他并没有背叛我的信任，我重新跌回座位。那天治安队里一半的成员都参加了拍卖。巴德·波普也在。他们中的任何一个都有可能告诉杰克最终"亲爱的"值多少。

"他们应该把自己的事管好。"我父亲愤愤地说。

"也许吧。"杰克并不反对，"不过，他们仍然对你的事感兴趣。"

我父亲身体前倾，眼神掠过我，盯着杰克，"你想跟我们分享你听见的？"他问。

杰克耸耸肩，"大家都知道你缺钱，乔迪。"我的脑袋因为炎热昏昏沉沉，我的腿肚子粘在塑料椅面上。人们谈论我们，在我们身后悄声议论我们缺钱。整个夏天，我在我的紧身服里束手束脚，等着我父亲发现我需要换新的。为什么这么多人都看见了而他却没有？"这地方不大，人们也喜欢议论。"杰克继续说，"诺娜走了，更是帮不了你。"

我父亲怒目圆睁，在货车的前排座位间来回扫视，试图警告杰克。而后者看着前面的路并没有在意。"这对生意不好。"杰克说，"如果一个人连他的孩子们都控制不了。"

货车驾驶室里的所有空气仿佛自己把自己吞了进去，我的肺被压成细条，强迫我的嘴张开。我在这儿，我想轻声说，就在你们中间。可我的嘴唇没法堆出字形，我的呼吸没法支持发声。他们俩甚至都没看我一眼。

"相信我，乔迪。"杰克对我父亲说，他的嗓音平稳，令人安慰，丝毫没有意识到他已经跨过了一道无形的界限，"我们会让这匹母马得到照看。我们会让马驹断奶，给小雄马阉割，然后注册——你早就该这么做了。等马棚以它应有的方式开始运营后，你就会感觉像获得了新生。"

"马棚现在运营得很好。"我父亲说，可他的声音微弱，近乎耳语。

杰克没有回应，让这个话题，最终，结束。

我父亲在货车上的话无足轻重。我们的马棚跟巴德·波普的相比又小又破，伪装没有任何意义。我们走过那些土地，我父亲的脸上却没有流露任何神情。我有点儿想四处看看，观察一行行长长的整洁的护栏，一排排分布均匀的饲料仓，热身马场和整架整架完美排列的装备。但我始终跟我父亲一起走在后面，让我的脸看上去就像是他镜中的映像。

杰克在货车上说的话是错的，我想告诉我父亲。我想用手勾着他的臂弯把头靠在他肩上，说杰克不了解之前我们做的工作，不曾看见我父亲任劳任怨，承担所有的负荷。可我不同，我是知道的。我想踮起脚冲他耳语：方糖。杰克是个骗子。我想说我们做得挺好。我们还不赖。

巴德带我们走出马棚，来到一个小围场。一匹红棕色种马套着笼头被拴在护栏上。它捕捉到"亲爱的"的气息后，抬起头，踏出一步。整个身体拱起，绷紧，显出凸起的肌肉。"亲爱的"嘶叫着闪到一旁。

双胞胎就站在护栏旁。"艾莉丝宝宝艾莉丝。"扎克看见我叫道。我畏缩着，站在我父亲身旁。

"香蕉般的阴茎。"安迪继续说。他用手臂环绕住自己的身体，双眼半睁半闭，亲吻空气。双胞胎大笑着哼哼起来，我的血液里燃烧起火焰，我身体两侧的双手变得麻木。

我抬头看着我父亲，并开始摇头。我想让他知道我跟他是一起的，我不会支持这种对金钱的浪费，我会捍卫他。我父亲的脸绷紧了，皮肤通红，表情扭曲。他看看双胞胎，然后低头看看我。我张开嘴，想问出了什么错，发生了什么。但是我还没说话，我父亲伸手一把抓住了我的脖子，他的手指陷入了我的肩膀腱，直到我发出痛苦的尖叫。我试图扭身逃脱，可他抓得更紧，一种炙热的痉挛的痛楚烤遍我的背部，穿过我的手臂，麻木了我的头脑。

我又一次想脱身，我的头扭向一边，他用另一只手把我的脸扳正，让我直视他的双眼，我的身体在他的双手间徒劳地摆动。我试图在痛苦中集中我的视线，看看发生了什么，我做了些什么。但是我父亲眼中的愤怒如火焰般燃烧，涌遍他的全身，击打着我的肉体。"你离那些男孩远点，"他压低声音怒吼，"我不许你再靠近他们半步。"

我父亲放开我，我踉跄着退后几步。我的脖子和肩膀因为疼痛而绷紧，我的嘴巴无声地张开又闭上。我抬头看着我父亲的脸，仍旧因暴怒而通红。在我的胸口，眼泪正在形成，抽噎正在加剧。但是它们在我的喉咙里凝结，在我的舌根上停止，让我的嘴巴充满麻木空洞的痛楚。不久前，所有在我胸腔里膨胀的温暖、甜蜜、柔和的爱，现在在我体内嗡嗡作响，噼啪炸开，燃烧直至灭亡。我毫无感觉。如果我的生活依赖于此，我不会哭泣。

"别担心。"我说。我看着他的眼睛，牙齿咬着扭曲的嘴唇。然后我猛地转身，摇摇晃晃的朝其他人走去，留下他独自站着。

巴德已经把"亲爱的"拴进小围场里，现在正弓在它身后，把一根皮绳在它后腿间绕成一个8字形。杰克和双胞胎站在一边，背对着我看着。谁都没有发现什么。

我站在波普双胞胎间，激我父亲跟我过来，我知道他不会。在小围场里，"亲爱的"踌躇着试图向侧面移动，可巴德系紧了皮绳，它绊了一下，然后站定。"他在干什么？"我问，扎克冲我咧嘴一笑。

"捆住它。"他回答，"把它的腿绑在一起。"

太阳发出令人眩目的光芒，但我却觉得又冷又晕，直反胃。我右手臂环住自己，试图驱赶正在我皮肤下缓缓爬过的寒意，在我口腔内牙齿打战的磕绊声就像锁链碰撞发出的声音。一股深深的痛意在我的脖子和肩膀跳动，但我的眼睛始终向前直视。

"为什么？"我问。

"因为，"安迪说，"这样她就不会踢他赚钱的器官。"扎克俯身笑得抖动起来，我假装并不理会。观看配种是一个奇怪而又别扭的过程，庞大，笨拙，机械。但我已经看过不下上百次，我什么都见过。没有什么能让我惊讶。波普双胞胎说的任何事都不足以让我脸红。

"训练进行得不太顺利，唔，乔迪？"巴德松开种马的牵绳扭头喊道。

我父亲没有回答，杰克站到他们中间。"只是想给它泄泄火。"他解释道。巴德点点头。

"好吧，这能行，没问题。"他把牵绳从种马的笼头上卸下来，让它在小围场里自由活动。

种马喘着粗气喷着鼻息，小跑到"亲爱的"身后，每踏一步在地上浑身都会抖动。"亲爱的"的耳朵朝后，鼻孔闪烁亮光，四条腿在身子下面挺得笔直。她试图从侧面闪开，但是捆绑让她不能动弹。她的眼睛始终直视，种马扬起身，马蹄陷进肋腹，骑在了她身上。

种马发出呻吟，活动肌肉，重心支在后腿上开始摆动，他的前蹄在她纯白的臀腿相连的部分画上一缕缕尘泥。"亲爱的"的肋部起伏，她的鼻孔因为微弱、近似呜咽的呼吸而颤动。她的后腿被捆绑着转换重心。我可以感觉我父亲在我身后远远地看着。我盯着"亲爱的"的眼睛，并不为她感到难过，而是毫无感觉。我的思想一片空白，如同地道里的凛冽寒风。有什么东西闪过母马的眼睛，稍纵即逝，不作停留，那些字眼扎进我身体的组织里，如同闪电刺穿我们之间的空气：杀了他。

我还没看见行动就听见了声响：木头断开，皮毛折裂，肉体的撕碎。她的身体仿佛由内而外膨胀，她的头向后甩打撞击护栏杆，同时她的蹄子向后一踩，扯断了绑住双腿的皮绳。种马发出一声类似轮胎爆裂的声音，向后依靠后腿站立，呼噜噜地喘着粗气颤抖着，终于在尘土中跪倒在地。

杰克和巴德喊了起来，向种马奔去，然后是母马，最后在一片混乱的风暴中向对方冲去。双胞胎站在我两边，张大嘴，双手无力地垂在身体两侧。"亲爱的"摆脱了笼头、捆绑和种马，轻松地小跑着穿过围场，然后停下，转身，用她冰冷晶莹的蓝色眼睛一眨不眨地审视着我们这群没用的家伙。

到家后，杰克牵着"亲爱的"回到圆形马栏，他的脸涨得通红。他给巴德·波普开了张支票，包含配种费，对毁坏的护栏，毁坏的捆绑绳，以及巴德预计他的种马在经历了如此狂野的一踢之后重新活动肌肉前必须关门谢客的几星期作出的补偿。开车回家的路上，我父亲的眼神不停地瞟向我，但我只是看着挡风玻璃外我们前面的路，对他不加理睬。一路上谁都没有说话。

屋子里，空调开足了马力，我们的客厅宛如进入冬季。"怎么样？"我父亲和我穿过后门的时候，露比问。我母亲陷在沙发里，肩上围了件宽松的羊皮外衣，身旁的茶几上放着一杯牛奶。

"她踢了他。"我说完我母亲蜷着腿坐了起来。

"怎么会？"

"挣断了捆绑绳。"我父亲告诉她们，"把它像甘草一样在双腿间扯断。我从来没见过这样的事。"

我母亲用手捂住了嘴。"噢。"她格格笑道，"杰克一定气坏了。"

露比开始追问我父亲关于巴德·波普马场的细节，我能察觉他在回答的时候看着我，我在屋子里悄无声息地溜了一圈，然后走出了后门，他的目光始终跟着我。屋外，太阳在午后的天空里小小的，白白的。我坐在门廊的台阶上用手指摸着脖子，在它们抚过疼痛的区域时龇牙咧嘴。

马棚里有活儿要干，清扫马厩，训练马匹。我盯着车道，盘算着这一天结束前还要发生的事，等待着被填充的那些小时。太阳曝晒着我赤裸的腿，但我感觉不到炎热，我把脑袋靠在门廊的扶手上，我的身体麻木而沉重。在巴德·波普那儿开始升腾的抽泣在我的腔膛被卡住了，我能感觉到它正如湿乎乎的面包堵在我的喉咙里。我无法感到悲伤，我毫无感觉。

纱门在我身后打开又关上，脚步摩擦门廊的地面。我父亲站了一下，然后一言不发地坐到我旁边的台阶上。我能感觉到他在思考，试图判断我要沉默到何时。"出乎意料,唔？"他过了会儿说。我点点头，并不看他。"我们很幸运她没有直接把他撕裂。"我父亲继续说，"我们很幸运她没有踢死他。"

我父亲清了清喉咙，努力在头脑中搜寻字眼，那些能够弥补我们之间裂痕的字眼。我身体像铅一样靠在门廊扶手上，无法动弹，无法扭转。我只听见他把手凑近时衬衫袖子的摩擦声，他撩起我肩膀上的头发，他的手指在我皮肤上留下的灼热的隐隐作痛的印记露了出来。

他吸了口气，又呼了出来，气息拂过来。我的肺在我体内颤抖。在我喉咙后面堵塞的寒冷大理石融化成了温暖的液体，渗透进我的胃，然后向上穿过我的鼻窦，顺着我的眼睛边溢了出来。

"他来接她的那天，"父亲放下我的头发，轻声说道，"她走的那天。"我扭头望着他，等待着。泪水溢过了我的嘴唇，顺着我的脖子向下，滑进我的衣领里，但我没有挪动身子把它们擦去，"我没有任何方法阻拦她。"

"我知道。"我对他说。

他低头冲着自己的手点点头，脸孔变得扭曲，"关键是，"他说，我得全神贯注才能听见他的话，"我不曾预见到它的发生。"

"她甚至不再给我们写信了。"我轻声说，"甚至不打电话。"我嘟囔着鼻子，我的嘴唇被泪水打得咸咸的，

"我不明白。"他说，他朝前拱着脑袋，眯起双眼，"她总是那么坦率，你知道的？那么清澈。"

那一刻我仿佛看见了她，我的姐姐。她大笑的时候，整个身子都参与其中，张着嘴，脑袋后甩。她哭泣的时候趺跪在地上，生气的时候猛踢东西。小的时候她喜欢被人抱着，喜欢坐在我父亲的腿上。长大后，她站在他身旁时把头搁在他手臂上，大拇指勾着他裤子的口袋，下巴尖抵着他肩膀上的肌肉。她是他的心肝，他的宝贝，他的乖乖。可有一天，她甚至连一句再见都没说就离开了。他怎么能预见到它的发生？

"那我呢？"我问。

"你，"他说着，低头冲自己的脚微笑，"只有天知道你的脑袋里在想些什么。"

太阳照耀着我的脸，晒干了我的眼泪，僵硬了我的骨头。"在你还是个婴儿的时候，"我父亲告诉我，"我们就从来没法理解你。我们想抱你，可你会拱起背，扭动着躲开。"他把脸转向我，他的眼神因为慎重而变得柔和，那彻底的真实时刻，"你像我。"

我们透过阳光刺眼的光芒看着彼此。这是我父亲所能说的最接近承认他错了的话，这是我所能收到最接近道歉的话。我努力向他微笑，干了的泪水在我嘴唇上仿佛涂了一层蜡。我努力想表现这就够了。

"我想我该去看看母马了。"我父亲说着站起身。他停了一会儿，低头大笑起来，"这疯狂的妞儿。"

他走后，我独自坐在台阶上。今年"亲爱的"不会怀上马驹了，也不会在明年夏天可怕的阳光下大着肚子四肢浮肿地站着。我想起我父亲，想起他那一刻不分青红皂白的狂怒，想起好几天在我皮肤上无法消退的淤青。他说我们相像。一切都已结束，我不确定他是否像我一样近距离地观察过"亲爱的"，我不确定他是否目睹了种马爬上她背的那一刻她脸上的表情，我不确定他是否跟我同样清楚无误地理解发生了什么：如果他们没有绑起她的腿，她根本不会踢。

# 第八章

✍

　　我们给马驹断奶的那天，希拉·阿尔特曼走下她母亲的小货车，冲我挥舞一个粉色的信封。她告诉我，这将会是迄今为止最好的睡衣派对。她们打算租限制级的电影①，点匹萨，吃冰激凌直到吐出来。毕竟，希拉·阿尔特曼不会每天都变成十三岁。

　　我的名字在请柬信封的正面闪光，周围贴着蜡笔质感的马的图案。我低头看着地面并不动手打开。"你必须来。"她说，"你可是我最好的朋友。"

　　"她会去的。"我父亲说完，我瞪了他一眼，"无论如何她都不会错过，对吧？"我还没回答，他就从我手里拿走信封，打开，从头到尾浏览了一番。"周五六点。"他说。

　　"带上睡袋和枕头。"希拉补充道。

　　"艾莉丝会去的。"我父亲告诉她。

---

　　① 限制级的电影（R-rated movies）美国将17岁以下观众要求有父母或成年监护人陪同观看的电影归入"限制级"。

希拉拍着手，踮着脚，蹦蹦跳跳地跑进马棚。

"也许我不该去。"我对我父亲说。

"是个派对。"他对我说，"你干活干得挺辛苦。应该休息一下。"

"我真的不想去。"我再次尝试。

"会很棒的。"他对我说。于是只剩下期待。

我们把马驹跟它们的母亲分开，大家站在周围，看着它们痛苦。它们尖叫着用胸部猛撞护栏，在小马栏里绕圈奔跑，互相碰撞扬起片片尘土。它们昂着头，用凄厉悲伤的嘶鸣哭诉，空气被它们的痛苦割裂。希拉双眼满含泪水看着。她伸出手穿过护栏的缝隙抚慰它们，可它们因痛苦和恐惧而变得盲目。她无法让一切轻松。

"为什么它们不能跟妈妈们在一起？"希拉问。

"它们要接受训练。"杰克告诉她，"对一匹依赖母亲的马可没法奏效。它们得长大。"

希拉看着它们浑身发抖。我父亲走到她身后，拍拍她的肩。"现在看上去很糟。"他对她说，"但是它们很快就能克服。过几个月，我们会把它们重新放回牧场，跟传种母马们在一起，它们互相都认不出来。"

"真的？"希拉轻声问，扭头看着我。她的眼眶红红的，下巴皱成一团。

我们从来没有这样尝试过，可我朝她点点头。"当然了。"我说。

泪水顺着希拉的脸颊向下淌，她低下头说，"这是我听过的最伤心的事。"

接下去的几天，传种母马乳房因为无用武之地的奶水而肿胀，它们站在前牧场最远的角落，乳房开裂流血——这是它们最能接近发狂地哀鸣着的幼驹的位置。它们重重地踏着步子走来走去，伸长脖子张大嘴召唤着。

"什么声音？"我打电话的时候，戴尔玛先生问。

即便在衣橱里，那声音穿透空气——母亲和孩子被隔开只有几码，却找寻不到彼此。"电视罢了。"我对他说，"我妈妈在另一个房间里看节目。"

"天呐。"他说，"听上去就像有人在虐待兔子。"

最终，奶的分量重得无法承受，一匹又一匹，传种母马向疼痛低头，躺在干草上，沉浸于痛苦与悲伤之中。

"也许我们可以给它们挤奶。"希拉建议道，"就一点儿。"在护栏的另一边，母马们翻着白眼，冲着空旷的天空呻吟，被它们浪费的奶水如同细弱的溪流渗入棕色的干草。

杰克摇摇头。"你会推迟原本就无法避免的事情。"他说，"我们现在给它们挤奶，它们就会产更多的奶。最仁慈的方法就是让它们忍受。"杰克扬起下巴，朝天空皱皱眉。"断奶在干旱的年头总是最让人难受的。"

母马在干草上呻吟，它们睁大双眼，目光呆滞。马驹们现在安静了，它们的喉咙在整整两天的哀号后发出空洞的嘶哑声。风向改变，将它们的气味藏匿起来不被它们的母亲发觉。除了等待痛苦停止没有任何办法。

"结束了？"我走进屋子的时候，我母亲问。她和露比坐在餐桌边，一副纸牌在她们面前摊开。"胖胖"歇在我母亲腿上，她拿着一块奥利奥饼干在它头顶晃悠。

"至少它们安静了。"我告诉她。

"不错。"她说完，在椅子里哆嗦了一下，"那种噪音让我做噩梦。"

露比打出张牌，然后站起身。"你饿吗？"她问。我摇摇头，她走进厨房。

"我想吃点东西。"我妈妈在她身后喊道。"三明治，"她把奥利奥扔进"胖胖"张着的嘴里说，"花生酱和香蕉。不要面包皮。"

露比消失在厨房里。我母亲把"胖胖"从腿上抱了起来，然后站起身，穿过屋子走到窗边。"我在学习打扑克。"她告诉我，"我已经赢了六块饼干。"

"对你有好处。"我对她说。

她在窗前摆动身体，合着只有她能听见的音乐摇晃屁股。"也许我会逃到拉斯维加斯去。"她说。她的声音轻飘，肩膀如同跳舞般扭摆。"我会在头上插着羽毛，为那些身着夜礼服的男人给骰子吹气。我会成为幸运女神！"

那是傍晚时分，隔着车道，阿尔特曼太太从她的小货车里走了下来，站直身子在钱包里翻找。我母亲的身体停止了摆动，她用膝盖抵住窗户观察外面。阿尔特曼太太掉了钥匙，弯身捡起。她站起身的时候，头向一侧微微倾斜，感觉到她正在被观察。我母亲和阿尔特曼太太四目相交，两个人如同猫一般僵住了，隔着窗户互相凝视。她们站了一会儿，阿尔特曼太太举起一只手别扭地挥了挥。我母亲回应地伸出了她的手。阿尔特曼太太微笑着眯起眼，朝屋里打量，然后局促地用手松了松头发，转身走进马棚。

"是那个小姑娘的妈妈。"我母亲轻声说，跌坐在窗户的一侧，将一块窗帘裹在胸前，斜侧身体端详着阿尔特曼太太逐渐远去的身影。

"希拉的妈妈。"我对她说，"没错。"

"她很漂亮。"她说完扭头看着我，"你不觉得吗？"

"当然。"我对她说，"她人也很好。"

"她看上去真像那个小姑娘。"我母亲说。

"希拉。"我又说了一遍，我母亲点点头，无声地重复了一遍这个名字。"她这个星期过生日。爸爸说我必须去。"

我母亲转过身，她的目光如同剃刀划过我的皮肤。"你当然会去。"她说。她俯下身，弯了弯手指让我走近。"你会去。"她轻声说，"然后告诉我是什么样。"

"什么'是什么样'？"

我母亲的脑袋朝前点了点，拨起我肩头的头发，冲着我的耳朵说："他们家里。"


"我需要一份礼物。"我对我父亲说。

他思考了一秒钟，然后从马具房里的一个架子上拿给我一个盒子。"拿着。"他说，"反正我总要把它们卖给她妈妈的。"我打开盒子，里面是一副马刺。

"我不能带着马刺去参加睡衣派对。"我对他说。

"为什么不？"他问，"那你应该带什么？"

我举起一只手，"一份生日礼物。"我说，"耳环，或者发卡，或者一双白色溜冰鞋。"

我父亲的脑门拧了起来。"希拉不需要耳环，或是发卡，或是一双溜冰鞋。"他说，"可她的确需要新马刺。而且幸运的是——我们有一些。现在把它们用漂亮的纸头包好，它们会大显身手的。"

我张着嘴盯着他。看样子这场睡衣派对没有丝毫可能朝再坏的方向发展了。这时，在我们身后传来了一个女人的笑声。我转身一看，帕蒂·乔站在门口。

"哦，老天。"她微笑着说，"如果有任何人不理解睡衣派对的重要意义，我敢说那就是你，乔迪。"我父亲脸红了，帕蒂·乔仿佛跟我是一伙似的冲我眨眨眼。

"如果你愿意，"帕蒂对我父亲说，"我可以带艾莉丝出去，帮她挑一些更适合这个场合的东西。"

我父亲笑了，他的耳朵就跟糖果一样粉红。我感觉自己在他们中间缩小，装着马刺的盒子在我手上越变越大。"没关系。"我对他们说，"这能管用。"

可我父亲朝帕蒂·乔迈近一步，从我手里拿走了盒子。"你真是太好了。"他说。他伸手从他的皮夹里摸出一张二十美元的钞票。他刚打算把钱递给她，帕蒂·乔用自己的手盖住他的手，把钱推了回去。

"我有个请求，"她说，"你已经为我们做了这么多，就让我办这件事吧。"

我站在他们中间，等着。他们接触的时间不到一秒，连瞬间都谈不上。但是那种气息仍然环绕着我们，光线昏暗，我觉得恶心，晕头转向地急于想到其他地方去，急于想闭上双眼什么都不用看见，急于想不曾知道发生了什么。

不能否认的是帕蒂·乔很有品位。她挑了一条项链，银链条在包装盒黑色天鹅绒衬里的衬托下闪闪发光，链子的一端是一块精巧的马蹄形银坠饰，镶满了粉色水晶颗粒。即使给我一百万年的时间，我也不会挑这条项链，可帕蒂·乔刚一指，我就知道这是给希拉最合适的礼物，如果她跟我们在一起，她也会给自己挑这个。帕蒂加钱让店员用粉色与白色相间的纸包装盒子，我站在她身旁，不明白她为何能感觉到希拉的喜好，而我，一个可能跟希拉在一起度过时间最多的人，却完全不知道。

我父亲开车穿过镇子送我去参加派对，我把礼物搁在腿上，用指尖触摸精巧的白色蝴蝶结的轮廓。希拉家所处街区里的房子又大又白，房前草坪起伏，整洁的人行道点缀着成排怒放的鲜花。我们转到希拉家那条街上，目光所及是一片繁茂的绿色。"不是闹干旱么？"我说。

"我猜在镇子的这一边没有。"我父亲对我说。他把小货车开进车道，停车，把身子俯在方向盘上，透过挡风玻璃望着房子。"老天。"他低声说。

我们沉默地坐了一会儿，抬头盯着凸窗，前门门廊的白色柱子，法式门。"好了。"我父亲终于说，"那么我们明天见吧。"

"你不跟我一起过去吗？"我问。

我父亲用手指敲着方向盘。"你爷爷奶奶还等着呢。"他对我说，"而且，邀请的是你。他们没打算见我。"

"可能不是这家。"我说，我父亲指指邮箱，银色的缎带扎着一束粉色和白色相间的气球。

我低头看着自己脏兮兮的绿色睡袋和已经退色的枕套。那天早上，在绝望中，我把诺娜的衣橱翻了个底朝天，想找到一些可能适合我的东西。但是我自己的衣服太小，诺娜的却太大。最后，我凑合着将二者结合，我身体的一半松松垮垮地在她耷拉着的衬衫里游泳，我身体的另一半被压迫着从我裤腰里挤出来。"你就去道一声生日快乐也不坏。"我无力地说。

我父亲斜侧身子替我打开车门："你可以替我们两个说。"

我还没走到前门门廊，我父亲就走了。我按响门铃，希拉来应门的时候尖叫一声，用她的手臂猛地环绕我的脖子。"艾莉丝，天哪！你能来我真高兴！"

"生日快乐。"我对她说，然后拿出了礼物。从什么地方，我可以听见女孩的笑声和尖叫声。陌生人们编织成的派对狂欢。

"你可以把礼物放到厨房去。"希拉说着，指了指。她脸色通红气喘吁吁，一只手放在胸口，用一种夸张的方式努力调整呼吸。"克里斯朵刚刚把'胡椒博士'①呛进了鼻子，"她喘着气说，"我得去拿条毛巾。"

希拉转身消失，我在前门门廊站了一会儿。这栋房子在我周围向每个方向铺展，浅桃红的墙壁伸向高高的拱形的屋顶，白色的长毛绒地毯在我脚下。我看着希拉手指的方向，但是一间屋子通向另一间屋子，我觉得喉咙里一阵恐慌升腾而起。不会有什么好结果。我要么迷路，要么打翻，要么碰碎什么东西。阿尔特曼家里的每件物品洁净得闪着光芒，没有一丝凌乱的痕迹。墙上排列着希拉的照片：她踩着滑雪板；穿着游泳衣在海滩上；坐在圣诞树旁；头冲下用腿勾着攀爬架。看来，阿尔特曼太太所有的目标就是用摄影机跟随希拉，记录下她整洁美好

---

① 胡椒博士 (Dr. Pepper)，一种碳酸饮料。

生活的每一个细小瞬间。

我想叫希拉的名字，想冲着曲折蜿蜒的走廊喊我迷路了，我需要帮助。但是我绕过一个角落发现自己来到了厨房。冰箱高耸在我头顶上方，闪着银光发出轰鸣。铜底的壶和锅悬挂在中间一个小岛般的地方上。餐桌堆放着包装鲜艳的礼物。阿尔特曼先生和太太站在后门旁边低声说着话。"你之前什么都没说。"阿尔特曼太太对她丈夫说。

希拉的父亲无助地举起手。"晚上有实验。"他说，"我真的记得我已经告诉过你了。"

我站了一会儿，不确定是该离开还是该让我的出现被发觉。可我的嘴唇发干，礼物在我手里汗涔涔的。我退缩着靠在大理石料理台上，等着他们看见我。

"今天是希拉的生日。"阿尔特曼太太轻声说。即便隔着巨大的厨房，我想我都能看见她嘴唇的颤动。阿尔特曼先生的额头皱了起来，可他在开口回应前抬起眼睛，察觉到站在不显眼处的我。

"嘿，安妮。"他说着冲我挥挥手。

阿尔特曼太太令人不安地眯起眼睛，眼神犀利地斜扫向他。我开始向后退出厨房，可希拉在我身后跑了上来，她的粉色袜子在铺着瓷砖的地上打滑。"礼物放在那儿。"她对我说着，指了指餐桌。

我低着头穿过厨房，把帕蒂·乔挑选的礼物放在其他礼物的最上面。阿尔特曼太太盯着她的丈夫，嘴唇抿得紧紧的眼睛快速眨动。

"嘿。"阿尔特曼先生对希拉说，"如果这个老家伙离开一下不会毁了整个派对，对吗？"

"再见，爸爸。"她气喘吁吁地说，然后用她的手臂勾着我，"来看看我的房间。"

希拉的朋友看上去都跟她差不多。她们三五成群地坐在她的卧室里，明快亮丽，微笑着露出洁白整齐的牙齿，脸颊因为兴奋而染上了红晕。她们张着嘴大笑，捂着口尖叫，在希拉的床上爬来爬去，胡乱翻动她的梳妆台抽屉，就仿佛她的东西只不过是她们自己的所有物的补充。希拉蹦蹦跳跳地穿过屋子，加入到她们中间，我歪头斜脑地靠在梳妆台旁，环抱手臂，竭力让自己看上去挺有乐趣。

保持在她们周围的位置并不难。她们谈论我不认识的人和我从没去过的地方。食物来了，我就吃，她们放录像，我就看。她们微笑，我也微笑，她们大笑，我也大笑。派对在我周围继续，看上去我正在参与。

由于持续一天的兴奋情绪，希拉和她的朋友们在午夜时分都已熟睡。我在黑暗中躺在她们身边聆听，直到所有的呼吸变得缓慢舒长。我用胳膊肘支起身子，小心不发出一点响声。我仔细看了看录像机上的钟。一点三十分。戴尔玛先生应该还醒着。

我踮着脚走过睡袋的聚集地，担心我心脏的跳动声会把她们全都吵醒。在刚才一个半小时的时间里，我躺在黑暗中盘算着如果被发现我会怎么说。如果有人惊醒，我会说我要上厕所。我会说我觉得不舒服——吃了太多的匹萨。我会说我被《闪电舞》[1]中詹妮弗·比尔斯[2]的表演深深打动因而无法入睡。

我按原路重新穿过屋子寻找电话。两次右拐一次左拐是客厅。一次右拐两次左拐是厕所。我用手指摸着墙壁，在黑暗中的走廊里绕来

---

[1] 《闪电舞》(Flashdance)，摄制于 1983 年的一部美国电影。
[2] 詹妮弗·比尔斯 (Jennifer Beals，生于一九六四年)，美国女演员。

绕去，数着自己的步伐，透过布满阴影的门口向里张望。我走过墙角的时候，厨房里黑乎乎的，只见水斗上方的三盏昏暗的灯。阿尔特曼太太穿着浴袍站在这三盏灯下，抽着烟，抿着一杯红酒一边看着窗外的街道。

我站了一会儿，突然害怕这一切，派对和录像，和帕蒂·乔的商场之旅，全都是梦。阿尔特曼太太不会抽烟，不会喝酒，不会不修边幅地穿着浴袍独自站在黑漆漆的屋子里。水管随时会断裂，云朵随时会散开，水随时会充满整个世界，令这个夜晚与其他的夜晚别无二致。

可阿尔特曼太太在窗户的映像中抬起了眼睛，她看见我后斜侧过头。"艾莉丝？"她的声音浑浊而又困顿，她的容妆卸得一干二净，脸毫无修饰，如同一个生土豆夹在她黄色头发之间。"没什么事吧？"

我不确定。这是阿尔特曼太太的家，是吗？那是阿尔特曼太太。可她穿着浴袍，头发乱糟糟，她在抽烟。没有一样是对的。

"我从厕所出来，"我说，"我转错地方了。"

她喷出的烟雾漂浮在她脑袋周围，在黑暗中如同一个蓝色的光环包裹着她的脸。我开始朝门外退去，可阿尔特曼太太穿过厨房，拍拍料理台让我过去。"想要份冰激凌吗？"她问。

我扭头朝后瞥了一眼，隐约希望希拉会突然出现在我身后，忘乎所以，气喘吁吁，把我拖回她的卧室，让她的朋友们替我涂趾甲油。但是我们周围的屋子安寂地沉睡着。没有人来找我。"谢谢。"我说完爬上了一个凳子。

阿尔特曼太太穿过厨房，走到冰箱旁，舀了一个薄荷味冰激凌球放在碗里。她把碗递给我，然后靠在料理台上，吸了一口烟看着我吃。

"你在派对上过得还开心吗？"她问。

我点点头。阿尔特曼太太身后传来嗡嗡的噪音，洒水系统开始工作时，窗外突然绽开水花。"你的家真的很漂亮。"我告诉她，她冲着酒杯微微一笑。

"这房子是我们自己设计的。"她说，"我是说，是我。我设计的。"她环顾厨房，时而看着高高的拱形屋顶，时而看着洁白的墙面。"看见这些橱柜了吗？"她对我说，"它们的高度恰好能让我够到每层架子。我都不用踮脚。"

我舔舔勺子，阿尔特曼太太伸出手，赞颂整栋房子。"是米切尔说服我，让我搬到这镇上来的。"她说，"这儿的生活开销这么低，我们可以造自己的房子，拥有我们想要的一切。不像在加利福尼亚。"

"你们曾住在海边吗？"我问。

"我们住在伯克利①。"她告诉我，"那是希拉出生的地方。"

我不知道伯克利在哪儿，但我点点头，仿佛我的问题已经得到了回答。

窗外一束车灯的光芒穿过街道，阿尔特曼太太扭头看着窗户，车子经过房子消失不见，她重新把头扭向我，又抿了一口酒。

"有时候我会想，如果我们留在那儿会发生什么。"她说，"如果就像其他人一样生活会怎么样。"

她说话的时候，我可以看见她牙齿上被酒染上的颜色，她嘴唇里面有一圈紫色。"有时候我也会想那会怎么样。"我告诉她。

阿尔特曼太太抬起眼睛，舒展面容看着我。我们之间的某些东西

---

① 伯克利（Berkely），美国港口城市。

感觉突然打开了，褪去伪装一丝不挂。"艾莉丝？"她轻声说。我直视她的眼睛，在那个问题还没化为言语出口之前便已经知道。"你的妈妈怎么了？"

厨房在我们周围喘息——洗碗机冒着水汽，冰箱用它巨大的冰冷的肺发出嗡鸣声。这间屋子里的每样东西都活着，各司其职，干净而且漂亮，用它应有的方式工作着。每样东西都在自己的位置上。"她伤心。"我说。

我等着阿尔特曼太太告诉我这不是她的意思，一定有一些更加——类似于理由的东西。但她用下巴抵着胸口，冲着玻璃杯点点头。"我很抱歉。"她说。

"她开始哭泣，停不下来。"我告诉她，"有时候，她会一直哭到她没法动弹站不起来为止。我爸爸得去抱她。"

阿尔特曼太太在水斗里掐灭香烟。"一直就是这样吗？"

"自打我出生就是。"我想着那天，我们没能让"亲爱的"跟巴德·波普的种马交配的那天，在门廊上，我父亲撩起我的头发查看我脖子上的淤痕时说的话：我是个不喜欢被人抱的婴儿。我母亲把我交给我姐姐。她走上楼去。直到杰克和露比把房车停在车道上，她始终没有再下楼。

阿尔特曼太太把嘴唇抿在一起，考虑着。"对有些女人是像这样。"她过了会儿说，"有时候女人们有了孩子会伤心。"

"为什么？"

"有了孩子，"她说，"会打开你身体里的一些东西。差不多就像世界一裂为二，豁着大口子。各种不同的东西都能冲入你体内，把你填满。有些女人就被伤心填满。"

"那你呢？"我问，她微笑起来。

"很难解释。"她说，"太爱一样东西——你还没有准备好。太重大，太原始，太近乎动物。很恐怖。"她的一只手捏成拳头放在胸口，向我展示——恐怖，"会让你发疯。"

我想起我的母亲，她害怕噪音光线和人，害怕她梦到的死去的小猫。

"我生希拉的时候，"阿尔特曼太太告诉我，"就好像我是另外一个人。太痛了。"她喝完了最后一口酒，把空杯子放在料理台上，"有一度，我环视产房，想找到一样东西结束自己的生命。"

我把勺子放回碗里。"之后呢？"我问，"你被伤心填满了？"

阿尔特曼太太的眼神从我身上移开，思绪回到了那个时刻。"之后，"她说，"我被激动填满了。我没法呆在床上。我跳着出去打电话。"她把一只手放在染上酒渍的嘴上，笑着。"那是半夜，可我打电话给我认识的每个人告诉他们，'我有宝宝了！我有宝宝了！'护士不停地说，'阿尔特曼太太你必须呆在床上。'可我没法保持镇静。"她微笑着，我看着她的脸，等着她想起我的存在。但是她的心在别处，快乐地迷失在对一个我不曾到过的地方的记忆中。

又一组车灯划过窗户，阿尔特曼太太扭头看了看，然后从她浴袍口袋里摸出又一根烟，用一个细巧的银质打火机点上。

"我不知道你抽烟。"她开始吸气时，我对她说。她的眼神从窗上移到我脸上。

"罪恶的秘密。"她说，"你什么都不会说吧，会吗？"

我摇摇头。"我不经常抽。"她告诉我,"但是,如果希拉知道了还是会担心。"

有一辆车经过街道,阿尔特曼太太的眼神如同灯光般划向窗户。今晚不会有电话了。不论他在哪儿,也许他正想着我,揣测我在哪儿,为什么没有打电话。毕竟,不幸总会发生。人们滑跤摔倒;因为伤心而疯狂;从他们完美的专门定造的房子的后门离开,留下妻子和家人隔着窗户观望等着他们回来。这就是习惯了某些人之后产生的问题——他们离开时,你就得思念他们。

差不多凌晨两点时,我终于从凳子上滑下来回去睡觉,留下阿尔特曼太太在厨房昏暗的灯光中,抽着她孤独的香烟,在水槽里冲洗我的冰激凌碗。


我们带走马驹五天后,母马乳房里的奶水干了,从它们变形的腹部松瘪地垂下来,表面结了一层硬皮。母马们现在站起来了,咬着被阳光灼烫的草,一有风拂过,就抬起头来,搜寻它们被偷走的孩子们的气息。在马棚的另一边,马驹们蜷缩在铺着草的地上,俯在彼此的鬃毛里呜咽,拒绝吃喂它们的干草。

"要是它们永远不吃呢?"希拉问。她站在护栏旁,喃喃地安抚它们,把手伸进栏杆间哄它们朝自己走来。马驹始终远远地站在角落,因恐惧而疲倦,因悲伤而呆滞。

"给它们时间。"我父亲对她说,"等它们挨过痛苦就会吃了。"

希拉隔着护栏看着它们,无力停止它们的痛苦。"你确定?"她低声问,我父亲点点头。

"这很自然。"

杰克和我父亲造完了第二个圆形马栏，没什么新项目等着上手。杰克把他的注意转向了那些马驹。他开始填写注册文件，在马棚里来回踱步琢磨名字，询问每个停下手帮忙的人的意见。希拉对这项工作尤其兴奋。每天晚上在家里，她把马驹可能会起的名字列成单子，然后带到马棚来念给杰克听。她的提议有点荒唐，但杰克认真地听着，点头、思考，然后花上一些时间解释为什么每个名字不适用。

"斯科比。"她读着手里的单子

"没有特色。"杰克说完，她把它划了。

"天使之梦。"

"太琐碎。"

"秘书长。"

"起过了。"

"你觉得让杰克给马驹们起名字是个好主意吗？"我和父亲把锯末从货车上铲下来的时候，我问他。

"为什么不？"他说，"可以让他不闲着。"

"弗兰克·西纳特拉①，"希拉的声音从马棚飘来，"他是我爸爸最喜欢的歌手。"

"要是他挑了个蠢名字呢？"我问。

我父亲耸耸肩。"他付了注册费。"他告诉我，"他给它们起名叫'雨

---

① 弗兰克·西纳特拉（Frank Sinatra，一九一五——九九八），上世纪美国最杰出的爵士乐代表之一。

神’，路易，或是斯科维都与我无关。”

杰克对我父亲说，现在正是该给雄马驹阉割的时候。它们仍然因为断奶离开它们的母亲而忍受着折磨。它们没准都不会注意。我父亲有些犹豫。阉割意味着请兽医，而请兽医意味着钱。可以再等一两个月，我父亲说。但杰克对这个提议置之不理。他安排兽医周六上门，我们余下的人都会去马秀。他可以留下来监督。

“你确定？”我父亲问。

“丑事，阉割。”杰克说，“女人们最好别在场。”

我母亲会睡到很晚，然后一直呆在屋子里。杰克独自一人在场，等过程结束后签写支票。“行了。”我父亲对他说，“交给你了。”

马秀上，午饭时间，希拉和我坐在货车里，吃着露比做完包在蜡纸里的火腿三明治。希拉弯腰向前，舌头触碰着嘴角，对她的名单继续努力。“电闪雷鸣。”她读道。

“不怎么样。”我说，她做了个鬼脸，用橡皮把那名字擦了。

“不知道马棚那儿怎么样了。”她说，“我真替那些雄马驹难过。”

“杰克在那儿。”我对她说，“他会照料它们的。”

“我喜欢你的爷爷奶奶，你呢？”她问，“看看他们为马棚做了多少事。”

“他们就好像‘仙女玛丽’[①]。”

“没错。”希拉对我说完，吹了吹额头上的刘海，“可‘仙女玛丽’

---

[①] 仙女玛丽（Mary Poppins），美国影片《欢乐满人间》（Mary Poppins）中的主人公，一位给家庭带来欢乐和幸福的仙女。

不会开野营车或是抽很多烟。"希拉的嘴微微拧了起来，表现她对于抽烟的鄙视。阿尔特曼太太身穿浴袍的形象在我脑海中一闪而过，我低下头，假装把注意力聚集到我的三明治上，以免我的脸会让希拉察觉出什么。

"那么你爸爸是大学里的教授？"我问。

希拉用手抹去额头上的汗水，留下一抹尘土的污迹。"嗯哼。"她说，"他研究星星。"

"我想，他经常在夜里工作。"我说，她奇怪地看了我一眼。

"是啊，没错。"她对我说，"一向如此。那时候星星才会出来。"

"有一个懂这么多的爸爸一定很棒吧。"我说。

"我猜是吧。"希拉把名单叠成四折，然后不声不响地走下了货车。我急匆匆地从座位上侧起身跟着她。"因为这，我们会有一些挺酷的旅行。"她告诉我，"不过也会让人头疼。"她走到"帽子"身边，把她那份三明治的面包皮掰开，放在手心里让它舔。"有一次我们有客人，我爸爸让我妈妈和我用特百惠①的盖子表演日食、月食。真尴尬。我都想死。"

"他为什么从不来看你骑马？"我问。

"我不知道。"希拉耸耸肩，对谈话流露出厌烦情绪，"他不像我妈妈和我一样对这件事如此投入。不过这根本无关紧要。他希望我们做让我们开心的事。只要我们开心，他就不会担心。"

"噢。"我说。我想起阿尔特曼太太双眼紧盯窗户，燃烧的香烟夹在她指尖，一小杯红酒贴在她胸口。"那你呢？"我问。

---

① 特百惠（Tupperware），美国家居用品品牌。

希拉扭头看我。"明确点。"她说,"那我什么?"我想说一些狡猾恶毒的话。一部分原因是想伤害她的感情,让她感觉糟糕。但更大的一部分原因是想知道答案。

"开心。"我说,"你和你妈妈,你们开心吗?"

希拉朝我翻翻眼睛:"切。"

我等了一会儿,可她朝她的表演马鞍俯下身,开始为下午的比赛做准备。她不打算进一步解释。我猜那意味着"是"。

那天晚上我们到家前,兽医的小车已经走了。太阳低垂在空中,空气中弥漫着热气。露比进屋准备开晚饭,顺便看看我母亲。我想跟着她进屋,洗个凉水澡,然后坐在客厅的排风口下,让湿漉漉的干净头发贴在我脖子上。我母亲听见我们停车的声音会下楼来,因为一天的睡眠和凉空气而步履不稳。厨房里,露比烧着饭,我母亲坐在餐桌旁,像只白蜘蛛一样蜷在椅子里,眼神昏昏欲睡,脑袋搁在手上。我想坐在她身边,感受晚饭的气味以及露比烧饭时轻柔的杂声。但是马得喂,于是,我转身,双脚摩擦着地上的砂石,跟着我父亲走进马棚。

屋子后面,杰克站在马驹的马栏旁。雄马驹们站在它们同父异母的姐妹中间,因为疼痛而安静得有些呆滞。我们还没走到护栏,我父亲就停了下来:"另外一匹是怎么回事?"

我踮起脚数着。一匹雄马驹不见了,我抬头看我父亲。出了问题。有一匹雄马驹生病了而我们却不知道,它太虚弱没法接受阉割,它快死了,在它那些强壮的兄弟间流着血呻吟着。

但杰克向我们转过身,他在微笑。他指指我们身后,我父亲和我扭头看。我们走后,杰克把"亲爱的"从"准男爵"原先的圆形马栏中移到了新的马栏里。在它之前呆的地方站着"姜黄"的雄马驹。"艾莉丝，乔迪，"杰克说，"来看看你们的新种马。"

我父亲的身体在我旁边一软："什么？"

杰克向后靠去，大拇指插着口袋冲我们咧嘴笑。"我找遍了这个地方，想找一匹能代替老'准男爵'的。"他对我们说，"没什么收获。除了这小家伙——"他伸出手，"一天夜里，它出现在我梦中——下一代！太棒了！"

我父亲点点头，消化这消息。我们跟着杰克走到圆形马栏。马栏里，"姜黄"的雄马驹缺少了兄弟姐妹的陪伴，看上去很可怜。它低头站着，耳朵低垂。"它作种马还年轻了点。"我说。

杰克用他的指关节轻轻敲了敲我的头顶："它会长大的，不是吗？"

我父亲站着，指关节在护栏栏杆上发白，他的嘴张了又闭，努力寻找字眼。

"你不高兴。"杰克说。

"应该让我早点知道。"我父亲对他说，"先透点风。"

"'准男爵'是匹好马，乔迪。"杰克说，"十年内找不到更好的。我找了大约七个人帮忙才把它运回家。你妈妈发现它的价格后几乎摔枕头。"

"多少钱？"我问。

"太多了。"我父亲说，杰克惊讶地看着他。

"'准男爵'的血统可以追溯到'交食'。"他说，"睁开眼吧，乔迪。这小家伙是一份遗产。你用正确的方式把它养大，它当一次爹你就能收一千美金——至少。"

"你买'准男爵'的时候是在浪费钱，爸爸。"我父亲说，"这儿的人并不会为了繁殖花那么多钱。他们不会在'准男爵'身上花钱，对跟它长得像的马也是一样。我们不是做赛马生意的。"

"好吧，也许是你的问题。"杰克说，"瞧瞧波普的地方。"我父亲眯起了眼睛。"他花精力在马棚上，在营造声誉上，其他的一切自然而然地就来了。你太关注于细枝末节，乔迪，眼光不能放长远。这始终是你的问题。"

"巴德·波普家有钱。"我父亲说，"这是他这辈子唯一自然而然得到的东西——钱。其他的一切都是他偷的。跟我们其余的人没什么两样。"

杰克伸出手。"别心存芥蒂。"他说，"我只是想帮忙。我把文件寄了出去，付了把它注册成种马的钱。我这是在帮你。"

话音刚落，我父亲猛地抬起头。杰克已经寄出了文件。那么一切都结束了。"姜黄"的雄马驹成了我们的新种马。

"你管它叫什么？"我问。

杰克微笑着拍拍我的背。"行了。"他说，"起码这儿还有人有脑子问一些正确的问题。"杰克朝前趴在护栏栏杆上。"艾莉丝·维斯顿小姐。"他说，"请允许我向你介绍'皇家红理查德'。"

这果然是一份遗产。"准男爵"的全名叫"皇家红准男爵"。可"姜黄"的雄马驹又瘦又小，四肢羸弱，膝盖粗大，骨节突出。那名字衬着它就如同一件尺寸过大的毛衣。"我们该叫它什么？"我问。管一匹马叫"理查德"实在感觉不对。

"它是匹种马。"我父亲说，他的声音透露着不得不接受事实的生硬，"你都不需要叫它。"

"准男爵"身材巨大，胸膛结实闪烁着光芒，脸上肌肉绷得紧紧的。它移动时，身体的每个部分似乎都呈现出伸展的弧度；它迈出重步时，大地也在震动；它抬起头呼喊母马时，周围的空气也在颤抖。雄马驹抖抖索索地站在圆形马栏的一角，用它尖细微弱的声音轻轻呜咽。它看上去一点都不像种马。

"但是，"我说，"我们总用得着。"

"你想要个名字？"我父亲问我，"那就叫它迪克。"我父亲转身走回马棚。

"你骑它的时候需要一个名字。"杰克说。

"我们不骑我们的种马。"我对杰克说。他吃惊地看着我。

"是么，那才真叫浪费呢。"他说，"没有比毫无用处的动物更糟的了。"我父亲转身看着他。"'准男爵'从没像它在表演场中看上去那么威风。"

杰克记错了，我敢肯定。在我一生中，马棚里唯一有可能对付"准男爵"的人是我姐姐。但她从来没获准这么做。我父亲规定我们不能接近种马。有时我父亲不在家，我姐姐和我会互相挑战，看谁能在它扭头喷鼻息吓得我们尖叫逃离前凑它更近。可她从来没骑过它。如果她骑了，我一定会知道。

"没有人骑过'准男爵'。"我对杰克说。

"这不是事实。"他说，我父亲又猛地抬起了头，"玛丽安骑过'准男爵'。"

"不可能。"我看着我父亲说。他看上去有些疑惑，仿佛正竭力回忆。他在护栏边停住，我能看见回忆正对他施展力量，努力在他头脑中找寻自己的位置。他慢慢地点了点头。是真的。"她骑着它参加马秀？"

杰克摇摇头。"得满十八岁才能骑着种马参加马秀。"他说，"她太小了。可她在这儿骑过。实在太惊人了。你还记得吗，乔迪？"他问。我转身，以为我父亲会生气，可他微笑着看着地面，回忆着。

"很美好。"他说。

我突然觉得自己不合时宜地身处他们中间，仿佛这一切都是个笑话，一个试探我会相信多少的恶作剧。我母亲几乎无法自己走下楼梯，几乎无法用她苍白细弱的脖子支撑脑袋的重量，几乎无法聚集足够的气力从头到尾完成一次谈话。现在我却得相信，她曾是那种可以骑种马的姑娘——一匹年轻力壮的种马——驾驭着它狂野活跃的身体环绕马场。我得相信她非但成功地骑了上去，而且还表现得很出色，表现得实在太惊人，表现得很美好。我还得相信是她自己选择这么做。"为什么？"我问，"她为什么骑它？"

杰克耸耸肩："我让她骑的。"

我父亲脸上的表情突然消失不见，他眯起眼睛，快乐的回忆，那些美好从他的思想中蒸发了。在这儿，他与杰克分道扬镳，他们无法对过去达成一致。"你让她骑的？"我重复道。

"你妈妈在你看来也许弱不禁风，无足轻重。"杰克对我说，"可她是个一流的骑手。一流的。玛丽安可以做成任何事，只要有人告诉她她必须去做。"

我父亲的下巴拧了起来，嘴唇白得如同粉笔。"你根本不了解她。"

他说完，杰克笑了起来。

"就算是你娶了她，孩子。"他说，"可教她怎么骑马的是我。"

我父亲的脸越来越红，他的手重重地落在身体两侧。我退后站着，以为他即将爆发。然而即便杰克有所察觉，他仍不动声色。"我想晚饭差不多好了。"他拍拍手对我们说，"也许该把我们自己弄干净。"

他走后，我父亲扭头看我，我等待着，希望他能解释"准男爵"的事，我母亲的事，所有杰克刚刚告诉我们的事。"你还记得关于种马的规定吗？"我父亲斜眼看着地面，终于开口问道。

"不许走近。"我说完，他点点头。我父亲跟着杰克走进马棚，我独自一人站了一会儿。圆形马栏里，"姜黄"的雄马驹发出一声痛苦的抽噎，另一边，"亲爱的"斜穿过它自己的圆形马栏，伸长脖子嘶鸣回应它。几天前，我跟杰克一起站在牧场里，身旁簇拥着"姜黄"的雄马驹和其他小家伙。没有理由站得远远的，没有理由害怕。但是现在它有了一个名字，一个目的，一个角色——它的一生已经被决定。它是一匹种马。它将独自在这马栏里，而我将害怕它。

我转身跟着我父亲和祖父穿过马棚，留下新种马在它的新马栏里，孤独地悲鸣着，呼唤它的母亲。


"你知道关于马的事吗？"我问戴尔玛先生。他大笑起来。

"不。"他说，"你呢？"

"不算真的知道。"我告诉他，"但是有一点：那匹叫'交食'的马好像是有史以来最著名的赛马。大概在两百年前。现在活着的马还有一些跟它有关系。"

"似乎没什么不可能的。"他说,"两百年并不算太长的时间。"

"可能更久。"我说,"不过人们一直保持追踪。他们做记录,然后能通过父亲一直追溯回去。"

"这可有点特别。"他说,"不过很有趣。这马的名字挺奇怪——'交食'。"

"人们说他是在交食的时候出生的。"我说。

"真的?"

"我不确定。"我对他说,"我想是在什么地方读到的。"

"好吧。"他说,"总之这故事不错。"

"你见过交食么?"我问。

"日食还是月食?"

"我不知道。"我对他说,"有什么区别?"

"日食很少见。月亮从太阳前面经过,太阳就消失了。"

"天会黑吗?"

"就一会儿。"他说。

我想起了希拉·阿尔特曼和她母亲,在挤满客人的屋子里用特百惠的盖子表演交食。"我真想看看。"我说。

"生命漫长。"他对我说,"我肯定你总有一天会看到。"

祖父母离开时的礼节与他们到达时如出一辙。他们说他们走了,然后他们就走了。那是晚上——杰克喜欢在晚上开车——马棚空空荡荡,所有的客户都安全地呆在自己舒服的家里。我母亲、父亲,还有我,站在屋外门廊上拥抱祖父母,跟他们道别。露比哭了,杰克清了清喉咙。"胖胖"在我母亲脚旁乞食。

露比向我母亲转身，双手托住她的脸庞，凝视着她的眼睛。过了半晌，"你没事，"露比轻声说，我母亲闭上了眼睛，无声地点了点头。我一言不发地看着，胸口发紧，喉咙发疼。

他们离开后，我父亲走下几格台阶，然后停下向我母亲转身。他看了她一会儿，拿起她的手轻轻放在自己手里。他发红的眼睛隐约闪耀着光芒，但是没有泪水滑落他的脸庞。他们站着，手指相触。"谢谢你。"我父亲说完，她点了点头。他放下她的手，走下门廊台阶，穿过车道，进了马棚。

我母亲深吸一口气，环顾屋外的空气。她上次走出后门，站在屋外是多久以前的事了？她站了一会儿，看着大地吸着空气，然后她转身走回屋里。今夜我父亲会回到客房，离开我出生前我的父母就已经共枕的床，离开他们创造出我的床。我们又将沉默地吃晚饭，又将少量食物拿上楼，让我母亲一动不动地盯一阵，所有的一切将恢复到从前的样子。"你可以留下。"我对她说，"哪怕就在楼下呆一小会儿。"

这一大半是假装——我知道。但是仍然强过说实话，强过让事情恢复原样。我肯定如果她看看我，就看一眼，她会发现这样的生活更美好，每个人都更快乐。我肯定她会理解。"你得留下。"我轻声说。

可当我母亲与我四目相接，她的眼神里除了悲伤，别无其他。"我不能。"她说完，向前俯身用嘴唇触碰我的头顶，"我很抱歉，宝贝。我就是不能。"

# 第九章

开学前的三星期，我父亲摔断了腿。并非什么特殊事件或是英雄事迹——他在修理马棚房梁的时候滑倒了。医生说像这样摔伤的几率只有千分之一，如果他以其他任何一种方式着地都根本不会摔伤。他们把我父亲从脚趾直到臀部全都裹上石膏模，然后给了他一副拐杖。不管伤势是否严重，也不管我父亲是否永远不给伤口完全愈合的机会，这条腿将永远不如从前了。从那以后，我父亲的膝盖能感知天气。从那以后，他不跛就没法走路。

我对那天早上有一点记忆。但很短暂，也许只有几秒：我父亲穿过马棚，榔头在他指间旋转。马棚里的一只猫蹿到他面前，他听了一会儿，弯腰挠挠它的尾巴根。它摩挲着他的小腿，抬头乜眼透过早上糖浆般的阳光看着他的脸。我父亲冲它弹弹舌头，它趴在地上，我父亲抚摸它的肚子。然后他直起身，继续穿过马棚去拿梯子。过了这么多年，我不确定这是真实的记忆，还是我头脑的创造。但在我的回忆中，它是真实的，因此这是我最后一次看见我父亲毫无痛苦地行走。

他拄着拐杖走得飞快，大步流星朝前滑动，我得一路小跑才能跟上。然而，他的沮丧仍然在体内沸腾，他经常会把拐杖扔到一边，借着石膏模的支撑一瘸一拐地前进，以便腾出手来利用。希拉和我发现拐杖倚在干草垛上，或是斜躺在马具房的地上。我父亲不出现的时候，我们轮流架着他的拐杖在马棚里转悠，把身体撑起来让我们的双脚离地。

"你爸爸真厉害。"帕蒂·乔对我说。下午，她站在马棚后面，看着我父亲一手拖着干草捆，或是瘸着他的伤腿，推动一辆装满锯末的独轮车。"他就是不会被击垮。"

即便有伤痛、石膏模，以及坚毅无情的热浪，我父亲还是坐不住。在希拉的课上，他单脚跳着穿过马场，向她喊出口令。希拉和"帽子"熬过了最近两场马秀，在没有危及裁判生命的前提下完成了"驾驭"组的比赛。我父亲认为这是一种成功，他决定开始展示技巧的训练。

希拉在她第一堂课前宣称展示技巧是小菜一碟。不用骑马的比赛会有多难呢？我微笑着点点头，爬上马场护栏给自己找了个好位置。那是星期天，希拉给"帽子"套上笼头时，阿尔特曼太太站在一旁，在她女儿肩上抹防晒油。所要做的一切就是展示马，希拉向她母亲解释道。"帽子"是马场上最漂亮的，因此不费举手之力。她只需要把马洗刷干净，牵着它入场，然后，搞定——希拉·阿尔特曼会被缠上蓝色缎带。

上了半小时课后，阿尔特曼太太垂下头，用她的黄头发盖住嘴唇向我低语："这看上去并不应该这么难。"

马场里，希拉红着脸站在"帽子"身旁，她的手因过度专注而颤抖，她的舌头从嘴角一侧探出来。我用手捂着嘴低声回应。"这比看上去要难得多。"我对她说，"你得让马站得完全正确——让它立起来。"马场里，我父亲在"帽子"身旁单脚跳着，举起每只马蹄，然后安放在正确的位置。"看见了？"父亲干完后，我问阿尔特曼太太，"'帽子'的腿现在排列的方式？每次都得像这样。她必须不碰它就能做到这点。"

"那不可能。"阿尔特曼太太轻声说。

现在希拉比她在马鞍上的时候对马的控制更少。她试图让"帽子"在她身旁小跑，它把马蹄插在地里，茫然地看着她把自己身体的全部重量压在牵绳上。她试图让它转身，它踩了她一脚。她试图让它站直，它叉开腿转换重心，翻着白眼，垂下阴茎，撒出一泡尿溅在她的靴子和牛仔裤上。"妈的！"希拉尖叫起来，我向后一倒，下了护栏，假装呛了一口以免他们看见我在大笑。

"希拉，"阿尔特曼太太倒抽一口气，"向维斯顿先生道歉。"可希拉哭得根本听不见。

"我很抱歉。"阿尔特曼太太对我父亲说，"我不知道她从哪儿学的这类字眼。"

我父亲朝希拉走去，他的石膏模拧成一个别扭的角度，最后他被护栏绊住了，抬头痛苦地扭曲着表情。"没关系。"疼痛过去后他说，"没准她是在这儿听见的。"

阿尔特曼太太站在马场旁，绞着手对希拉的突然爆发和她泡了汤的昂贵衣服不知所措。我看着我父亲皱起眉头，试图找到安慰她的话，比如另一个曾面临相同困境最后却横扫赛场的客户的趣事。但是没有这样的趣事。希拉是我们第一个在课上被溅尿的客户。

"好吧。"我父亲说完，拿起拐杖，"我看今天好像差不多了。"

接下去的两天，我父亲心事重重地绷紧面容在马棚里跛行。这个表演季结束前没剩下多少比赛了，他不想让希拉在一片惨淡中收场。"我想现在让她参加'展示技能'这组的比赛对她的自尊心没什么好处。"他在晚饭时对我说。

"尤其当她被溅上马尿的时候。"我补充道。我父亲隔着桌子瞪了我一眼。

"可如果我不让她参加，她会失去信心。"我父亲用刀割着肉，若有所思地说。

夜里他找到了答案，第二天他给"王牌"套上笼头把它从后牧场带了出来。"你当真？"我对他说，"你不能让'王牌'上表演场！"

"我当然能。"他说，"只不过是当地的马秀。看看它站立的方式！希拉什么都不用做。""王牌"被拴在马桩上，四条腿完美排列。可它的马蹄太长而且粗糙，它的鬃毛和尾巴杂乱纠结，它的眼睛蒙着一层混浊的灰。"这能帮助希拉竖立信心。"他对我说，"现在我觉得更重要的是，让她觉得自己做得对，而不是看上去漂亮。"

希拉听着我父亲解释自己的计划，脑袋疑惑地歪向一边。"就几场马秀。"他保证说，"等你找到感觉。"

希拉皱着鼻子看着"王牌"。马的眼睛半开半闭，下唇垂着，露出一排斑驳的褐色牙齿。"它不太有参加表演的模样。"她终于说。

"啊，别担心。"我父亲对她说完，拍了拍"王牌"的屁股，一阵尘雾从它的皮毛上浮起。"艾莉丝和我会把它梳洗干净的。相信我，等它走进表演场，你几乎都认不出它来。"

于是，"王牌"告别了退休生活。每天早上，太阳还不太厉害的时候，希拉会给"王牌"套上"黄帽子"表演用的笼头，然后牵着它走进马场开始上课。马场上"王牌"一动不动地站着，温顺服帖，而希拉则在它周围练习移动，熟悉姿势。一次又一次，它的四条腿稳稳地整齐排列，希拉甚至都不用动它下巴下的牵绳。"瞧见了吗？"我父亲对她说，"你是个天才。"

在她身旁，"王牌"垂下眼睑闭上眼睛，从它唇间哼哼唧唧地传出了微弱的呼噜声。"我想它睡着了。"

我父亲朝前跳了几步，看了一眼。"噢。"他毫不担心地说，"如果它在表演场上也是这样，你就等到裁判不注意的时候戳它一下。"

"王牌"并非马棚里突然发现自己的角色发生转变的一位。我父亲腿上的石膏模让他没法骑马，他担心"亲爱的"中断了每天的强化训练会退步，一项新计划应运而生。巴德·波普的种马没有对这匹母马产生任何影响，我父亲说。因此没准是时候该让女性同胞们试试。

我父亲打开前牧场的大门让"亲爱的"进去，传种母马们抬起了始终低垂的脑袋。它们都比它行动缓慢，四条腿支撑着身体的重压，由于年老和频繁的怀孕负担而身材走形。但是即便隔开一定距离，"亲爱的"也已感觉到它所处境地的实质：它在这儿不受欢迎。它侧身闪开，在门前嘶鸣踱步。

通常情况下，传种母马们根本谈不上活跃。它们迟缓地在牧场里行走，咬啮着干草，漫不经心地摆动尾巴驱赶苍蝇。但是当"亲爱的"被放入它们领地的那一刻，它们在我们眼前重新激发出了所有的活力。它们或是单独，或是两个一组，或是大伙一起，展开攻击，展平它们的耳朵露出，它们的牙齿，把"亲爱的"赶入角落，让它只能无助地退缩着躲避它们的踢踹。

我父亲站在护栏旁，看着"姜黄"和萨利一发而不可收拾地对着"亲爱的"的胸部和肩部踢个不停。"妈的。"他轻声笑着说，"这帮老骨头动作够快的。"

"它们怎么这么恶毒？"希拉问，我摇摇头。不到两周前，它们被痛苦击倒在地，哀鸣呻吟，失落迟钝。现在它们在马场里扬着尾巴，耸着耳朵追着"亲爱的"，速度之快，反应之灵敏，不亚于一群小马。

"马习惯于族群。"我父亲解释说，"它们不太喜欢外来者。而且，过去这个月够它们受的。现在它们找到了出气筒。"希拉在我身旁一颤，我父亲在拐杖上稳住身子，拍了拍她的肩膀。"别担心。"他说，"它们不会真的伤害它。但是它们会给它一些恰到好处的训练。而且它们会教它一点儿如何尊重长者的知识。"

每天早上，我父亲给"亲爱的"套上笼头，然后拄着一根拐杖，牵着它离开圆形马栏。对过，"姜黄"的雄马驹用马蹄刨着地面嘶鸣着，为它唯一的伙伴的离去而惊恐得满身大汗。它独自在马栏里度过一天，光线透过它的腿落下斑影，它在斑影上跺着脚，用刺耳的悲伤欲绝的声音哭喊。而在马棚的另一端，它的母亲正追着"亲爱的"把它逼入角落。

让"亲爱的"在牧场里过夜，会阻挠目的的实现，我父亲解释说。传种母马们会习惯它，开始接受它的出现，所以必须在夜里把它重新带走，以保持它的特立与独立，而它每天早上都以陌生者的身份重新出现。夜里，我父亲牵着又脏又累的它回去，"姜黄"的雄马驹一见它就竖起双耳，小小的鼻孔颤抖着。在后牧场旁，它的兄弟姐妹们在马栏内蜷缩在一起，随着一天天的流逝，一点点地将它遗忘。但是夜复一夜，"亲爱的"都会回来。它会向它探出脖子，用它的尖鼻捕捉它们之间的距离，那距离如此之远以至于它们永不能相触。它们在它们的马栏里悲鸣，彼此分担痛苦，孤独，一同度过黑暗中漫长的分秒，直至太阳升起用色彩渲染天空，而我父亲重新把它带离它身边。

在前牧场里，"亲爱的"并不打算吃草。它已经放弃与那些传种母马赛跑的尝试，现在它只是向它们低下头，允许它们对它又咬又踢。我父亲看着称之为进步。如果人类像这样对待一匹马，那就成了虐待。而马攻击马，那只不过是自然。

希拉和我点点头表示同意，说这样更好。我们看着"王牌"，看着它陷下去的那半张脸，看着它扭曲的臀部和后腿，对自己说，世界上还有比充满了恶毒的传种母马的牧场更可怕的命运——有枪，有刀，有举着榔头的人，提炼动物油的油厂。虽然我们大声地说着这些，我们发觉自己仍悄悄地从我父亲身旁溜到牧场门边，在那儿，我们可以对每一次踢咬，每一次"亲爱的"缩到角落，不知所措地面对传种母马的愤怒、它们突然迸发的力量而面露痛苦神色。

希拉咬着辫梢看着。"要开学了，你兴奋吗？"她问。

还有不到一周的时间我将升入七年级。戴尔玛先生在那儿。我每天都能见到他。"我想是的。"我说。

"你在那儿有很多朋友吗？"

"成堆。"我对她说。

在牧场里，"亲爱的"因为"姜黄"的马蹄刺中了它的肩膀，疼得哼哼起来。"你真幸运。"希拉过了会儿说,"我没有这么多。"

我扭头看她,可她的眼神始终没有离开牧场。"你生日派对上的那些姑娘呢？"我问。

"她们不是总对我那么好。"她说,"有时候,她们有点儿恶毒。"

希拉·阿尔特曼的皮肤和头发堪称完美。她住在一栋巨大的堪称完美的房子里,和她富裕的堪称完美的父母生活在一起。在她全部堪称完美的生活中,哪怕存在丁点困难、丁点不快,都让人难以接受。"她们对你做什么了？"我问。

她深吸一口气。"有时候她们孤立我。如果我不按她们的希望做事,她们去看电影就不叫我。上课的时候,她们不让我跟她们坐在一起。她们留我一个人吃午饭。"我可以听见她喉咙里绷紧的肌肉和她强忍着的泪水。"去年,她们生我的气,就给大家传纸条,禁止他们跟我说话。"

我在学校一个朋友都没有,每天我独自坐在桌旁吃午饭。我曾有过的唯一真正的朋友死了,而最关键的是,这场友谊是个谎言。但是学校里从没有人对我表示恶意。从没有人传递写着我名字的,中伤我的纸条。"噢。"我这么说是因为我不知道还能说些什么。

"不过最后没事。"希拉对我说,"纸条的事情发生后,我开始在这儿上课。我妈妈觉得也许应该让我做一些跟我朋友毫无关系的事情,拥有一些完全属于我的东西。"

我点点头。不管希拉·阿尔特曼是赢是输,我父亲都会为她花上毕生心血,会跟她一起努力直到他们全都变老变得头发花白。他梦想中的那些有钱朋友永远不会出现,永远不会签合同上课,或是用他们父母的钱交换在马具房里积了一个夏天灰的表演用马鞍。希拉·阿尔特曼始终不是能够拯救我们的那个姑娘。

"下星期就开学了。"希拉幽怨地说,"我只希望夏天永远不要结束。"

太阳仍旧炙烤着大地,丝毫没有下雨或是降温的痕迹。但是即便如此,太阳开始晚升早落。就要开学,表演季就要结束,带走夏日的最后一抹气息。希拉·阿尔特曼的希望丝毫不会让这一切有任何不同。

希拉扭头向我,她的表情清冷而又危险:"我觉得乔伊对那母马做的一切是不道德的。"她说,蓝眼睛中的寒意直接将我穿透。这是第一次她说出反对我父亲的话,第一次她除了对他和他所做的一切盲目地崇拜之外表现出其他的情绪。

"他必须把它驯服。"我对希拉说,"他必须。"我说话的时候她面无表情地盯着我,仍旧坚持己见。"你知道有可能会糟得多。"我提醒她道,"鞭子、链条和榔头。现在做的自然多了。"

牧场里,"亲爱的"哆嗦着膝盖,然后用颤抖的腿猛地撑直身子。一道新鲜血痕如缎带般划过它白色的臀部。但是希拉毫不畏缩地看着。"痛苦就是痛苦。"她对我说,"我不管是谁造成的。"

那天夜里,我看着我父亲在桌旁整理他的那些白色信封。他把石膏模架在身旁的椅子上,手指敲打桌面,一边在纸片上草草地写下数字,一边低声咒骂。"亲爱的"没有被驯服,希拉也不会获胜。表演季即将结束,而我父亲折了腿,没法训练小马。我感到忧虑。但是当我父亲发现我在看着他时,他收敛了脸上的表情,用手臂把空信封撸成了一堆。

"昨天有个家伙打电话来。"他说,"他们家的女儿想开始骑术课。他们明天过来看看。"

"她打算在这儿开始上课?"我问。又一个希拉·阿尔特曼,一开始充满希望,前途无量,父母的钱在她身上闪着光,还有我父亲给予的期望与承诺。之后,她会低迷,她会失败。有一天她会扭头看着我父亲说出一个词:不道德。那之后还需要多久她会看到余下的一切?有一天,她会环顾四周发现所有的伪装和矛盾,她会发现我们的本质:小偷和骗子。有一天,在不远的未来,她会决定生活在别处才能更好,为了拯救自己她会离开。

我父亲把空信封重新塞回抽屉,重重地推上,他所有的问题烟消云散。"会很棒的。"他说,"他们听上去非常兴奋。"

但是第二天,当他们的银色汽车停在我们车道上的时候,这个家庭看上去没有零星半点的兴奋之情。那父亲绕过车头给他妻子开车门,她探出头,透过她烟灰色太阳眼镜边框上方的空隙打量马棚。这对父母在车旁站了一会儿,四处张望着我们院子里已经枯死的草,牧场里袭击"亲爱的"的传种母马们,我裤腿下露出的赤裸的踝关节。他们互相交换了一个怀疑的眼神。他们的女儿年纪不大,大约七八岁,她从后座上爬了下来,冲她父母皱皱鼻子:"这地方闻上去就像马粪。"

他们跟着我穿过马棚,双手始终环抱在胸前,互相挨得紧紧的,仿佛他们害怕会发现什么。马场里,希拉正在跟"王牌"一起练习展示技巧。我父亲拄着拐杖朝表演场边大步滑行,靠着护栏跟这对父母握手。

"乔迪·维斯顿。"他咧嘴笑着,这对夫妇也做了自我介绍。

"小凯蒂迫不及待想开始骑马。"那父亲说。他女儿站在他身旁，双手勾在背后。她看着小马驹，它们仍然瘦长羸弱，但已不是一个月前会让小凯蒂急不可待地冲它们发出儿童呓语的可爱宝贝了。她扭头看着圆形马栏，"姜黄"的马驹独自站立着，沾着汗水和尘土，悲哀地呜咽着。

"为什么那匹小马独自呆着？"她问。我父亲脸紧绷绷的，却努力微笑着。

"行了。"他过了一会儿说，"我们非常高兴你们打算过来。"

一年前，我姐姐牵着"黄帽子"进入马场，骑着它缓步前进，转圈，跳跃，甩动她蜜糖色的头发让它在阳光中闪烁。父母们退后几步观赏，而他们的女儿爬上护栏目瞪口呆。有哪个小女孩不想像诺娜一样呢？

然而现在，希拉·阿尔特曼站在马场里，用她的靴子尖轻点"王牌"的前足，让它以正确的姿势立起来。那对父母看见它布满虱咬疤痕的皮毛，扭曲的臀部和后腿，以及它那丑陋的脸上凹陷的弧线，表情开始变得僵硬。

"我女儿从小就跟马在一起。"我父亲终于说，用他拐杖的橡皮头指指我，"而且她的功课很好。"

最后的一招。我的好功课现在成了我们唯一的资本，唯一我父亲能够给予的无关紧要的承诺。那对父母低头看看我，我点头表示这是真的。"全 A。"我补充道，尽力帮忙。他们露出了礼貌的微笑。

"你觉得呢，凯蒂？"那父亲对他女儿说。

小凯蒂慢慢地转了一圈，仔细打量了一遍马棚、"老人家"们的牧场、我父亲腿上脏兮兮的石膏模，以及希拉·阿尔特曼穿着 T 恤衫，汗流浃背站着的马场。"我更喜欢另一家。"

就这样，他们重新爬上他们的银色小车。一切在可能开始之前就已经结束。


"我根本没有读完那份阅读书目。"我坦白说。

那天夜里，我整理背包时发现了它：一张有他潦草笔迹的黄色纸片，那些我没有读过的书的名字，美好的初衷在电话里、在马秀上、在无穷无尽的热浪中消失殆尽。"我本来打算读的。"我说，"真的，我打算读的。"

"别担心。"戴尔玛先生说，他吐出的烟嘶嘶地穿过他的齿缝，"那阅读书目是狗屎。"在诺娜的衣橱里，我的身体因为兴奋而嗡的一颤。狗屎。再过几天就要开学了。到那时会发生什么？我们是彼此的什么人？我听过他骂脏字，听过他抽烟喝酒谈论上帝。我与我的同班同学们不同，与那些游泳晒黑、跟家人一起度假过夏天的姑娘们不同，与所有那些坐在小课桌旁的小人们不同。我是独一无二的。

"我喜欢诗歌。"我说。这并非完全是假话。我并没有真正听他读诗，并没有费力地去理解它们。我喜欢的是他读出那些字眼时的噪音，那些字眼间的空隙——不是这儿，不是那儿，而是某个独立的、隐秘的、私人的地方，一个只属于他的地方，一个他允许我参观的地方。

"告诉你一件事。"他说，"你在任何一所中学的阅读书目上都找不到那些诗。"我想起我上过的那些英语课，词汇练习，拼写测验，每天夜里必须读完一章的书——生活在树上、瞎了眼的女孩男孩们。

"我并不太理解我们在学校里读的那些书。"我承认说，"它们看上去很蠢。"

"读那些书是浪费时间。"他对我说，他的声音有些混沌，我突然猜测是否我吵醒了他，他不得不从床上爬起来接我的电话，听我的声音，跟我交谈。

"他们为什么让我们读那些？"

"他们年轻的时候别人让他们读那些。"他说，"所以现在他们让你们读那些。美国，"他哼了下鼻子，"是一个完全缺乏想象力的国家。"

"你在沙漠呆得太久了。"我对他说。几周前，我问他他从哪儿来，他告诉我密歇根。从那以后，我想象那是个树木繁茂、鲜花怒放、绿草清甜的州。我在地图上查找：密歇根，在美国的顶上那部分，触角伸向加拿大——一个不缺水的州。

"哪儿都一样。"他说。

"我不相信。"

"文化怎么了？"他问，"伟大怎么了？"透过电话传来一声撞击，玻璃在他脚下的地板上碎裂的声音。但他没有停下或是解释，甚至根本不加理会。"约翰·韦恩在哪儿？"他问，"埃尔维斯①在哪儿？"

我已经不确定我们所谈论的内容，这些跟想象力或是阅读书目有什么关系。"他们死了。"我对他说。

"阿门。"他说。

约翰·韦恩，埃尔维斯，以及那些写下我并没有真正去聆听的诗

---

① 埃尔维斯·普莱斯利（Elvis Presley，一九三五——一九七七），又称"猫王"，二十世纪流行音乐最重要的代表人物之一。

歌的人们——他们在我出生前就死了。也许伟大也死了，也许整个国家只是巨大空旷被人遗忘的墓地。也许，如果这大门敞开却什么也不是的地方始终是你的家，你不会对它心存不满。也许你都不会想象存在着更多的东西。

"世界被毁了。"他对我说，"可却没有人在乎。"

整场对话突然让人感觉危险。他为我阅读的时候，我体内最深处变得沉寂，思绪平稳而又安详。但是现在不安烦躁爬上了我的脖子和后背，冰冷黏稠的液体在我胃里翻腾，我出生得太晚，错过的太多。世界被毁了。而这是我唯一知道的世界。"我在乎。"我轻声说。

电话线的另一端，他陷入沉默。"那也许有希望。"他终于说。

我点点头不说话。在乎还不够，远远不够。事情一如往常地发展。在前牧场里，传种母马袭击表演母马，逼它改变。这并非出于残忍、愤怒或是贪婪。它们袭击它是因为它们能够，因为它们是动物，因为这是它们的自然天性。我们允许，鼓励，为了我们自己的利益加以利用。而希拉·阿尔特曼用她纯净、清澈的蓝眼睛看着，并且给了一个描述：不道德。

"应该有更多。"我对他说。

"更多什么？"他问。

"在乎。"我说，"祈祷。应该比那多得多。"

"天哪。"他说，"你听见了我说的每个字。我得多加注意。"

"如果祈祷是唯一的希望，如果没有人在乎，那还有什么意义？"我问他，"大家还有什么可忙活的？"

"如果你找到了答案。"他对我说，"我想成为你第一个告诉的人。"

"你会是唯一的那个。"


第二天，我父亲开着一辆校车回家。他把车停在马棚前，然后单腿跳下阶梯，伸手从身后拿起拐杖。"那是什么？"我问，他看着我仿佛我很迟钝。

"校车。"

"为什么在这？"

"新差事。"我父亲说，"就一阵子。"

我的心脏在胸膛里打了个噎。那小车就跟巨幅广告牌一样，在我们马棚前显得又大又扎眼。没办法把它藏起来，没办法撒谎吹牛。他会开着它穿过整个镇子，坐在方向盘后面，呆在学校的停车场里。没有人会认为他这么做是出于消遣。所有认识我们的人都会明白：我们缺钱。

他走向马棚，我小跑跟上。"你折了条腿还能开校车？"我问。

"当然。"他说。

"我的意思是，你非得这样吗？"

"哦。"他说，"我认识个家伙——他欠我个情。"

"什么家伙？"我问。

我父亲转身冲我扬起脑袋。"治安队里的家伙。"他对我说，"你还有问题吗，不然我回去干活了。"

我摇摇头。没什么可多问的，没什么可多说的。事已至此。如果有一名治安队成员知道我父亲接下了开校车的工作，其他的这周内都会知道。他们会告诉他们的妻子。他们会告诉他们的孩子。我想象着波普双胞胎恶作剧的鬼笑，我的胃缩成了一块石头。我仿佛能听见脑海中他们哼着鼻子的笑声，能感觉他们生虫的小脑壳里正在形成的恶毒笑话。校车的轮胎转啊转啊转……

"我不乘。"我冲我父亲叫道。他头也不回地耸耸肩。

"行。"

回到马棚，我三心二意地叉着希瑟克里夫马厩里的脏草，想象我父亲开着满载我同班同学的校车，在行驶缓慢的车子间横冲直撞，对着车窗外堵他路的人破口大骂。学校之所以令人可以忍受是因为没有人真正关注我。没有人知道我是谁。但是现在我想象着我父亲就跟开我们的小货车一样几乎耗完校车里的汽油，然后猛打点火装置，在彻底没油前为了找到加油站把车开上人行道又闯红灯，直到翻车杀死车里的每个人。我会是艾莉丝·维斯顿，那个谋杀了整所中学的人的女儿。艾莉丝·维斯顿，那个开校车的人的女儿。

我听见帕蒂·乔的车子隆隆地开进了车道，我弓身躲在希瑟克里夫的马厩门后，不想对校车作出解释。她靴子的跟敲击马棚地面，然后停在了门的另一边。"我们今天去野外考察吗？"

我屏住呼吸，不确定她是在问我还是整个马棚。我还没想好怎么回答，我父亲的声音替我解了围。"新差事。"他说，我朝地面蹲了下去，害怕他们突然发现我，而我就得解释为什么躲起来。

"太糟了。"帕蒂笑起来，"你干吗非得做那样的事？"

我父亲回答前沉默了半响。透过马厩门上的缝隙我可以看见他们的脚。我父亲被尘土染灰的石膏模，帕蒂·乔锃亮的尖头牛仔马靴，她精心折起的蓝色牛仔裤缝边。"表演季要结束了。"他终于说，"腿也伤了。账单还得付。"他跟我说话的时候从来没有触及这些。但是现在在帕蒂·乔面前，他低沉轻柔的声音深处毫不掩饰地透露着：羞愧。

我父亲把身体重心在拐杖的橡皮头上移了一下，帕蒂的脚后跟朝后挪了挪。"天哪。"她说，"我真是个混蛋。"

"不。"我父亲立刻说，"开玩笑的。报酬够屁用。不过这能帮我们度过这一两个月。只是暂时的。"

"我们付你的钱太少了。"帕蒂说，"那些姑娘也包括我——你这么辛苦，做了这么多。我们应该付你更多。"

我的呼吸在胸口凝固。这是谜底，是答案，是出路。然而我父亲对这一建议并不表示鼓励，他无奈地叹了口气。"这是生意。"他说，"有饱有饿。好吧，有饿有更饿。"

帕蒂移动脚尖。"你想过脱身吗？"她轻声说。

"把这地方卖了？"我父亲问。她没有回答，他拄着拐杖侧身跌坐在折叠椅里，双手放在膝盖间，我能看见他的指尖攥进掌心。"我生来就在这儿做事。"他说，"我唯一擅长的事。"

"那你很幸运。"她说，我父亲笑起来。

"你是第一个这么说我的人。"

"我是认真的。"她说着止住了笑，"清楚什么是你擅长的事，是一种恩赐。我就没这运气。"

"你是个不错的骑手。"我父亲说着把腿向前伸直，现在它们离帕蒂的靴子近在咫尺。

"以前我们家到了夏天会去一个地方。"帕蒂·乔说，"他们养马，我每天就是骑马。跳跃是我的最爱。"

"你开玩笑。"我父亲说,"我可没想到你是个跳跃高手。"

"我一直长得很小。"帕蒂·乔解释说,"我小时候约会过的男孩都想让我坐在他们腿上,带着我四处兜风。我父母总是很担心我,把我像娃娃一样保护起来。但是当你跳跃的时候那种感觉——就像飞翔,就像自由。我这一生唯一的梦想就是拥有一匹马。我恳求我的父母,然后我恳求我的丈夫。他觉得我疯了。"她笑了起来,"也许我是疯了。我肯定听上去是这样。"

在希瑟克里夫马厩的另一边,我等着我父亲告辞离去,起身从她身边走开。长得小跟生活穷是两码事,我等着他失去耐心然后这么说。帕蒂·乔拥有一匹冠军马,她打理它却不参加马秀。我父亲开一辆校车。他们如同生活在两个不同的星球。

"我妻子就是这样。"我父亲说,我的双手在我身体两侧变得僵硬。如果说对于客户,对于陌生人,对于任何跟我们不同姓,或是大部分跟我们同姓的人,有一个禁止触及的话题,那就是我母亲。"人们总想把她像宠物一样带着四处走。但是一骑上马,她就变得高大强壮。她没法离开。"

"她为什么不骑了?"帕蒂问。

长久的沉默,一些隐秘的暗藏的事,一个从来没有人跟我们分享过的世界。虽然我只能看见他们的脚,我依然能感受他们之间传递的联系。如果我能看见他们的脸,我断定我同样会发现,会洞察他们彼此分享的思想,读出他们未说出口的话语。

"你不能太自责。"帕蒂轻声说,"没有人能完全对另一个人的失望负责。"

她的话语似乎抽走了马棚里所有的空气，我周围的空间开始温暖起来，但同时陷入一片死寂中，我的呼吸在我的肺里变质。透过马厩门上的缝隙，我看着帕蒂·乔的脚向前滑动，她靴子闪亮的三角形鞋尖在即将碰到我父亲邋遢的石膏模后跟时停了下来。

什么都没发生。我看着，我等着，而他们站在门的另一侧，不说话，也不接触，直到这一刻结束他们各自散开。

第二天早上，我父亲早早起来，把跳跃用的障碍物从前面的办公室，也就是杰克曾经给人看病的地方拖了出来。我还没出去，他就已经在马场里单脚跳着，拖着一块块障碍物穿过骑马道。诺娜走后，我们就没有把障碍物拿出来过。希拉离让"帽子"越过护栏还有漫漫长路。根本没什么意义。

但是那天帕蒂来了，她看看马场，一抹神秘的微笑爬上她的嘴角。"多不寻常的巧合啊。"她说，我父亲耸耸肩。

"我想你的马可能已经厌烦走来走去了。"他对她说。

通常我父亲上课的时候不让其他人在马场里骑马。但是帕蒂·乔骑着"小情夫"，驾驭它跃过障碍物，而希拉则同时跟"王牌"一起训练展示技巧，我父亲并没有表示反对。慢慢地，他开始给她建议，离开希拉转而教帕蒂一些小窍门，指出她双手的握姿以及刺激"小情夫"前进时所用方法的一些小缺点。

很快，他彻底抛下了希拉。"那马是他妈的跳跃天才！"我父亲边看边叫，帕蒂·乔笑容满面。

这是事实。"小情夫"皮毛油亮，肌肉发达，弓身跃过障碍物仿佛它们根本就不存在。尽管帕蒂骑得不错，动作干净，坐姿正确，马的技术却明显在她之上。"你要相信它。"我父亲说着，把手搁在她膝盖上，她的脸红了。"闭上眼睛。每次跳跃时把脸扭向侧面。"他的手滑到她的大腿上，"感觉它在你下面。相信它会带你过去。"

我坐在护栏上，看着帕蒂和希拉轮流等待获得我父亲的关注，对他说的每句话虔诚地点头称是，像行星般围着他转悠。

"帕蒂·乔现在也开始上课了？"吃晚饭的时候，我问我父亲。

"我在帮她。"他说。

"可她没付钱。"

"我不过给她一些建议罢了。"

我抬头看着天花板假装思考。

"怎么了？"我父亲问。

"哦。"我说，"我只是在想希拉会有什么感觉。对她来说，每样小东西都得付钱，而帕蒂·乔免费得到建议。但愿她不会对她妈妈说什么。"

事实上，希拉似乎根本不曾留意骑马道上的帕蒂，更别提介意她的出现了。希拉的注意力全部集中在"王牌"身上，她拧着眉头，双颊因为专注而涨得通红。希拉最不可能想到的就是钱——谁付的，为什么付，付了多少。

我父亲隔着桌子看了我一眼，我的芝士三明治在我嘴里化成了水泥。"生意就像游戏，艾莉丝。"他说，他的头向前垂着，脊椎因为突如其来的疲惫而弯曲，"每个人都有他自己的一套规则。"

高级英语课上人不多——只有十三个学生。第一天，珂林·墨菲坐在詹尼丝·里顿旁边，后者俯身用手遮着嘴巴，似乎打算压低声音说话。但是当她问"你还好吗？"时，她的声音响得我在教室另一端都能听见。

我从座位上眯起眼睛仔细观察，试图找出珂林脖子和手腕上的痕迹。但是我没有发现任何的不正常。她的自杀企图并没有留下疤痕。

我环顾教室四周，等待铃声响起。戴尔玛先生桌子上的照片——瀑布前的女人——不见了。当他走进教室，我垂下眼睛，让我的头发盖到脸上。那天早上，我身着我自己和诺娜衣服的混搭组合。我坐在座位上，感觉直不起身，也没法平衡，一部分的我就快在接缝处爆裂，另一部分则像麻袋里的干柴火。

戴尔玛先生开始点名，他从名单上念出我的名字，就如同对其他所有人一样，我眼睛都不抬地做了回答。我不清楚现在会发生什么。我们有了一个秘密。我们知道一些没有外人知道的事情。佯装无事令我的心脏在胸膛里颤动，血液凝固为冰。也许开学后事情就得有所不同。当然了，他没法熬夜到那么晚，他的嗓音慵懒，他的笑声从舌尖滑过。将会有作息安排。将会有规则。

但是那天夜里，他接了我的电话，仿佛没有任何改变。

只要在学校，我们互相离得远远的，避免与对方目光接触。然而，透过遮住脸部的头发，有时我能发现他在教室里望着我。在餐厅，我能感觉他的目光在人群中搜寻我。我熟悉他的口哨声——我能听见他转过角落或是经过我教室外的走廊。

回到家，我卖力地完成每项英语作业。他把回家作业发还给我们，我一直等到走出教室才开始浏览上面的评语。每一处红色的修改标记都如同匕首插入我的喉咙。我想象着他批阅作业，发现错误，觉得我是个笨姑娘，拙于拼写，将修饰语混为一谈。然后，我就想杀了我自己。

但是在电话里，我们从来不触碰学校，从来不提起我们几个小时前刚见过彼此，他把咖啡洒在了衬衫上，或是轮到我朗读时，我没法流畅地念出"修辞法"这个词。我们用这种方式小心翼翼地向前摸索。我一直打电话。他一直接电话。虽然在我的头脑中，我并不觉得我们的所作所为是错的，但是在我内心更深的地方，我感到恐惧，我们正用一种我难以描述的方式不遵守规则。最终必须付出代价。

放学回家的路上，我身旁的运河已经见底，因为干旱而变得如同白骨。没有了水、沙子、水草的运河空空如也，令我震惊。每刮一阵风，运河河堤上的野草在我身旁沙沙作响，如同肺一样吸入沙漠的空气，而后低声细语。没有白色的影子，没有孤独的鬼魂。但是我仍然感觉她在看着我，审视我，知道我已经不请自到地跨越界限，进入了一个曾经只属于她一个人的空间。"走开。"我边走边喃喃地说道，"这儿没有属于你的东西。"


"你觉得她漂亮吗？"我母亲问。

"谁？"我被派上楼查看我母亲是不是饿了，查看她是否需要什么。但是现在我站着，看着坐在窗边的她。自打杰克和露比走后，我母亲始终呆在楼上。我父亲已经回到客房，我母亲重又悄无声息地溜回她沉默的世界，在她的世界里，什么都不曾发生，什么都没有改变。即便这个世界也不安全。我母亲有一扇窗。看样子她没法离那扇窗远远的。

"那个有钱的女人。"我母亲始终看着窗外说,"他教她跳跃的那个。"

阳光透过窗户,填满了我母亲头发的空隙,让它如融化的巧克力般闪耀。我想,帕蒂·乔挺漂亮,她的脸灵动活跃,衣服闻上去就像诺娜偶尔从牙医诊所偷回来的女性杂志。我母亲更年轻,皮肤光滑洁白,下巴线条优美。但是她的脆弱和孤独在她那美丽的外表下隐伏,令她失去光泽,让她逐渐枯萎。帕蒂·乔跟我母亲相比就如同一团火,她的生命力由内向外迸发,她的笑声如同乐曲。漂亮与此无关。

"还凑合。"我说,"她花了不少钱把马寄养在这儿。"

"他跟她在一起的时间越来越多。"

表演场里,帕蒂·乔按照我父亲的指示把脸扭向一侧,"小情夫"轻松跃过障碍物。我父亲开始欢呼,帕蒂·乔仿佛选美皇后般举起一只手挥动,骑着"小情夫"慢跑绕场一周庆祝胜利。

"只不过是场游戏。"我轻声说,我母亲扭过头,她在我眼里搜寻一个我没法给她的解释。很久以前,我父亲说,我母亲希望变得强大。她骑马、比赛、获胜。然后有一天,她停了下来。

突然,我想记住她,记住这一刻她的模样——她发间闪烁着阳光,她脖子光滑的弧度。我努力在脑海中烙下她的影像,让我在几年后还能够忆起,还能够像我现在这样看着面前的她,看着她脆弱短暂的美丽,提醒自己她是谁,如果她生活在除此之外的其他世界又会是谁。


我们在倒数第二场马秀那天开着满满当当的马拖车来到治安队广场。除了"黄帽子"和"亲爱的"——我父亲每周都要带上以吸引眼球的这两位——那天他还把"王牌"和"小情夫"也装上了拖车。

我父亲说"小情夫"是个冠军，而帕蒂·乔让它远离表演场剥夺了这匹马的基本权利。我父亲对帕蒂说她即便闭着眼都能在她那组获胜。尽管我并不指望她同意，帕蒂·乔却说比赛也许挺有趣。她小时候参加过几次马秀。她说它们充满了做作。

余下的那些"鲶鱼"来到马秀现场支持帕蒂·乔。她们拿着保温瓶和一打打纸杯，跟着阿尔特曼太太和我走上看台。她们递给阿尔特曼太太一个纸杯，她绷紧了脊背说："不，谢谢。"

"鲶鱼"们在看台上大笑、喝酒，把头靠向对方的肩膀，对一切可能的装模作样指指点点。"波莱罗①小开衫。"杰西指着我们附近坐着的几个男人，低声笑着对贝西说，"真他妈的太滑稽了。"

阿尔特曼太太的脸颊因为她们吐出的字眼而变得通红，她侧身移得离她们远一些，将注意力调整到表演场的一侧，希拉和"王牌"正站在那儿为她的首场技巧展示比赛做准备。

过去几天里，我父亲和我不停地替"王牌"洗刷，直到我觉得它的皮肤会因为我们擦洗时的挤压而脱落。我们护理了它的鬃毛和尾巴，剪去了它的杂毛，在它肋腹的斑点上扑上爽身粉，让它们看上去是白色而非肮脏的灰色。尽管我们费了这么多工夫，"王牌"还是老样子：一匹曾经被一把榔头砸得半死的老马。

那天早上，希拉替它梳理鬃毛，然后用粉色缎带扎上，再给它套上阿尔特曼家替"黄帽子"购买的表演用笼头。笼头是黑色的，锃亮的皮革上银色的饰钉如同阳光下的宝石。但是它从"王牌"变形的头

---

① 波莱罗（Bolero），一种服装式样，一般为短款收腰配垫肩。

骨上荡了下来，饰钉衬着它布满虱咬疤痕的皮毛显得滑稽。

表演场内，"王牌"温顺地在希拉身旁踏着小碎步，自觉地立起，并且在希拉从它身旁走来走去向裁判展示的时候保持姿势。"天呐。"贝西在我身旁低语，"那匹丑马。"

"王牌"可能是表演场里最丑的马，是世界上最丑的马，但是它跟其他经验丰富的表演马一样立得笔直，当希拉牵着它展示步伐的时候，它动作流畅地一路跟在她身旁，最后她得了第二，处在扎克·波普和安迪·波普中间。他们意识到自己被希拉分开后，因为惊讶嘴巴耷拉成了两个一模一样的窟窿——像在照镜子。

阿尔特曼太太和我站在看台上，欢呼鼓掌，如同即兴的欢快舞蹈般把脑袋凑在一起忽上忽下地晃动。这是希拉第一次进入前五名。意料之中，她开始哭。

表演场外，我父亲拥抱她的时候，她扯着他的 T 恤哭。她捧着她母亲的手哭，她按着她的袖子哭，她压着她在"王牌"鬃毛上扎的小辫哭。她抵着我的肩膀哭，她拿着离场时被授予的红色缎带哭。"这是我一生最快乐的时刻。"她抽噎着说。我们余下的人退到一边，让阿尔特曼太太用她的微型照相机拍下一组照片，为她缺席的丈夫纪录下这一瞬间，并且让它永恒。

午休时，我站在我父亲身旁，看着他为帕蒂·乔的跳跃组比赛给"小情夫"套上马鞍。帕蒂紧张得没法亲自给马套马鞍，她爬上看台跟"鲶鱼"们一起喝下开赛前的最后一口酒。"'亲爱的'今天显得很平静。"我父亲说。

"我也觉得。"我对他说。它被拴在拖车旁，在热浪中低着头。我们没有费事替它洗刷打理，它的皮毛有些显旧，沾染着血、汗，以及蹄印。

"我在想，也许你愿意骑着它参加'驾驭'组的比赛。"他对我说。

我盯着他，我不参加马秀。从不。诺娜表演，我欢呼。向来是如此，向来也应该是如此。"是么，我不。"我对他说。

"很简单。"我父亲继续说，"我保证，如果很难我不会让你做的。"

我的心往下一沉，在我的胸膛里萎缩，宛如一个无用的豆荚。"我们需要让它熟悉马场，我做不了，你得一个人上场。只要让它按照步伐小跑就行。你不需要做得很好——如果不愿意你都不用让它加速。只要让它感受一下马场。"

我退后一步，我父亲牵着"小情人"走向表演场，帕蒂在那儿紧张地绞着手等着。阿尔特曼太太走到我身后，她的脸上依然因为希拉的胜利而泛着光芒。

"都准备好了？"她问。我点点头不说话。我担心哪怕只说一个字，我的心会凝固成石块，而我将一无所剩。

帕蒂·乔在表演场里骑得不错。在看台上我能瞧见她在跳跃的时候放低视线，闭上眼睛或是扭头看侧面，按照我父亲利用给希拉上课时教她的方法任由"小情夫"完成动作。

我父亲是对的。"小情夫"天生就是跳跃的料，皮毛闪耀光泽，身材如同雕塑，这项任务对它而言轻而易举。跟希拉一样，帕蒂·乔也得了第二。但是这一回，轮到"鲶鱼"们站在看台上尖叫欢呼，如事先编排过一般跳着踢踏舞。"我们的姑娘。"贝西在我身旁叫喊，"我们的小胜利者！"

这天余下的时间，我如行尸走肉般四处游荡，时间一分一秒向着最终的那一刻前进。那天下午晚些时候，阿尔特曼太太在拖车车厢里帮我换衣服，她给我梳了法式辫，然后用卡子盘在我脑袋后面，再理顺我耳朵后面的碎发。我在拖车的一侧一动不动，一股呕吐的冲动在我喉咙内升腾。"你还好吧？"她问，我点点头不做回答。"太热了。"她告诉我。

我走出拖车，阿尔特曼太太拉着我的手。"艾莉丝，"她说，"如果你真的不想做就别做。"

我抬头看着她那大大的、母亲特有的眼睛，她那心形的脸，疑惑着，如果这是真的会是怎样。如果生活在一个有旅行，有休假，用特百惠的盖子表演交食就是最大的不幸，在学校有人欺负你，父母就给你买了一匹马的世界会是怎样。很难相信阿尔特曼太太就住在镇子的另一端。她的世界离我那么遥远。

"如果你愿意，我可以跟你爸爸谈谈。"她主动说，我把她的手甩开。在我还没让我父亲听见阿尔特曼太太说我害怕不敢骑它之前，那匹母马就会让我死在表演场里。

"我没事。"我对她说，"没什么难的。"

我转过马拖车的拐角，我父亲和帕蒂·乔正在给"小情夫"卸下马鞍。他们的手指在肚带上交叠。我站着，等着他们发现我，等着我父亲放下手离开，但他的眼睛紧紧盯着帕蒂。我打算开口说我准备好了，我们还是快点让这一切结束。还没等我开口，帕蒂拿起我父亲的手放到嘴边，把他食指的指尖含在齿间。

我血管内嗡嗡作响的恐惧瞬时变得冰冷而又沉默。帕蒂·乔发现我后呆住了，我父亲的手腕还被她的手指托着，他的指尖还在她的舌上。我父亲顺着她的眼神看过来，我们三个站着，一动不动，眼睛不眨。

"艾莉丝，"他说着，把手从帕蒂那儿抽回来，然后用手指捋着他的头发。

"我只是在给你爸爸看我的缎带。"帕蒂说着，闪出一口洁白无瑕的牙齿。

"第二名。"我父亲用一种勉强的欢快语气说，"对第一次参加的人来说不算太糟，不是吗？"

"驾驭"组的比赛开始了，帕蒂和阿尔特曼太太加入了看台上"鲶鱼"们的队伍。我站在我父亲身旁，大脑一片空白。那一刻已经过去，现在我开始疑惑一切是否是我的想象。我父亲不看我，不打算解释，也不道歉。他帮我跨上"亲爱的"，然后站在前面，牵起缰绳让它始终处于临赛状态。一个又一个，其他的骑手进入表演场完成了步伐展示。"看。"我父亲不停地说，"不难。"

我看着。其他的骑手轻松地就能应付那些步伐，他们的马动作缓慢，因为受过马秀训练而展示出流畅的线条。但我可以感觉我身下的"亲爱的"的肋骨暖烘烘地蹭着我的腿。我努力让自己的注意力集中在步伐上——旋转，绕场，以及最后的滑行疾停。

其他选手离开时，我父亲压低声音对我说话，但我根本没法仔细听他说。"其他人都只是完成简单的踏步变换。"他对我说，"所以不用感觉你非得做出什么惊人之举。"向右转小圈，踏步变换。"如果你不愿意都不用让它做小跑之外的任何动作。"向左转小圈，踏步变换。希拉出来了，大门向着空旷的表演场一路敞开。"好了。"我父亲说，"带它熟悉环境。你要做的就是呆在马背上。"

我把头扭向看台，阿尔特曼太太冲我竖起两个大拇指。帕蒂坐在她身旁，木然地微笑——我只是在给你爸爸看我的缎带。我父亲松开缰绳，我和"亲爱的"步入场地，我感觉到它步伐的紧张，它膝盖的弹动，以及它的脚踩在地上时的轻盈。大门在我身后关上，靠我自己了。

　　表演场开阔的空间刚呈现在我们眼前，我就感觉我身下母马的身体绷紧了。于是我明白了：那些传种母马，所有的踢咬，每天的袭击——全都没起作用。它并不弱小，并不温顺。它忍受那些，就像它忍受被拴在日光下的日子。它不是任何人的宠物。没有什么小跑。她的母亲是一匹赛马，而它准备奔跑。一切源于血统。

　　母马如果奔跑，我就没法在它身上呆着，它会扔下我，踩踏我，杀死我。会很疼。我等了一会儿，等待恐惧，等待害怕。但是它们没有到来。如果这是我的死期，那么就让它是吧。世界被毁了。随它去吧。

　　我不记得用我的鞋跟触碰它身体两侧，不记得松开缰绳。我只想着我脑海中的那个字：走。它的身体在我下面开始跳动。

　　速度几乎把我从自己体内甩了出去。有一度，我担心它已经从我身下一跃而出，留下我从表演场的一端远远地看着。我感觉自己在马鞍上向后滑去，迷失在将我包围的一片混沌之中。速度偷走了我的呼吸，我的视线，以及我曾以为我能拥有的控制。结束了，所有的一切。完了。我完了。随它去吧。

　　但是之后我看见了它——它双耳间的一点，在那儿世界仍旧处在焦距之内，在那儿我们能看见同样的东西。其他的一切化作撞击：马蹄，心脏，恐惧，速度。尘土飞扬，我的腿仿佛与"亲爱的"的两侧相融。在那一刻，我们是一个整体——注定要碎裂，注定要死亡。它转圈时，我感觉自己的脊椎起了褶皱，我们用它马蹄的一个点作为支撑向上旋转，天空大地和观众席在我们周围化作斑斑点点。我在脑海里数着——一，二，一半——我们挺直身子开始向表演场的另一端跳跃。我们在中间转身，它在我身下快速移动，我的胃翻转升到我的胸口。它在空中变换踏步，一气呵成地用另一侧的腿着地。我们绕着表演场前进，我感觉速度在我体内膨胀，我由着它走，任由一切走。除了它双耳间的那点别无他物，它身体的核心在我下面绷得紧紧的。透过一片尘土和热浪的混沌，我看见护栏的末端就在我们眼前，我想我们也许会直接撞穿，也许会从顶端飞起升入空中，开始飞行，或是撞上生命结束又开始的那一刻出现的随便什么东西。

我的眼底闪出一个字：停。我们开始下沉。它的后腿滑过尘土如同雪橇片滑过雪地。尘雾将我们包裹。结束了。

世界由内向外地恢复过来。心跳，呼吸，灰尘，裁判，观众。片刻沉默后声音爆发，欢呼，"鲶鱼"们在看台上跳着可爱的舞蹈，阿尔特曼太太在她们身旁蹦蹦跳跳，双手举过头顶拍着。

我的舌头发干，蒙着一层灰，我的嘴唇粘在牙齿上，我不得不活动下巴释放它们。我牵着"亲爱的"转身走向大门，波普的双胞胎吊在护栏上，目瞪口呆地大张着嘴。在他们身旁，我父亲用他那条好腿支撑着跳上跳下，把一根拐杖高高挥过头顶，用空出来的那只手拍打护栏的金属栏杆。"是我的孩子。"他兴奋地高喊，"是我的宝贝！"

在那之后，是一场全然不同的游戏。

# 第十章

ᴧᴧ

第二天开始下雨。早上就开始起风，天空阴沉地覆盖在东边泛蓝的山上，不堪自身重负似的下沉着，将细长发黑的手指伸向地面。中午前，地平线消失在灰色云团之后，空气中颤动着一股发甜的湿润的寒意。我们都在马棚里，雨点如同一把砂石开始击打屋顶，努力将下面的世界震聋。

一开始我们冲到外面站在雨下，被这场瓢泼大雨惊得说不出话来。"鲇鱼"们用她们的小纸杯碰杯，希拉和我勾着手臂蹦蹦跳跳地跑上车道，雨水冲得我们的头发贴在头皮上，浇湿了我们的衣服。我父亲支着一根拐杖一瘸一拐地走了出来，然后停下脚步抬头看着天，用手抹去脸上的雨水。"别停下！"希拉边唱，边在我身边绕着圈跳着舞，将手心朝上升向天空，"别停下！"

雨没有停下，大地吸啊吸啊直到再也装不下更多，直到土壤化作液体，道路变作河流。地下室被淹了。雨水潜进马棚，浸湿了成袋的谷物，覆盖了水泥地。希拉和我跳过水坑，在对方的腿上溅上棕色雨水，而我父亲则用扫帚和铲子试图将雨水送出屋外。

牧场和马栏里，马群屈着陷入淤泥的踝骨，弯着后半身，在滂沱的雨水中低下头。

学校被淹了，首先是体育馆，然后是图书馆，于是我们不停地在汹涌来袭的雨水的包围中改变路线。停电之后，高级英语课上点起了蜡烛，我们围成一圈坐在地上，戴尔玛先生大声朗读关于一个成天下雨、每七年太阳才露一次脸的星球的小故事。最后，詹尼丝·里德开始抽泣。"我太敏感了。"她打着嗝喘息道，珂林拍拍她的脑袋，仿佛她是一条狗。

"说到这儿。"戴尔玛先生说，"我们今天干吗不提前结束呢。我想没有电他们也没法让你们留在这儿。下课。"

同学们在我周围收拾书本，而我站在模糊的阴影中等待着。烛光让一切都变形，显得那么不真切，黑影匍匐着爬过地板，在墙上和黑板上摇曳出诡异的图案。其他人都离开后，戴尔玛先生发现了黑暗中的我。"啊，你好。"他说。

这是我们第一次真正对视——第一次，从我遇见他的那天起，从我走进他的教室问他要阅读书目的那天起。我想对他说从我梦中溢到这世界上的水。我想对他说我父亲和帕蒂·乔，我所看见的，我所无法解释甚至无法准确回忆的。我想对他说我背包里躺着的蓝色缎带。我这一整天不停地拉开拉链朝里瞄，它如余火般闪耀，我用手指抚摸它凉凉的丝质光滑表面。我想对他说每次我一看缎带脑海中便会颤栗地划过的景象：速度，声音，紧张，我和动物一起融入、又一起消失的隆隆作响的中心。我想对他说相融的那一刻，遗忘的那一刻，想让其他一切全都离开的那一刻。我想对他说我活了下来，然后从背包里拿出蓝色缎带说：我赢了。最重要的，我想对他说当我看见帕蒂·乔捧着我父亲的手时我的感觉，那种冰冷、恶心的恐惧抽搐着刺穿了我喉咙的背部，渗入我的牙齿和舌头，渗入我的眼底和我指甲的根部。但那跟听见人们鼓掌欢呼，听见陌生人的口哨，听见大家震动世界般一齐喊出我名字时的感觉相比，不足一提，可以遗忘，根本无关紧要。

蜡烛在墙上摇曳着鬼影，窗外潮湿的风如同迷了路的孩子一般哭泣，在窗上洒下一行行泪水。"我五点前到家。"他说。我在黑暗中点点头，然后退出了教室。

那之后学校彻底停课。家里的马场已经化为湖泊。希拉的妈妈不再开车送她过来——有何必要？但是当我回到家里，帕蒂·乔的车子停在马棚前，我在车道上犹豫不决，一时难以决定自己该怎么做，是该到屋子里去还是马棚里去。马秀结束后，我父亲始终对我小心翼翼，他咧嘴笑着表示自豪，但却从来不提"驾驭"组比赛开始前发生的一切。那一天在我头脑中一团模糊——"王牌"和希拉，我父亲和帕蒂·乔，几乎将表演场撕裂的我和"亲爱的"，最终爆发的欢呼。

从那之后，我父亲再也没有让我帮忙喂马或是打扫，再也没有在早上催我抓紧时间或是在天黑后叫我出去。"让自己歇歇。"马秀结束后我们到家的时候，他说，"你去洗个热水澡，我来做晚饭。"于是，我照办了。他告诉我，别操心喂马的事，于是，我不再喂马。而且我也不再操心。

但是现在，我要走进马棚。因为那是我的马棚，因为我住在那儿，而不是帕蒂·乔，因为如果到目前为止发生的事都不足以让我断气，那就没有什么事能置我于死地。

马棚里，他们坐在折叠椅上。帕蒂·乔的头发是湿的，而我父亲在他的石膏模上裹了个垃圾袋。"小明星来了。"帕蒂看见我说，我站在门口，面无微笑，不打招呼。

"我们在等你。"我父亲说。

"我来了。"我对他们说。

帕蒂·乔满脸微笑，她站起身捋开脸上的湿头发。"你拥有真正的天赋，艾莉丝。"她打开话匣子说道，我靠在门框上，厌烦而又不愿被感染。"但是天赋有的时候需要真正的帮助。"她继续说，"花园需要照料。我跟你爸爸谈过了，我真心希望可以帮你。能资助你将是我的荣幸。"她冲我眨眨眼，等着我的反应。

"我不明白你在说什么。"我说。

我父亲站起身，拖着他重重的石膏模站在潮湿的马棚地板上。"你的衣服太小了。"他说，"帕蒂想给你买新衣服。"

我看看他，再看看她，不明白这跟天赋或是花园有什么关系，新衣服又怎么可能对训练或是未来的蓝色缎带有所裨益。"什么时候？"我问。

帕蒂朝我眨眨眼睛："随便你什么时候都可以。"

我把背包放在一张空折叠椅上。"现在。"我对她说，"我现在就要。"

帕蒂·乔的车里有一股混合着香水和皮草的气味，我坐在后座上，手指拂过自动插销和窗户，以及温暖座椅和调节头枕的按钮。我父亲坐在前面。尽管他没有说话，我能感觉他在思索，在查看车里的一切。

他伸手触摸后视镜上挂着的一串贝壳。"那些是夏威夷的。"帕蒂告诉他。我父亲收回手放在自己腿上，就仿佛那些贝壳是无价之宝，是一件挂在墙上底部标着"严禁触摸"的艺术品。

"你去过夏威夷？"我问，帕蒂和我在后视镜里对视了一下。

"只去过两次。"

我们走进商场，甩去头发上的雨水。我父亲拐杖受潮的橡皮头在瓷砖地面上发出吱吱嘎嘎的噪音。我站在他身旁，不清楚接下去会发生什么。"行了。"他过了一会儿说，"快去吧。"

起先我谨慎地察看标价牌，只挑选我需要的东西。但是帕蒂·乔快速翻看一排排货架，扯出衣服堆在售货小姐的胳膊上。我父亲站在一旁，窘迫而又不知所措。有一阵我被吓着了。这不对，太多了。但是当他看见我，他收敛了脸上的表情点点头。"你干活干得很辛苦。"他对我说，"应该有点好东西。"于是，我在自己的手臂上搁满了所有吸引我眼球的东西，所有可能适合我的东西。

我在更衣室里堆满衣服，然后脱光自己身上穿的，只剩内衣。对着镜子我侧身把胃吸进脊椎，我的肋骨隔着我的皮肤如同瘦骨嶙峋的手指般突出。我的头发湿乎乎乱糟糟地垂在背后，我用手指努力想把它捋顺。

我从小到大只穿牛仔裤、T恤衫、短裤和牛仔靴，这类衣物如果被我弄脏了，沾上东西、撕开口子、或是在膝盖上磨出窟窿，我不会愧疚，我根本毫无感觉。更衣室里的衣服全都有扣子，有领子，蕾丝袖口或是在牛仔裤翻边上缝着鲜艳小花。这是在希拉·阿尔特曼的学校里女孩们穿的衣服，她们放学后从不会被溅到，绊倒，也不需要打扫马厩。我潜入它们之中，因为面料的轻巧，柔软，以及滑顺的反光而颤抖。

我照着镜子看着自己——尺寸恰到好处，漂亮的衣服如同为我量身定做。我换上一套衣服再照镜子，我把手举到身体两侧，扭身从不同的角度看着我的身体。我蹲下身子，然后踮脚站起，双手举过头顶——这是我伸手时候的样子。我撅起一侧髋骨把手叉在腰上，这是诺娜经常站的方式。然后我坐在更衣室角落的一个小凳子上——这是我坐下时候的样子。

我扭身看再扭身看——这是我从右边看，从左边看，从后边看时候的样子。然后我想象戴尔玛先生正注视着我。我身穿新衣服走在高级英语的课堂里，穿过教室，坐在桌边。一阵缘于兴奋的令人哆嗦的慌乱袭遍我的脊椎，我整个身子在我眼前颤抖着恢复了生气。

我走出更衣室，我父亲和帕蒂·乔正站在外面等着。"怎么样？"帕蒂·乔问。

我的手臂上沉甸甸地堆满了衣服，我把它们一股脑塞给帕蒂。"这些我都要。"我对她说"我还要鞋子和耳环，我要穿着新衣服回家。"

我父亲先是扫了一眼那堆衣服，然后是我的脸。我知道他正在脑中衡量，盘算着是不是有点过分，我是不是在趁火打劫。但是还没等他得出结论，我就知道他的回答，我站在帕蒂·乔身旁等着他开口。"还有别的吗？"他扬起一条眉毛问，一周前在我看来它是一种警告。

"有。"我说，"我要剪头发。"

在发廊里，我父亲侧着身子坐着，在椅子里改变姿势调整他的石膏模令人别扭的角度，一边心不在焉地翻动着女性杂志。帕蒂开车带我们来到镇子的另一端，她自己剪头发的地方。"我的女朋友是最棒的，"她保证说。

我看着镜子，她站在我身后正跟发型师讨论。"别剪太短。"她说，她的女朋友点点头。

帕蒂·乔的手指划过我的头发，示意最终的长度。"剪掉开叉的发梢。"她指点道，"再打薄。"

我坐在椅子里望着镜子里的自己，她们在我周围转来转去仔细琢磨。这是我湿着头发时候的样子。这是我眨眼，咽口水，扬起一条眉毛时候的样子。

"也许有点层次。"帕蒂的女朋友问，"增加点动感。"

"脸两侧打薄。"

"对。"

剪刀的刀刃衬着我的黑色头发闪着银光，剪去了开叉的发梢，然后打薄。"你妈妈对发型很有研究。"女朋友说。在镜子里，我看见我父亲抬起了头。

帕蒂绷紧了脸。"噢。"她紧张地笑着说，"我只是他们家的一个朋友。"

我盯着镜子里的自己，帕蒂的女朋友动作麻利地修剪，用手指捏着我的头发忽而举起忽而放下。她没有继续追问，为什么家庭友人会出钱让我剪头发，为什么她会作出指点，或是用她气味芬芳的汽车载着我们冒雨来这儿。我也没有追问。我刚才站在帕蒂身旁，看她替我的新衣服和新鞋子，以及她在我耳朵旁、喉咙上来回比划看哪样更衬我的皮肤而最终挑选出的细巧闪光的首饰付钱。结果，我那焕然一新的衣橱花去了比我父亲和我整个月的伙食费都多的钱，花去了比我曾见过的父亲任何一个白信封里都多的钱。可帕蒂打开皮包，在各种各样的卡里挑出一张金卡，甚至都不抬眼仔细分辨。

她这么做，是因为她被我在马秀中的表现所打动，或者是因为她被我发现她把我父亲的手含在嘴里而感到羞愧。她在奖励我或者是在贿赂我。也许我应该感到不妥。也许我应该婉言谢绝，告诉她我不需要她的钱，她的好品味，她做头发的女朋友。但是当我想到这些，真正坐定了思考从头至尾的整个情况，我的结论是：我赢了"驾驭"组的比赛，赢得公平赢得坦诚。我干活、流汗、清扫马厩，吃纸巾裹着的油腻食物，夏天最热的时候住在一栋没有空调的房子里。我穿着不合身的衣服，对我不喜欢的人热脸相迎。这些好东西是我赚来的，每一件都是如此。所以，不如让它继续。

我们离开发廊后，帕蒂·乔带我们去吃晚饭。我们坐下，就我们三个，坐在一个舒适的座椅里。她给她自己和我父亲点了一瓶红酒，而我吸着用真正的樱桃做成的樱桃可乐。屋外，大雨砸着玻璃窗，道路上涨满棕色的雨水。但是屋里，烛光在洁白的桌布上摇曳，侍者扎着黑色的领结。我们的牛排在我们的盘子里滋滋冒油，如此柔嫩多汁，我几乎不用嚼就能咽下去。

账单送来后，我父亲眯缝着眼睛，看了看。"老天爷。"他轻声说，"我这辈子在一顿饭上花的钱最多也就二十美金。"

帕蒂·乔俯身笑了起来。"可怜的乔迪。"她说着，将最后一点酒分在了她和他的酒杯里。"干了所有的活，错过了所有的乐趣。"她伸手去取他拿着的账单，她的手在他的手上方踌躇了一下，最后落在账单上，把它从他指间抽走。我父亲低头看着他的手，看着她几乎触摸到的地方，在烛光中涨红了脸。隔着桌子，我忽左忽右地晃着脑袋，感觉我脖子后面头发干净清爽光滑地掠过，假装没有看见。

回到家，我把新衣服铺在床上，在镜子前像个模特般慢吞吞地展示每一件。我扯起脸上的头发把脸颊周围理顺，然后尽可能快速地旋转，让发梢掠过我的肩头划出扇形的弧度。我在浴室的水槽下面翻出一套诺娜丢下的化妆品，我盘着腿坐在柜子上，尝试那些小管子和发白闪光的扑粉。

一天内，我记住了我们家每一处反光的表面，浴室和我房间里的镜子，在日光下从外向里看、在黑暗中从里向外看的窗户。放瓷器的柜子前面的玻璃嵌板勉强可以照出我身体的轮廓，但仍旧可以充充数。

学校终于重新上课，早上，我慢吞吞地准备，在我一衣橱的新衣服里仔细挑选。雨势已经减弱，但是地上仍旧潮湿泥泞，我蜷着脚趾穿上旧鞋，把新鞋放进包里。到学校后，我在女厕所换上新鞋，把沾上泥的旧鞋藏在我储物柜的最底下。

"哦啦啦。"扎克·波普跟一伙八年级男生一起经过时说。我目不斜视，不予理睬。在高级英语课上，我跟往常一样穿过教室，坐到座位上。我始终低着头，假装在我的家庭作业上做最后的补充。但是当戴尔玛先生点到我的名字，我抬起头直视他的双眼作出回应。教室里其他的人可能都没察觉，他停顿了一下。我们的眼神锁在一起，他的嘴角微微上扬，一抹不易被察觉的神秘的微笑。然后他眨眨眼。只是一瞬，甚至更短，之后他便垂下眼睛重新看着点名册，从他的名单上读出下一个名字。

在自然科学课上，詹尼丝·里德丢下自己的本生灯①跑到我跟前。"我在找你。"她说。

"现在找到了。"我对她说，"劳有所获。"

詹尼丝的头发用粉色和蓝色的小绒球扎成一束乱蓬蓬的马尾辫，她的指甲被红色记号笔染成了一道一道。"你看上去不一样了。"她说。

我朝我的本生灯低下头，努力让自己看上去正专注于试验。"是么，我没有。"我嘟囔道。

詹尼丝手臂交叉叠在胸前，眯着眼睛，隔着她那有些磨花了的防护眼镜镜片看着我："我知道。"

一股寒意颤动着袭过我的脊椎，我扭头感觉自己的头发滑过脖子后面，轻轻的亮亮的。詹尼丝·里德是被取笑的对象，大家都这么觉得。她的话毫无意义。

我用笔点着我打开的自然科学书。"我还没做完。"我说。

詹尼丝斜眼看看钟，盘算我是否还有足够的时间，然后爬上我身旁空着的椅子。"我在跟我的朋友们聊天。"她对我说，然后顿了一下，扬起眉毛拧出一个尖，"你知道的，艾比盖尔，莎伦，还有珂林。我告诉她们，你姐姐跑了，你妈妈得了癌症，你爸爸不得不开校车来养家糊口。她们说可以让你跟我们在一张桌子上吃午饭。"

詹尼丝向后靠在她的椅子里等着我的感谢之词。我想象穿过餐厅

---

① 本生灯（Bunsen burner），一种实验室使用的煤气喷灯。

走到波莉的桌子，坐在她椅子里跟她的朋友们交谈。但是我不明白这有什么意义。她们没有人跟我花同样多的时间想波莉。她们没有人知道戴尔玛先生。她们也许只是她吃午饭时坐在她身旁的女孩，但是她们没有人像我一样了解她。

而且，詹尼丝·里德把成串的回形针当项链戴，穿着有尼龙粘条的紫色鞋子。我不需要她的施舍。

"谢谢，但是不用了。"我说。

我能感觉她的思维在她的头脑中转着圈，为我寻找理由。我姐姐跑了。我妈妈得了癌症。"我为你感到难过，艾莉丝·维斯顿。"她终于说，"是真话。"

放学后，我在女厕所等到其他人都离开，然后换回我的旧鞋子。回家路上，涨得满满的运河在我身旁奔腾，不停地吞咽，将水溅到岸边，天空在上方发出低沉的咆哮。"我送你去吧。"那天早上我父亲爬上校车的时候对我说，但我拒绝了。现在我在野草丛中缓慢前进，双眼始终盯着运河。

每天晚上在电视上，他们都会尝试预测峡谷所遭受损失的程度。大雨过后的修复工作可能需要几年才能完成。在山上，成块的泥土滑落，使得泥石流如同河水般冲下山崖，掀起了树木和石块，吞没了所经之处的一切。在峡谷边缘地区，车毁屋损。整段的道路被彻底冲走。他们告诉我们，最困难的时候已经结束。几天后阳光会重新闪耀，家园将被重建，道路会被修复。

但是在运河旁，如此的承诺无迹可寻。河水奔涌，凶猛而又饥渴。我想象它升腾，在整个峡谷蔓延直至镇子消失，如同一艘沉没在海底的船永远失踪。也许当这一切真的来临，我会漂到水面。也许在我背包里已经变旧变脏的蓝色缎带，以及对于我在表演场内的记忆——我轻盈的身体，彻底的完全的沉默——足够将我托起。我会从上往下看着镇子在水中的残骸，竭力提醒自己住在那儿的时候是什么样，竭力辨认大雨来袭前一切旧的事物消失前曾经是我家的地方。


"你有什么真正擅长的事情吗？"

"没什么。"戴尔玛先生对我说。

"你网球不是打得很好么？"我问。

"不。"他说，"我只是在大学里上过这门课。"

"可你是学校网球队的教练。"我说。我很小心——这是开学后我们的谈话距离波莉·凯恩最近的一刻。谈话顿时变得沉重而脆弱。我不想跨越那条会打破一切的界限。

"这是规定之一。"他说，"每个教师都必须承担一部分课外的工作：校报，法语俱乐部，年刊——"

"年刊糟糕透顶。"我打断道。

"我想还得费不少工夫。"戴尔玛先生说，"网球队只有几个月的时间，而且我们没有真正的球场。所以我选了它。"

这跟我对他的想象不相吻合——我对任何成年人的想象，他会因为花费的工夫最少而做出选择。我突然想到帕蒂·乔，花钱带我们上饭店吃昂贵的晚餐，想起了我父亲只不过想到了她的触摸便涨红了脸。可怜的乔迪，干了所有的活，错过了所有的乐趣。"可你喜欢教书，不是吗？"

"这不是我想做一辈子的事。"

一想到他可能会找到他更喜欢的事情，他可能会离开，一股滑溜溜的恐惧爬进了我的身体。"我觉得你是个真正的好老师。"我说。

"我喜欢教英语文学。"他对我说，"至少我觉得这很重要。"

除了看见他，英语并未对我的生活造成多大影响。我在数学课上学的东西偶尔可能有用。但是对其他人而言，我读了什么书或是我明白明喻和暗喻的区别，似乎并没有什么意义。"比美工课重要。"我说，"现在我们正在做鸟笼。可没人养鸟。"

"根本是浪费时间。"他说。

"有许多人一辈子就做同一件事。"我对他说。

"我知道。"他说，"我为他们感到遗憾。"

我努力想象我能做一辈子的事，任何我足够擅长、能让其他人付钱给我的事。我经常因为我写的字和像男孩一样从指缝间吹口哨的能力受到夸奖，但是从长远来看，这些技巧似乎不足以应付。

"我爸爸一辈子就做同一件事。"我说。

"他做什么？"戴尔玛先生问。

诺娜的衣橱里，她的衣服挂在小小的塑料衣架上，如同被遗忘的鬼魂。它们已经落伍，不再时髦。它们很便宜。"他是个教授。"我说，"他研究星星。"

"是么，如果你足够聪明能做那样的事，"他说，"你就不用四处寻找更好的事了。"

在我头上，一道茶色的污迹斜穿过橱顶，那是我们家屋顶漏水的地方。我描绘着如果拥有一个教授父亲住的房子。高高的天花板，杏黄色的地毯，绿色的草坪，车道两侧盛开的蔷薇。"他只做过这件事。"我对戴尔玛先生说，"他唯一擅长的事。"

"你很幸运。"他说，"你有良好的血统。"

乌云终于散去，太阳照耀着大地，水雾如蒸汽般升腾，为地平线罩上一层朦胧，在烟雾迷蒙的手指间盘旋卷曲，穿过清晨冷冽的空气。饱饮之后依旧有些懵懂的大地开始苏醒，地面覆上绿色和紫色，空气变得轻柔而又湿润。微风散发着花的气息，树木冒出粉色和白色的嫩芽。还未到十月中旬就已入春。

"这才是沙漠。"人们不停地说着，将手举向天空。

"对。"我父亲咕哝道，"不给你颜色看的时候，还真是个住人的好地方。"

在家里，马棚里的马们重又活跃，竖起耳朵在风中嘶鸣。即便是断奶后始终闷闷不乐的马驹，也在马栏里互相打趣地轻咬。马场仍旧过于泥泞没法骑马，下午的时间便在漫长与慵懒中度过。除了等地干没有其他事可做。帕蒂·乔仍旧每天都来。

她给我带来各种各样的东西：小发卡，装着紫色墨水的笔，一个如微微加热后的黄油般光滑柔软的皮背包。我们从没把此类交换真正当回事。"我觉得这在你身上会好看。"她会说，或者"我在橱窗里看见的，感觉像你的风格。"我会拿走礼物，耸耸肩表示感谢，然后把它扔到屋子里头，直到我有时间和私人空间仔细看它，用我的手指抚摸缝边，把标价牌在掌心翻来翻去，在镜子前慢慢地转圈。

帕蒂第二次请我们吃饭，我父亲不得不仔细考虑。他的班车路线结束得很晚，马也需要喂食。他拄着拐杖，驼着背，发根有些发潮，整个人显得又小又疲惫。他那条班车线路上的两个女孩经常晕车。

帕蒂·乔因为他的犹豫涨红了脸，举起手表示歉意。"为什么不？"还没等她开口，我父亲便说："我应该高兴一下。"

第三次她请我们吃饭，我父亲毫不迟疑："那赛过我们冰箱里的一切。"

她不断地邀请，他不断地接受。日常生活新增一项。父亲结束班车路线后，先洗澡再换上干净衣服，然后，湿着头发，脸刮得干干净净走到屋外。在餐馆里，我坐在他们中间或是对过，吃着法式焦糖布丁，猜测家里有什么新礼物正等待着我。

我们的晚餐如同培训。帕蒂每天带我们去不同的餐馆：寿司，泰国料理，法属波利尼西亚菜。我父亲和我学着她的样子，把餐巾铺在腿上，不让胳膊肘碰到桌子。一开始，我父亲用手掌托着红酒杯。现在他用手指捏着杯脚，喝前晃动酒杯。即便他很努力，效果仍旧不佳。他的手上长着老茧，他的指甲沾着永远清洗不去的积垢。虽然他晃动酒杯咽下红酒，他的眼睛不时瞥向帕蒂·乔，从她的表情判断自己的表现。通常情况下，我父亲不是个会吃沙拉的人，也不是个会碰蜗牛，或是鳗鱼，或是任何粉色食物的人。但是在帕蒂·乔的推荐下，他把它们放入口中，用舌头卷着吞了下去。

饭桌上，帕蒂会把面前的食物与她在其他地方吃到的东西相比：她在纽约吃的牛排，巴黎的鹅肝，东京的生鱼片寿司。她说话时，我父亲会放下刀叉，朝后靠在椅子里看着她回忆她曾去过的每个地方，他永远也去不了的每个地方。帕蒂的儿子在加利福尼亚上大学，她向我们描述她在那儿的所见所闻，不同的商店和餐馆，所有在沙漠峡谷难觅踪迹的事物。

"我们去过加利福尼亚。"我父亲说，为能与帕蒂·乔有共同点而自豪。

"那地方棒极了，不是吗？"她问，我父亲点点头，"你们住在哪儿？"

"哦，"他说，"我们没有住在那儿。我们只是开车经过。"

帕蒂斜侧着头想了想，然后示意侍者再拿一瓶红酒。

"希拉从加利福尼亚来。"我说，"他们搬到这儿来让她爸爸赚更多的钱。"

帕蒂笑了起来。"哦，小甜心。"她说，"那可不是他的钱。"

"不是？"

"老天爷，不是。阿尔特曼不过是个区区大学教授。他没有什么真正的钱。"帕蒂挑起一侧眉毛，冲我扬起下巴，仿佛这是显而易见的，"那儿所有闪光的东西都属于他老婆。"她压低声音，"她生在一个好人家。"

我不相信。阿尔特曼先生在大学里，他知道恒星行星和日蚀。我盯着帕蒂，疑惑什么才是真正的钱，谁又能赚到真正的钱？"你儿子在大学里学什么？"我问。

"他想做医生。"帕蒂对我说，翻着白眼，仿佛她儿子这么做就是为了气她。"别误会。"她补充道，"这是高尚的职业，老生常谈。但是医生们都是怪人，说着另一种语言。现在埃里克斯回家和他父亲坐在一起说啊说啊说，我一个字都听不懂，不明白他们在说些什么。"

我父亲在椅子里挺直身子,我想这是他对于帕蒂·乔提到她丈夫的反应。在我们饭桌上的谈话里,有两个从不被触及的话题:那个付钱的医生,还有我母亲。但是我父亲隔着桌子朝我做了个手势。"艾莉丝可以做医生。"他说,"她的脑子挺好使。"

帕蒂的眼神落在我脸上,她露出了微笑。"艾莉丝·维斯顿,"她说,"你想做什么?"

这个问题因为帕蒂的嗓音显得梦幻,充满了种种可能。我想好好回答。一些浪漫的特别的事。在学校里,我们做过帮助我们决定职业方向的测试。我们用了一整个下午涂抹圆圈,显示我们有多喜欢小孩,户外运动,以及在商店里工作。但是最终徒劳无功。软件的一个小故障使得电脑在每张表格上得出了相同的结论,预测整个学校的每个学生长大后都将成为海洋生物学家。

"我不知道。"我最终说。帕蒂隔着桌子伸出手,用她食指的指关节碰了碰我。

"这样是最好的。"她对我说,"你可以慢慢来。整个世界正向你敞开。"

我吃着她点的食物,穿着她买的衣服。相信她让我感觉轻松。

于是,我们继续假装我们是一家人。每天马场的地都会干一些。很快希拉·阿尔特曼就会回来,为下午的骑术课做好准备。"鲶鱼"们会拥进马棚弥补失去的时间。这个表演季最后一场马秀曾被无限期延后,但是会重新确定时间。我父亲会替我报名参加"驾驭"组。我得再来一次。

但是这一刻，我们吃着喝着，谈论着除了我们是谁我们为什么一起出来之外的任何话题。如果帕蒂·乔注意到邻桌女人扬起的眉毛、或是她伸手接过账单时侍者的再次打量，她就不会继续。而我逐渐习惯于亚麻餐巾和替我拉开椅子的侍者，似乎事情一直如此，似乎事情永远如此。

当然，这无法持续。当然，我停止思念她的那一刻正是她回来的那一刻。

# 第十一章

ᕲ

停在我父亲校车旁的可能是任何人的小型旧货车。"谁的车？"帕蒂把车开进我们车道的时候问，我父亲摇摇头，笨拙地支起拐杖走出车门。他没有回答，帕蒂在驾驶座上扭过头："艾莉丝？"

货车在照明灯下闪光，绿松石色的车身上反射出白色的条纹。"我不知道。"我嘟囔着，跟着我父亲下了车。

我们穿过后门，他们正在那儿等着我们，坐在我们的家具上，喝着我们冰箱里的汽水。我姐姐比我记忆中的要瘦小。她用手臂环绕我的肩头拥抱我，我能感觉她凸起的锁骨抵着我的喉咙，她的肋骨隔着她的背心根根分明。"你长这么高了。"她轻声说。

在她身后，杰瑞坐在餐桌旁，双手捧着他的汽水罐。"还记得杰瑞么。"诺娜对我们说，杰瑞抬起眼睛，侧着脑袋微微点了一下。

诺娜朝我父亲走了一步，然后停下，弓着肩把手插进口袋里。我等着我父亲说些什么，问她她去了哪儿，为什么不写信，为什么过了这么久她觉得这儿仍然欢迎她。但是他支着拐杖站稳身子，什么都没说。

"我们需要一个住的地方。"诺娜说,她凝视了我父亲片刻,他眨眼表示同意。

"你不打算问问他的脚?"我问,诺娜朝我转身。

"摔伤的。"她说,"妈妈告诉我了。"

"你跟妈妈说过话了?"一切都发展得过于迅速。一切都错了。

"你们不在家。"诺娜说。

"我们跟一个客户在一起。"我父亲说,我真想一脚踹走他支着的拐杖,"我们去了哪儿根本无关紧要。"

"我知道。"诺娜说,"妈妈告诉我了。"

杰瑞在座位上调整了一下姿势,我盯着他,试图发现他有没有受什么伤。我父亲总说杰瑞会在牛仔竞技比赛中摔断脊椎一辈子残废,诺娜只好灰溜溜地回家。但是杰瑞头也不抬地吸着汽水。他身上没什么地方看上去像是摔断了,或是残废了。

"我们把东西拿进来。"诺娜终于说,杰瑞因为这条提议站起身。

"艾莉丝可以帮忙。"我父亲说着,并不看我。跟我姐姐单独在一起的时候,他会刨根问底,把该说的话说出口。于是,我跟着杰瑞走出门。

我们从来没有被互相介绍过,从来没有跟对方说过话,我等着他冲我歪歪脑袋,说他听过我的很多事,或者解释一下他们为什么回来。你姐姐想念她的家人,我没办法再留住她。她想读完高中。她想再参加马秀。但是他爬上货车,一个字都没说。

他们的东西不多，一个破旧的帆布包和几个纸板箱。我靠在校车上，袖手旁观杰瑞把箱子扔到地上。他背对我的时候，我踮起脚尖，朝车窗里张望。驾驶室里随处可见汉堡包的包装纸以及空烟盒。一条脏得发黑的毯子在地上揉成一团，仪表盘上一张交通图皱巴巴地压在我姐姐的一双袜子下面。

搬空车厢后，杰瑞走进驾驶室，在地上的垃圾中窸窸窣窣地翻找，晃动烟盒直至找到一盒发出响声的。他的鞋跟被毯子绊住了，在黯淡的粉色上抹下一道月牙形的泥印。他弯腰伸手让自己的脚从这团混乱中解脱出来，毯子被扯到一边，露出了一根黑色的杆子。一开始，我觉得它像一根手杖，我用手掩住脸的四周透过窗户想看得更清楚。

也许杰瑞还是受伤了，身体的一部分被碾得粉碎，他每迈出一步都在掩饰席卷他全身的痛楚。但是当我眯着眼睛朝车里看，我发现那根杆子像手臂一样弯成一段光滑的有弧度的木头。那不是手杖，它的形象在我脑中闪过，我猛地脚跟着地，顿在地上。

透过车窗，杰瑞与我定格在对方的目光中。电影里只有两种人会有枪：英雄和罪犯。杰瑞在货车里俯身，一把把毯子拽回原处，然后走下车，锁上了身后的车门。他转身看着我，我能感觉恐惧如同冰水般在我胸口向上涌。杰瑞不是个英雄。

我等着他对我说我看见的并非我想象的，这跟我无关，如果我对别人透露一个字，他就会把我的心脏从喉咙口扯出来。但是杰瑞弯下腰，把帆布包和箱子全都捧在手臂上，转身向屋里走去。

屋里，诺娜和我父亲站在房子的两端，不看对方，也不说话。杰瑞把箱子堆在楼梯旁。我的心脏在胸腔里飞速旋转，我的思想如同斑斑点点的油漆模糊成一团。杰瑞和诺娜不是来做客的。他们要搬进来。他们会在我们的餐桌上吃饭，在我们的浴室里洗澡。突然，所有未被回答的问题，所有未说出口的解释，从我的脑海中退去，因为我意识到他们将会呆在诺娜的卧室里。

"我需要一台电话。"我说，他们三个一起转身看着我。

"什么？"我父亲问，透过客厅昏暗的光线冲我眨着眼。

"我需要一台电话。"我重复道，"在我卧室里。"

"我想我可以从诺娜的房间里拉一根线。"我父亲说，"可我得去商店买点材料。"

"我今天晚上就要。"我对他说。如果父亲让我解释，我就说高级英语太难了——我每天晚上得给班上的同学打三四次电话才能完成家庭作业。每次的对话都很长。拖拖拉拉。我没办法用客厅的电话——我得集中注意力。

可我父亲似乎因为我的要求而得到解脱。他从口袋里摸出钥匙，转身走向大门。"别忘了买电话机。"我在他身后喊，"除了粉色的什么都行。"

杰瑞走到屋外抽烟。诺娜把两条细细的胳臂环在胸前看着我。"你有个秘密。"她说。

我姐姐笑了，但她的脸颊凹陷，眼睛下面的皮肤发灰松垂。"我有许多。"我对她说。

诺娜翻翻眼："我离开得没有那么久。"

我不知道怎么回答。我姐姐走后，世界已经不同。马被买来卖走。

骨折。诺娜没赶上干旱，也没赶上洪水。现在我们站着，中间隔着时间的峡谷。没法告诉她她走了有多久。没法从头开始。

"为什么回来？"我问。她的眼睛微微眯起。

"因为我回来了。"她说，"有问题吗？"

"没有。"我对她说，"我只是觉得你应该有一个更好的理由。"


此后的几天，我姐姐一直在睡觉，间或从她的卧室里出来给自己搞一盘吃的，或是半梦半醒地坐在门廊秋千上抽着烟，毫无目标地盯着牧场。我父亲带杰瑞在马棚转了一圈，指给他看我们放饲料、马具和梳洗工具的地方。杰瑞低头垂脑地一路跟在后面，除了偶尔嘟囔一句"是，先生"之外一言不发。

"我们是参加马秀的。"我父亲说，"我可不想在这儿看见什么牛仔竞技的玩意。"

"是，先生。"

杰瑞像个姑娘般皮包骨头，手臂羸弱，双腿弯曲，在我父亲宽阔的肩膀旁如同一只营养不良的小虫子。

"我们的客户都是上等人。"我父亲补充道，"所以，随时保持干净。"

"是，先生。"

"我看差不多了。"我父亲终于说，他斜眼看了看杰瑞，表示既不喜欢，也不信任他，"如果你有问题，诺娜能帮你解决。她知道在这儿该怎么做。"

可诺娜根本没有插足马棚。有时她下午从睡眠中醒来，双眼迷蒙，头发杂乱，游荡进我母亲的房间，然后把赤着的脚架在床头柜上，对着窗外吞云吐雾。尽管早上她很少把眼神落在杰瑞身上，但到了夜里，他就会爬上楼进她的房间。我醒着躺在床上，听着一墙之隔如同海浪般膨胀的他们的呼吸声，那些放纵的痛苦的喘息，思考究竟发生了什么让他们回到这儿来。

"他们打算呆多久？"我问我父亲。

"我不知道。"他说，"呆一阵吧。我觉得，她在身边你会高兴。"

我的思想在脑中急速旋转。我姐姐走了，留下了一片空荡荡的世界。可她的突然出现与她的突然消失一样让人感觉别扭，有什么东西硬生生地挤进了原本它不属于的地方，就像马棚前的那辆校车。

"他们为什么回来？"我问，我父亲深吸一口气。

"他们需要一个住的地方。"他说，"我应该怎么回答他们？不行？去住在水沟里？"

杰瑞有一辆货车。他们似乎并不会非得睡在地上。"他们在我们的房子里做爱。"我说，"你知道吗？"

我父亲跳了起来，仿佛我朝他身上泼了冰水。"天哪，艾莉丝。我可不愿把事情想成这样。"

"我也不愿。"我对他说，"所以我觉得你应该让他们到别处去。我们知道些什么，杰瑞没准是个连环杀手。诺娜没准像帕蒂·赫斯特①被洗脑了。我是说，我们为什么这么久都没有他们的音讯？"我

---

① 帕蒂·赫斯特（Patty Hearst，生于一九五四年），美国七十年代报业大亨威廉·兰道夫·赫斯特（William Randolph Hearst）的孙女，遭恐怖组织"共生解放军"SLA 绑架后却公开声称支持该组织，并与该组织一名成员坠入爱河，参与了该组织的多起活动，被逮捕后称自己被洗脑。

父亲伸出一只手，在我的下一个问题即将出口前制止了我。

"他们回来了。"他说，"这是我得到的唯一答案。"

没有人给我解释，我开始想象我自己的答案。所有可能驱使杰瑞和诺娜爬上他们破旧的货车、穿越美国宽广的土地、最终来到我们家后门的情节，我在脑海中像放电影般全都过了一遍。

下午的时候，我悄悄推开诺娜的房门，看着熟睡中的她胸口一起一伏。她的腹部在T恤的缝边下倾斜，她的肚脐在她髋骨间洁白的凹瘪处下陷。她睡得近乎痴狂近乎饥渴——张着嘴，舌头品尝着卧室里拂过嘴唇的浑浊的空气。在她醒着的时候，我姐姐昏昏沉沉、无精打采，反应迟钝，轻易便会忘记自己的存在。她只穿着胸罩和内裤便游荡下楼，然后眼神空洞地盯着打开的冰箱。可她的睡眠充满焦虑，身体摆动，嘴唇颤抖。这可不像一个刚度完一年蜜月回到家的姑娘会有的睡眠。这可不像在她写的信的空白处画上笑脸的姐姐。

我想到了毒品。我想象诺娜和杰瑞结识了一群不良的牛仔竞技选手，整夜整夜地呆在黑乎乎的屋子里注射海洛因，如同席德·维瑟斯和南希·斯庞根①一样慢慢变得骨瘦如柴。我想象另一个牛仔神魂颠倒地爱上了我姐姐，醉醺醺的危险分子杰瑞妒火中烧拧断了他的脖子。我想象他们就像邦妮和克莱德②一样，一起抢劫银行后开车穿越美国，迷失在犯罪以及威士忌的狂欢中，手枪在他们的控制下如同他们的第

---

① 席德·维瑟斯 (Sid Vicious，一九五七——一九七九)，是英国著名的朋克摇滚音乐人，南希·斯庞根 (Nacy Spungen，一九五八——一九七八)，是他的女友，两人均为毒品吸食者。后席德被指控杀害南希，在保释期间因吸食高纯度海洛因而死。

② 邦妮 (Bonnie) 和克莱德 (Clyde)，是三十年代横行于美国得克萨斯的一对雌雄大盗，经常持枪抢劫银行，后被击毙。他们的故事曾被改编成电影《雌雄大盗》(Bonnie and Clyde)。

三只手。

"我们太想看看你神秘的姐姐了。"贝西在马棚里对我说。"鲶鱼"们终于回来了，马场仍旧太湿不能骑马。于是，她们站在周围，喝着纸杯里的酒寻找谈资。

"她一个劲儿睡觉。"我说。

"是么，"贝西低声说着，朝马棚后面投去一个暧昧的眼神，杰瑞正在那儿朝"小情夫"的马厩里铲锯末，"他把她累坏了。"

在马场的基本维护方面，杰瑞就像台机器。每天下午，我放学还没到家，他已经带着我们的表演马锻炼完毕，并且清扫了所有的马厩。他不高大，身板瘦小，但他可以若无其事地拎起大捆干草，一手一捆，然后就像我把枕头从床的一头扔到另一头般毫不费力地一甩。

"显然他精力充沛。"杰西补充道，余下的人冲着纸杯发出格格的笑声。

帕蒂·乔置身于这场谈话之外，心不在焉地检查着她的梳洗工具，一边望着马棚前的那条道路。有杰瑞照看马，我父亲接下了更多的开校车的活，来回运送参加比赛的运动队，在邮局接野外考察旅游的学生。有时，他很晚才回家。

"我猜他们没钱了。"贝西轻声说。我挺直了身子，等着听她分析。也许杰瑞只不过是个平庸的牛仔，他获得的胜利没法让他们住旅馆吃牛排。也许恶劣暴躁的脾气让他被禁止参加比赛。

但是还没等贝西开口，帕蒂·乔转过身直视着我们，"我想这与我们无关。"

"鲶鱼"们沉默了，她们的眼神忽左忽右，不出声地交谈着。"好吧，"

贝西强作轻松地说，"算我胡说。"谈话自然地转移到了其他事情上。

"也许你姐姐病了。"第二天希拉对我说。这是下雨以来，她第一次到马棚来。跟马一样，她似乎也因为被闷了这么久而坐立不安，脾气急躁。她在"帽子"身旁绕着圈，不悦地看着它鬃毛里起的结。"我希望我不在的时候，你们一直在照顾它。"她说。

"诺娜会得什么病呢？"我问。我从没想到过生病。

希拉踮起脚，舌头从嘴角一侧探出来，努力用手指把那些结理顺。"腺热会让人睡得很多。"她对我说，"得这个病是因为你亲了别人。"

"你怎么知道？"我问。

"学校里教的。"

似乎挺有道理。希拉的学校比我的好。在我的学校里，他们只告诉我们怀孕的事。"是么，这不可能。"我对她说，"杰瑞够健康的，而他是唯一可能让她得这种病的人。"

希拉停下手，开始清理马梳。她若有所思地拧紧了眉毛。"你能确定吗？"

希拉还没看过诺娜一眼，但我可以感觉到她内心的冲动，成为"帽子"更好的主人的冲动。新的一幕闪过我的脑海，诺娜左拥右抱地亲吻牛仔们，得了病，回来睡觉等死。

"她知道了，是吗？"希拉问，眼神瞥向房子，"我和'帽子'的事？"

我以为马棚是诺娜走下杰瑞的货车后会去的第一个地方，我以为她在进屋前会先奔向"黄帽子"的马厩。但是八天了，她都没有在马棚里走上一步。她都没有问起过它。

"好吧，这没关系。"希拉不等我回答就说，"反正她丢下了它。她没有理由奢望它仍旧是属于她的。"


"你听说过腺热吗？"

"那种通过亲吻传播的病？"戴尔玛先生问。

我的思绪游回到治安队的舞会，扎克·波普舌头的味道，仿佛搀着灰的啤酒，他开裂的、粗糙的嘴唇按在我的嘴上。显然疾病就是这样传播的，陌生人亲吻陌生人，直到大家离去，回到自己的卧室，关上门，拉上窗帘沉睡，最终将世界留给了它自己。但是治安队舞会是一个多月前的事，我并没有感觉到对于睡眠的需求增长。况且，扎克·波普既非特别聪明，也非格外英俊。我可能是唯一亲过他的人。

"会致命吗？"我问。

"只是睡得很多。"戴尔玛先生对我说，"怎么了？"

我努力思考如何才能跟他说起我的姐姐，说她离家远行，然后疲乏困顿、萎缩干瘪地回家，让那个曾经使她抛下我们的男人给我们的生活施加负担。戴尔玛先生能解释事情。他会想出我没有的主意，单凭我一个人的力量永远也无法想出的主意。可我不知道如何解释，如何开始在我为我自己创造的新生活，我为他创造的新生活中编造诺娜的故事。

"你没得吧？"他问。

"没。"我对他说，但这一推测使一抹红色爬上了我的脖子。在戴尔玛先生的认知里，我可能是个男孩们排队等待亲吻的女孩。在那个生活中，我父亲研究星星，我母亲召集商务会议，我从小到大身着昂贵的衣服，去专业发廊花钱修剪设计我的发型。波莉·凯恩和我在对方的家里过夜，整晚不睡觉，谈论我们觉得可亲可爱、或是睫毛浓密的男孩，亲吻我们的手作为练习，为我们都不会拥有的生活做准备。

"这是个危险的世界。"他说，"你得小心。"

"你小心吗？"我问。

他停了一下，嘶嘶地划着一根火柴点燃香烟。"如果综合考虑各个方面，我得说我很不小心。"

戴尔玛先生读书教网球。我提的问题他总能回答。这不是不小心。不小心的人跟陌生人结婚。他们忘记自己孩子们的年龄。他们有枪，或者是看上去像枪的东西，用一块脏兮兮的毯子盖着藏在货车上。他们在一个无风的日子里走到水边，滑倒，跌落，独自死去。"我不相信。"我说。

他叹了口气，我感觉我们之间有什么正在流动，一种悲哀透过我新买的电话线蔓延。"你不了解我。"他终于说，我的胃里仿佛灌满了铅。

"我知道你聪明。"我对他说，"和蔼又风趣。我知道你是个好人。"

我能听见他在电话线那头的气息，空气在他唇间移动，越过他的舌头，进入他的喉咙和肺，而后化为沉默。他不动声色地思考着。"你是个可爱的女孩。"他终于说。我闭上眼睛，让这句话化作柔软的粉色字体浮现在眼睑后：可爱的女孩。"而且我知道你很孤独。"

在我的脑海中，那些字眼颤抖着改变形状和颜色，粉色逐渐黯淡成了沉闷的灰色。可爱离孤独并不遥远。一个字母就足以让它们完全不同①。

---

① "可爱"在英语中为"lovely"，"孤独"在英语中为"lonely"。

"我在学校里看见你。"他轻柔地说，"你一个人坐，一个人去教室上课。"

其他的女孩三五成群地坐在一起，俯身越过自己的桌子传递纸条，或是互相在头发上扎上珠子和缎带。她们因为彼此说的笑话咧嘴大笑，因为彼此获得的成功兴奋尖叫，因为任何共同分担的痛苦俯在彼此肩上哭泣。戴尔玛先生当然会注意到这些。他当然会注意到我没有这样一群女孩让自己加入其中。

"去年春天之后一切对你来说都挺不容易的。"他说，在每个字的间隔处，我能感觉到未说出口的话语的重量：我失去最好的朋友之后，波莉·凯恩死去留下我一个人之后，一切都挺不容易的。"可你很特别，这么不合群。你需要朋友。"

过去的艾莉丝·维斯顿从来不需要朋友。学校只是一份差事，打卡进入，消磨时间，打卡离开。作为一个孩子，我的生活围绕着马棚，我父亲和我姐姐。诺娜离开后留下了一个窟窿，在她离开的时间里，这个窟窿逐渐加深，改变形状。现在她回来了，我们全家人重又在同一个屋檐下。虽然我姐姐开始重新加入活人的世界，缩短了睡眠的时间，更多地在房子里漫无目的地游荡，我知道，我们永远无法回到她离开前的生活。即便我们能，那也不再是我想要的生活。

戴尔玛先生眼中的我的生活是它应有的样子，充满潜力和可能。在他看来，我聪明，我可爱，我特别。如果他觉得我需要朋友，那我就找一些。

第二天，凯利和雷切尔邀请我在她们桌上吃午饭。我跟着她们穿过餐厅，忽左忽右地甩着我的头发，对餐厅另一边詹尼丝·里顿跟随着我的沉甸甸的目光毫不理会。

跟拉拉队相处令人意想不到地简单。我要做的只是对她们所说的一切表现出厌倦，她们喜欢我。"选拔早就结束了。"雷切尔对我说，"可也许我们能为你临时修改规则，你会做侧手翻吗？"

我嚼着受潮发软的汉堡包，想象我跟其他拉拉队员一样，在学校有比赛的日子穿着红白相间的小裙子和某个足球运动员的运动衫，跟她们站在一起，用手指绕着头发，冲班上的那些同学皱起鼻子，仿佛他们是某种缓慢传播的疾病。我想象戴尔玛先生坐在足球比赛的看台上，望着场地里和其他拉拉队队长在一起的我。

嗨，我的名字叫艾莉丝，你别无选择

我会开着我的新劳斯莱斯把你撞翻

我十分确定我做不了侧手翻，可我耸耸肩，既不表示会侧手翻，也不表示有兴趣参加她们的组织。

"没关系。"凯利马上说，"你的头发非常亮。"

早上，我花了一个多小时在浴室里吹干我的头发，然后整理出发梢的造型，用的是帕蒂·乔在她做头发的发廊给我买的卷发棒——好的那种，她告诉我。"嘿，公爵夫人！"杰瑞在外面砸着门喊道，"快点行吗，我要撒尿。"

可我仍旧不慌不忙地抹上唇彩，然后扭身从各个角度检查我的头发。虽然我们的晚餐之约已经结束，帕蒂·乔仍旧给我带来礼物，趁其他"鲶鱼"不注意的时候，偷偷把装着耳环的小盒子塞到我手里，示意我到马具房里，然后给我一件新衬衫，一只银手镯，一双蕾丝翻边的粉色袜子。

"你去哪儿买东西？"我们在体操课前换衣服的时候，雷切尔问。

说实话，我根本不知道帕蒂的大部分礼物从哪儿来，只知道那些衣服光滑地贴在我的皮肤上，闻上去让人联想到有钱女人。"我妈妈经常出差。"我对她说，"我的大多数东西都是她在加利福尼亚买的。"

"你这个幸运的小贱货。"雷切尔倒抽一口气说道。我能感觉皮肤下我脸上的肌肉在僵硬——没有人叫过我贱货。但是雷切尔的眼里闪烁着赞许，我微笑着接受了她充满妒意的夸奖。

"真奇怪我们以前从来没有注意到你。"安米说，其他拉拉队长点点头，"我是说，很显然你应该跟我们在一起。"

接触之后，那些拉拉队队长跟其他人并没有什么不同。与大多数七年级女生相比，她们有更好的头发，画更浓的妆。但是跟她们坐在一张桌子旁，或是排队时站在她们身边，并不难发现从远处可能察觉不到的缺陷。安米的眼睛分得太开，鼻子在她脸上显得太长——她竭力涂抹厚重的胭脂和唇膏转移别人的注意力以掩盖这一事实。在雷切尔如蛋糕奶油般的粉底霜下，她的脸颊和额头上长着星星点点的粉刺。凯利的肚子很厚，如果她忘了吸气，就会从她牛仔裤的腰部挤出来。就我的感觉而言，那些拉拉队队长和她们从不与之交谈的女孩之间唯一真正的区别，就是她们吃午饭时坐着的地方。

"行了。"雷切尔说着，勾起我的手臂朝更衣室外走去，"也许我们从前没有注意到你，但是迟到总比不到好，不是吗？"

我并不特别享受跟她们在一起的时候，也没发现她们特别有趣或是滑稽，但是我点点头。我不被注意的那些年月，低头垂发，耷拉着肩，独自拖着步子在走廊里远去。不可能回到那个时候，因此也没意义再想着它们。今天，明天，以及之后的每一天才是真正重要的。知道我只要表现得像我自己就能胜过其他人，才是真正重要的。

星期五晚上，我父亲听说这个表演季的最后一场马秀已经重新安排在下个周末。星期六早上，他把我们全都召集到马棚，商量需要做些什么准备工作。我父亲近乎晕眩，跟阿尔特曼太太说话时笑得下巴向后扯，取笑贝西和杰西每次当我们中的一个获得名次或是赢得比赛时在看台上跳的舞蹈。"希望你们练好了你们的舞蹈动作。"他对她们说，"最后这场马秀我有感觉。"

我靠在马具房的门上，看着我父亲拄着拐杖在马棚里大步穿行，一边微笑着开玩笑。他当然对最后一场马秀感觉良好。诺娜回来了。

"鲶鱼"们无所事事，不停地检查马具和梳洗工具。帕蒂·乔站在她们中间，时而点头时而大笑，但她的眼神移向我的父亲，看着他跟阿尔特曼太太讨论下几周课的学费。

我姐姐走进马棚，大家都安静下来。她光着脚，油腻腻的头发束成一个发髻。她站了一会儿，冲"帽子"的马厩眨着眼，希拉正靠在它的肩上，用她的手指抚摸着它鬃毛的末梢。诺娜凝视着杰西贴在马棚墙上关于希瑟克里夫敏感鼻窦的一条告示，点燃了一根香烟。"你叫我出来。"她对我父亲说，双唇间斜吐出一条烟带。

如果我父亲注意到了她的凝视，注意到了我姐姐走进马棚后突然降临的怪异的安静，他是不会继续的。"太好了。"他咧嘴笑着说，"大家都到齐了。"他向大家介绍诺娜，希拉突然变得害羞，盯着她的脚，紧张地偷偷瞥着我姐姐。

我父亲开始介绍希拉和阿尔特曼太太，解释他的新计划。在最后一场马秀前诺娜给希拉上几节课。她对"帽子"的了解胜过任何人，他说。她可以在"展示技巧"上帮忙。阿尔特曼太太看着诺娜抽着烟，笑容逐渐凝固。"好吧。"她过了一会儿说，"应该不错。"

"你怎么说？"我父亲问诺娜。

她的眼神落在"帽子"绣着姓名首字母的毯子和刻着它金色名字的笼头上。在它的马厩里，希拉低眉垂眼地站着，她的金发中分为二整齐地别着闪闪发亮的发卡。"随便。"诺娜说着转身回屋。

人群散了开来，我跟着我姐姐出来。我走上门廊台阶靠在护栏上，而她坐在秋千上，用手上的那根烟点燃了一根新的，然后把烟屁股扔到草坪上。"他妈的，他们干吗把它的名字弄得到处都是？"她问。

我望向马棚，担心阿尔特曼太太离得太近，无意中会听见——她不希望给希拉上课的是一个用"他妈的"这个字眼的人。

"爸爸会给你买一匹新马。"我说，诺娜抬起眼睛，直视着我。我希望她哭泣，喊叫，用纯正彻底的诺娜的方式发脾气，重新成为我记忆中的那个人。可她只是盯着我，表情空洞，眼神冷漠。

"我不在乎。"她说，"所有这些都跟我无关了。"

"马秀也跟你无关？"

"所有这些。"

"那你为什么回来？"我问。

诺娜的头向前微倾，双眼闭上，仿佛支撑头部所需要的力量对她而言都太多了。"在外面太难了，艾莉丝。"她终于说，"实在太难了。"

"在这儿也很难。"我对她说，她摇摇头。

"不一样。"

我开始反抗。诺娜不知道"帽子"的注册文件改成阿尔特曼家的名字时的感觉。她不知道她走后治安队成员看我们的眼神，为了不让他们的孩子接近我使用的方法，仿佛我感染了某种可能传播的疾病，会让镇子上所有的孩子在长大成人前逃离，给他们的家庭留下做不完的杂务和一堆债务，留下一个空洞饥渴的窟窿。她不知道死去的波莉·凯恩在浑浊发黑的运河水里踢蹬挣扎，离我每天回家走过的地方只有一步之遥。还有我父亲，三天后托起她的尸体运到干燥的地面却已无力回天。

但还没等我开口，甚至还没等我组织语句，她抬起了手。"你不明白。"她对我说，"外面不一样。相信我。"

于是，谈话结束。我还没机会告诉她帕蒂·乔和"鲶鱼"们搬进了马棚，逐渐把它占为己有，她们的生活与我们的生活互相纠结缠绕。现在当我环顾四周，没有什么足以让我快乐，没有什么足以让我说好。并非我不相信她。我完全相信她。外面的世界必须不同。必须。


我父亲给"亲爱的"套上龙头，带我去屋外骑马的时候，马场仍旧坑坑洼洼。我对父亲说，如果帕蒂或希拉在马场里，我就不训练"驾驭"。于是，他一大早趁别人还没到马场来就把我叫醒。

上次马秀后，我用了几星期在我头脑中平复"驾驭"比赛的影响，让我的肌肉在对速度和联系的回忆中，在获胜的狂喜中活动放松。现在，"亲爱的"的腿被它马栏里的淤泥染黑，鬃毛被雨水刷得发灰。骑马道凹凸泥泞，我试着让它绕场前进，它的头猛地上扬，四条腿滑动着将泥点溅到我的牛仔裤和靴子上。

缰绳从我手中滑落，我的脚掉出了马镫。我从眼角瞥见杰瑞靠在护栏上看着我，我的思想灼烧着陷入黑暗空洞的恐惧。"亲爱的"转个不停，时不时停下来将我从马鞍前端弹起。

"没事，没事。"我父亲不停地说，直到他最终将拐杖扔进泥地大吼起来，"妈的，艾莉丝，让它朝前！"

我不哭。不当着我父亲的面，不当着杰瑞的面。我牙关紧闭，努力回忆我在马秀上做的有何不同，努力重新创造那填满我脑海的空间。我闭上双眼，让我的思绪游回那天，我父亲的手在帕蒂·乔的唇边，他脸上的表情，宽阔空旷、尘土飞扬的表演场在"亲爱的"双耳间展开。但是现在这些回忆模糊了，破裂了，被礼物、衣服和在侍者将我称作"小姐、甜心、美女"的温暖餐厅的晚餐割裂开。我睁开眼，地面潮湿，天空上一缕缕白棉花般的云朵，杰瑞取代了欢呼雀跃的陌生观众，缩着下巴眼神平静。

我没法控制这匹马，没法将我的身体保持在它左摇右晃的背上。无论那天我在表演场发现了什么，无论我体内有什么长久隐藏的神秘东西，现在都统统隐退回我的骨头和肠子里，保护自己免受我的侵扰，让我又像从前一样毫无用处，轻易就能被遗忘。

终于，我爬下马背，我父亲接过缰绳，不看我一眼。我把"亲爱的"交给他，等着他说没什么可担心的，上次马秀前我也没有训练，但是看看结果有多好。可他拐着一条腿一言不发地将"亲爱的"牵回了马棚。我跟在后面，低着头，不想在经过时看见杰瑞的表情。

他在我身后几步跟着，我能听见他的脚陷入泥泞里的声音。但我没有回头看他，也没有放慢脚步让他赶上。我穿过马棚走到屋前，我姐姐穿着睡衣正在前门廊上抽烟。"怎么样？"她问。

杰瑞从我身后走了上来，把胳膊肘搁在栏杆上。"没问题。"我说。

诺娜抬起一只赤裸的脚伸向杰瑞的手，用一条腿保持平衡。杰瑞微微一笑，用手指捏着她的脚趾，她挣脱开，一屁股坐在嘎吱作响的门廊秋千上。"今天有什么大计划？"他问。

诺娜伸出手放在头顶，她绷紧的白色背心隐隐透出乳头的黑影。我尴尬地望向别处。"今天我得陪着那个有钱人家的姑娘。"她打着哈欠说。"让她在展示我的马的时候不那么蠢。"

杰瑞俯在门廊栏杆上，冲她的烟扬了扬下巴。诺娜点着脚跟朝前移动秋千，伸出手把香烟举到杰瑞嘴前。他猛吸三口，我姐姐举起脚，让秋千摆动着带她离开他的身旁。

"它不是你的马。"杰瑞说，"你爸爸把它卖给了希拉。"

诺娜的眼神移向马棚。"它是我的。"她说，"在我把眼神落在它身上之前它就是我的。它永远都是我的。"

"没有一匹马是无法取代的。"我说，诺娜撇了撇嘴。

"谢谢，爸爸。"

杰瑞走上门廊台阶，坐在秋千上我姐姐身边。她调整姿势靠着他，用她的腿缠绕着他的大腿。"况且，"我补充道，"希拉发疯似的爱着它。她不会把它再卖给我们。"

杰瑞把手放在诺娜的膝盖上，慢慢地打着圈摩挲着，诺娜把烟递到他唇间让他吸。"不管注册文件上的名字是谁。"诺娜说,"她根本骑不了它。"

"你怎么知道的?"我问。

"妈妈告诉我的。"

杰瑞的手顺着诺娜的腿向上移,用他的拇指抚摸着她大腿内侧。她闭上眼头向后靠在秋千上。我盯着他们,等着他们注意到我,意识到他们并不是在卧室里,等着他们停下。可杰瑞眼里只有诺娜,拇指继续在她大腿内侧向上移动,看着她嘴唇时张时闭,无声地咽下小口小口的空气。

"我不知道你为什么要问妈妈。"我说,我能感觉到鄙夷仿佛在我全身留下了上千个冰冷的小孔,"她根本不下楼。"

诺娜仍旧闭着眼睛耸耸肩。"她为了老两口下过楼,不是吗?"她问,"为了他们假装成一个好妻子,假装成一个好妈妈。"

我的脸灼烧起来,手指攥进了我的手掌。是的,我母亲下过楼。我们吃饭的时候,她坐在桌旁,我们说话的时候,她木然地点头。但是没有什么假装。没有什么好妻子。没有什么好妈妈。

我想问诺娜为什么突然如此在乎我母亲说的话。我姐姐跟杰瑞私奔之前,和我母亲相处的时间并不比我多。她把装着食物的碟子端上楼。她拉上窗帘。她只不过跟我们其他人一样完成最基本的必须的义务。

但是还没等我指出这点,杰瑞的前额因为思考而皱了起来。"你是说你妈妈的父母?"他问,诺娜摇摇头。

"我爸爸的。"

"我们的妈妈没有父母。"我厉声说道。

诺娜睁开眼，抬起头看着我。"她当然有父母，艾莉丝。你以为她是从树上蹦出来的？"

杰瑞噗哧一声，我瞪了他一眼。"那他们是谁？"我问。

"她的妈妈是个老师。"她说。

"她爸爸呢？"

"她很小的时候，他就离开了。半夜里一声不吭地走了。这是她为什么像现在这样的原因之一。"

"什么样？"我问。

诺娜冲我歪了歪脑袋："神经质。"

"她并不是神经质。"我对她说，我可以听见自己的嗓门越提越高，如同一阵烦躁的风在我的喉咙里刮擦，"她只是伤心。"

"好吧，"诺娜说，"这是她伤心的原因之一。"

我闭上眼睛，努力让自己集中，努力停止我的手指在马场里就开始的颤抖。"不，不是。"

诺娜坐直身子，双脚落在地上，杰瑞的手从她腿上滑了下来。"天哪，艾莉丝，是不是我说的每件事你都非得跟我争辩？"

我耸耸肩，诺娜吹了吹额头上的刘海。

"我只是说她一直呆在卧室里。"我对她说，"她根本不知道外面发生了什么。"

诺娜嘴角上翘狡黠地一笑。"她知道你恋爱了。"她说，我的血液在血管中结成了冰，"她知道你每天都整夜地跟他打电话，谈论爱情和诗歌。"

"妈妈疯了。"我低声说。

诺娜的下嘴唇嘲弄地撅了起来，她伸出手拍了拍我的头，仿佛我是个小孩子。"不。"她说，她的声音黏稠含糊，"她只是伤心。"

我猛地从她的触摸中抽身。"你知道些什么？"我恼怒地低声说，"你根本就不在这儿。"

她站起身冲我摇摇头。"关于伤心你知道些什么？"她问，"你只不过是个孩子。"

"我知道你不需要理由。"我对她说，但是门被甩上了。她已经进屋。

诺娜的烟在杰瑞的双唇间燃烧，他伸手取下烟，咬着腮帮子努力克制笑容。我感觉在他面前如原始人般赤身裸体，仿佛诺娜的话剥去了将我与世界上其他东西分隔开的一层薄膜。在我小时候，诺娜是我的保护者，用她自己阻挡任何可能会伤害到我的事物：马被施以安乐死的时候，她蒙上我的眼睛；雷雨天里让我睡在她的床上；偶尔我父亲对我的恼怒已经达到忍无可忍的地步将会产生某种后果的时候，把他的注意引向她。但是在她离开的这段时间里，有一些东西不见了。有一些东西被带走了。

"干吗？"我没好气地问。

杰瑞用手背抹抹嘴唇，如同擦去尘土的污迹般擦去笑容。"你恋爱了，嗯？"他问。

我想冲过去用我的指甲抓破他的脸，让他尖叫哭喊求饶，让他爬回他那令人作呕的货车里，再也别回来。"你给我听着，"我对他说，"我是有个男朋友。而且他比我大得多。"

"是真的？"

"是的。"我说，"只要我提出要求，他会到这儿来把你的烂牙重新排列一遍。"

杰瑞笑了："你爸爸觉得你的老男人怎么样？"

"也许你没注意到，"我对他说，"我爸爸不太过问我做的事。"

"我注意到了。"

我整个身体都在沸腾冒汽。我瞪着他，让他知道我不在乎他怎么想，尽管我姐姐在勘萨斯简陋的小法庭嫁给了他，尽管她在她的卧室里跟他做爱，对我都毫无影响。他不是我的姐夫，不是我的家人。他注意到了什么根本无关紧要。


"如果你丢下了一样东西，"我说，努力压低声音，不让我母亲隔着墙壁能够听见，"然后为了它回来，那样东西还是属于你的吗？"

"得看情况。"戴尔玛先生说，"再明确点。"

我想起最近一次他在课上发还给我们的批改过的作文，有些难为情。"《杀死一只知更鸟》①是一本很不错的书，书里发生了许多有趣的事。"我写道。他红色墨水的笔迹划过页边空白：再明确点。愚蠢的艾莉丝·维斯顿和她愚蠢的不明确的细节。

"比方说我有个背包。"我刚开口，便打住重新开始，"比方说我有个紫色圆点的绿色背包，放假前的最后一天我把它丢了。等我秋天再回去的时候，它还是我的吗？"

"如果没有被其他人拿走。"他说。

---

① 《杀死一只知更鸟》(To Kill a Mockingbird)，美国作家哈柏·李（Harper Lee）一九六〇年所著的一部畅销小说，曾获普利策奖，后被改编成电影。

"如果被人拿走了呢？"我问。

"有人偷了你的背包？"

"不，"我对他说，"回答我的问题。"

"得看情况。"他说，"你是忘了把它带回家？还是你不想要它了所以把它丢下？"

"有关系吗？"我问。

"我想是的。"他说，"如果你丢下一样东西是因为你不想要它了，那么它就不再是你的。但是如果你只是掉了一样东西，那么，它永远都属于你。不论你是否会再见到它。"

那么，这就是区别。

"我姐姐和她丈夫跟我们在一起。"我告诉戴尔玛先生。

"我不知道你有个姐姐。"他说。

"她一直不在家。"我对他说，"她一结婚就走了。我们有一年没见她了。"

电话线另一端片刻停顿，冰箱门砰的打开，他在手中吱吱嘎嘎地扭转冰格，然后把冰块扔进一个空玻璃杯里。"为什么她离开家这么久？"他问。

这是个问题，没有答案的问题。我姐姐始终很忙，无暇分神，被滞留在一个没有电话，也没有邮局的森林里，她不停地注射海洛因，抢劫银行，在美国境内各个城市里杀害陌生人。她到处滥交。"她丈夫在加利福尼亚上医学院。"我说，"他们太忙了，根本抽不出身。"

"哇。"他说着缓缓地从杯子里喝了一口，冰块敲击他的牙齿叮当作响，"医学院。"

"现在他正在放假。"我说，"他们需要喘口气。"

"我能理解。"

"我不喜欢他。"

"为什么？"

我想了想。"无论我做什么他都在一旁观察。"我最终说，"但是他几乎从不跟我讲话。"

"也许他只是害羞。"戴尔玛先生暗示道。

我想起杰瑞坐在门廊秋千上诺娜身旁，他的手顺着她的腿向上移动，他那厚实多肉的手掌心几乎盖住了她的大腿。他做这些的时候就当着我的面。让她向后仰头，让她闭上眼睛。"也许吧。"我说。

"我想从事那种工作的人，"他对我说，"工作那么卖力的人，有时候，他们的专注会让他们显得有点奇怪，似乎对我们这些人并不关心。"

杰瑞工作卖力，这一点毫无疑问。他结实有力，不知疲倦，早出晚归。偶尔我撞见他在休息，他的眼神落在我们屋前的道路上，怔怔地望着它，仿佛期待它会做些什么。但是这些瞬间的停顿少之又少。大部分时间里，他铲锯末、运干草，汗流浃背，气喘吁吁，忽视身边其他人的存在。

"我发现，即便有些人是混蛋，你也可以从他们身上学到东西。"戴尔玛先生说，"跟任何人的相处都不能说是完全浪费时间。"

"真的吗？"我问。

"我不知道。"他笑了起来，"不过这么想也没什么损害。对怀疑做出善意的解释不会有什么损害。"

我思考这一切。我总在怀疑——我的心中没有半点善意。"也许你应该给那家伙一个机会。"戴尔玛先生说，揣摩着我的想法，"问他一些问题。也许你会发现他没那么坏。也许你能学到东西。"

　　我想反驳，想说杰瑞双腿弯曲，表情愚蠢，用手指拿食物吃，喝东西打嗝，不可能知道任何事的任何方面。但是为了戴尔玛先生，我会尝试。我会换上原来的牛仔裤和 T 恤衫，这几周来第一次拿起干草叉，在我姐姐的丈夫身边清扫马棚，问他关于他的问题，努力学到东西。

　　当然了，戴尔玛先生不会错：结果是，杰瑞知道一切关于埃尔维斯的事情。

　　我们在一起清扫马厩的最初半小时，因为尴尬的沉默而气氛怪异。我问他他的家人，他说他没有；我问他牛仔竞技比赛，他说它们不过就是牛仔竞技比赛；我问他他从哪儿来，他说不是什么特别的地方。接着我问他他读过的书。在那之后，我就是付钱给他都没法让他闭嘴。

　　从杰瑞那儿我得知，埃尔维斯拍过三十三部电影，发行过一百五十多张专辑和单曲。杰瑞去过格雷斯兰①十二次，亲眼见过猫王睡过、坐过、吃过早饭的地方。"那儿有许多人会说他们可以告诉你埃尔维斯的一切。"杰瑞描述道，"他们说自己了解所有的秘密。但是他们全是些被媒体报道迷惑的家伙，只关注于丑闻、金钱、毒品。"他摇摇头，把一叉湿乎乎的稻草铲入独轮车，"埃尔维斯远远不止这些。"

　　"他是个大明星。"我最后说，补充上我对于埃尔维斯·普莱斯利

_____

① 格雷斯兰（Graceland），猫王故居所在地。

知道的唯一一条信息。

"他不只是个明星。"

杰瑞不光了解埃尔维斯的职业，还了解他的生活。他读过十本不同的关于埃尔维斯的书。"十本，"他对我说着放下干草叉，举起了他的每根手指。

埃尔维斯出身贫寒。尽管他是个明星，他仍旧孤独。并非每个人都真正了解他。他对他的母亲很好。他有个早夭的双胞胎哥哥。

"你带诺娜去过格雷斯兰吗？"我问。

"去过两次。"他对我说，"我们想过在那儿结婚，可你姐姐说太俗气。我想我理解她的意思——周围有那么多的游客。"

从小到大，我从来没有听我姐姐提起过埃尔维斯·普莱斯利。跟堪萨斯的法庭相比，更难想象她会在他的后院里结婚。

"那儿什么样？"我问，杰瑞顿了一下，靠在马厩门上点燃一支烟。

"难以置信。"他对我说，"但是悲伤。你四处转悠感觉就好像，他住在那儿。你走他走过的路，看他看过的东西。然后你猛地想起：他走了。一个完整伟大的生命，就那么……走了。"

杰瑞说这些话的时候望着地面，拇指和食指夹着香烟。"小情夫"嘶鸣着，杰瑞并不看它，伸手拍拍它的脖子。

"我认识的一个女孩死了。"我说完杰瑞抬起眼睛。

"是吗？"

"她叫波莉。"我说，"去年她在运河里淹死了。"

"她跟你一样大？"他问，我点点头，"你们是朋友？"

"我们从幼儿园起就是同学。每天我们走同样的路回家。"杰瑞边听边喷着烟。我穿着又旧又脏的衣服站着，头发向后扎成一束简单的马尾，感觉自己又像个孩子了。并不是过去的艾莉丝，愚钝脆弱没有任何长处，而是像随处可见的任何一个孩子。"不。"我对他说，"我们不是朋友。"

"小情夫"双眼半闭地站着，杰瑞挠挠它的胸膛，它的唇间吐出愉悦的低声哼哼。"这几乎让事情更糟，不是吗？"杰瑞问。他看着我的时候，我感觉到我们之间联系的纽带，如同插头和插座。

"你们为什么来这儿？"我轻声问。

杰瑞把香烟扔在地上，用鞋尖把它碾灭在草堆里。"这世界是个糟糕透顶的地方，小妹妹。"他说，"每个人做每件事都有理由吗？"


下午，我父亲结束了班车路线后就陪帕蒂·乔练习跳跃，而我姐姐则和希拉一起。虽然我父亲折了一条腿，他在上课的时候仍旧活力四射，在一旁大步滑行，或是在马场中央单腿上下跳跃。

诺娜的方法更为随意。她坐在护栏上，抽着烟，厌烦地看着面前的希拉和"帽子"练习"展示技巧"。她从不示范，甚至从不将一根手指放在"帽子"身上。但是希拉似乎并不在意。她瞪大双眼充满崇敬地望着诺娜，在脑中记录她说的每一件零星小事。她开始学着诺娜的样子，把头发胡乱扎成一个发髻，休息的时候，撅着一侧髋骨站着。

"看到它双耳向后伸的样子了吗？"诺娜对希拉说，"它的注意力不在你身上。"希拉崇拜地点点头，弹着舌头将"帽子"的注意力转移到她身上。

每节课后，希拉跟我在马棚里都要重复我姐姐告诉她的每件事。"'帽子'高度紧张。"她说，"它需要感觉到挑战才会表现出色。我始终关注如何让它按照我的想法去做，事实上，我应该把我们想成一个团队，我应该想它需要我做些什么。这难道不是你听过的最睿智的话吗？"

　　"当然。"我说。

　　离最后一场马秀只有几天了，我仍旧无法像我曾在表演场中那样骑"亲爱的"。每次我都竭尽全力，我父亲在一旁嚷嚷，杰瑞站着观赏，而"亲爱的"在我身下跌跌撞撞，不受控制。我努力在脑海中将其缩小，努力提醒自己这无关紧要，无论最后一场马秀上发生什么，我仍旧有我的皮背包和昂贵的衣服，仍旧有我闪亮的头发和可以一起吃午饭的拉拉队队长。但是在马场中，我侧眼看见杰瑞的脸，仿佛也看见我在他心目中的形象——我霸占浴室。我不会骑马。

　　"你姐姐实在是太棒了。"希拉继续说，"仿佛她一看就能明白。她洞悉一切。我按照她说的去做，全都管用。"

　　帕蒂·乔在马场中央让"小情夫"停下，我父亲站在她身旁，边对她说话，边用手指拂过她的膝盖。她低下头听着，手顺着腿向下移动靠近他的。

　　"我无法想象拥有一个像诺娜一样的姐姐会是什么样。"希拉的脸红扑扑的，她夸张地说。她系上"帽子"腹部下面毯子的搭扣，牵着它走进马厩，"她几乎是我见过的最酷的人。"

　　马场里，帕蒂的手指遇上了我父亲的手指，然后，她的手覆盖住他整个手，手心对着手心。

"你可以拥有她。"我说。希拉停了下来,冲我撅撅嘴。

"嗯?"她不解。

"她是你的。"我对她说,"还有我的爸爸。我全部的生活——你都可以拥有。"

"艾莉丝,"希拉说,她的声音突然变得尖细紧张,"别说傻话。"

"真的。"我对她说,"反正我再也用不着了。"


这一年的最后一场马秀上,每个人都盯着我的姐姐,指指点点,互相点头耳语。行啊,快看。他们无声地嗫动嘴唇。真不敢相信。

诺娜站在杰瑞身旁假装毫不在意。"展示技巧"比赛前,她给希拉做了一些临场的最后指点,然后绕过护栏,正站在她身后,当裁判走到远处听不见的时候低声给出指示。阿尔特曼太太和"鲶鱼"们坐在高高的看台上,希拉获得第一名后,她差点因为过于兴奋地欢呼而从一侧摔下来。希拉走出表演场突然开始大哭,她的手臂环绕住我姐姐的脖子。"你是个巫师!"她夸张地说,"是个女神!是个奇迹创造者!"

诺娜身体僵硬,但是她拍拍希拉的背。"行啦。"她说。

帕蒂在跳跃比赛中得了第一。她走出表演场时用类似的方法对着我父亲表演了一番。她亲吻他的双颊。"你改变了我的生活。"她轻声说,"我向上帝发誓。我不记得曾经有过这么快乐的时候。"

没有人对我稍加关注,直到我穿戴完毕走出马拖车参加"驾驭"组比赛。诺娜抬眼看看我。"那是我的衣服。"她说。

那天早上,我父亲把"黄帽子"、"小情夫"和"亲爱的"装上拖车车厢的时候,我在一旁走来走去。"我希望你不要为任何事担心。"

他对我说，"肾上腺素会帮你搞定一切。我能肯定。你只要往观众面前一站就会像上次一样。"

但并不是肾上腺素。不可能是。因为我在家骑"亲爱的"的时候它也在那儿——肾上腺素如同燃烧着的河流般在我的体内奔涌。结果却毫无区别。在家里，我可以让自己相信这无关紧要，我仍旧有学校，有戴尔玛先生，有排着队想跟我做朋友的拉拉队队们。但是现在我在马秀现场，看着"亲爱的"，看着满是陌生人的看台，看着治安队队员，看着客户，看着巴德·波普的学生的家长，我的膝盖发软，双腿发抖。

我努力想着如何才能逃避。我可以假装生病，可以用一把蹄签割开自己的手，可以从看台最高的座位上仰面跌落——这多半只会让我断一条腿而不至于送命。

诺娜一边跟希拉说着她的骑术课安排，一边冷眼旁观穿着她旧衣服的我。在"驾驭"组比赛前她走向我，双手插在口袋里，眼睛始终不离地面。"我可以帮你弄弄头发。"她主动说。

我坐在她双腿间让她替我梳头，她把我的头发挥到脑后盘起来，然后用她的手指理顺碎发。"行了。"她完成后说，"你看上去很棒。"

"太松了。"我对她说。

"应该松点。"她说，"你最后停下的时候，微微甩头——他们甚至都不会察觉。你的头发会披下来，看上去就像是你停得太猛把你的辫子震散了。相信我，他们喜欢那种把戏。"

我的头发根本于事无补。诺娜没见过我骑"亲爱的"，没见过我们在马场里制造的混乱。但是杰瑞见过，我牵着"亲爱的"走向表演场的时候，他跟在我身后。我父亲跟帕蒂·乔一起倚在护栏上对我无暇理会。杰瑞把他的手放在我肩上。他的眼神严肃，他的脸因为思考而扭曲，过了一会儿，我以为他要告诉我关于埃尔维斯的一些新鲜事实，一些他在我们早先谈话中漏掉的东西。我瞪着他，准备发火。

"跟控制没有关系。"他轻声说，"跟专注没有关系。"

他的手顺着我的手臂滑了下去，手指轻轻地搭在我的髋骨上。"你得在这儿感觉紧张。"他说，然后把他的手向下滑到自己的髋骨上，在他的胯部和肚脐间比划出一个轮廓。"把所有的恐惧都放在这儿。把它塞下去，直到感觉像打了一个结，仿佛在你的肠道中攥紧一个冷冰冰、硬邦邦的拳头。"

杰瑞下巴坚硬，眉头紧锁，捏着拳头指向自己的肚子。然后他伸出手，用他的指肚触碰我额头的中央。"这儿。"他说要变得空空荡荡。"他的皮肤在我的皮肤上感觉凉凉的、干干的。我闭上眼睛，努力将思绪清空。"就盯着它两耳的中间，不要看其他的地方。不要思考。不要感觉。让你的头脑如同夏日的天空般清澈。懂吗？"

就是这样：对于我第一次所做的一切的精准描述。他准确地解释了我上次比赛时骑在马上的感觉，获胜时的感觉。"懂了。"我说，他挪开他的手，帮我骑上马背。

"它会办到的。"他对我说，"你只需要呆在它背上。"

他是对的。大门打开，我骑在"亲爱的"背上，把每一丝恐惧的抽搐都塞进我的肚子的深处，直到它翻滚着变硬，而我的脑海中只剩下一片冰冷的空白。我们又一次横扫过表演场，旋转着滑行，完成踏步转换时在我们周围扬起尘土。最终，"亲爱的"在我身下绷紧，滑行后稳稳地疾停。我真的微微甩头，我的头发散落在我背上，观众一起惊讶地倒抽一口气。在栏杆那儿，我姐姐在我父亲身旁欢呼尖叫。帕蒂·乔朝我抛着飞吻，"鲶鱼"们在看台上舞蹈。

我们走出表演场，我父亲接过"亲爱的"的缰绳，我瘫坐在地上。"我怎么对你们说的？"他摇着我的肩膀问诺娜，"我怎么对你们说的？"

诺娜的手臂猛地勾住我的脖子，抱着我转圈，而后又忽上忽下地跳跃。"老天爷！"她气喘吁吁地说，"没准真是遗传。"

阿尔特曼母女和"鲶鱼"们围到我们身边，拍着我的背，亲着我的脸颊，我周围的世界重又回归。"我不知道她怎么做到的。"我父亲对她们说，"我向上帝发誓，我不知道。"

透过所有的欢呼、惊叹以及祝贺的拥抱，我仍然能感觉到压在我体内的紧张，无边的空洞感在我双耳间回响。其他人为这个奇迹而瞠目结舌，询问我是如何办到的，我生来就被赐予了何种神奇的天赋。尽管我站在他们中间，让他们抚摸我、亲吻我、告诉我没有人能做得更好，但我无法真正融入他们彻底的强烈的喜悦，无法耸耸肩对他们的提问或是赞扬作出回应，无法给予解释。因为在那儿，在他们的身后，站着杰瑞，他并不看我，不发一言。

马秀后，帕蒂·乔带我们大家出去吃饭。她们在餐厅里拼起四张桌子让我们坐在一起。我坐在我父亲和帕蒂·乔中间，他们的手臂摩擦着我，他们的头微微前倾，互相小心隐秘地交换着微笑。当我们余下的人专注于菜单、饮料单时，我父亲在我身后伸出手，帮帕蒂扯掉衬衫领上一根松了的线。他的前臂搁在我脖颈上，顺着我的发际移动。在我身旁，帕蒂红着脸低头看菜单，我父亲的指尖蹭过她下巴优美的线条，她垂下眼睑闭上眼睛。只有一瞬间的工夫，或者更短，在招待将注意力转向帕蒂·乔之前，我父亲的手从她脸上滑了下来，落在我的肩上，轻轻按了按，仿佛这才是他自始至终的意图。

我抬起头，杰瑞正隔着桌子看着。我挺了挺我父亲手臂下的肩膀，努力让这拥抱显得自然。仿佛我父亲经常拥抱我，仿佛他用手臂环绕着我并没有什么别扭或者特别的。

但是杰瑞的嘴唇上翘微微一笑。骑得很稳，他唇语道。几天前，我会冲他发出嘘声，但是现在，我感觉他的赞许如同一缕暖意在我的脖子里蔓延。

谢谢，我唇语作答。我父亲的注意力重又回到菜单上，把他的手臂从我肩上拿了下去。

吃晚饭的时候，希拉把她的蓝色缎带系在衬衫前面，让它像领带般垂着。阿尔特曼太太给我们这桌点了香槟。他们给每人一个酒杯，包括我和希拉。我们为了夏天干杯，为了表演季干杯，为了洪水干杯。我们为了帕蒂·乔、希拉和我干杯，为了我父亲干杯，为了我们的马场——镇上最好的马棚干杯。

回到家里，我们让马回到原处。我父亲在屋子里轻声哼着音乐、拄着拐杖滑行。杰瑞和诺娜磨磨蹭蹭，我在屋外等着他们。我的头由于速度、胜利、香槟变得轻飘飘、晕乎乎，我跌跌撞撞地紧跟在他们身后穿过马棚。诺娜在马棚的灯光下将我的蓝色缎带举到我脸旁。"它很衬你的眼睛。"她对我说，然后向前一晃，抓住我的肩膀才稳住身子。"对不起，"她格格笑着说，"我有点儿醉了。"

杰瑞走到我身后，抱着我的腰，如同拎起干草捆般轻而易举地一把将我举上肩头。诺娜俯身冲着自己的膝盖大笑，而杰瑞转着圈，在马棚里飞奔，朝着诺娜的方向像一匹野马用马蹄抓刨地面。他追逐着我的姐姐跑入黑暗中，而我抓着他的头发又笑又叫。

在圆形马栏里，"姜黄"的雄马驹竖着耳朵扬着尾巴，时前时后地小步奔跑向"亲爱的"打招呼。"亲爱的"隔着通道向它嘶鸣。诺娜靠在护栏上调整呼吸。杰瑞把我从他肩头托下来，放在我姐姐身旁。我们三个站在护栏旁恢复平静，看着雄马驹在月光下踱步。

"它是匹漂亮的马。"杰瑞说完诺娜露出微笑。

"它跟我们死去的种马是一个模子里刻出来的。"她对他说。

"它叫什么？"杰瑞问。我用手捂着脸，刚才的追逐仍旧令我晕眩。

"理查德。"我对他说。我姐姐放声大笑。

"真烂。"她说。

"皇家红理查德。"我补充道，诺娜俯在我肩上，冲着我的头发格格乱笑，杰瑞则摇摇头。

"这是我听过的最烂的马名。"他对我们说，"虽然我听过一些很烂的马名。"

"我不相信爸爸会赞成这种新主意。"诺娜说，"他连'准男爵'都受不了。"

"你们怎么叫它？"杰瑞问，我耸耸肩。

"它是匹种马。"我说，"我们不叫它。"

"这小家伙长大后会是匹很棒的马。"杰瑞对我们说，"看看它的脑袋。"我站在他们中间，倚在诺娜的手臂上，"不过它需要个更好的名字。"

"姜黄"的雄马驹在月光下的马栏里四处跑动。刚刚长出的肌肉颤动着，马蹄重重地踏过布满尘土的地面。"它真的漂亮。"我说，第一次发现了杰克一眼就看出的东西——力量，强度，它脖子的完美弧度。

"它是个摇滚明星。"诺娜附和说。杰瑞俯身冲她咧嘴一笑。

"猫王。"他说。

那一刻并没有什么冠冕堂皇的东西，没有任何文件，没有签名或是封印。但是归根结底这些全都无关紧要。杰瑞吐出那个名字，它便定型。也许是出于无心，杰瑞给了它一个名字。"猫王"在余下的生命中，将属于杰瑞。


那天夜里在我梦中，雨轻柔地拍打窗户，银色的天空中微光闪烁，空气里悬挂着一个湖。房子被梦境浸透，我在黑暗的走廊里游荡，赤脚走过湿漉漉的地毯，经过我母亲的房间，还有睡着我父亲的客卧，水墙上流淌着一股股晶莹的雨珠，将他与他的妻子隔开。

在我梦中，我走到诺娜的房间，门开着，灯没关。她的床如同汪洋中的一叶扁舟般摇摆，在她卧室的地板上倾斜飘荡，触碰墙壁然后又漂回另一侧。诺娜双腿交叉坐在床上，舔着纸托蛋糕上的粉色糖霜。杰瑞睡在她身旁，露出的手臂环绕着她赤裸的大腿。没等他们邀请我便爬上床，诺娜快速移向床边，在中间给我腾出地方。床单柔软温暖地蹭着我的皮肤。杰瑞在睡梦中调整姿势，伸出手臂越过我，触摸我姐姐洁白的脚踝。我把头靠在她肩上，她的头发有一股糖霜的味道，她的皮肤光滑轻柔地贴着我的皮肤。床在房间里漂浮，轻击墙面，我在床垫上放松身子，让我的头陷入他们气味香甜的小山般的枕头里。"我太累了。"我轻声对诺娜说，她舔去手指上粉色的糖霜，摸摸我的头发。

"你该睡觉了。"她说。她的身体滑到我身旁，拉起被子盖住我们的脑袋，关上灯。在我梦中的黑暗里，她和杰瑞在我身旁互相交结，他们的腿在我的腿下触碰，他们的手指穿过我的头发交叉，他们的手臂环绕我的肩膀，直到我们纠结成一个混乱的人结，直到我无法分辨我在哪里而他们又在何处。

# 第十二章

ᕈ

表演季结束后，诺娜给希拉上课的方式发生了改变。大多数时候，她给自己挑出某位"老人家"套上马鞍，然后跟希拉一起沿着车道骑到路上，缓缓地漫步向前，消失在我们视野之外。诺娜说骑着"濒死马"上路并不算真正骑马——她仍旧处于隐退状态。她说这对希拉而言是有益的经历，虽然她的语气中听不出半点坚定。我父亲耸耸肩表示赞成，他用这段时间跟帕蒂·乔在马场单独相处。

每天下午，诺娜和希拉骑着马走过乡间小道。有时候，她们会离开一个小时。有时候是三个。一次，她们带回来一大捧在运河边采的野生芦笋。还有一次，她们带回来奶昔。

一天下午，她们骑完马后，希拉把"帽子"牵回马棚。"天哪，"诺娜说着，把胳膊肘搁在拴马桩上，"她的生活。"

"怎么了？"我问。

"她去过埃及。"诺娜说，"你知道吗？我是说，是他妈的埃及！"

"她爸爸是个教授。"我对她说，"他们到处研究星星。"

"一定很棒。"诺娜说。

我不知道如何回答。过去一年间诺娜都在四处周游，踏足我从没去过的地方，目睹我从没见过的东西。"可能吧。"我说。

"生活对那些人而言太轻松了。"诺娜继续说，"他们甚至都意识不到。"

我想告诉她希拉在学校里的朋友，让她独自吃饭，在她的班上传递纸条不让别人跟她说话。但我看着诺娜的脸因为陷入思考而拧着。我知道这不足以令她改变想法。"你去过许多地方。"我对她说。

"我永远都去不了埃及，艾莉丝。"她说。

"你怎么知道，"我对她说，"生命漫长。"

"我知道。"她说，"懂吗？我就是知道。"

我展望着我自己的生活，不外乎是：八年级，高中，然后是一段漫长迷蒙可能指向任何东西的隧道，一条通往任何地方的道路。我的生命仍未成形，如同一个有无限答案的谜。每个人如何才能知道每件事呢？

"你陪那个小姑娘散散步向她妈妈收了多少钱？"杰瑞问，诺娜不悦地看了他一眼。

"够付你的晚饭钱。"她说。

杰瑞的下巴拧了一下，眼睛眯了起来，但是希拉蹦蹦跳跳地从马棚一角钻了出来。他们收敛了脸上的表情，各自转身。

当希拉出现在视野中，整个世界似乎都表现得更好。仿佛每个人都知道她天真懵懂，纯洁无瑕。没有人想做第一个污染她的人。

"在聊些什么？"希拉问，她撅起一侧髋骨，如同一个影子般站在我姐姐身旁。

"世界的复杂性。"杰瑞说，诺娜拍拍他的后脑勺。

杰瑞和诺娜对待彼此就是这样——粗鲁而且易怒。我整天看着他们互相抨击，咆哮，眼中射出匕首般的寒意。

"你姐姐和她的老公大概是我见过的最有趣的一对。"贝西对我说，其他的"鲶鱼"纷纷聚拢过来。

"我不觉得他们相处融洽。"我说完，她们笑了起来。

"哦。"帕蒂·乔说，"典型的年轻人的爱情。"

"什么意思？"我问。

"口角打斗和喋喋不休的争论——全都是因为性活力。"杰西解释说。

"没错。"贝西对我说，"就像随时能从头顶上喷薄出来。"

夜里喂完马，客户们也都回家了，我父亲走进屋，诺娜把马棚里的收音机从古典音乐换到怀旧老歌。她和杰瑞坐在折叠椅上，抽着烟，喝着他们贮存在马具房冰箱里的啤酒。在白天，他们彼此陌生。但是夜幕降临，马棚里回荡着喇叭里传来的沙沙音乐声，以及马儿们发出的夜晚特有的嘶鸣时，我姐姐和杰瑞似乎被磨平了棱角。他们四肢放松，有说有笑的。

我做完作业，走出屋子到马棚跟他们坐在一起，偷偷从他们的啤酒瓶里喝上几口，聆听蟋蟀的低鸣。白天的时候，杰瑞很少跟别人说话。到了夜里，我姐姐和我聊着天，他在一旁听着。"有人问起过我吗？"诺娜问，我的手滑过桌子，从她那儿偷了一口啤酒。

"我不清楚。"我说，"大概有几个吧。"

"具体点。"她对我说。她在微笑，脸颊泛出红光。"名字还有其他细节。"杰瑞在折叠椅里调整了一下姿势，舌头舔舔下嘴唇看着她。

"维拉瑞尔·海斯问起过你。"我说，"她说你的离开是一桩丑闻。"

诺娜咧嘴笑着拍拍手。"丑闻。"她朝杰瑞眨了眨眼，重复道，"好吧，一语中的。"

杰瑞的嘴角微微上扬，我还想继续补充。"他妈的是一桩彻头彻尾的丑闻才是她的原话。"我对他们说，诺娜朝后一甩头发，仰面冲着屋顶大笑。我又把手伸向她的啤酒，他们俩没有任何阻止我的意思。

"太可笑了。"诺娜说，"还有谁？"

我想不起还有什么我们俩都认识的人，任何她相信会跟我交谈的人。"露比问过。"我最终说，"在她跟杰克到这儿的时候。"

诺娜鼓起下嘴唇，假装撒娇。"什么？"她说，"没有男孩问起过我吗？"

杰瑞盯着她看了看，懒洋洋地瘫坐在椅子里，把他牛仔靴的靴跟伸到身子前面，让它们在水泥地面上嗒嗒作响。诺娜格格傻笑。我不清楚发生了什么，但是突然之间，谈话在夜晚弥漫着灰尘的空气中蒸发，他们两个都不再看我。

杰瑞举起手，手心朝上冲我姐姐弯了弯手指。她站起身，嘴角上扬绽放微笑，走到他面前。有一阵，他们的眼中只有彼此，接着诺娜向前一步，跨坐在杰瑞大腿上。他的手指顺着她的腰向下滑动，结实的手心最终停留在她裤子后面的口袋上，将她拽向他。她低头吻他，她黄色的头发向前披散，如同幕布般缓缓落下，把我挡在了外面。

"你知道埃尔维斯·普莱斯利有个双胞胎哥哥吗？"我问。

"杰西·盖仑。"戴尔玛先生说，"是个死胎。"

这似乎不像是杰瑞和戴尔玛先生都会知道的一个细节。他们毫无共同之处，他们的生活方向正好相反。"你怎么知道的？"

"文化常识。"他说，"你怎么知道的？"

我思考如何解释杰瑞，解释我姐姐，解释他们回来了住在我们家里此时此刻没准正在做爱。但是他以为我父亲是个教授，我姐姐的丈夫在医学院。我不知道如何忽略这一切，向他解释杰瑞以及杰瑞对于埃尔维斯的了解。"相同的原因。"我对他说。

"我觉得你不像是埃尔维斯的狂热崇拜者。"他说。

"是么，"我小心翼翼地说，"他是个伟大的明星。"

"最伟大的。"他说，"第一个成功的美国性感偶像。"

我想象着埃尔维斯梳到脑后的油腻腻的头发，来回摆动的屁股，白色袜子和闪亮的吉他。似乎每一点都可以归结为性感。

"你有过很多性经历吗？"我问，戴尔玛先生在电话线的另一端被酒呛住了。

"我不确定。"他恢复镇定后说，"什么叫做'很多'？"

"我不知道。"我对他说，"你有过几次？"

"有过几次？"

"好吧，跟几个人？"

"绅士不讨论这类事情，艾莉丝。"

"你是个绅士？"我问。

"我是一个有绅士本质的男人。"他说，"够接近了吗？"

"那好吧。"我对他说，"第一次的时候你多大？"

"你让我脸红了，艾莉丝。"

"多大？"

"我很晚熟。"

"十五？"我问。

"老天爷。"他语无伦次地说，"我是从密歇根来的！"

"十八？"

"差不多。"

"十九？"

"二十岁。"他说，"满意了？"

学校向我们宣传关于性的事，关于怀孕和艾滋病。不要尝试性。在生理课上，我们的家政课老师向我们讲解了输卵管的位置，说我们就是从我们自己也会有的那些卵子里出来的。"我结婚前不会有性行为。"詹尼丝·里顿随后宣称，大家纷纷移开目光避免继续聆听，"我想进一所好大学。"

"那跟其他的事有什么关系？"我还没来得及想起自己定的关于禁止参与詹尼丝·里顿谈话的戒律，就开口问道。

"女孩有了性行为之后，她们的数学成绩就会变差。"詹尼丝狡黠地说。

"胡说八道。"我说。

"有人做过调查，艾莉丝·维斯顿。"她对我说，"证据充分。"

吃午饭的时候，我向拉拉队还原了这整段对话，她们俯身冲着自己的谷物热狗大笑。凯利和雷切尔各有一个八年级的男友。尽管还没有和他们发展到那个地步，她们仍旧知道吻痕爱抚之类的事。雷切尔止住笑，用她的谷物热狗做道具，向我们一桌人演示如何正确口交。她告诉我们，关键是要打开喉咙用嘴唇包住牙齿——你可不想咬他。我跟其他的拉拉队一起看着，她们又是拍手又是吹口哨。但我并不完全确定这有任何证明作用。口交不是真正的性交，即便是，拉拉队也普遍分在数学差班里，还在学习分数和长除法。一次严重的脑部受伤都不太可能影响到她们的数学成绩。

"她多大？"我问戴尔玛先生，"那个女孩？"

"跟我同岁。"

"她也是第一次？"

"她说是。"他告诉我。

"你相信她说的是实话吗？"我问。

"那时候相信。"他说。

"但是现在不了？"

"我不知道还有什么是我相信的？"他对我说。

"她为什么要撒那种谎呢？"我问，他点燃一根烟吸了一口。

"我不知道。"他说，"每个人撒谎都有理由吗？"


二年级的时候，我告诉我的老师我妈妈死于一次船难。那谎言不太高明。我们没有船，即便有，这儿是沙漠——由于航行的多变性导致悲剧发生的几率甚微。然而，我的老师年纪尚轻，在对付孩子方面资历尚浅。她被我的苦难打动了。在她发现真相前的约摸一个星期时间里，她尽其所能弥补我失去母亲的痛苦，在我的拼写试卷上多画一些金色的星星，下课替我扎辫子，讲故事的时候让我坐在她腿上。在她班上，我是唯一一个母亲死于船难的学生——我是她最宠爱的学生。

但是沙漠峡谷是个小镇，我的老师没多久就知道我母亲并没有死。她打电话到我家跟我父亲谈话，我父亲告诉她我的想象力十分活跃，我那阵子刚看完娜塔莉·伍德①的电视传记片，多半是搞混了。

这个解释差强人意。在学校里，我的老师告诉我真实是神圣的，人如其言。她对我说，我应该知道其他人有多难。世界上有一些孩子付不起学费，买不起衣服和食物，有一些孩子的父母病入膏肓，垂死挣扎，有一些孩子的父母一生气就把他们的手朝滚烫的炉子上按。我的老师还告诉我，在中国，有的刚生下的女婴被装进桶里淹死，只因为她们是女孩而非男孩。这世上有如此多可怕的事发生，为什么我还要谎称我健康鲜活此时此刻正坐在家中的母亲已经死了？编造这个故事不吉利，会遭报应。我在欺瞒世间万物。我的老师说，一报还一报。

我告诉她，我很抱歉，我不知道装在桶里淹死的女婴，我没听说过把孩子的手按向滚烫炉子的父母。我从来没想欺瞒世间万物。但是无论我说什么都于事无补。从那以后，我的老师再也不替我梳头发、或是让我坐在她腿上。即便我在拼写测验里得了满分十分，也只能跟

---

① 娜塔莉·伍德（Natalie Wood，一九三八——九八一），上世纪中叶美国著名的影视演员，一九八一年死于航海意外。

其他人一样得到一个金色的星星。在那时，她似乎是世界上最漂亮的女人，红头发绿眼睛，皮肤上点缀着南瓜色的雀斑。我愿意付出一切让她看我一眼，让她跟我多说一秒钟话，让她在跟我四目相交时露出微笑。但是最终，时过境迁。现在当我想起她，我都记不起她的名字。

"这是世界上最滑稽的事。"诺娜向杰瑞说起这件事的时候，冲着她的啤酒大笑，"爸爸接起电话，他的反应是，船？"

杰瑞在他的折叠椅里冲我摇摇头。"够糟的。"他说完，我的脸红了，"为什么要那么说？"

我咬着嘴唇努力搜索答案。我母亲死了。我母亲从来就没活过。但是这些话我不能说，这些话没有人喜欢听。我还没想出更好的回答，诺娜用她的烟挥走了那个问题。

"艾莉丝经常说些古灵精怪的事。"她对杰瑞说，"她还是小不点的时候，我们就不知道从她的嘴里会冒出些什么。"

杰瑞朝我侧侧脑袋，努力理解这句话。我把眼神转向别处，专心地剥着诺娜啤酒瓶上的标签。

"因为她很聪明。"诺娜解释道，她的声音因为酒精作用含糊不清，"世界跟不上她的脑子。"

这句赞扬让我露出笑容。我抬起眼睛，杰瑞仍旧盯着我。"也许因为她还是个孩子。"他说，"也许她想知道为什么她的妈妈从来不离开房间。"

杰瑞话音刚落，诺娜就挺直了背，伸长脖子，扬起下巴。坐在她对面的我能感觉到自己的身体慢慢僵硬。我们可以谈论我们的母亲，她说一些怪话，仿佛过敏般与世界隔绝。但是其他人不可以。杰瑞和

诺娜之间的沉默突然变得紧张而又沉重，我明白虽然他们是夫妻，杰瑞仍旧不是我们的一分子。他不可以谈论我的母亲，

"并非始终如此。"诺娜终于说，她的声音克制而又小心，吐出每个字前都在脑海中掂一下分量，"她以前很正常。好吧，反正比现在正常。"

我看着她的脸，努力分辨这是真话，还是她为了不让杰瑞觉得他妻子的血统里有疯狂的成分而特地说给他听的。但是诺娜的眼睛因为回忆而变得朦胧，她的思绪飘得太远我根本无法捕捉。"我妈妈和爸爸以前会一起出去。"她继续说，"他们干完了活，开着货车，听着广播，开遍峡谷，看星星，寻找等他们有钱以后会买的土地。他们满面春风地回家，谈论他们将亲手建造的房屋以及将会归他们所有的马棚。他握着她的手，她的头靠在他肩上，让他带着她在客厅翩翩起舞，那时他会指向所有将被丢弃的东西——旧家具，脏了的地毯，杰克建造的房屋。"

诺娜停下来喝了一口啤酒，眼眶湿润，微笑颤抖。"你还记得以前他们是怎么跳舞的吗？"她问，她看着我的时候，突然收敛了表情，因为她意识到我不记得，也不可能记得。我父母之间一切美好的东西都只存在于我出生之前。她望向别处，为在我面前吹嘘她愉快的回忆而抱歉。

但是我不需要她的怜悯。"现在已经没关系了。"我说，"他们不再相爱。"

诺娜的啤酒瓶在她手中倾斜。我看着瓶口，以为酒会洒出来。"为什么这么说？"她问。

我盯着我的姐姐。"他几乎都不看她。"我说，"他们几乎都不说话。"

诺娜摇摇头。"你不理解。"她说，我站了起来。

"你离开了。"我对她说，我的声音听上去紧绷绷地缠绕在我的喉咙里，就仿佛出自于一个陌生人。

"有些事始终不会改变。"诺娜对我说，"一年不会。十年也不会。"

"那么究竟发生了什么事？"杰瑞问，诺娜朝他眨眨眼。

"事情变得困难。"她轻声说，"有些东西破碎了。"

"那不可能是一夜之间发生的。"杰瑞对她说，诺娜摇摇头。他不理解。

"我们养过一只猫。"诺娜说着，慢慢地又喝了一口啤酒，"那只邋遢的马棚老猫——'火腿'。"

"我不记得了。"我说。"我们马棚里的猫始终都被称作——马棚猫。它们没有名字。"

"你还没出生。"诺娜说着，斜眼看了看我，因为我的打断而有些恼怒，"我大概五岁。管它呢。它病了。皮包骨头沾满油腻，目光死气沉沉，身上到处长疮。"

"它快死了。"杰瑞说，诺娜点点头。

"我们没有钱。我是说，一个子都没有。爸爸一只手拎着猫脖子上的项圈，另一只手拿着块四寸长两寸宽的木板走到马棚后面。我们听见一声响亮的重击，然后就结束了。再也没有'火腿'了。"

"你们伤心欲绝？"杰瑞问。

"我没有。"诺娜说，"我还好。但是妈妈……"她抬起眼睛，眼神落在我身上。一股寒意在我们之间传递，我们都明白，我们的妈妈。

"她怎么了？"杰瑞问。诺娜痛苦地盯了我半晌，重新将目光闪到杰瑞身上。

"她情绪激动。"她说，"她尖叫哭喊，朝他扑过去，抓他的脸和胸，哭诉她有多恨他。"她的眼神又转向我，"她崩溃了。"

"她就倒下了？"我问。

"再也没起来。"

"那是第一次？"我问。

诺娜的肩膀垂了下来，表情变得木然空洞。"我想是的。"她说，"我不记得之前发生过。"

杰瑞站起身，走到马棚另一边给诺娜拿烟。"我好像没有完全听懂。"他说。

诺娜两手甩到身后，仿佛想扇走回忆。"没关系。"她说着站了起来，划着一根火柴点燃杰瑞的烟，"只是些老掉牙的蠢事，跟任何人都没关系。"


我父亲拆掉石膏的那天，他回家卷起裤腿给我们看。他的腿细得就像面条，没有肌肉，皮肤从他的胫骨和膝盖上耷拉下来。他曾期望拆了石膏还了拐杖之后，他就会像从来没摔伤过腿一样。但是没有了石膏和拐杖，我父亲的行动能力似乎比以前更差。从马棚一头走到另一头，他必须中途停下，靠在墙上稳住重心，弯腰用他的手指按摩膝盖和髋骨。他没法蹲下身抬起马蹄或是修理掉下来的马掌。他没法保持平衡来提干草捆或是推独轮车。他没法骑到马背上。

"我没想过自己必须得依靠手杖行走。"他对帕蒂·乔说，作为对她所提建议的回应。

"不会永远这样。"她对他说，捏了捏他的肩强调，"只是暂时的。得给肌肉时间长回来。"

她曾经带我去买过新衣服，现在她带我父亲去买手杖——简单的，低调的，优雅的。他们一起坐帕蒂·乔的车离开，一直到很晚才回家。帕蒂挑选的手杖有山毛榉木的杆子和缝织的皮把手。

"你觉得怎么样？"我看见他盯着我们瓷器柜玻璃门里自己的影像问我。我觉得手杖看上去跟他退色的蓝色牛仔裤和沾着污渍的 T 恤衫根本不配。"帕蒂说这会提升我的身价。"他补充道。

"看上去很贵。"我说。

"是很贵。"

"能把它弄脏吗？"我问，我父亲转身欣赏着他的侧影。

"我也许不该那么做。"

"那有什么用？"我问他，"如果你不能在马棚里用它。"

我父亲耸耸肩。"反正在那儿也没多少事可做。"他对我说，"杰瑞可以搞定一切。"

我父亲在马棚里干得越来越少，杰瑞干得却越来越多，清扫马厩，锻炼表演马。他从不会因为额外的工作发牢骚或是埋怨谁。空闲的时间反而让他不知所措。他干完了所有的活之后，会在马棚里来回转悠，寻找其他可做的事。他整理了马具房，扫了马棚的地面，挪开粮箱除去后面的灰尘。

"坐好。"诺娜冲他嚷嚷，"你快把我逼疯了。"

但是杰瑞坐不住。一天，他把笼头拿到"猫王"的圆形马栏去，我跟在他身后爬上护栏看着。杰瑞打开马栏的门，"猫王"立刻闪到一边。杰瑞在马栏里一动不动地站着，手臂下垂，笼头挂在他的指尖上。在对过的马栏里，"亲爱的"向前竖着耳朵看着这边。

时间分秒过去，"亲爱的"疑惑地向前迈了几步，它张开鼻孔闻着杰瑞周围的空气。马蹄得得地踏过尘土，直到离杰瑞只有一手臂的距离。但是杰瑞还是不动。"猫王"伸长脖子，鼻子凑向杰瑞的肩膀，它的气息滑过杰瑞的衣领发出沙沙的声响。杰瑞慢慢地抬起手，手心朝上举着，让"猫王"感觉他的气味。马向一侧跳开，然后又悄悄走近。我坐在护栏上，让我的呼吸在胸腔里保持沉默，看着这场舞蹈继续，向前，向后，直到他们互相接触。

杰瑞的手轻轻抚过"猫王"的脖子和胸部。每次那匹马挪开身子杰瑞都不会移动，而是等着他再次靠近。最终，他拿起笼头，用它触碰了一下"猫王"一侧的脸，让它呼吸感受它的材质。接着，他慢慢地退出圆形马栏，关上了身后的门。

"你在干什么？"我问。

"在它还没长得太大之前得有人开始训练他。"杰瑞对我说，"不然它就被浪费了。"

"爸爸不会喜欢你这么做。"我说，杰瑞看了看我，转身走向马棚。

"幸运的是他不常到这儿来。"

希拉·阿尔特曼参加了社区排演的《音乐之声》①中路易莎一角

---

① 《音乐之声》(The Sound of Music)，上世纪五十年代流行于百老汇的一部音乐剧，后被改编成电影，成为人们熟知的歌舞片经典。

的试演——她告诉我是讨人厌的那个。她说彩排很紧张。在这出剧结束前，她在马棚的时间就不能和以前一样多了。我以为我父亲会反对，会告诉她保持训练的重要性，为明年做准备的重要性。但是他听到这个消息的时候似乎挺高兴，对她说既然表演季已经结束了，她应该留点时间给自己，而且我们肯定都会去看她的演出。

在空余的时间里，我父亲越来越多地帮着帕蒂研究跳跃，或是跟她一起在下午开车出去，四处挑选马具和其他设备。他们从来没有带回新马具和设备，但是即便除我之外还有人察觉这些，也从来没有人点穿。

诺娜不再需要占用时间给希拉上课，她在马棚里闲逛，跟"鲶鱼"们聊天，或是袖手旁观地看着杰瑞清扫马厩。每天下午，杰瑞都会在圆形马栏里跟"猫王"共处一会儿。几天后，他给它套上笼头，然后牵它。很快，他系上一根长长的牵引绳，站在马栏中间，弹着舌头，用牵引绳的一端轻轻敲打自己的大腿，让"猫王"绕着他慢跑。

"那匹马身上唯一重要的就是他的生殖器。"诺娜对杰瑞说，"你在浪费时间。"

"那就让我一个人安安静静地浪费。"他回答说。

诺娜眯起眼看着他试图反驳。但杰瑞的注意力重又回到"猫王"身上。我姐姐等了片刻，然后怒气冲冲地走开，靠在"亲爱的"的马栏护栏上点燃一支烟，远远地瞪着杰瑞。

"套着笼头训练它不会有伤害。"我对我姐姐说，"我是说，以后我们替它交配的时候，也得给它套上笼头。"

诺娜冲着地面摇摇头，我爬上她身旁的护栏。"我不明白为什么杰瑞非得这么做。"她恼怒地说,"这不关他的事。他干吗操这份心?"

白天的时候,我姐姐和她丈夫越来越让人感觉到:他们是连互相多看一眼都无法忍受的一对。但是到了夜里他们一起在马棚喝酒时,他们的棱角又被磨平了,他们的身体互相摩挲,膝盖互相抵靠,手指互相交缠。他们跳舞,亲吻。然后他们上楼,走进诺娜的卧室关上门,消失在黑暗中。他们身体结合时颤抖的呻吟和狂乱的喘息渗过我卧室的墙壁。他们并非真的互相讨厌——"鲶鱼"们这样对我说。只是性活力。年轻人的爱。

"也许他厌烦了。"我对我姐姐说,"也许他怀念牛仔竞技比赛。"

诺娜的头朝一侧一甩,双眼直视我:"也许你应该管好自己的事。"

以前从来不是这样。诺娜对任何事、任何人都充满怒气、争吵不断。在她离开前,我姐姐和我父亲互相怒吼跺脚,然后冷战数日。但是始终有某种开玩笑的成分存在——某种温柔。通常情况下,我认为他们都属于那类享受偶尔吵架斗嘴的人。但是现在不同了。诺娜体内似乎有些东西令她厌恶周遭的一切,包括杰瑞,包括我。

"亲爱的"从护栏上探出头,我挠挠它耳后,看着它愉悦地闭上眼,鼻孔微微颤抖。马棚里突然爆发出"鲶鱼"们一阵尖利的笑声。诺娜下巴抵着胸口,用拇指按摩着太阳穴。"那些娘们快把我逼疯了。"她说,"真不敢相信爸爸居然像拉皮条似的把马棚交给陌生人。"

"我们要付账单。"我对她说。

"不。"她说着冲"亲爱的"点点头,"他要买玩具。"

我想说我们的父亲买下"亲爱的"的时候,不知道自己会摔断腿,而且当时仍有小小的可能,那就是希拉能进入状态,成为将我们从贫困中拯救出来的超级明星。但诺娜的眼神阴沉沉的，我只得说："不管出于什么原因，我们需要钱。"

"只是……这些人。"诺娜说，"我讨厌这种人。"

"哪种人？"我问，诺娜又点燃了一根烟。

"愚蠢的有钱人。"她说。

"我们这儿向来都是这种人。"我对她说。

"对。"她说，"好吧，现在我觉得讨厌。这些女人们——她们拥有一切。而所有的一切都是最耸人听闻的。啵啵啵，她们今年没法去希腊。哇哇哇，某人的丈夫骗了他的妻子。"

"谁？"我问，"是谁的丈夫？"诺娜望着我，仿佛刚刚想起我的存在。"阿尔特曼先生。"她得意地说，"希拉的爸爸。"

我爬下护栏站在她面前："你怎么知道的？"

"帕蒂·乔告诉我的。她看见他跟别的女人在一起。所以，他从来不到这儿来。"

"阿尔特曼太太知道吗？"

"管她呢。"她说，"这又不会是她生活的终结。她仍旧有钱，有房子，有精致的脸蛋。"

"也许她爱他。"我说。

诺娜长长地吸了一口烟，然后把烟屁股扔在地上。"也许吧。"她说，"但是像他们那样的人拥有太多其他的东西。爱对他们来说并不那么重要。"

我退后一步，努力消化这条信息。"听着。"诺娜从护栏上一跃而下说，"帕蒂·乔总是想尽办法引人注意。这事没准是她编的。忘了我刚才说的。"

在对过的圆形马栏里,"猫王"绕着杰瑞轻松慢跑。诺娜停了下来,斜撅着下巴看着。"那么多年了爸爸始终讨厌'准男爵'"她说,"然后又怎么样呢?使唤完老的又找来一匹全新的翻版取代他。"

"是杰克。"我对她说,她哼了一声。

"果然。"

"他还做了其他的事。"我说,"他修好了空调和水泵。他替所有新出生的马驹付了注册费。"

诺娜调整重心,撅起一侧髋骨从头到脚打量我。"是杰克把'王牌'打得半死。"她说。我的身体从内向外猛地一抽,周围的空气被吸入了地表边缘。

"你撒谎。"我说。

"你不再是个小娃娃了。"诺娜对我说,她的声音让我不寒而栗,"你这年纪应该知道真相了。那时候爸爸还小。杰克想给'王牌'套上马掌。'王牌'踢了他,他就火了,把那马拴在马桩上直打到灵魂出窍。差点把它打死了。"

我想用手捂住耳朵。但是太迟了。她吐出的每个字如同烟雾般在我脑海中弥漫,我的眼底浮现出了一幅场景:杰克,他那厚实长着雀斑的手。榔头,光滑而沉重。"王牌",年轻健美,在重击下退缩,马蹄在水泥地上刮擦,鲜血和毛发,肉体投降时发出的低沉、微弱的声音。骨头断裂。而我的父亲,还是个孩子,在一旁目睹这一切发生。

我的体内涌上一股恶心的感觉,冰冷湿滑地粘在我的喉咙壁上。

我并非一定得相信。这件事，我并非一定得接受。故事会随着时间扭曲。记忆变形。我姐姐说的并非她亲眼所见。如果我不愿意，这并非一定得是真相。但是即便如此，它仍旧在那儿。整件事闪过我的脑海，我目睹了它的发生。不论真实与否，它都将留在我的脑海中，片刻前还是完美无瑕的东西上落下了伤疤。它永远都会在那儿。

我直视我姐姐的眼睛，如此平静，如此空洞，我恨她。

"你什么都不知道。"我带着怨气说，"你回来假装了解一切。但是你什么都没看见。杰克和露比回来过，他们在这儿的时候，一切都有了起色。有些永远被割裂开的东西重新开始组合。我们大家一起吃晚饭。没人能接近那些马驹，于是，杰克走出去，嗡，它们就爱上了他。"

"这些可能都是真的。"诺娜说，"杰克来探望的时候，可能表现得像个圣人。但是他的臭脾气比谁都厉害，他差点杀了'王牌'。"她指指"亲爱的"说："所以现在爸爸一辈子都在训练乳臭未干的小妞和不成器的家伙。你觉得弗洛德会怎么说？"

"弗洛德？"我问。

"你知道的，"她对我说，"就是那个认为每件事情都象征着另一些事情的精神病学家。"

我姐姐从来不是个好学生，她记不住人名、日期和公式。她不学不练也不在乎。她不读书。我感觉自己被揪着头顶拎了起来，伸直拉长，直到我高高地俯瞰着她，直到她成为一个微不足道的小点。诺娜也许是个比我出色的骑手，但我始终是更聪明的那个。"弗洛伊德。"我对她说。

"哦，对不起，艾莉丝。"诺娜不耐烦地说，"我不是个学者，你应该记得我辍学结婚了。"

"是啊。"我说，"还值得吗？"

诺娜的脸扭曲了，她的嘴歪向一侧，眼中漫出泪水。突然之间，我姐姐变老了。她眼睛周围的皮肤干瘪松弛，她颧骨的纹路更明显了。

"你不在这儿。"最后我轻声说，"杰克和露比是好人。"

诺娜弓起了肩。"不。"她对我说，"他们只是普通人。就像你，就像我，就像其他所有的人。"


"鲶鱼"们在马棚里梳洗她们的马，帕蒂·乔站在她们中间，一边梳理"小情夫"的鬃毛，一边等着我父亲开完校车回家。

"嗨。"我说。

"哦，嗨。"帕蒂说着把手放在我的脸上，"你的脸都红了，艾莉丝。怎么了？"

所有的一切都错了，这整个宽广的世界和世界上的每个人。没有哪件事是对的。帕蒂的手心贴着我的皮肤，凉凉的，滑滑的。我抬头看她的眼睛，我能感觉到自己眼中逐渐发烫的泪水。我的手在颤抖，我的脚在她给我买的昂贵鞋子里麻木。

帕蒂·乔告诉了我姐姐阿尔特曼先生的事，那么很可能她也告诉了其他"鲶鱼"们。很可能她还告诉了我父亲。如果我姐姐知道杰克用榔头打过"王牌"，我妈妈也会知道。我想象她坐在她漆黑的卧室里，猜测她从那扇小窗户里看到了什么，她从那些薄如纸片的墙壁后面听到了什么。这么多年我始终认为我们在保护她，让她免受外面肮脏世界的侵扰。可现在我看着帕蒂·乔精心修饰过的脸，她卷翘的睫毛和洁白的牙齿，不明白为何我居然会相信我在保护某人不受某事的伤害。没有秘密。只有未说出口的话。

"我知道什么能让你高兴。"帕蒂轻声说着，冲我弯了弯手指，带着我走进马具房。她打开马具房里的灯，用屁股撞上门。"我给你带来样小玩意。"

她拿出一个塑料购物袋。我朝里面瞄了一眼，看见她第一次把"小情夫"带到马棚来的那一天穿的绿色仿麂皮夹克。"知道这是什么吗？"她问，我点点头。

"是你的。"我说。

"我第一次看见你的时候穿的衣服。"她对我说着，把夹克从袋子里扯了出来，在手里抖松皱褶。

"你要送人？"我问。

"我想给你。"她说。

我站着，手臂坚硬地撑在身体两侧，帕蒂给我套上夹克，调整了领子的大小。"你看上去很漂亮。"她轻声说，"这颜色把你的眼睛衬得亮闪闪的。"

我收下夹克因为这比拒绝要简单，因为它配我的眼睛，因为它让我看上去漂亮。我收下它，因为它有帕蒂的气味——金钱和希望——就像我从没去过的那些地方和我从没见过的那些事。我收下它，因为世界就是如此，拒绝一件合身的仿麂皮夹克并不会导致任何不同。

# 第十三章

希拉·阿尔特曼声称《音乐之声》将会是沙漠峡谷有史以来最成功的作品。她每周只有偶尔几天来马棚看"帽子"。她在我面前练唱，手臂举过头顶，踢着脚后跟，围着马棚边舞边唱《牧羊人》或《雪绒花》。她浅色的头发扎成辫子盘在头顶。"你觉得怎么样？"她问我，"我看上去像不像一个奥地利姑娘？"

"你看上去就像你自己。"我对她说，"只不过扎着辫子。"

希拉耷拉着脸，用手指把头发打散。"穿上戏服就好了。"她说，"是我妈妈替我缝的，我相信一定很棒。"

毫无疑问，阿尔特曼太太精通缝纫，希拉穿过的每件万圣节化装服或是学校演出服没准都出自她手。毫无疑问，希拉的戏服会很棒。如果有人质疑，有成堆的照片足以为证。

"你爸爸也帮忙吗？"我问。

"不。"她说，"我想他会帮忙搞定布景。不过他工作很忙。"

我观察着她的脸，努力搜寻她的内心深处是否有任何怀疑，半点猜测。诺娜告诉我阿尔特曼先生有个情妇，如果这件事连一个从未见过他的人都知道，那他的女儿也应该有所察觉。可希拉踮着脚围着"帽子"转圈，脸色红润目光炯炯地唱着："咪，是我对自己的称呼。发，是遥远的地方……"①

"他的工作真多。"我说。

希拉正转到一半，她停了下来，恼怒地把嘴扭向一侧。"我被你搅得忘了唱到哪儿了。"她咕哝道。

"对不起。"

"我爸爸是有很多工作。"她说，"所以，我有漂亮的房子、漂亮的衣服和'帽子'这么漂亮的马。爸爸赚很多钱。"

我在她眼中寻找蛛丝马迹。如果帕蒂·乔知道阿尔特曼家的钱从哪儿来，他们自己的女儿当然也知道。但是，希拉只是朝我眨眨眼，等着谈话结束好让她继续高唱。希拉跟她的父母住在同一个屋檐下，看着他们的交流，听着他们的交谈。而她根本不了解他们。

"我只是觉得让他这么忙着工作，有点不近人情。"我最后说。希拉朝一旁歪歪脑袋。

"是么，并非如此。"

我点点头，希拉重又踮起脚尖。"现在。"她清了清喉咙说，"让我们回到最开始，一个完美的起点……"

希拉说过我是她最好的朋友。在我看来，最好的朋友之间应该毫无保留。这正是我想象中与波莉·凯恩之间的友谊——我们两个在走廊里咬耳朵，在课堂上传纸条，彼此分享所有的事，直到每一个故事，

---

① 《音乐之声》插曲《哆来咪》的歌词，将音符与谐音的单音节词相对应便于记忆。

每一刻的恐惧与希望互相融合，我们成为对方的一种延伸，两个身体却拥有同一份回忆同一种人生。在那从不曾真正存在的生活中，我一定会告诉我最好的朋友，人们在谈论她的父亲，说他有个情妇，说他欺骗了他的妻子。

但我看着希拉·阿尔特曼在马棚里跳舞，知道我们并不是我和波莉可能成为的那种朋友。我不欠她任何二手信息。而且，帕蒂·乔对我姐姐说了些什么，并不代表它就是真的。在峡谷另一端草坪翠绿、人行道点缀着成排鲜花的世界里，阿尔特曼先生在他的业余时间里做了或是没做什么根本不重要。重要的是希拉拥有一切，而阿尔特曼太太拥有希拉。

"真不敢相信希拉被宠成什么样了。"那天夜里晚些时候诺娜说。我父亲和帕蒂·乔几小时前去买马镫还没回来。天色已黑，马棚一片寂静，诺娜和杰瑞在马棚里喝着啤酒，和着头顶喇叭里飘出的沙沙音乐声摆动脑袋。

"哦。"杰瑞对她说完，长长地吸了一口烟，"她看上去好像很乖。"

诺娜瞪了他一眼。"你知道些什么？你跟她连一分钟话都没说过。"

"我干吗要跟她说话。"杰瑞回答说，"又没人付钱让我教她骑马。"他语中带刺，双眼牢牢地盯着我姐姐。他不用说诺娜只是跟希拉到处骑马，根本没有教她些什么。他的眼神已经替他说出。

"好吧，如果你真的跟她说过话。"诺娜无视他从牌桌对过投来的眼神说，"你就会知道她从小到大任何微不足道的要求都会得到满足。

艾莉丝你跟他说。"

我来回看着他们俩，感觉到他们怒火的热度，未说出口的话如同烟雾般在空气中弥漫。杰瑞慢慢地喝了一口啤酒，又点燃一根烟。"你对那个小姑娘一无所知。"他对诺娜说，"你只不过是因为'黄帽子'现在归她了，所以妒忌。"

我仿佛能看见诺娜的心脏在她的 T 恤衫下疾速跳动，脖子的肌肉绷紧。"她的妈妈爸爸也许出钱买了他。"她低声说，"可它是我的。"

我等着杰瑞向她让步，给她道歉，让他们的关系恢复正常。但他一动不动地接受着她的凝视："它不是。"

诺娜把她的烟一把掷灭在马棚地上，然后站起身。"如果你不相信我，"她继续低声说，"我证明给你看。"

我姐姐穿过马棚，走到"帽子"的马厩，冲它弹着舌头。它探出金色的脑袋，诺娜一把扯开马厩的门。"出来。"她对它说。

"别！"我说，但她并没有停下。

"帽子"向前迈了几步，然后毫无束缚地站在马棚里，我跳起来堵住门道，不让它逃跑。杰瑞站在我身旁，伸长手臂努力让自己变宽。"你究竟在干吗？"他问。

诺娜站在"帽子"的脑袋旁边，仿佛握着一根无形的缰绳般举起手臂。她开始走，"帽子"跟在她身旁，与她步调一致。

"吁。"诺娜轻轻地说，"帽子"停了下来。我姐姐用舌头发出微弱的声音，低声吐出我们听不见的词句。"帽子"的耳朵抽动一下，调整了一下步伐转移重心，以"展示技巧"中的方式完美地立了起来。诺娜退后，将它展示在我们眼前，杰瑞和我的手臂垂到身体两侧。

"哟嗬！"她说，为她自己的成功鼓掌。

"很厉害。"杰瑞低声说，"现在让那匹马回去。"

又一次，诺娜仿佛握着缰绳般，举起手，又一次，"黄帽子"跟着她。她朝它踏步，它原地快速转身，跟在她身旁穿过马棚，走回马厩。它一进马厩，我姐姐就关上门，然后朝我们亮手。她根本一下都没碰它。

"现在，"她平静地说，"再说一遍什么不是我的？"

杰瑞坐回椅子里，"啪"的一声打开一罐啤酒。"如果那匹马对你这么重要，也许你就不该丢下它，让它被陌生人买了。"

诺娜的脸扭紧了，双颊和脖子泛出暗红色的斑点。"艾莉丝，告诉他，"她轻声说，"告诉他'帽子'属于我。"

即便希拉·阿尔特曼用她的余生训练，也永远无法做到我姐姐刚刚办到的事。"黄帽子"永远不会盲目地跟随她，不会为了她施展绝技。但是我的眼神移到侧面，望着"帽子"的马厩，它那绣字的笼头挂在钩子上。如果阿尔特曼一家搬到其他镇子去，他们会把"帽子"一起带走。我姐姐就再也见不到它了。它会为她做些什么或者不会做些什么都不再重要。

我姐姐等着我开口，可我没有，她突然迸出眼泪，双肩抽动，嘴巴痛苦地绽开。杰瑞和我互相看了一眼，被她忽然之间爆发的情绪吓了一跳。

"你们两个都下地狱。"诺娜抽噎着说，然后转身走向屋子，"直接下地狱。"

杰瑞和我沉默地站了一会儿，不确定究竟发生了什么。"是你的错。"我终于说，仿佛宣誓般举起一个手，"她以前不这样。上帝作证，从来不。"

杰瑞向后靠在椅子里。"不早了。"他目不转睛地盯着面前的墙壁说，"也许已经过了你该上床的时间。"

我瞪着他，可这无疑是浪费表情。他都不侧眼瞧我。"好吧。"我说着，转身离开，"我想今天晚上你得一个人下地狱了。"

"多做好梦。"他说，我恼怒地踏进了房门。

之后的几天，诺娜和杰瑞互不理睬。他们错开时间吃饭，或是站在厨房水池旁，或是独自坐在桌边。到了晚上，杰瑞在马棚自斟自饮，而诺娜翻遍她的衣橱，在镜子前一件件试衣服，眼神空洞地盯着镜子里自己的影子。

夜里，我听见楼梯上杰瑞的脚步声，听见他走向我姐姐的床。在墙壁的这一边，我毫无睡意地躺在床上，听着他窸窸窣窣地脱衣服，两只靴子砰地摔在地上。但是不再有床垫弹簧的吱吱嘎嘎声，不再有从嘴中吐出的喘息，或是战栗的呻吟。夜复一夜，我等着他们俩其中一个向另一个屈服，道歉或是做出弥补。但是夜复一夜，除了沉默，别无其他。

"最近这儿的气温有点儿凉了。"帕蒂·乔对我说。季节转换，空气清冽凉爽，四周的绿色逐渐退去。可帕蒂冲房子歪歪脑袋，我知道她不是在谈论天气。我姐姐在门廊上抽烟，杰瑞走上台阶的时候，她朝相反的方向侧了侧身子。他一言不发地走进屋，甩上了身后的纱门。

“他们闹别扭了。”我说。

“我一猜就是这样。”

我父亲下午有工作，把一个高中摔跤队送去参加比赛。帕蒂·乔在马棚里四处闲逛等着他回来，她的手指滑过墙壁，偶尔停下拍拍探出马厩门的马脑袋。希拉盘腿坐在地上，一边低声哼唱，一边擦拭她的表演用马鞍，根本不曾留意诺娜与杰瑞之间的冷战。

“他们甚至不跟对方说话。”我对帕蒂·乔说。

她叹了口气：“这就是开始。”

“什么的开始？”

帕蒂倚在马厩墙上，低头看着她黑色靴子的靴尖。“知道我会怎么做吗，艾莉丝。”她问，“如果我能全部再重来一遍，你知道我想要些什么吗？”

她说得不紧不慢，我感觉四周的空气凝滞了，她将要说出口的话的分量沉甸甸的。我低头瞄了一眼希拉，可她的嘴唇无声地嗫动着吐着歌词——再见，永别，回见，拜拜——她的思想沉浸在另一个世界里。

“什么？”我问。

“在某个地方有套小公寓，摆放我自己的小玩意，我可以坐着读书，或是做任何我想做的事。我就是我——我一个人。”

“那你丈夫呢？”我问，帕蒂·乔抬起眼睛。

“他怎么了？”

我顿时感觉到这是危险而又错误的谈话。我盯着帕蒂·乔的眼睛，等着她想起我是谁。“你不喜欢结婚吗？”

她也盯着我，目光平静，语气严肃。"婚姻，"她缓缓地说，"是一张最昂贵，却哪儿都去不了的票。"

"这不是你的心里话。"

她的眉毛上挑形成了一个完美的弧度。"看看它把你姐姐带到了什么地方。"她说，"看看它把你爸爸带到了什么地方。"

一阵寒冷的恐惧爬上了我的喉咙，我突然觉得自己在她面前赤身裸体，仿佛她洞悉了我的所有秘密，看穿了我说过的所有谎言。

坐在地上的希拉吹了吹额头上的刘海。"每个人都会结婚。"她说。

帕蒂·乔的眼神死死地盯着我，强烈而又坚定。"婚姻不是答案，艾莉丝。你理解我的意思吗？不是出路。"

我的舌头在我的口腔里发直，我的嘴唇僵硬。但我点点头。是的，我理解。

"有些人喜欢结婚。"希拉充满自信地说，"看看我爸妈。他们结婚十五年了，依旧非常幸福。"

帕蒂·乔的眼底掠过一阵风暴，涌起一股厌恶，刻薄的表情在她脸上闪烁了片刻。但她把手心放在希拉的头上，闭上眼睛，嗓音轻柔地说："那他们可真够幸运的，甜心。我替他们感到高兴。"


"你想结婚吗？"我问。

"你不觉得至少你先得试一下读读高中吗？"戴尔玛先生说。

这是我们偶尔会跨越的模糊界限。我不知道它意味着什么，但我的胃里一阵翻腾，靠着电话听筒的脸红了起来。"你知道我在说什么？"

"我知道。"他说，"知道你在说什么。"

"那你想吗？"

"我不知道。"他说，"有一天也许吧。"嘶嘶声然后是吐气声——他在抽烟。"我订过婚，但是无果而终。"

"跟照片里的女人？"我问，"就是你桌子上不见了的那张。"

"你的观察力可真强。"他说，"没错，是她。"

"你为什么没跟她结婚？"

他停下来深吸一口气。"她在密歇根完成了学业，我在这儿教书。聚少离多。"

"你爱她吗？"我问，尽管我已经知道答案，已经知道就是她让他挨饿变傻，就是她说除了他再也不会跟其他人在一起。

"爱。"他说。

"出什么事了？"

"她遇见了其他人。"

"在你还爱着她的时候？"

"是的。"

"什么时候结束的？"我问，"是不是差点要了你的命？"

"是要了我的命。"他说，"我死了。"

"那后来发生了什么事？"

"电话响了。"


在学校里，自从我拒绝了詹尼丝·里德让我跟她坐在一起吃午饭的邀请后，她就不愿跟我有任何瓜葛。因此，高级英语课后，她走到我的桌旁，我以为她只是想看看我最近的作文得了几分。我把作文捂在胸口，遮住最顶端的红色"B+"。詹尼丝翻翻白眼说："我不想抄你的，所以，不用担心。"

"我没有。"我嘟囔着，把作文塞进了我的笔记本。

"B+，嗯？"詹尼丝侧身过来看了看说，"我得了 A。"

"祝贺你。"我说，"你想干吗？"

詹尼丝戴着治安队舞会那天展示过的粉色仙女翅膀，肩膀上挂着背包，翅膀在她身后歪到一旁。"我要设一场降神会。"她说，"大家都来。"

"卡伦·卡朋特会去吗？"我问，詹尼丝眯起了眼睛。

"艾比盖尔，莎伦，还有珂林都来。"她对我说，"我想你知道还有谁会来。"

波莉。

"有一些问题需要答案。"詹尼丝说着，扬起眉毛表示强调，"关于那天。"

她淹死的那天。

"发生了什么。"

她是滑了一跤还是跳了进去？

戴尔玛先生在教室的另一端擦着黑板，我能感觉他的注意力正转向我们。我的脑海中突然蹿起一团火焰。波莉·凯恩是我们的世界，他的和我的。如果詹尼丝·里顿或是其他任何人在他面前大声说出这个名字，咒语就会被打破。世界就会崩溃。她是我最好的朋友。我是唯一能把她带回他身边的人。

"好吧。"我说。

"什么好吧？"詹尼丝问。

"好吧，我去。"

当然了这是种折磨。詹尼丝·里顿仿佛在计划雷霆万钧的诺曼底登陆，有清单，有日程，还有各种准备工作。看样子，某些时段更适合与死人进行联络——我猜他们接电话的可能性更大。

"你负责带鲜花来。"几天后，詹尼丝对我说。她的脸红红的，我能断定她给自己布置的任务快压得她有点歇斯底里了。

"为什么？"我问。

"降神会不能少了鲜花。"

"真可笑。"我说。

"我很严肃，艾莉丝·维斯顿。"她对我说，"如果要做好，就得有鲜花。"詹尼丝俯身冲我耳语，一边还斜视四周，唯恐别人有兴趣偷听，"鬼魂会被鲜花吸引。"

我不明白詹尼丝怎么能指望我在秋天的沙漠找到鲜花，但是当我提出这点，她说我又聪明又有想象力，她很肯定我能胜任这次挑战。

"我要去花店。"我对帕蒂·乔说，"你能送我吗？"

她微微晃了晃肩膀，然后拍拍手。"是什么场合？"

"今天夜里，我要跟死人联络。"

帕蒂的脸一沉，我只好换一种说法："明天是我最好朋友的生日，我想在学校里送花给她。你能带我去吗？"

帕蒂高兴坏了。她告诉我，女孩跟她的朋友们的友谊是一生中最重要的。如果我好好经营这些友谊，我就永远不会后悔。她说买花是一种可爱的表示，我最好的朋友收到花束，会成为整个学校最幸运的女孩。在花店里，帕蒂一排排地穿梭，指着添加了填充玩偶或是气球的花束问我："你觉得怎么样？"我耸耸肩。花就是花。死人多半没有那么挑剔。

当我看见用银色纸包裹的白色玫瑰花束时，我拉了拉帕蒂的手臂。尽管我对波莉几乎一无所知，我还是知道她母亲在葬礼上戴着一朵白玫瑰。"那些。"我说。

"哦，亲爱的。"帕蒂说，"太美了。真的。但是它们不太，嗯，热闹。像这样的会不会好一些？"她说着，指了指一个罐子里红紫相间的花束，罐子上有一个泰迪熊，头顶上有一个心形的对话框，上面写着：给一个像熊熊一样特殊的人。"如果花枯萎了，"帕蒂对我说，"你朋友还可以永远留着这个漂亮的小罐子。"

我转向那束白玫瑰。"那些。"我重复道。

虽然帕蒂似乎有些犹豫，她还是拿出了钱夹。"她是你的朋友。"她微笑着说，"我肯定你是最了解她的。"

回到家里，帕蒂·乔急着到马场在我父亲面前练习跳跃，而我冲上楼把玫瑰藏在我衣橱里。当我下楼的时候，诺娜正跟"鲶鱼"们在马棚喝酒。希拉垂着头，双手交叉在胸前，站在一旁。"帕蒂说她带你去买花。"她说，她的声音低沉而又带着怨气。

"怎么了？"

"为了你最好朋友的生日。"

马场里，"小情夫"越过一个障碍物，"鲶鱼"们在马棚里欢呼，吹着口哨。帕蒂·乔踩着马镫站起身，冲她们挥手，我父亲在手杖上稳住身子鼓掌。但是希拉仍旧盯着我,在我的脸上探寻答案。"最好的"
意思就是最喜欢的——一个我对她的喜欢胜过她的朋友。

我耸耸肩,表示这没什么大不了,然后转身加入了"鲶鱼"们。
希拉站在我身旁,强忍住伤心,假装观赏帕蒂跳跃而不看我。于是,
我们大家一起亲眼目睹了那件事的发生。

表演场里,"小情夫"绊了一下。它的步伐微微踉跄,帕蒂·乔吓
了一跳,她睁开眼,把头扭向前方的障碍物。她犹豫着,不确定是把
它拉回来,还是鞭策它继续前进。她的意图分裂了,手把缰绳朝后猛
拉,脚却踢着它让它向前。帕蒂的身子朝前抬起准备跳跃,而"小情
夫"却突然朝后停了下来。从马棚的门口看过去,一切仿佛发生在水下。
帕蒂向前倾斜,而"小情夫"向后站立,它的脑袋朝她脸的正面移动。
他们碰撞在一起,一声破裂的巨响,骨头抵着骨头,如同水泥地上砸
碎了一个盘子。希拉在我身旁发出尖叫。

之后的一切在我的记忆中支离破碎:杰瑞如同鬼魂般出现在我身
旁,飞快地冲进屋子,我父亲步履不稳地穿过马棚,向帕蒂疾奔。他
把她拉下马时,鲜血浸透了她衬衫的前襟,她的手臂环绕着他的脖子,
在他脸上和脖子上蹭上血迹。血顺着她的双颊喷涌在地上,我父亲半
抱半拖地把她带进马棚,她的脚在血里划出条痕。

帕蒂的手移向她的嘴。杰瑞再次出现在我身旁,抓住她的手腕不
让她触碰自己的嘴唇。"冰。"他说,递给她一包用我姐姐的 T 恤裹着
的冰冻豌豆。

"哦,天哪。"帕蒂含糊地说。她不停地翻着白眼,双脚滑来滑去。
杰瑞和我父亲不得不抓住她,一直扶着她。"哦,天哪,天哪。"

马棚里充斥着发甜黏稠的鲜血味。看着她的时候，很难分辨血究竟从哪儿流出。它涌动着，从她的鼻孔和眼角喷洒，从她的嘴里溢出，顺着她的下巴流淌。隔着这层血，她的脸全都错位了，鼻子扭曲歪斜，在脸中间弯出了一个角度。她张开嘴，我们看见被打落的牙齿四分五裂的碎片和豁开的血洞。"鲶鱼"们倒抽一口冷气，互相依靠着抽泣，用她们的手指遮住眼睛。"怎么了？"帕蒂哽咽着说。"鲶鱼"们转过头，捂着脸哭泣，无法面对她。

"怎么了！"她尖叫着把我父亲的脸扭向她，在他脖子上抹下道道血痕。她的鼻子在她脸上突兀地凸起，她的眼睛肿成了细缝。

杰瑞扭头转向杰西。"医院。"他说。她目瞪口呆地看着他。"汽车。"他抓着她的手臂轻轻晃了晃。"你得开车送她。"杰西一跃而起跑去拿钥匙。

"没事的。"我父亲说，帕蒂的双臂裹着他的后脑勺，鲜血渗入了他的头发。

"哦，天哪。天哪。"

希拉在我身旁俯身吐在手心里。

"没事的。"我父亲重复道，调整身体的重心支撑帕蒂。

"我很难看吗？"帕蒂呜咽着说，"哦，天哪，我会很难看吗？""鲶鱼"们摸摸她的肩，背过脸去不看她的脸，拍着她让她别再说话。

杰西把车停在马棚前，我父亲把帕蒂放在前座上。贝西爬上后座，关门的时候卡住了安全带，她一次又一次地甩门，却不检查为何门始终关不上。杰瑞俯身递给她那袋冰豌豆，然后把安全带的搭扣朝上拉回车里。车门关上，他们离开。

我父亲转身一瘸一拐地走回屋里，冲洗马棚地板上的血迹和呕吐物。马在它们的马厩里踱步悲鸣。剩下的"鲶鱼"们漫无目的地跟在他身后，收起钱包，拾起其他人落下的东西。马棚的水泥地面潮湿苍白，事件发生的证据顺着河水流出了马棚的大门，汇聚在尘埃中，浸润了土地，将它染成红色。"鲶鱼"们一个个用手指触碰自己的脸，感觉她们的嘴唇牙齿和鼻梁。那一刻在一个又一个头脑中轮番自顾自地重演，空气仿佛充满了甜腻而又恶心的气味。

她们上了各自的车开向医院，她们低声说会打电话来随时通知我们最新消息。诺娜朝她们走了一步，"告诉帕蒂……"她说着，声音弱了下去。她看着我们其他人，指望我们帮她填上空白。我张开嘴说话，可我的舌尖升向我的牙齿，感觉到我上颚平滑纤弱的骨头。我父亲绷紧下巴拿着水管冲着，让希拉洗手，血手印逐渐干了，从他的脸上脱落。于是，诺娜没有完整表达她未说出口的情绪。我们不知道她后面想说什么。

阿尔特曼太太来接希拉的时候，空气中寒意凝滞，烟熏木料的气味从西面袭来。阿尔特曼太太一下车，希拉就哭了出来。这是她沉默许久后发出的第一个声音。杰瑞向前跨了一步，跟阿尔特曼太太解释发生在帕蒂·乔身上的一切。他尽量说得精简，省去了一切具体细节。即便如此，阿尔特曼太太的眼中涌出泪水，她的手移向嘴部，手掌紧紧按着嘴唇。

"我的天哪。"她轻声说。

阿尔特曼母女离开后，我在门廊台阶上坐下，诺娜坐在我身旁。太阳开始下落，在马棚上投下渐渐拉长的影子，我们看着我父亲和杰瑞默默无语地替"小情夫"卸掉马鞍，然后转身到马场里踢起尘土，覆盖一簇簇血迹和反射着光线的碎牙。我的记忆如同越过水面的石子般跳跃，在我的头脑中回荡着杂音——玻璃碎裂，鲜血喷溅，女人尖叫，我会很难看吗？我的胃仿佛裂了开来，我想象自己的脸支离破碎，如同尖细的木片，永远难以复原。

诺娜用指尖抚摸着嘴唇，然后摇摇头站了起来。"出去走走？"她问。

"好的。"我说。

我们没有告诉其他的人我们出门了。诺娜一把抓起钱包和杰瑞那辆货车的钥匙。有一阵子，我们只是向前开。诺娜朝车窗外吐着烟，我靠在乘客座的门上，看着发紫的暮色中开阔的大地掠过身旁。下午发生的事在我脑海中一起旋转，花店清冽香甜的气味，马棚地板上的一摊摊血水，帕蒂·乔的脸碎开时发出的声响。

"发生这样的事真糟糕。"诺娜终于说，"但是幸好是发生在她身上。"

"因为你不喜欢她？"我问。

"因为她有钱。"

我想了想。帕蒂·乔的丈夫是个医生。就医疗护理的角度而言，她可以得到最好的照顾。"如果像这样的事发生在你或我身上，"诺娜说，"知道我们会怎么样吗？"

"变难看。"我说。

"彻底完蛋。"她说。

于是，我对自己说，不幸中的万幸，这事发生在帕蒂而不是我身上。她会得到照顾，接受治疗直至康复。没有什么是无法挽回的。

"你觉得帕蒂·乔还会回马棚吗？"我问。

诺娜把烟头掷出车窗，一手握方向盘一手点燃另一支烟："除非她的脑子跟牙齿一起被撞飞了。"

"而你回来了。"我说。

"我别无选择。"

货车在泥泞的道路上颠簸。在我脚边，杰瑞的枪在皱巴巴的毯子下面哐当作响。我向前伸出脚，用鞋尖摸索枪杆。天色渐暗，最后一缕日光消失在群山之后。在马棚里，杰瑞应该已经发现他的妻子和货车不见了。他会喂马，或是在厨房的水槽旁吃晚饭，也许他会担心。也许他会觉得这一次，他是被她丢下的那一个。

"怎么回事？"

"有一个孩子死了。"她说。我闭上眼睛，感觉着货车下路面的颠簸，枪管蹭着我的脚滑动，"他是个专骑西部野马的骑手，跟杰瑞一样，一起参加牛仔竞技巡回赛。我们每天都看见他。可后来他死了。"

我用足背按着枪，在枪杆上晃动鞋子。"他被人杀了。"我轻声说。

"他摔下了马。"诺娜对我说，"撞在地面上脖子断了。别人还没来得及赶到他身边，他就死了。"

我睁开眼。这个故事跟杰瑞毫无关系，跟诺娜，或是金钱，或是秘密毫无关系。"怎么？"我问。

"我们每天都看见他。"她重复道，"可有一天，他就那么走了。

你明白那种感觉吗？"

"是的。"我对她说。

诺娜的烟在指尖颤抖。"有可能是杰瑞。"她轻声说。

"可事实上不是。"我说。

"但是有可能是。"

"所以，他放弃了？"我问，"他害怕了，所以离开了？"这跟我心目中杰瑞的形象可不相符。

诺娜眼眶泛红，嘴唇潮湿。"要是我失去他怎么办？"她轻声说，"要是有一天，他走了，留下我一个人怎么办？"她斜瞟过来，我们目光相遇。"离开他，我活不下去。"她对我说，"他死了，我也死。"

"你让他退出的。"我说。

"要是我失去他怎么办？"她重复道。

我想起了他们之间的沉默与距离。"你正在失去他。"我对她说。她的眼泪涌了出来。

"我知道。"

我们的车重新停在车道上，诺娜让货车熄火，然后扭头看着我。"我第一次见他，"她说，"他径直朝我走来，你知道他说了什么？"

我摇摇头。

"他对我说，我是普瑞希拉·普莱斯利①的转世化身。"诺娜低头用衬衫袖子抹抹眼睛。她抬头的时候，脸部显得更加柔和，眼神迷失在他们初次相遇的回忆中。她回来这么久，我第一次看见我姐姐真正高兴。因此，我没有告诉她一个人死了之后才能转世。我没有告诉她

---

① 普瑞希拉·普莱斯利（Priscilla Presly，生于一九四五年），"猫王"前妻。

普瑞希拉·普莱斯利还活着。


杰瑞在车道上等着我姐姐，她的眼神刚落在他身上，脸上的微笑便转瞬不见，愉快的记忆从她的眼底消散殆尽。杰瑞抓着她的胳膊，晃动她的身体。"你究竟上哪儿去了？"他问。

诺娜猛地躲开了，透过她散发出光芒的头发瞪着他。"去一个朋友那儿了。"她说。

"谁？"杰瑞咄咄逼人。

"天哪。"她说，"谁也不是。就是我从前认识的一个姑娘。"

"你在对我撒谎。"他对她说。

诺娜怒气冲冲地走进马棚，杰瑞紧跟着她。我犹豫不前，看着他们推搡争吵，不明白为什么我姐姐不干脆说实话：我们哪儿也没去，谁也没见。没有理由撒谎。杰瑞又伸手抓她的胳膊，这次温柔了些，但她甩开他的手。我知道自己不应该再进去，转身留下他们为了那些无关痛痒的事吵闹不休。

我快进屋的时候，看见我父亲在门廊上。在一片漆黑中，我勉强能看清他的轮廓。他的手杖杵在身旁，他坐着，盯着马棚的方向，一手拿着啤酒，一手拿着一根点燃的烟。刚开始我以为他在观察诺娜和杰瑞，但是即便在黑暗中，我仍能感觉到他对他们毫无兴趣。

"他们从医院打电话来了吗？"我终于问道。他摇摇头，表示没有，身下的椅子吱嘎作响。

马棚里，诺娜和杰瑞在灯光下绕着对方走来走去，他们的声音响起，说着我无法分辨的话，他们的身体绷紧，如同瞄准目标的手枪。

我在我父亲的椅子旁边坐下，膝盖缩到胸前，努力想着我应该说的话，如果我是他会想听些什么。

"你可以去，"我对他说，"去医院。你可以去看她。"

在黑暗中，我父亲清了清喉咙："我不这么认为。"

"她会没事的。"我说，我父亲把手放在我的头顶上，"她的丈夫是个医生。"

"我知道。"他说，"她会被妥善照顾的。"

马棚里，杰瑞认输地低下了头。他向我姐姐伸出一条胳膊，她考虑片刻，然后朝前迈了一步，与他十指相握。战斗的结束与开始一样干净利落。我父亲坐着，手掌抚摸着我的头发，我们一言不发地看着他们的身体在马棚的灯光下一起摇摆，和着我们离得太远听不清的音乐翩翩起舞。


我等我父亲睡觉了才把玫瑰从我的衣橱里拿出来，我拆开银色包装纸，玫瑰微微有些枯萎，花瓣的边缘泛出淡棕色。但是天黑了，没人会注意。我蹑手蹑脚地走下楼，出了门，呲牙咧嘴地踩在石子路上。

月亮躲在云层后，我沿着漆黑的道路向前走，手里捏着冰冷的玫瑰花花茎，包装纸在微风的吹拂下沙沙作响。我到了运河边，听见身旁的水声，缓缓地穿过排水井，拍打着被草覆盖的堤岸。这个时候的运河平缓宁静，水位一天天回落。土地已经干涸，草也开始在夜晚降临的冷空气中逐渐枯萎。很快，冬天就要到来，运河将在一年中第二次变空。

詹尼丝和莎伦就降神会的举行地点有一些争执。莎伦觉得我们应该挑一个离学校近、波莉背包被发现的位置碰头。但是詹尼丝想在我家附近，也就是尸体最终被找到的地方。艾比盖尔和珂林默不作声，保持中立。于是，我成了关键人物。前一天吃午饭的时候，她们跑来找我，打断了雷切尔讲述她如何用高领毛衣和围巾不让她母亲发现吻痕。"问题是，"詹尼丝紧张地说，"人能在水里活多久。我们必须要靠近她死的地方。"

出于尽快结束这场对话的目的，我做了妥协。我说不妨在两个地方中间。那样最好。她们走后，雷切尔冲我挑挑眉毛。"是一项研究。"我解释道，"高级英语课的作业。"

"天哪。"她说，"如果做一个聪明人就得跟这些稀奇古怪的家伙在一起，我宁可变笨。"

我百分之百地同意，辩解说她们说的话我一个字都听不懂，我敢肯定我被分在那个班是由于某些注册过程中的错误。但是现在，当我沿着河水走向我们约定的地点，我开始计算一个人在落水后可能活多久。河水在平静的表面下暗涌，卷入水管或是排水井，向下撕扯。当然她会挣扎，会抗争。她落水处和她最终被发现的地方之间相隔半英里。也许，她没过多久就死了。

她们已经动手准备，点燃了蜡烛，在河水旁的地面上铺了毯子。"你迟到了。"詹尼丝对我说，莎伦不信任地看看我。我把花放在毯子中央，假装毫不在意。

詹尼丝低头看看白玫瑰，重新跪坐在脚跟上，点点头。"她会喜欢的。"她静静地说，我瞄了瞄其他女孩，等着她们提醒詹尼丝她跟波莉并不是朋友，她不可能知道她喜欢什么。但是其他几个女孩什么都没说。不知怎么的，詹尼丝·里顿成了她们的头儿。

我们围坐在毯子上，玫瑰花散落在我们中间。风搅动我们的头发，熄灭了烛光，詹尼丝俯身重新点燃，结果蜡烛重又被吹灭。她抬头看着天空点点头，仿佛收到了来自于另一个世界的无声的信息。"她喜欢黑暗。"詹尼丝低声说，重新坐了下来，把火柴扔进了她的背包。

詹尼丝吩咐我们手拉手闭上眼睛。我坐在莎伦和珂林中间，我们掌心抵着掌心，她们冰冷的手指缠绕着我的手指。"现在。"我们拉起手后，詹尼丝轻声说，"专心致志。想着她。用你们的思维向她伸出手。"

空气清冷，运河水在我们身旁潺潺流动。我努力专心。我紧闭双眼，全身的肌肉因为专注而活动。波莉·凯恩，波莉·凯恩，波莉·凯恩。我在脑海中想象着她，在美工课上俯身阅读说明书，眯着眼睛寻找零件，手指把棕色头发捋到耳后。"波莉·凯恩，"詹尼丝轻声说，她的声音让我起了一身鸡皮疙瘩，"我们在这儿，我们在等待。快到我们这儿来吧，告诉我们你想说的话。"

*波莉·凯恩，波莉·凯恩，波莉·凯恩……*

"我能感觉到她。"詹尼丝轻声说，"她在这儿。"

宁静刺穿了我，我等待着，等待着除了风以及从水面上升腾的寒意外感到其他的东西。我的确感受到了。在我身旁，一阵战栗，微微的、静静的一捅，珂林·墨菲哭了起来。她没有出声。但是她的肩膀靠着我身子的起伏，她的手在我手指间滑动，于是，我握住了她的手腕。我的指尖掠过她凸出的腕骨，然后是柔软多肉有静脉通过的手掌根部。最终我感觉到了那微小细弱的疤痕，她曾经想寻死的无形的佐证。

那天夜里，波莉·凯恩没有来找我们，没有说话，或是嘴唇发青，头发里布满浮游碎尸地出现在我们眼前。我们收拾东西，叠起毯子，把蜡烛重新装回詹尼丝的背包里。珂林用手背擦擦眼睛，大家都一言不发。我是唯一知道她哭过的人。

我们道了晚安。她们四个同路，一起去詹尼丝家过夜。我朝另一个方向。我等着她们的声音渐渐消失在黑暗中，把白玫瑰抛进了运河。一阵空气拂过我的脸，把我的头发吹进眼里。云层散开，透出银色的月光。玫瑰在浅浅的运河水里上下沉浮，花朵在月光的映衬下，如同垂死挣扎的灯泡沉入水下，消失不见。

回到家，马棚的灯光暗了。杰瑞和诺娜已经进屋上床。整栋房子盯着我，黑漆漆的窗户就如同它的眼睛。我蹑手蹑脚地走上门廊台阶，轻轻推开后门，溜进屋内。我走上楼梯，然后停下。楼梯顶端一抹白色闪过，我的呼吸在肺里凝结成冰。詹尼丝·里顿感觉到了她，说她在那儿。现在她就站着，在黑暗中晃动，黑漆漆的头发披散着。她跟着我。她回来索要属于她的东西。

"宝贝。"

"妈妈？"我问。

"你去哪儿了？"

我母亲穿着睡袍，抓着护栏站着，我爬上几级台阶到她身旁。"没去哪。"我对她说，"就是外面。"

她伸手用手指抚摸着我的头发。"你去了这么久。"她说，"我很担心。"

她卧室的房门在她身后敞开着，她那无声的电视机蓝光摇曳。她的下嘴唇颤抖着，我伸手扶着她的胳膊肘，带她进屋。我重新拉开床罩，铺平床单，她站在我身旁，我退后让她钻进被子。但是我母亲没有走向床铺，而是伸手在我的手腕上摩挲手指。"他爱上她了。"她轻声说。

我试图脱身，但是我母亲的手箍紧我。"我不知道你在说什么。"我说。

"你知道。"她对我说。

那天发生的每件事在我脑海中一起砰然作响：白玫瑰和墨水般的血水，河水，枪，珂林·墨菲手腕内侧软绵绵的疤痕，我父亲在门廊上对我说话时空洞而又呆板的声音：她会被妥善照顾的。我闭上眼睛，努力将一幅幅场景区分开来，努力记起我身在何处。

"说实话，"我母亲对我说，她的手朝上移动到我的胳膊上，一把将我拉近，我能感觉到她湿乎乎的气息喷在我脖子上，"他会离开我们吗？"

那天夜里，波莉·凯恩没有起死回生，我把我母亲独自留在蓝色的电视机光线里，站在如坟墓般的床边。回到我的房间里，我环顾四周，看到记录着我生活点滴的每件物品整齐洁净地呆在各自的小架子上，我的衣服、书和电话，我的鞋子和发卡，我努力与它们产生感情。我的，我的，我的。但它们只是些物品，可以属于任何人的物品。我没脱衣服却感到了睡意，头脑中充满了鬼魂，谎言，寂静，所有不会被说出口的真相，所有没有答案的问题。

# 第十四章

世间万物的真理就是：如果你拿了不是你的东西，它永远都不会属于你。你竭尽全力攥紧它，但是它总会以某种方式从你的指缝间溜走。不是你的终究不是你的。不论你如何努力挽留，你还是会失去它。

帕蒂出事后几天，我把葡萄汽水洒在了我的皮背包上。我用湿纸巾轻轻擦拭，但是无法除去脏兮兮黏糊糊的污迹。因为我参加了她的降神会，詹尼丝·里顿重又认为我们是朋友。她在走廊里大声叫我，午饭时，在我桌旁晃来晃去。我能感觉到拉拉队队长们的不满，她们不明白为何我能忍受戴着冠状头饰和仙女翅膀的詹尼丝。但是没必要为了讨她们的欢心而故意冷落她。我永远也不会成为拉拉队队长。我头发的末梢已经显得有些杂乱。我很快就会穿不了那些昂贵的衣服，也没有人替我买新的，我将会悄无声息地回归到原本的模样：一个不知道如何做侧手翻的发型普通的普通女孩。

"鲶鱼"们还没有回马棚，希拉在参加排练，每天的午后都变得漫长而又沉寂。我父亲不开校车的时候就呆在屋子里。杰瑞清扫马厩，然后在圆形马栏里训练"猫王"。我姐姐和我在马棚里闲逛，猜想所有这些不属于我们的马的下场，这之后我们靠什么维生。"只不过是暂时的。"我对我姐姐说。"鲶鱼"们也许正轮流去医院。一旦事情平息，她们还会回来。她们热爱她们的马，我说，热爱在骑马和闲言碎语中度过的下午。"反正她们不会走的。"

但是一天又一天，她们没有回来。没有人来，也没有人走。因此，当我们听见轮胎磨过砂石的声音，诺娜，杰瑞和我立刻跑出马棚看是谁来了。

黑色汽车，茶色车窗。我隐约辨认出方向盘后有一个人影，但是诺娜扭头对杰瑞说："帕蒂·乔医生。"

他走下车，站了一会儿，透过太阳眼镜的边框眨眨眼。他的眼神落在校车上，头微微斜了斜，嘴巴抿成了一条缝。"最好叫你老爸来。"杰瑞对我说，我转身走向房子，我父亲却已经走下了门廊台阶。

我父亲的重心向前支撑在手杖上，腾出一条胳膊握手，但是医生亮出一根手指，示意我父亲少安毋躁。然后，他眯起眼睛抬头看天，扭头冲着自己的肩膀打了个喷嚏。"这就是那些女人们逃避家庭时来的地方。"他说，我父亲垂下手，"我是为了那匹马来的。"

我以为我父亲会说那匹马是帕蒂的，她可以亲自打电话给他，他只听她的安排。但是他垂下眼睛，冲着地面点点头。"马在马棚里。"

"帕蒂好吗？"诺娜问，医生低头瞥了一眼他的手表。

"她的脸四分五裂。"他说，"你说她好吗？"

"无论你需要做什么，"我父亲说，"我们都可以为你效劳。"

"你已经做得够多了。"医生对他说。

我父亲的脸涨得通红，呼吸在胸腔内加快。在电影里，这一刻应该有枪掏出来，或是拳头挥舞。我在他们之间来回打量，猜想如果战斗爆发谁会赢。我父亲有一条伤腿，但是医生双手柔软而又光滑。他从来没举过重物，从来没有散发出汗味。他从来没打过架。医生冷冷地长久凝视着我父亲，我感觉我们余下的人在他周围正逐渐消失，变得弱小又微不足道。他可以赢得任何他所参与的战斗。

"你们打算拿'小情夫'怎么办？"我问。

医生斜眼瞥了瞥我，我看见他的太阳眼镜的镜片里，两个拉长变形的一模一样的我。"替它找个新家，"他说，"她再也不想看见它。"

我父亲拄着拐杖一瘸一拐地向前几步。"她很伤心。"他说，"她需要时间从震惊中恢复过来。"

但是医生举起一只手，我父亲闭上了嘴。"我妻子在这儿做的一切都不会再延续。"他说，"只不过是业余爱好，维斯顿先生。现在结束了。"

他拿出钱夹，抽出几张纸币塞在我父亲的手心里。"在我卖掉它之前这些钱应该够养它了。"我父亲也没看有多少钱，便折起来放进了口袋。

医生转身离开，然后停了下来，让他的太阳眼镜顺着鼻子下滑，然后越过眼镜边看着我。"你穿的夹克真不错，孩子。希望你能细心保管。"

从那以后，"小情夫"被独自留在了它的马厩里。没有人骑它，没有人替它梳洗，或是给予它特别的关注。锯末用完了，我父亲也没有出去再买。杰瑞像对待其他马一样，把干草铲进"小情夫"的马厩里。

希拉演出的那天晚上，我焦虑地站在门廊台阶上，看着我父亲和姐姐静静地吸烟。"我们去看希拉的演出吗？"我问，"音乐剧？"他们谁都不回答，我转身拖着步子走进了马棚。

杰瑞在圆形马栏里给"猫王"背上安上马鞍垫，他稳稳地牵着它，不让它把垫子甩走。"有件事情我应该到场。"我对他说，"希拉出演的音乐剧。就在今晚，我答应了我会去，可我找不到人带我。"

杰瑞看了我一会儿，然后朝地上斜啐一口唾沫："他们不唱歌吧？"

"不。"我撒谎说，"我想不。"

"我想我能带你去。"

我们在停车场停车的时候，阿尔特曼先生和太太正走下他们的车。阿尔特曼太太朝我们挥挥手，她的脸上掠过一抹阴影，举起手指抚摸她的嘴唇。"有帕蒂的消息吗？"她问。阿尔特曼先生在她身旁身体僵硬。

我摇摇头，阿尔特曼太太伸手摸摸我的头发。"你能来，希拉会很高兴的。"她对我说，"你跟我们坐在一起吧。"杰瑞在人行道上拖着步子，时不时低头瞥一眼他肮脏的牛仔裤和磨损的靴子。阿尔特曼先生系着领带穿着休闲西装，阿尔特曼太太脚蹬高跟鞋。

在观众席上，我坐在杰瑞和阿尔特曼先生中间。管弦乐队在舞台正前方调音，杰瑞斜扫我一眼说："不唱歌，嗯？"

全剧自始至终，杰瑞在他的座位上动来动去，阿尔特曼先生不时看表。最终，我们全体起立鼓掌，剧院灯光亮起，阿尔特曼太太脸颊沾着泪水，侧身越过她的丈夫，伸出胳膊捏着我的手说"你觉得怎么样？"

"非常好。"我对她说,她笑逐颜开。

"没错。"杰瑞附和道,"学这些歌一定花了不少工夫。"

"的确。"阿尔特曼太太点点头,"可怜的希拉快把自己逼疯了。"

"行了,终于结束了。"阿尔特曼先生说着朝门口走去。阿尔特曼太太与他眼神相交,脸色一沉,他举起了手。"我只是觉得希拉可以休息了。"他匆忙补充道。

我们跟阿尔特曼夫妇一起在大厅等着,希拉终于出来了,她的脸化着妆,显得明亮而又鲜艳,她的双颊泛红,眼睛上画着粗粗的黑眼线。她用双臂猛地抱住我,我能感觉她的心脏隔着戏服潮湿的面料一下下地跳动。

"后台已经疯了。"希拉喘着气说,"扮演玛利亚和修女们的演员在喝酒。"

"老天爷。"阿尔特曼太太说。

回到货车上,杰瑞打开点火装置,双手放在方向盘上。他扭头看我,然后静静地摇了摇头。"我觉得看完这戏,我得来点啤酒。"他说。

"好啊。"我对他说。

杰瑞在加油站买了半打啤酒,然后把车停在某一条乡村小道上。空气清冷,他从后座上扯出一条毯子裹在我肩上,我们爬上他货车的引擎盖。"这大概是我这辈子看过的最奇怪的东西了。"杰瑞过了会儿说。

"的确挺古怪。"我同意说,"譬如那些修女?那些修女就挺古怪。"

"埃尔维斯的电影都是音乐剧。"他砰地打开一罐啤酒递给我说,"但是跟这都不一样。"

"什么?"我问,"没有修女?"我期待着杰瑞大笑,不过他表情严肃。

"有一部里有修女。"他对我说，"最后修女爱上了埃尔维斯，她不得不选择继续作一个修女，还是陷入爱河。"

我正喝到一半被呛住了，斜侧身冲地上吐出一口啤酒。"她得在耶稣和埃尔维斯之间做出选择？"

"是的。"他微笑着说，"很艰难，不是吗？"

"她选了什么？"

"电影没有交代就结束了。"

"哦。"我抬头看着天空，清澈而透着寒意，星星闪耀，我想起了那个牛仔，那个因为他的死而使杰瑞终结职业生涯的人。"你怀念牛仔竞技比赛吗？"

杰瑞朝前伸出腿，踝关节相叠，他的靴子跟蹭擦着货车的引擎盖。"我十五岁就入了那行。"他说。我转身期待着真正的回答。"是的。"他终于说，"我怀念。"

"可你放弃了。"我对他说，"为了她。"

"没有什么是永恒的。"他说。杰瑞沉默半晌，小口抿着他的啤酒。"你知道普瑞希拉后来怎么样了吗？"

"我知道她还活着。"我说。

"她离开了他。"杰瑞对我说，"就是这样。他唯一爱过的女人，离他而去。"

"我爱上了一个人。"我柔声说。我以为杰瑞会说我还太小，不可能体会任何类似他自己对我姐姐的感情。但他低头看着啤酒，酒罐被他手指捏着蒙上了一层雾气。

"智商为零，是吧？"

我想起了戴尔玛先生，忍饥挨饿，差点因为不及格而被开除，最终瀑布边的女人却转投他人怀抱。是要了我的命，他说过，我死了。我想起了我母亲，在她的卧室里等待生命结束，透过窗户看着我父亲爱上另一个女人。"为什么普瑞希拉离开了他？"我问。

杰瑞不出声，我能感觉他在头脑中搜寻答案，回忆他读过的每本书，看过的每部电影，他在埃尔维斯故居走过的每步路。"有些东西破碎了。"他最终说，"有时候，我们永远不知道为什么。"

第二天，我走进高级英语的课堂，发现一个抹着红指甲、涂着厚口红的金发女人紧张地站在戴尔玛先生的位置上。她点名的时候声音又尖又细，点名册在她指尖颤抖。"戴尔玛先生呢？"我没有举手就问，她扑闪着被睫毛膏粘成一团团的睫毛冲我眨眨眼。

"他不在这儿？"她说。我眯起眼睛，不确定她是在提问还是在回答。"他，嗯，今天不能来了？所以他们叫了我？"她转向其他同学，嘴角向后扯出一抹牵强的微笑。"我想，我们会相处得很愉快。"

一下课，我跑下楼，用投币电话拨通了他的号码。铃声响了又响。他病了——被传染了或是其他什么。他在睡觉。当然没法接电话。午饭时，我又打了一次，放学铃响后，我又打了一次。然后，我沿着运河跑回家，在我的卧室里继续打电话：三点，四点，五点。铃声响了又响，响了再响。夜里，我辗转反侧，伸手拿过电话摸黑拨他的号码，整个晚上，我焦躁不安地在半梦半醒间游走，耳畔响着电话拨号音。

四天过去了，我对自己说他家里出了急事，有人病得很重或是过世了，远方表叔或者旁系兄弟，跟他并不太亲近，但他还是得露面。他被叫回密歇根去了。他自然无法跟我取得联系。他没有我的电话号码。一直以来都是我打给他。

第五天，我们的校长走进高级英语课堂，站在替补教师身旁，清了清喉咙引起我们的注意。"李小姐会跟你们呆一阵子。"他说，"戴尔玛先生这学年不回来了。"我的心脏在我的胸腔里缩成了一个空壳。

"为什么？"詹尼丝·里顿问。

"出了点事。"校长说，"戴尔玛先生要搬回密歇根去。"

一定是她，瀑布边的女人。她打电话给他，她把他带走了。他接电话的时候也许以为是我。然后她开始哭泣。我犯了我这一生中最大的错误，她会说。你是唯一重要的人。唯一永远重要的人。现在，他将要回到她身边。此刻，他正在家里打包。在大学里，他为她挨饿。现在，他抛下了他的工作，他的生活。他抛下了我。

回到家，我在屋外等着我父亲开完校车回家。空气清冽，天空现出淤青色，我穿着仿麂皮夹克瑟瑟发抖，手指蜷在袖口里。"我要搭车。"他把校车停在车道上的时候，我说。他看了我一会儿，然后伸手拉开车门。我爬上阶梯，坐在他身后，自从他把这家伙开回家后，这是我第一次踏进这辆车。

我对这条路线谙熟于心，我曾用手指沿着电话簿里的地图上蜿蜒的线条从我家到他家，直到感觉自己仿佛人生中的每天都走过这条路。我父亲在房子前面停下车，我穿过两排座椅间的通道坐到另一边朝车窗外探去。窗帘拉着，但是车道上停着一辆车，小小的，被岁月抹上了斑斑锈迹。詹尼丝·里德曾目睹他在这辆车里哭泣。"不用等我。"

我说，可我父亲熄了车子的火。

我敲敲门，门的另一边毫无反应。于是，我敲得更重。门开了，戴尔玛先生站在我眼前，苍白消瘦，头发油腻，衬衫拖在裤子外面。我没等他开口邀请便从他身边经过走进屋去。

房屋昏暗，墙壁惨白，走廊里堆满了装得半满的箱子。我站了一会儿，怔怔地看着。多少次我曾幻想过他的家，在他跟我电话交谈的时候努力描绘他周围的环境。我以为他住的屋子里到处都是书，墙壁上挂着艺术品，深色的家具擦得锃亮。但是戴尔玛先生的沙发磨损塌陷，地毯上的污迹随处可见。我的脚趾在鞋子里蜷了起来，低头凝视地板。

"很高兴你能来。"他说，"我想跟你说再见。"

"你可以接电话。"我对他说，"电话铃响起的时候，你可以接起来。"

他指指屋子另一边摆放电话的地方，电话机被电线缠绕着，没有连接到墙上。在我身体最深处，我感觉自己正在坠落。他真的要走了。他根本不曾想到我。

"你要走了。"我轻声说，"你什么都不打算说。"

"对不起。"他说。

我的嘴唇开始颤抖，我用手捂着嘴，透过指缝发出声音。"代课老师糟透了。"我对他说，"她说读太多遍《麦田守望者》会让人变成连环杀手。"他露出一丝微笑，我感到一丝希望，一丝微弱渺茫的机会。我及时找到了他。我可以帮他放弃已经做出的决定，留住他将抛弃的生活。瀑布边的金发女人不会像我这样在乎他。她看着他的时候，永远无法发现我能观察到的东西。她不曾也无须像我这般需要他。

"这是个错误。"我轻声说,"我知道。"

"已经决定了。"他对我说,"我收拾得差不多了。马上就动身。
已经决定了。"

"你可以把东西再拿出来。"我说,眼泪灼烧着眼底。

"艾莉丝。"他柔声说。

"你可以改变主意。"

"不。"他说,"我不可以。"

我感觉抽泣如同海浪般在我胸腔里升腾,我周围的墙壁开始缩皱,
整个世界被水浸透。"我爱你。"我轻声说,他低头用下巴抵着胸口。

"你不爱。"他睁开眼,眼神亲切慈祥,充满温柔,"艾莉丝,事
实从来都不是这样。"

最终真相揭开。没有任何一件事是我想的样子。

我的胸口开始收缩,我的视线变得模糊。"你的前面有那么多美
好的事物。"他对我说,"完整的人生。"他伸手摸摸我的头发,他的
手指掠过发梢,停留了片刻。他的手就在我脸旁,我能闻到他皮肤的
气味,如同湿润的青草混合着香烟的气味。我只要微微侧头,我们就
能相触。

但是我扭开了头。我感觉头顶轻轻的、空空的,仿佛我体内所有
重要的部分突然蒸发成了水汽。这儿没有我的容身之地,从来都没有。

我用仿麂皮夹克的袖口擦擦眼睛,穿过屋子走向门口。"那是校
车吗?"他问。

"是我爸爸。"我说,"他是开校车的。"

我可以把所有的都告诉他。我不是波莉最好的朋友，甚至根本算不上是她的朋友。我对她一无所知。从一开始所有的一切都是谎言。但是太多的真相正围绕着我旋转，在我脑海中膨胀。再多一些，我就会淹死在真相里。

　　几天后，戴尔玛先生走了。他走时没有告别。我再也没见过他。


　　天冷了。大地蒙上一层霜，天空变成了空落落的蓝灰色。他走了，我无能为力，无人可说。痛苦在我体内尖叫，如同长着尖牙利爪将我从内而外撕裂。但是我的身体并没有破碎或是流血。没有淤伤，没有跛足，没有疤痕——我的内心鲜血淋淋，千疮百孔，我的身体伤痕累累，五脏倾覆。没有人察觉。

　　"我不记得上次天冷是什么时候。"诺娜摆弄着客厅里的温度计说，"你记得吗？"

　　我耸耸肩。天气就是天气。我没有精力记住这些。

　　"去年，在伊利诺伊，杰瑞和我遇上了冰风暴。"我没有回答，她却继续说道，"所有的东西都变得滑滑的，泛着银光——马路和人行道，甚至还有树。很壮观。"

　　我坐在桌前，盯着摊在桌上的作业，感觉不到丝毫的兴趣或义务动笔完成。"要是真那么壮观，"我说，"也许你应该留在那儿。"

　　诺娜转身看着我。"你他妈的出什么问题了，艾莉丝？存心想吵架吗？"她的眼神犀利，嘴角下挂。我感觉一阵透着寒意的冲动在我胃的深处翻搅——吵架，我想尖叫，我想打人，想咬人。我想惹她哭，惹她怒吼。也许我可以把她逼得伤害我。也许我可以把她逼得杀了我。

"你表现得就好像你的生活有多么艰难。"我对她说，"就好像一切都糟透了。其实你的每件事都顺顺当当的。一向如此。"

诺娜站直身子冲我眨着眼："你来真的？"

"杰瑞抛弃了他所有的生活。"我说，"就因为你要求他这么做。爸爸对待你的态度就好像你拥有太阳。你从小到大想要什么都能得到，而你所做的只是不停地抱怨。"

我姐姐的脸惨白如纸，她的手在身体两侧捏成拳头。我以为她会冲过来摇晃我，用她的手箍紧我的脖子拼命掐，直到最后一丝气息离开我的身体。我在心里想，我就在这儿，过来抓我。但是诺娜转身穿过屋子走到我父亲放白色信封的小抽屉前。她弯腰翻找，最终发现了目标。她冲我举起信封，朝前迈了一步，让我能看清我父亲写在背面的潦草的字迹：艾莉丝——大学。

"你以为我也有这样一份？"她问，"你以为这些信封上会有一个写着我的名字？"

我盯着信封，以为会有所触动：愉快，惊讶，兴奋。但我看着皱巴巴的信封纸张，他曾摸了无数次的褶缝，心如止水。"有多少？"我问。诺娜快速地翻了翻，默默地数着。

"四百。"

"远远不够。"我对她说，"连最差的大学都不行。"

她低下头，过了一会儿，我以为她在笑。但是当她抬起眼睛看我，脸上挂着晶莹的泪珠。"我原谅你。"她轻声说，"你是我妹妹，我原谅你所不理解的所有的事。"

诺娜上楼把自己关在屋子里。我独自坐在桌边。我父亲开校车去了，杰瑞出门去买稻草。下午希拉·阿尔特曼来上课，我是唯一一个迎接她的人。她吃着油桃走下她母亲的车，风吹拂着她脸旁的黄色的头发。她叼着油桃，朝后伸出一只手，把头发在脖子后面扎成一束，然后随便绑了个发髻。"人都上哪儿去了"她问。

"都不在。"我对她说，"就我们俩。"

希拉和我分别给"帽子"和"亲爱的"安上马鞍。"要不要等诺娜？"她问，我骑上"亲爱的"，从车道向大路前行。

"如果你想等就等吧。"我说，"她不会来的。"

"亲爱的"在大路上显得很紧张，不时斜着跑上人行道，栅栏和信箱蹭破了我的膝盖。希拉骑着"帽子"离我们几英尺远，扭头看着汽车。每次"亲爱的"退缩或是躲避的时候，她都会说："我们应该回去。"

我们到了运河，河床干涸，河底柔软，布满沙子。我轻推"亲爱的"走下河堤，希拉在我身后倒抽一口气说："水来了怎么办？"

"哪儿有水？"我问，"现在是冬天。"

希拉显得犹豫不决，可她还是轻轻推着"帽子"跟上我，一只手紧紧拽着马鞍的一角。

"我要跟你比赛。"我对她说。

"我不想。"她说。

"准备好了？"

"我说了我不想。"

我的鞋跟一击"亲爱的"两侧，它就在我身下一跃而起。不管希拉是否想要尝试，她都无法赶上我。在我们周围，灰色的模糊的沙的世界朝我们身后掠去。冬季阴沉的暗影在运河的河堤上混作一团。我让缰绳从指间滑落，让"亲爱的"的脑袋不受束缚，让它奔跑。我感觉它的身体在我下方舒展，一种纯粹的、有规律跳动着的对速度的渴望。运河河床上的沙子在我们脚下翻滚，沙子铺成的道路蜿蜒曲折。我们转弯，眼前出现一座桥，运河在此处消失成为生锈的金属隧道，穿过高速公路下方。

我用力握紧缰绳，把它们扯过我的肩头，重心重新落到脚上。"亲爱的"在我身下也调整了重心，在沙地上滑行。我们头顶的高速公路上一辆笨重的拖挂卡车轰鸣着驶过，"亲爱的"膝盖一弯，朝隧道反方向后退。运河从这儿离开小镇，向河流、山脉以及更远的世界延伸。如果是一年中的其他时候，我们也许已经被水吞没，我们也许已经死了。

"哦，我的上帝！"希拉说，我在马鞍上转身。她骑着"帽子"一路小跑到我身边，斜伸出手扶住我的肩膀，"你没事吧？"

"我们赢了。"我说。

希拉瞄瞄生锈的隧道，然后抬头看看高速公路。"我要回去了。"她说，"随你走不走。"

我们骑着马沿着运河一言不发地前进。"亲爱的"的皮毛因为出汗而泛着泡沫，我的呼吸在胸腔里急速厚重起来。我不时斜眼瞄着希拉，期待她大笑或是微笑，期待她恢复原样。但是她绷紧下巴，眼神死死地盯着前方的道路。"我要告诉你爸爸。"她说。

我们到家的时候，我父亲还没回来。希拉和我在车道上从马鞍上滑下来。她站了一会儿，等着什么人从马棚出来问我们上哪儿去了。"这儿的每个人都疯了。"她最终说。

"是因为天气。"我对她说。

"是因为帕蒂·乔。"她说。

"帕蒂·乔不会有事的。"我保证说，"她会被妥善照顾的。"

"我不是指这个。"希拉挺直了肩，"你爸爸跟她在一起的时间太多了。"她说，她的声音一本正经，仿佛洞悉一切。"他跨越了界限。现在这地方散架了。每个人都心知肚明。"

"轮不到你说话。"我说，她朝我眨眨眼。"你爸爸一星期有几天晚上有工作？"

她的表情凝固了，似笑非笑眼神空洞。"你在说什么？"她问。

从某个遥远的地方，我能看见我自己，听见我将要说出口的话。我想停下。真的，我想停下。"你爸爸不爱你妈妈。"我说，"他有外遇。"

"你骗人。"

她的声音轻得如同一阵耳语。她低头看着地面，拧着下巴皱着眉头。她抬眼看我的时候，脖子上青筋凸显，嘴角向后抽动。她正在脑海中拼凑整件事，所有我不曾目睹的瞬间，所有我不知晓的邂逅。在那一刻，我从她的眼睛里发现，我说的是真的。已经来不及将它们收回。

她的身体变得僵硬，我站着，以为她会流泪哭喊，扇我耳光，咬我，扯我的头发。但是她的眼睛干干的，面无表情。她摇摇晃晃地退后几步，然后放下"帽子"的缰绳走开了。

我跟上她，伸手牵过"帽子"。希拉在马棚前面坐下，双眼盯着大路。我牵着马经过她身旁，把它们系在拴马桩上。我慢吞吞地卸下"帽子"的马鞍，给它盖上毯子，等着希拉站起来把我从她的马身边赶走，然后自己动手。但她只是坐着，盯着大路。我牵着"帽子"走进马厩，然后到外面坐在她身旁。一个又一个小时过去。天色渐暗，空气转凉。希拉还是一动不动，不说话，也不看我。当她母亲的车停在车道上后，她爬上前座，系好安全带。她们开车离去。

　　我们马棚里的马厩一个接着一个空了。"鲶鱼"们没有亲自来处理她们的马，而是派来开着拖车的搬运工。希瑟克里夫是第一个离开的，搬运工休息的时候点燃一支烟，告诉我它被卖到了佛蒙特州。"你不能在它周围抽烟。"我说，"它的鼻窦很敏感。"几天后，另一辆拖车带走了赛拉——这次是得克萨斯。"小情夫"是最后离开的。它被带走的时候，我在学校，等我回到家，它的马厩已经空了。没有人告诉我它被卖去了哪里。

　　我父亲在屋子里呆的时间越来越长。天气寒冷肃杀，即将到来的风暴积聚着能量。我父亲的膝盖能够感知这种变化，他每迈一步都会疼得龇牙咧嘴。他似乎没有注意到昂贵的拖车排着队经过，而马厩里的寄宿马正一匹匹消失。他也没有注意到希拉·阿尔特曼不再来骑马。"帽子"成了马棚里剩下的唯一一匹马，它在马厩里踱步嘶鸣。"没有人来接你。"我对他说，"没有人爱你。"

　　寄宿马们离开后，杰瑞把"亲爱的"和"猫王"挪进了马棚。"你问过爸爸了吗？"诺娜问，杰瑞朝着天空点点头。

　　"就快要下雪了。"

　　"这儿是沙漠。"诺娜对他说，"不会下雪。"

　　所有的活儿都是杰瑞干的，因此主意也由他拿，他照看着马棚就仿佛他是这儿的主人。下午，他训练"猫王"，而我在马场里骑着"亲爱的"。一天又一天，我骑着它快速穿越马场，努力寻求释放，努力寻求恐惧。

"你究竟在干吗？"杰瑞问。

"练习。"我对他说。

"你太鲁莽了。"他说，"这样骑下去你会受伤的。"

我闭上眼睛让"亲爱的"奔驰，垂下马镫，刺激它冲向护栏，但是它从没撞上马栏，我也从没摔下马背。即便我使出浑身解数还是无法受伤。

"我是说真的！"我从马场出来的时候，杰瑞抓着我的手臂，摇晃我的身体说，"你失去控制了。"

可我没感觉自己失去控制。我没有任何感觉。

"如果你毁了那匹马，就再也没法正确训练它。"杰瑞说，"它就卖不出去了。"

"那又怎么样？"

"你以为卖不掉的马会有什么下场？它们会成为干粗活重活的畜生，艾莉丝——它们的数量远比会善待它们的好人的数量要多。它们会有什么下场？"

我一阵哆嗦，感觉成千上万的昆虫翅膀掠过我的皮肤。我想向他显示我了解黑暗和残忍，了解痛苦。他想吓唬我，可我不怕。"它们挨饿。"我说，"它们被打得半死，或是变成狗粮，或是被丢在沙漠里独自死去。"

杰瑞抓着我的肩膀，微微俯身，我的脸能感觉到他呼吸的热量。

他绷紧下巴，目光紧张严肃，但我并没有移开我的视线。我想让他知道我不是什么涉世未深的傻子，不是什么小女孩。我想伸手抓他，指甲划过他的皮肤留下大口子，让他流血，让他受伤。可我最终吻了他。

我把嘴唇按在他的嘴上，舌头滑进他的唇间，触碰他柔软的舌尖。他的手从我肩上滑落，他的身体猛地后退，跟跟跄跄地离开我。"为什么这么做？"杰瑞用手指触摸嘴唇，他的脸在四周逐渐变暗的背景映衬下显得惨白。

"因为我可以。"

他没有告诉我姐姐。这是个错误，他说，绝对而又简单。每个人都会犯错。在他走开前，杰瑞用食指点着我，压低声音。"绝对没有下一次。"他对我说，"绝对。"

从那以后，杰瑞鼓励诺娜在马棚多呆些时间。他询问她关于饲料和马具的意见，每次她转身回屋的时候都叫住她。他第一次给"猫王"安上马鞍的那天，他告诉我姐姐这是个重要时刻，如果她能留下来看着，对他而言将会意义非凡。

杰瑞把"猫王"带进马场，我和"亲爱的"在中央停下，看着我姐姐爬上护栏点燃一支烟。"开始表演吧。"她叹了口气说。

杰瑞已经用垫子和马鞍训练了一段时间，他把它们放在"猫王"背上，让它适应重量而不收紧肚带。可现在他把手伸到马肚子下，朝上拽了拽肚带系上搭扣。"猫王"的耳朵一颤，张大了鼻孔，但是站着没动，任由杰瑞拍了拍它的脖子。"怎么样？"杰瑞冲我姐姐喊道。

"厉害。"她说，然后跳下护栏，转身走向马棚。

"等等。"他叫住她，"你想骑它吗？"

诺娜笑了起来。"别傻了。"她说,"它太小了。"

"并不是真的骑它,"杰瑞说,"只是让它感受一下重量。我太重了,可你正好。"

诺娜摇摇头:"不可能。"

"我来骑。"我说,他们俩一起看着我。

"艾莉丝,你不会骑的。"诺娜对我说。

我从"亲爱的"的背上滑了下来,牵着它走向杰瑞,我姐姐翻过护栏走进马场,站在我们中间。"我去告诉爸爸。"她说。

"我去告诉爸爸。"我拿腔拿调地模仿着,我姐姐紧张地看着杰瑞。

"杰瑞,别让她骑。"她轻声说。

"杰瑞,别让她骑。"

诺娜绕着我打转。"行了,好吧。"她说着伸出手臂,"摔断你的脖子,艾莉丝。爱怎么与众不同都随你便。"

杰瑞不会让我骑那匹马。他会改变主意,找一个借口说不。但是他还没机会开口,我们听见马场门吱呀一声打开,我们扭头一看,我父亲站在我们身后。

"这儿出什么事儿了?"他脸色发白,指关节紧紧地攥着手杖的把手。

"爸爸。"诺娜开口说,因为他的打断而如释重负。

我父亲一瘸一拐地走向杰瑞。"你打算把我的女儿放到马上?"他问。

"不。"杰瑞对他说。可我父亲根本不听。他一把扯过杰瑞手中的缰绳,把"猫王"从他身边拽开。

"我对种马的规定是什么？"我父亲涨红脸问。

"我只是让它熟悉一下马鞍，"杰瑞解释说，"没有人打算骑它。"

"我打算骑。"我说，我父亲看着我。我希望他生气，冲我嚷嚷，把这一切都归咎于我。但是他转向诺娜。

"你脑子里在想些什么？"他叫道，"你以前一直很照顾你妹妹。"

"不能怪我。"诺娜怒声呵道，"艾莉丝疯了。她因为喜欢上了学校里的什么男孩，彻底没了脑子。"

"他不是什么男孩。"我说，"他是个老师。不过反正也没关系了，他已经走了。"

空气静止，他们三个一起扭头看我。我们头顶天色渐沉，云层又厚又低。"你都干了些什么，艾莉丝？"我父亲问。我能看见他呼出的白色气息在他周围如烟雾般缭绕。

"没什么。"我说。

"是那个英语老师？"他问，"我开车带你去找他？去那个混蛋的家？"

我姐姐的眼圈红了，她用手背擦擦鼻子。"他是个好老师。"我轻声说。

"他是个酒鬼。"我父亲说，"他开车撞上了电话线杆，然后又想逃离现场。治安队的汉克清楚整件事。他们在那家伙的书桌里发现一夸脱几乎见底的苏格兰威士忌。他被解雇了。"

一切都结束了，我的关节如同蜡般融化，整个世界在我脚下分崩离析。"你什么都不懂。"我说，"你是个开校车的。"

"艾莉丝。"杰瑞低声说，但是太迟了。有些东西裂开了。有些东西裂开了而我没法再让它合上。

"你连账单都付不起。"

我父亲从来没打过我。有一次，我看见他扇了诺娜一个耳光，而当时他脸上的表情就跟现在一模一样。狂躁，失控。他整个身体仿佛都在骨架的支撑下膨胀，让他显得比实际上更加高大。我身体里的每样东西都变得冰冷空洞。来吧。

他的确是想打我。但是还没等他朝我迈开步子，"猫王"向前戳了戳鼻子，咬了我父亲的肩膀。咬得不重，只是一匹小马驹在乞求方糖时戏谑地啃啮。我姐姐惊讶地笑了起来。在整个世界碎裂前的那一瞬，她举起手捂住嘴，竭力将笑声塞回去。

但是太迟了。我父亲转身，他的手如同一道闪电划过，手杖杆猛地打在"猫王"胸上。刺耳的声响割破空气，我的手掌有一种被撕扯的火辣辣的感觉，"亲爱的"听见这种声响后腿直立，将缰绳从我手中扯走。

"猫王"的一条前腿屈在另一条腿前，举止如此优雅仿佛在鞠躬，但是它摔倒在地，我们听见第二声刺耳的声响，清楚无疑，它的前腿腿骨碎裂，大地被它压得一阵晃动。尖叫声从这个垂死的世界的每个角落里传出。从我姐姐那儿。从我内心里。

它努力想站起来，但是它的腿哆哆嗦嗦地拧成了一个别扭的角度，它向前一摔，肩膀着地，它的脸撞击尘土，它的后腿在地上胡乱点戳，发疯似的想要站起来。我父亲松开缰绳，退后几步。那匹马还在努力站立，肩关节的骨头戳了出来，刺得膝盖血肉模糊。我父亲一动不动地站着。空气在尖叫。杰瑞拿着枪出现。

诺娜冲上去制止他，抓着他的胳膊把枪扯向一边。他忍了一会儿，但是马驹开始嘶鸣，声音如同玻璃划过金属。它的嘴扭曲地大张着，鼻孔塞满了它在地上翻滚时搅起的尘土。杰瑞把我姐姐推开，她摔倒在地，用手捂住了脸。第一片雪花开始坠落的那一霎，杰瑞举起了枪。在他脚下，马驹在地上艰难地爬行，嘴里吐出的白沫沾满了灰尘，汗水从它的身上蒸发进了寒冷的空气。杰瑞扣动扳机，马驹扬了扬脑袋。它吐出在这世上最后一口气，还是努力想站起来。

我自始至终看着整件事发生。刺耳的声音划破世界，马驹的身体最后一次扭动，猛烈起伏的战栗。鲜血从它脑袋下面流泻出来，世界恢复了宁静。而后大地在我脚下越来越远。空无一物。

# 第十五章

雪花飘落。覆盖了东边泛着蓝色和西边红光闪现的群山，直到从峡谷的一端再也无法分辨另一端的任何事物，直到整个世界被掩盖在白色的沉寂之下。

那天夜里是杰瑞打的电话，他对着听筒报出我们家的方位，对于细节只是简略地带过：意外，折断，枪。他挂上电话，重复了一遍听到的话：今天已经太晚了，没法采取任何措施。第二天早上才会有人来处理尸体。

雪花飘落。

车道积满了雪。屋顶不堪重负地向下凹陷。沙漠峡谷没有配备应对冬季气候的设施：没有雪犁，没有撒砂器，甚至连一把雪铲都没有。第二天，道路封闭，学校停课。没有人为它而来。没有人能来。它的尸体在我们的马场里躺了整整八天，没有人来，也没有人走。

几年后，我姐姐仍旧坚持那条马腿有可能恢复。毕竟它是年轻的马驹，骨骼强健，复原起来很快。当时原本有机会可以补救。即便没有，也应该由兽医从医学角度做出专业的决定。可以让一个她不认识的人进行判断，然后动手。打一针，她说。最多只会留下一个针眼。

每次我姐姐提起这些，我都会回答："对。"因为并非完全不可能。

杰瑞扣动扳机后，我姐姐再也不跟他同床。她没法忍受他的身体贴着她的感觉，没法忍受他的皮肤留在她床单上的气味，没法忍受他在睡梦中低沉的喃喃自语。她甚至没法看他。马驹死的那天晚上，我姐姐睡在我床上。第二天夜里，第二天之后的夜里都是如此。

三星期后，杰瑞要走了。阳光耀眼，雪花凝结成结着硬壳的雪块，覆盖着松软潮湿的土地。我在车道上站了一会儿，杰瑞正把箱子装上后车厢。我又一次看着他爬上车子然后开走。但是这一次，他只装上了他自己的东西。这一次，他离开，就再也不会回来。

人们说时间是治愈一切伤痛的良药。宽恕与遗忘。过去的就让它过去。但是一天天流逝成为一周周，一月月，一年年，大家还在讨论暴风雪。"老天爷。"人们在合作社惊叹，"我在沙漠活了一辈子，从没见过那样的雪。"他们回忆儿童堆起东倒西歪的雪人，用垃圾袋做雪橇，然后说那纯属偶然，如同奇迹般充满魔幻色彩。"这是神奇的沙漠。"他们说，将这一切归因于自然，归因于上帝，归因于这不完美的世界以及所有难以预料的可能性。

我父亲在他的余生再也没提过风暴，寒冷，死亡从天而降将世界掩盖的那个夜晚。我姐姐和我终于开口说起这些的时候，不会提什么充满魔幻色彩的奇迹，也不会提上帝。我们会谈论冬季，谈论被雪压垮的树，以及水管里几乎冻结的水。我们会说时间混淆了我们的回忆，遮盖了细节，模糊了事件，因此我们无法将某一时刻与另一刻真正区分开，无法想起谁说了什么。我们对彼此说，责怪已经于事无补。过去的就让它过去吧。

现在，这一刻，真相显现：我的回忆不再混淆。细节不再模糊。我父亲打马，杰瑞开枪。但是，是我杀了它。一条生命，完整无缺的生命，在我眼前终结。的确，责怪已经于事无补。因为它无法改变一切。

它死的那天夜里，我躺在床上，身旁是我姐姐温暖的身体。在黑暗中，我感觉一种肿胀的疼痛一波波地袭过我的手掌，我把手臂搁在被子外，不明白为何会有这种痛楚。慢慢地，回忆在我脑海中重建，山毛榉木击打在骨头上的声响，它倒下时的第一个动作，它朝地面倾斜时一条纤细的腿叠在另一条腿前。我想起了皮革在我手掌上留下的剧痛，母马因为那声响后退，站立，逃开，从我的手里拽掉了缰绳。在这一刻前，我始终没有想到它，我们都没有，我们把它丢在了外面。跟种马在一起。

屋外看上去不像夜晚而像白昼，仿佛与以往并无二致。厚厚的雪花一束束如棉花般落下，填满了我身后留下的脚印。天空微微显出橙色。我走到马场，马驹早已成为马场中央一个白色的小丘。

母马远远地站在马场的一头，膝盖僵硬，脑袋低垂。我看着它颜色不匹配的双眼，寒冷如同一阵风席卷我全身。它挺过了被拴在烈日下暴晒的日子，挺过了被其他母马欺负的几周，但是它在黑暗与大雪中挺过的几个小时的力量远非任何人类或动物能及。

几个月后，母马被卖了。买它的是一户好人家，有两个可爱的孩子。他们付了我父亲当年在拍卖时出的三倍的价钱，为它所受的良好训练以及讨人喜欢的性格而对他大加赞赏。"这母马坚如磐石。"我父亲对他们说，"就算在它头顶开炮，它连眼都不会眨一下。"然后它离开了我们，过上另一种生活，被人珍惜的完美的生活，没有人知道它曾经一度热爱奔跑，它曾经一度桀骜不驯。

什么是遗憾？什么是懊悔？我回去找它，但是太迟了。它整夜呼吸着种马的鲜血以及惊恐，还有在种马努力站起身的时候，如同蒸汽般在冰冷的空气里升腾的黏稠的，甜腻的恐惧。它听见骨头折断血肉撕裂，从"猫王"大张的嘴里传出的狂乱的犀利的尖叫。它看见我们走开，把"猫王"破损的尸体留给夜晚，留给寒冷，留给消失在大雪中的大地那深邃而又难以探究的沉默。我去找它时，它的目光空洞，呼吸缓慢。我伸手拉过缰绳，它转身跟着我，顺从的，听话的，完美的宠物。

雪花飘落。

如同在梦中，它改变了形状和色彩，藏起了我们熟悉的一切，埋葬了所有的真实。不远处某个地方是马棚，是房子，是我度过童年的地方。但是雪如同上百万只白色的昆虫在我身旁盘旋，我什么都看不见。

在暴风雪中，敞开的大门旁有一丝微光移动。一个白色的影子，迎着雪走向马场中央。它越走越近，我隐约看清一个轮廓——窄窄的肩膀，细细的胳膊，深色的头发染上了斑斑白色。我静止不动，母马在我身后停下。缰绳在我指尖冷得变硬，我闭上眼睛。这是场梦——一切都是梦。就好像之前充满我卧室的水，我睁开眼雪也会消失。阳光耀眼。没有什么是无法挽回的。

但是与我梦中的世界不同，我能感觉冷风在我周围移动，雪花灼痛我的脸颊，渗进我的靴子，浸湿了我的袜子麻木了我的脚。我睁开眼，她还在那儿，在飞旋的白色中一个苍白纤弱的女孩的身影。她在马驹的尸体旁停下，低头俯视银色的小丘。不到一个月前，我们试图把她从另一个世界唤回，但她没有回应。我在前进途中岔入了本应属于她的道路，用谎言侵占了她的记忆，盗取了她从未拥有过的生活。我闯进了一个根本不是为我准备的世界，现在这世界破碎了。毫无疑问，她现在回来了。毫无疑问，是她的鬼魂在守护着它。

　　她没有朝我看，似乎没有注意也并不在意我在她附近，我应该负责。我想跟她说话，想道歉，想解释，我努力在喉咙里遣词造句，却什么都想不起来。什么是遗憾？什么是懊悔？它走了。任何语言都无法解释原因。

　　而后，在飞旋的模糊视线的大雪中，我听见一句低声呼唤："玛丽安。"

　　她抬起头，那是我父亲的声音。那名字一出口，所有围绕着我的魔咒都被打破。我看清了她的真面目。那不是——始终都不是——那个淹死的女孩。

　　我父亲慢慢地踩着碎步穿过马场，寒冷让他瘸得更厉害了。他用手杖击打马驹胸部之后，就把它扔在了地上。它静静地躺着，跟其他东西一样，消失在雪毯之下。他们站了一会儿，没有伸手，也不说话。我父亲的头向前微倾，眼睛几乎闭着，我母亲转身，隔着雪抬头看着他的脸。她举起一只手，用指尖拂去他额上的头发。他睁开眼，她靠向他，双臂环绕他的脖子，让他托起她。她赤裸的双脚冻得通红，她的睡袍湿了，显出她身体的轮廓——臀部，胸部，肩膀，肋骨。他朝大门转身，步履缓慢颤抖地带她离开尸体，离开死亡和寒冷，穿过马棚，回到她所属的房子里。

整件事的这部分我从来没跟姐姐提过，没跟任何人提过。这部分我替我自己留下——他们在尸体旁一起站着，在那一刻分担因为所有发生的事，所有作出的决定，所有未说出口的话而产生的巨大的难以名状的悲伤。在那一刻，我眼中的他们不再是我的父母，而是两个生活了这么多年的人纠缠在彼此心中的形象，他们曾经的模样：一个永远如孩子般的女人，一个永远托着她的男人。

杰瑞走后，我父亲又回到马棚里。马要喂，要训练，破损的东西要修复。永远都有做不完的工作，永远都得有人将它完成。

希拉·阿尔特曼重新回到马棚，我父亲继续教她，继续鼓励她带朋友来。下雪后她第一次出现在马棚里，我以为她是来收拾东西的，可她走下她母亲的小货车，就跟往常一样走向"帽子"的马厩。"你回来了。"我说。

"表演季就要到了。"她举起她的马鞍停了下来，用她的肩膀拂去脸上的头发，"我想我会越来越棒。"

"没错。"我对她说。

我才几星期没见她，她看上长大了，穿着她的衣服显得双腿修长，走起路来不紧不慢。她调整重心，在一侧的胯骨上稳了稳马鞍。在那一刻，她就像是任何一个参加马秀的姑娘，就像是为此而生。"而且，"她说，"'帽子'没了我，怎么能行呢？"她给了我一个浅浅的微笑，扬起眼睛看着屋顶自我解嘲。

"它会非常孤单。"

希拉扭头一瞥，她的目光穿过马棚落在马场里，雪已经融化，马场干净而又潮湿。"这儿真冷清。"她说。

"杰瑞走了。"

希拉点点头，既不伤心也不惊讶。"我猜事情远不止这些。"

"的确。"

我们对视了一秒，我感觉悲伤在我的胸口升腾翻涌——所有我想告诉她的事。但是我还没想好如何开口，她的一只脚向前滑了滑，用她的靴子尖碰碰我。"你不用非得告诉我。"她的嗓音轻柔，眼睛透着深深的理解，"为了我们爱的人，我们都会这么做。"

"什么？"我轻声问。

"替他们保守秘密。"

在我这一生做的所有事情里，对希拉做的那件始终是最糟的，唯一一次出于纯粹的残忍目的。然而她还是原谅了我。她真的做到了。她继续在我们的马棚骑马，继续邀请我参加她举办的每场睡衣派对。她再也没问起过杰瑞，或是我们曾经饲养"姜黄"的马驹如今却空了的马栏。我再也没问起过她父亲。三年后，希拉和她母亲搬回加利福尼亚。她们带走了"帽子"。曾有一度希拉会写信来，跟我们谈论她的新家和新学校，附上她在海滩上骑"帽子"的照片。

"天哪。"诺娜看着照片说，"真希望她买下的是我。"

尽管我姐姐曾经告诉我，离开杰瑞她就会死，最终她还是把兴趣转移到了其他男人身上。她跟波普双胞胎上床的那天晚上，天黑后她爬上我的床，告诉我所有细节。

"同时？"我问。

"别傻了。"她对我说，"应该是，隔了几个小时。我想，他们其中一个可能是处男。"

"哪个？"

"我从来分不清他们俩。"她说，"牙齿有缺口的是哪个？"

"扎克。"

"对，是他。"她说，"不管怎么说，反正都很棒。他们俩一直看着我，就像害了相思病的狗，他们感激坏了。从现在开始，我只跟比我年轻的男人上床。"

诺娜看上第二任丈夫前，终于决定跟杰瑞离婚，结果却毫无必要。我姐姐在小法庭里嫁人的时候十七岁，这在堪萨斯州是非法的。她谎报了她的年龄，说她十九岁。这场婚姻从一开始就没有得到批准，只有一纸无效的婚书。

第二任丈夫是个海军。他求婚后，我姐姐双手举过头顶在马棚里来回旋转。她告诉我们，他四海为家，打算带她去加利福尼亚，夏威夷，纽约市。"你觉得会长久吗？"我问我父亲。

"虽然我不想这么说，"他说，"可你姐姐没什么脑子。"他的嘴拧出一抹浅浅的讪笑。但是当他扭头看我，表情变得柔和。"希望如此。"他说，"我真心希望。"

我十七了，当年杰瑞在竞技比赛场上第一次接近我姐姐，说她是普瑞希拉·普莱斯利转世的时候，她就这么大。诺娜跟她的海军离开前，她亲吻我的两颊，告诉我不要放弃，属于我的那张车票终究会出现。有一天，有个人也会带我离开。"少一点敌意。"她建议说，"也许把头发盘起来。"

几周后，诺娜跟海军离开了，我的车票并非以一个男人的形象出现，而是一个寄给我父亲的信封。他打开信封，然后站直身子凝视，嘴巴无声地一张一合。"是给你的。"他最后说着用拇指和食指夹着一张纸条给我看。

支票是开给我的，我数着有几个零，大地在我脚下化作液体。"搞错了。"我轻声说。

"应该不是。"他说，然后指了指签名——帕蒂西亚·乔汉森。

"帕蒂·乔？"我问。我父亲点点头，"她为什么这么做？"

他把支票在手里翻过来，手指掠过面额和签字，然后折起来放进我的掌心。"我猜她觉得你可能会用得着。"

"有信吗？"我问，我父亲把手塞进口袋，转身望着窗外。

"没有。"

我站在他身旁，凝视着窗外的前牧场。这些年来，我们的传种母马一匹匹因为年老而离去。那匹马驹死后，我父亲再也没买过其他种马。即便我们有钱再添置母马，也没有这个必要。现在前牧场空了，牧草与野草一起疯长。我拳起手握着折起的支票，以为它会像灰一样消散在我指间。"你还想着她吗？"我轻声问。我父亲的喉结在喉咙里颤抖。

"偶尔。"

从前我父亲每次在吃晚饭时逗得饭桌另一边的她笑出声，他的脸都会涨得通红，每次她跳过一个障碍物，他都会咧嘴开怀。这是他给予她的东西，那种飞翔的感觉，自由的感觉。"她从来没有故意伤害你。"

我说，在我身旁的父亲露出了微笑。

"每个人都受伤了。"他对我说，"这跟她是否故意毫无关系。"

我低头看着支票，想象帕蒂·乔的手写下数字，最后签上名字。她在那儿，广阔世界里的某个地方。她离开了我们，却没有忘记我们。"这可是一大笔钱，爸爸。"

"对你而言是一大笔钱。"他说，"对她，只不过是一匹马的价格。"

"我们可以油漆马棚。"我对他说，"我们可以去拍卖会。"

可我父亲转身离开我，一瘸一拐地走向后门。"她想让你拥有这笔钱。是你的钱。"

也许这是帕蒂·乔道歉的方式，弥补她将自己混乱的生活与我们发生牵连，弥补她没有跟我们道别。又或者她真的爱我父亲。也许他跟她提过写着我名字的白色小信封，他永远无法有足够的钱塞满它。也许，虽然她无法拯救我的父亲，但是至少她相信她可以拯救我。

我收下了钱。我当然会这么做。我收下钱，然后离开。

每次我回家，峡谷看上去跟我记忆中的模样越来越不像。从东到西随处可见钱的影子。我们家周围的地上挤满了昂贵的房子，洒水系统，餐馆和大商场。最终，我父亲在斗争中妥协卖了马棚。每年他的腿伤都越发严重。他说，工作太难了，而别人对这片土地开出的价钱优厚到他都无法拒绝。他一辈子都在劳作，最终却看着生命一点一滴地流逝。他对我说，退休不代表投降。这不是软弱，纯粹是接受。

童年永远都不会结束，不会真正结束。新主人拆除屋子，移平马棚，将土地分割成一小块一小块。但是我们出生的地方并不会像我们遗弃它们那样轻易地离我们而去。沙漠是一片无法被拥有，无法被控制，无法被遗忘的土地，如此独一无二。许多年后，有时我仍能感觉到它对我的牵动。

傍晚的微风改变风向，柔和而又温暖，如同秋天的沙漠，有一刻它似乎近在咫尺：马棚在玫瑰色的日落余晖中闪耀的傍晚，我父亲和我绕着马栏，把干草扔给马，在桶里装满谷物。在后牧场里，"老人家"们听见我父亲走进的声音时会扬起头，撑着它们吱嘎作响的脚踝慢慢朝他走去。它们围绕在他身旁，闭上眼睛，短促地哼哼，享受着我父亲抓挠它们耳朵和脖子的快感，聆听他低声的呼唤。在那些日子里，父亲仍旧将我视作是他的延伸，他偶尔会让我站在他身边，告诉我它们的故事，指出它们的长处，解释它们每个可能承担过的角色：表演马，绕筒赛马，分隔马，跳跃马。在那些时刻，我对他的记忆尤为清晰，他说出它们名字时的嗓音，他温柔的触摸，他真心地爱它们中的每一匹的方式：所有那些未实现的承诺，所有那些未成真的梦想。

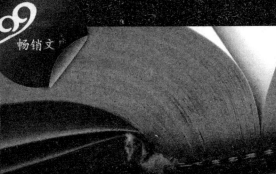

## 已出版部分书目

## 您可通过以下方式购买本页图书：

1. 全国各大新华书店。

2. 登陆99网上书城www.99read.com在线购买。

3. 拨打99读书人俱乐部订购热线021-34014699。